列車はこの闇《やみ》をぬけて

ディルク・ラインハルト作　天沼春樹訳

フェリペ、カタリーナ、ホセ、そしてレオンに
——彼《かれ》らが今、どこにいようとも。

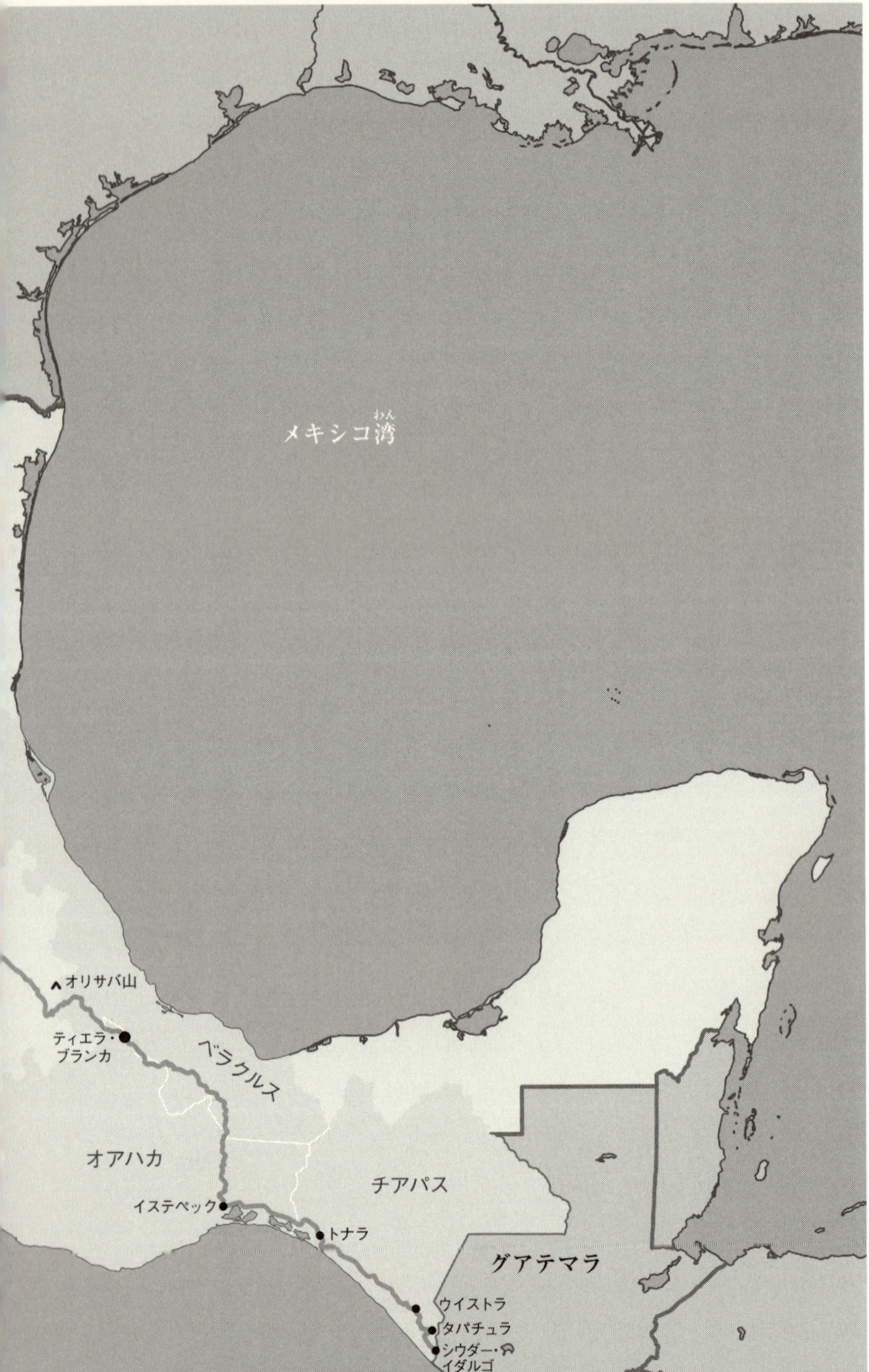

メキシコ湾《わん》
オリサバ山
ティエラ・ブランカ
ベラクルス
オアハカ
チアパス
イステペック
トナラ
グアテマラ
ウイストラ
タパチュラ
シウダー・イダルゴ

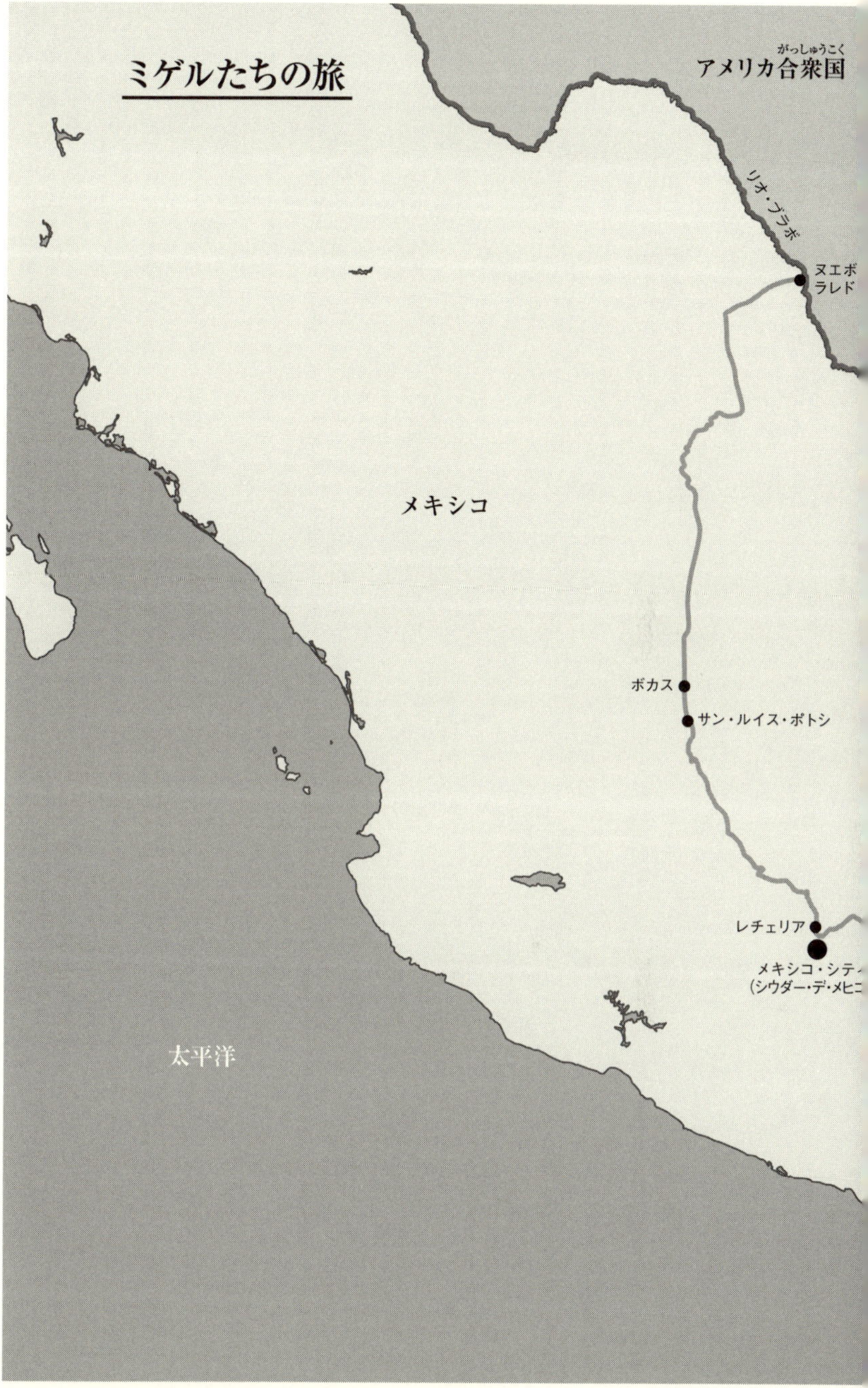
ミゲルたちの旅
アメリカ合衆国《がっしゅうこく》
リオ・ブラボ
ヌエボ
ラレド
メキシコ
ボカス
サン・ルイス・ポトシ
レチェリア
メキシコ・シテ
(シウダー・デ・メヒ
太平洋

1

「この川を越《こ》えたら、戦争も同じだ。そのことを忘れるなよ」と、フェルナンドが言った。

フェルナンドは向こう岸を指さしている。ぼくは、何か見えないかと目をこらした。だけど、何も見えない。おそろしいものや、危険を感じさせるものは何ひとつ。川もおだやかで、早朝の光の中を、重い積荷をのせたイカダが流れていくだけだった。

戦争だって？——その言葉で、死人やけが人とか、砲弾《ほうだん》や銃《じゅう》のことが頭に浮《う》かんだ。フェルナンドのやつ、冗談《じょうだん》のつもりか？　こちらをふり返って、ぼくの目をじっとのぞきこんでいる。いや、冗談《じょうだん》なんかじゃなさそうだ。真剣《しんけん》そのものって目つきだ。

「いいか、本気で行こうと思ってるやつだけだ」と、フェルナンドは続けた。「でなかったら、やめて、帰っちまえ。これが、ラ・ウルティマ・オポルトゥニダー・オンブレ——最後のチャンスだぞ」

一瞬《いっしゅん》なんのことかわからなかった。本気かどうかだって？　決まってるじゃないか。国を捨て、グアテマラとメキシコの国境を越《こ》えようと、長い道のりをずっと歩いてきた。今、その国境は目の前にある。だけど、国境の向こうにどんないいことがあるんだろう？　じつは、ケシ粒《つぶ》ほどの期待もしていなかった。ただ、出発したときに心に誓《ちか》ったのだ。もうこれきり帰らない。ぜったいに、と。

「やるしかない」と、自分に言いきかせるようにつぶやいた。「それしかない。ずっと望んできたことなんだ」

フェルナンドはぼくから目を離《はな》し、ほかの連中の方を見つめた。みんなは何も言わず、うなずき返すだけだった。

この仲間と出会ってから、まだほんの数時間ほどだ。それに、ぼくが家を出てきてからも、それほどはたっていない。なのに、ずいぶん昔のことのような気がする。ずいぶん遠く離《はな》れてしまったみたいだ、タフムルコの村のちっぽけな家からも、グアテマラの山々からも。ぼくの故郷。もう、二度と見ることはないのかもしれない。

本当に家を出てくるまで、いったい何度心を決めたか知れない。家を出て、ママを探しに行こうと。数えきれないくらいだ。

六年前、ママは家を出ていった。妹のファナとぼくを置いて。そして、それきり帰らなかった。ぼくは八歳《さい》で、ファナはまだ四歳《さい》だった。はじめのうちは、ママを探しに行くには自分はまだ小さすぎる、と思っていた。少し大きくなっても、勇気がなかった。実際に家を出る二日前の晩までは。でもあの晩、もう出ていくしかなくなった。これまでのことをすべて考えると、ぼくはもう、そうするしかなかったのだ。

じっとすわって川をながめていると、あの晩のことがよみがえってきた。まざまざと目に浮《う》かぶ。

ぼくは起き出して、妹のファナを揺《ゆ》りおこし、これから家を出ていくよ、と言った。ファナはぼくをひきとめようとした。それが無理だとわかると、マットレスの下から自分の貯金をひっぱり出してきて、ぼくに押《お》しつけた。はじめは、おまえのお金なんかもらえないよ、とことわった。するとファナは、受けとらなかったら、おじさんとおばさんを起こしちゃうから、とぼくをおどしたのだ。だから、しかたなくもらっておくことにした。だけど、いつかかならず返す、と誓《ちか》った——いつか、ぼくたち兄妹がまた会えたときに、と。ぼくは、ファナをしっかりと抱《だ》きしめた。そうして、家をしのび出た。

寒い、星がきれいな夜だった。町のはるかかなたに、雪をかぶった火山の白い頂《いただき》が見えた。冷えた体をあたためようと、ぼくは走りだした。そして、空が明るくなったころ、長距離《ちょうきょり》トラックのドライバーに拾ってもらったのだ。

そのトラックで山地をくだり、平原に出た。そして、昼には、それまで来たこともないほど遠いところまで来ていた。昼過ぎにトラックからおろされ、ぼくは、川のほとりにある大きな町、テクン・ウマンを目指して歩きだした。タフムルコにいたとき、聞いたことがあった。テクン・ウマン——その町には、国境を越《こ》えてメキシコに向かおうとするあらゆる人たちが流れこんでくるという。

町に着くと、ぼくは通りで、少し年上の少年に声をかけ、国境への道をたずねた。すると、「まずは青少年難民センターに行った方がいいぜ」と、言われた。「この町で安全な場所は、まあ、あそこだけだからな」と。明日、国境を越《こ》える前に、そのセンターでベッドにありつけるし、朝飯《あさめし》もそこでとれるという。

「そのあとは、ア・ラ・ベスティアだ!」少年は最後にそう言った。ア・ラ・ベスティア——地獄《じごく》のようなところ。野獣《やじゅう》どもの中を旅するってことだろうか。でも、あまりぴんとこなかった。

難民センターのだだっ広《ぴろ》い共同寝室《しんしつ》で、夜を明かした。何もかもなじみのないことばかりで、よく眠《ねむ》れなかった。朝食をとろうと食堂へ行き、空いているテーブルにすわると、ほかの客たちが次々に同じテーブルにやってきた。会ったこともない人たち。だれひとり知った顔はいない。

それでも、みんなわかっていた。全員が同じ目的を持っている。つまり、だれもがこのグアテマラからメキシコをぬけて北へ、アメリカ合衆国《がっしゅうこく》へ行こうとしているのだ。

そのときだ。同じテーブルにすわっていたフェルナンドが、ぼくたちに声をかけたのだ。

「飯がすむと、みんな出発していくけどよ。おれたち、いっしょの方がうまくいくかもしれないぜ。いっしょなら、みんなばらばらで行くよりかは、ずっとチャンスがでかくなる」

ほんの少し考え、そのとおりだと思った。ほかの連中も同じらしかった。だから今、ここでこうしてみんなが集まっているのだ。国境を流れている大河、リオ・スチアテの岸のやぶに身をかくし、どうやってこの川を渡《わた》るのがいちばんいいか、頭をなやましているのだ。

いっしょに来た連中のことは、ほとんど知らなかった。朝食のときに話したことも、ほんのわずかだった。フェルナンドがいちばん年長で、十六歳《さい》くらい。エル・サルバドルの出身で、テキサスに住む父親のところへ行きたいと言っていた。合衆国行きを何度かこころみたとかで、メキシコのことにはくわしかった。なんで前は失敗したのか、なぜうまくいかなかったのか、たずねてみる勇気はなかった。とにかく、フェルナンドはあの土地のことを知っているのだ。少なくとも、ぼくやほかの連中よりは。ぼくたちは、ほとんど何も知らないのだから。

ほかに仲間になったのは、エミリオとアンジェロとヤスの三人だ。エミリオは、ホンジュラスから来たと言った。それ以外、自分のことは話さない。インディオであることは、見ればわかる。アンジェロはグアテマラ出身で、ぼくと同じだ。でも、山地ではなくて、首都の方に住んでいたらしい。やっと十一か十二歳《さい》ってところだが、ロサンゼルスにいる兄さんのところにぜったいに行く、と言っている。そして、ヤスは女の子だった。正確にはヤスミーナというらしい。ヤスはエル・サルバドルから来ていた。髪《かみ》を短く刈《か》りこんで、男の子のようななりをしている。旅のあいだメンドウなことをさけるためだ、と言っていた。

ぼくたちは寄りそってしゃがみこみ、やぶのあいだから川を見おろしていた。川幅《かわはば》はとてつもなく広く、そのうえ流れもかなり急だった。ぼくたちのいる岸は、汚泥《おでい》でぬかるんでいた。その腐《くさ》ったようなにおいが、ぼくたちの方まであがってきた。たぶん、町から流れこむ汚水《おすい》のせいだろう。

対岸には川から霧《きり》がはいあがっていて、岸辺の木々の上にベールのようにたなびいていた。それがなんとなく不気味な感じだ。霧《きり》をながめているうち、ふいに、テクン・ウマンで出会って道をたずねた少年のことを思い出した。

「ねえ、フェルナンド」と、ぼくはひじでつついて、聞いてみた。「ア・ラ・ベスティアって、どういう意味なの?」

フェルナンドは答えづらそうだった。「なんで、そんなこと聞くんだ?」

「テクン・ウマンで、難民センターのことを教えてくれたやつがいてね。その宿が、ゆっくり休める最後の場所だと言った。それからあとは、ア・ラ・ベスティアだって……。どういうこと?」

フェルナンドは向こう岸をにらんだまま、はき出すように言った。「チアパスのことさ。メキシコ南部の土地の呼び名だよ。これから、そこを通らなくちゃならない。みんなはそこをベスティア――地獄《じごく》って呼んでるのさ。まあ、あたってるな。あそこは、ほんとに地獄《じごく》だね。とくに、おれたちみたいなはみだし者にとっちゃあね」

フェルナンドは、いまいましそうに対岸をにらんでいる。しばらくは、静かな時が流れた。川の水音だけが聞こえる。ヤスが顔をあげて、ぼくの方を見たが、そのあと、かぶっていたキャップを顔が見えないほど深くおろしてしまった。ヤスもぼくと同じように、フェルナンドってどんなやつなのか、どうしてこんな態度をとるのか、わからないようだった。

「北へ行きたいやつは、みんな、チアパスを通らなくちゃならない」フェルナンドがまた口をひらいた。「そして、北へ行くたったひとつの方法は、貨物列車だ。だから、わかるだろう？　その線路沿いにならず者が集まってくる。おまえたちのわずかな金を……ときには、おまえたちそのものをねらってさ。やつらは線路沿いのどこにでもいる。おまけに、列車の事故もしょっちゅうだ。ひかれておだぶつってことさ。だから、エル・トレン・デ・ラ・ムエルテ、つまり、死の列車なんて呼ばれてる」

フェルナンドは、やぶを背にしてしゃがみこみ、髪《かみ》をかきあげた。

「このまえの旅のとき、顔見知りになったやつから聞いたんだ。川を越《こ》えた百人のうち、チアパスをぬけられたのがちょうど十人。北の国境にまでたどり着けたのが三人。それで、うまく合衆国との国境を越《こ》えられたのは、たったひとりだけだったそうだ」フェルナンドは首を横にふった。「こいつは言いたくなかったけど、つまり、そういうことだよ」それだけ言うと、顔をそむけてしまった。

フェルナンドの眼の奥《おく》に、何かわからない光が浮《う》かんでいたような気がした。どういう意味なんだろう？　ぼくたちを試すつもりなのだろうか？　わざと、おどしているのだろうか？　それとも、本当に言ったとおりなのか？

「いっしょにいれば、きっとうまくいくんじゃないかな」と、ヤスが少し離《はな》れたところでつぶやいた。

「あたしたち、五人だもの。ひとりじゃない」

フェルナンドがそれを聞きつけて言った。「あんまりあてにしないことだな。ひとりで行くか、そうでないかは、みんな自分で決めるんだ。へたをすれば死んじまう。今どこにいるのか、肝《きも》に銘《めい》じておくんだな。あまい夢なんか見るんじゃないぜ」

フェルナンドは、また川を指さした。

「とにかく、こいつを渡《わた》らないと、列車をのがしてしまうからな。逃《に》げたいやつは、今、逃《に》げればいい。いっしょに来たいやつは、来ればいいだけさ。これからあとは、もう何も言わないぞ。注意もしないからな」

そう言うと、フェルナンドはぼくたちを置いて、はうようにしてやぶを出ていった。エミリオもあとを追っていく。エミリオは、フェルナンドの言葉に気おくれしたようすはない。いや、どんなこともへっちゃら、といった顔をしている。さもなくば、いつだって最悪なことしか考えてないようにも見える。

ヤスとアンジェロは、じっと動かなかった。なんだか、ぼくが動くまで待っているような気がした。しかたなく、ぼくも勇気をふるいおこし、やぶをはって、仲間を追って動きだした。

やぶが切れたところで、フェルナンドが待っていた。全員がついてきたのを確かめると、ちょっとうなずき、それから川の方を指した。流れていくイカダの群れが、はっきり見えた。一ダースか、もっとあるかもしれない。ほとんどが、トラックのタイヤに板を打ちつけただけのものだった。イカダは、こちらから向こう岸に密輸や密行をしようとするものや人で、あふれ返っていた。中には、荷箱や袋《ふくろ》を積みすぎて、その重みで今にも沈《しず》みそうなものまであった。

「あそこのでかいやつにしよう」と、注意深く見くらべて、フェルナンドが小声で言った。ちょうど対岸からもどってくるイカダを指さしている。流れにさからって、船頭《せんどう》が長いサオで四苦八苦しながらイカダをあやつるようすは、なんだかおかしい。船頭の姿もおもしろくて、思わず笑ってしまった。着ているTシャツの下からぽっこりと腹がつき出していて、まるで、太ったクラゲみたいだ。

「どうして、あいつに決めたの？」と、アンジェロが聞いた。

「さあな。まあ、あの船頭が気に入ったからかな。あいつに百ペソ（二〇一七年現在、一ペソは約六円）やってもよさそうだ、とね。おれにまかせとけよ。きっと、めっけもんだぜ」

持ち金は、靴《くつ》の中敷《なかじ》きの下にかくしてあった。それがほぼ全財産だ。ほかに、だれにも見つからないところに、妹のファナのくれた貯金もかくしてある。靴《くつ》の底からお金をとり出して、残りはまた靴《くつ》の中につっこんだ。ほかの仲間たちも、フェルナンドに金をあずけた。フェルナンドの合図で、みんないっせいに川の方に駆《か》けおりていった。

川に着くと、船頭はちょうどイカダを岸に着けているところだった。フェルナンドが近づいていって、向こう岸まで乗せていってくれないか、と交渉《こうしょう》をはじめた。

男はだまって仕事を続け、ぼくたちには目もくれようとしなかった。「五人じゃ多すぎる」と、ぼそっとつぶやいただけだ。

フェルナンドは首を横にふって、「五人じゃなきゃダメだ」と言い返し、ヤスとアンジェロの方を指さして言った。「小さい子は、二人でひとり分でいいだろう？」

ヤスは、おこったように顔をこわばらせた。ヤスはエミリオやぼくと同い年で、ほんの少し背が低いだけだ。だから、アンジェロといっしょにされたのが気に入らないのだ。

「荷物だって持ってない」と、フェルナンド。

そのとおり、ぼくたちはほとんど何も持ってはいなかった。ぼくだって、水筒《すいとう》とタオルと替えのＴシャツと下着を入れたリュックサックひとつきり。そこに、ママから来た手紙も入っている。ママの住所は、家を出る少し前に、足の裏にイレズミで彫《ほ》りこんでもらった。ほかの仲間たちだって、持ってるものは似たりよったりだ。

イカダの船頭は、背をのばすと、フェルナンドをじっとにらみ、「マードレ・デ・ディオス――おおマリアさま！」と、ため息をついて、空をあおいだ。「あきれたなあ！　ま、しかたない。だが、坊主《ぼうず》、はっきり言っとくが、小さいからって値びきはなしだ。まとめて二百ペソだ。荷物があろうがなかろうがね。わかったか」

フェルナンドはうなずいた。そして、男に二十ペソをさし出した。二十ペソだけ？……聞きちがいだったのだろうか？　本気でやってるわけはない！　船頭は、水の中にたたきこんでやるぞ、といった顔をしてフェルナンドをにらんだ。押し殺したような悪態《あくたい》が唇《くちびる》のあいだからもれた。だが、フェルナンドは何も聞こえなかったような顔で、悪びれもせず、ただじっと男をにらみ返した。

しばらくのあいだ、どちらもしゃべらなかった。それから、相手はまた悪態をつくと、フェルナンドと交渉《こうしょう》をはじめた。ぼくは、二人のようすを見まもっていた。フェルナンドのやつ、なかなかやるな！　なんてかっこいいんだろう。相手がどんなにひどい悪態をついても、ビビったりしない。何度も、あがったりさがったりの駆《か》け引きが続いたあと、とうとうフェルナンドがねらっていたとおりの、五人で百ペソきっかりで話がついた。フェルナンドは金をひっぱり出し、男の手に押《お》しつけた。

船頭は百ペソ札をたたむと、ズボンのポケットにつっこんだ。そのあとで、岸につないだイカダのロープをほどき、乗れ、と合図した。ぼくたちはすぐさましたがった。乗りこんで、しゃがみこみ、船頭がサオで岸をついて、イカダが岸から離《はな》れるのをじっと見つめていた。

イカダは岸を離《はな》れ、流れの中を動きだした。フェルナンドは岸に立ったままイカダの後ろを押《お》し、ぎりぎり背が立つくらいのところまでイカダが離《はな》れると、イカダにとびうつり、ぼくらのそばにすわりこんだ。
「バッチリだ！」と、船頭に聞こえないようにささやく。「あとは、何かまずいことが起こらなければいいけど」

流れに乗ったイカダが、ぐらぐら揺《ゆ》れだした。ぼくはイカダのへりから水の底をのぞきこんだ。茶色くにごった水が、なんだかおそろしい。どれくらい深いのだろう？　ぼくは泳げない。ふり落とされないように、イカダの底板にしっかり爪《つめ》を立ててつかまった。となりにすわっているフェルナンドは、ぜんぜんこわがってはいないみたいだった。まるで、静けさが気に入らないとでもいうように、向こう岸の方をじっとうかがっている。

流れはあちこちで渦《うず》をまいている。船頭は心得ているらしく、たくみに渦《うず》をさけて進んでいく。一度だけ、川底にサオが深くささってしまったとき、イカダがはげしく揺《ゆ》れだした。船頭はバランスを失い、イカダは回転しはじめた。何が起きたんだ？　と、思うより先に、フェルナンドが立ちあがって、船頭に手を貸《か》した。川床《かわどこ》にささったサオを二人でなんとかひっこぬき、イカダはもとどおり進みだした。ぼくたちの方にもどってきたとき、フェルナンドの顔にはうっすらと笑みが浮《う》かんでいるようだった。

二、三分もすると、ぼくたちのイカダは川の中ほどに出て、メキシコの岸に近づいていた。だが、とつぜんその岸に、まるで地面からわき出たみたいに、国境パトロールの警官たちがあらわれた。川の上は、にわかに落ち着かないふんいきになった。ほかのイカダも進むのをやめて、向こう岸に並《なら》んだ警官たちをじっとうかがっている。まるで世界が呼吸を止めてしまったみたいだ。
「クソッ、思ったとおりだ。今になってかよ？」フェルナンドはそうはきすてると、立ちあがった。

船頭はちょっと考えていたが、投げやりな調子で言った。「向こう岸に着いたら、おまえら、みんなとっつかまるな。ひき返すに越《こ》したことはないぞ。だが、金は返せないぜ。とにかく、川のまん中まで乗せてきてやったんだからな」

「あんた、イカレてんのか？」と、フェルナンドがどなった。「ふざけるなよ。おれがただどりされるとでも思ってるのか？」

船頭は肩《かた》をすくめてみせた。「そういう決まりになってるのさ。国境警察が出てくるなんて、おれの知ったこっちゃないからな」

フェルナンドは船頭につっかかった。「あんたの決まりなんて、どうでもいい。とにかく、おれたちは向こう岸に渡《わた》るんだ。わかったか？　それを忘れないでくれ！」

「なるほど」と、船頭はにやりとした。「そんなに言うなら、手がないわけでもないぜ。うまいぐあいに、あいつらの中に知りあいがいる」

「どういうことだ？　国境警察の中にか？」

「そういうことだ。ちょうど顔見知りがいるよ。なにしろ、毎日ここを通ってるからな。知った顔のひとつやふたつ、できるってわけさ」

「それで、どうしろと？」

「そりゃあ、あんたらしだいだ。たとえば、おれがちょっとのあいだあいつらの注意をひきつけて、何か冗談《じょうだん》でも言って笑わせ、あんたらに気づかないようにしてほしければな」

「つまり、連中にもいくらかつかませるってわけか？」

船頭はそれには答えず、そっぽを向いて、川にツバをはいた。

「それでいいよ」と、フェルナンドは言った。「わかった、そうするよ。どれくらい出したらいい？」

「ああ、ほんの少しだ。おまえらひとりあたり、もう百ペソずつってことにしようや」

フェルナンドは冷ややかに相手の顔をにらんだ。「事情がよくわかったよ。つまりおれたちは、いいカモってわけだ。あんた、あいつらとグルなんじゃないか？」

船頭はむっとして顔をゆがめた。「おれはだれともグルなんかじゃない。ただ、暮らしをたてなきゃならんからな。女房《にょうぼう》と子どもたちを食わせるためだ。いやだと言うなら、助けてはやれない」

フェルナンドは船頭にとびかかっていくんじゃないかと思ったが、なんとかこらえたらしく、ぼくたちの方にもどってきた。

「きたないやつね！　ぶんなぐってやりたい」ヤスが小声で言った。

「ああ、でも、今はやめとけ」と、フェルナンド。「いいか、岸に着いたら、よくまわりを見るんだ。やつらに気づかれる前に、すりぬけるぞ」

何を言ってるのか、わからなかった。「どういうことさ。あいつに、もっと金を渡《わた》すつもりかい？そんなことしたら、ぼくたち、あっというまに文《もん》なしになっちゃう！」

フェルナンドはぼくの肩《かた》に手を置いて、ささやいた。「言うとおりにすればいいんだよ」

それから、船頭に近づいて、その手に何枚かの札をたたきつけた。

船頭はにやりとした。「おお、ありがとよ、アミーゴ――友だち。うちの子どもらも、おまえらのために祈《いの》ってやるぜ」

「あんたのガキのことなんか、どうでもいい。むだ口《ぐち》たたいてないで、さっさと岸に着けてくれ」

船頭は言われたとおり、イカダを岸に向けた。そして、近づいたところで、船頭は岸にいる国境パトロールの警官たちに手をふった。連中の方も、親しげにうなずいている。ほかのイカダは、もう岸に荷をあげ終えて、もどってくるところだった。ぼくたちのイカダともう二隻《せき》だけが、向こう岸に向かっている。

船頭は、警官たちのすぐそばの岸にイカダを着けようとしている。ぼくたちは、警官たちに見られないように、荷物のかげにかくれた。口から心臓がとび出しそうだった。

着岸した。ぼくたちは、イカダが岸につながれるまで、じっとしてはいなかった。すぐさまとびおりて、水ぎわのぬかるみを走りだした。だれにも見とがめられず、岸にあがって、土手の茂《しげ》みの中にとびこんだ。

そこで一瞬《いっしゅん》動きを止め、後ろのようすをうかがった。下の岸に、あの船頭の姿《すがた》が見えた。警官たちのそばに立って、タバコをさし出している。談笑《だんしょう》しながら、ぼくたちのかくれている方を指さしたりもしている。

「さあ、行くぞ！」と、フェルナンドがささやいた。ぼくたちは茂《しげ》みからとび出し、できるだけ川から離《はな》れようと走りだした。

しばらくして、人家が見えてきた。シウダー・イダルゴに入ったのだろう。グアテマラのテクン・ウマンと向かいあっているという、メキシコの国境の町。フェルナンドはやっと歩《ほ》をゆるめた。もう一度、後ろをちらりとふり返ると、ふいに笑いだした。

「どうしたの？」と、まだ息を切らしながら、ぼくは聞いた。「何がおかしいの？」

フェルナンドはポケットから札たばをひっぱり出して、みんなに見せた。「あいつ、今ごろ、これがなくなってることに気づいてるだろうよ。だけどおれたちは、もう捕《つか》まりゃしない」

「じゃあ、それ、イカダの船頭のかい？　いったい、いつ……？」

フェルナンドは答えなかった。

「ぼく、見てたよ」と、アンジェロがうれしそうに言った。「あいつのズボンのポケットから、失敬《しっけい》したんだ。サオがぬけなくなって、あいつを助けに行ったときにさ。そりゃもう、すばやかったな」そう言いながら、アンジェロはお札をする手つきをまねてみせた。

フェルナンドは笑いだした。「おまえが、眼が早いってことは、はじめからわかってたぜ」

ヤスは立ちどまって言った。「待ってよ。それじゃあ、最初からくすねるつもりで、お金を渡《わた》したってわけ？」

「ま、そうだな」と、フェルナンドはうなずいた。「あんなやつに、オタカラをくれてやるとでも思ったのか？」

ヤスはあっけにとられたように、首を横にふった。なんだか、おこっているようにも見える。「いったい、いくらくすねたの？」

「とっさのことだからね、全部はいただけなかったよ。たぶん千か、そこらだろうな。おかげでこれから、このありがたい金が使えるってわけさ」そう言って、フェルナンドはまた歩きだそうとしたが、みんなはとまどったようにそこにつっ立っていた。フェルナンドはふり返って、あきれたようにみんなの顔を見まわした。「おまえたち、何か不満でもあるのか？」

だれも何も言わないでいると、フェルナンドはヤスの方に近づいて、手にした札たばをさし出した。

「じゃあ、これをやるよ。そうしたいんなら、あいつに返してこいよ」

ヤスは答えなかった。フェルナンドはぼくのところへも来て、同じことを言った。ぼくもしりごみした。

どう考えたらいいか、わからない。わからない。わかっているのは、ひとつだけ。フェルナンドは、あんなことして本当によかったんだろうか？ それに、金は、フェルナンドの言うとおり、いざってときにはありがたいものだもの。ともかく、ぼくは首を横にふることしかできなかった。

フェルナンドはうなずいた。「おまえらに、前にも言っただろう？ チアパスとか、その先のことをさ」

「ああ、地獄《じごく》だって言ってたね」

「そのとおりだ」

「そこをぬけられるのは、百人のうちたった十人だって」

「そうさ」

「だれも助けちゃくれないって」

「本当にそのとおりだ。これからは、まわりじゅうみんな、敵だと思うことだ。かんたんに信用しちゃだめだ。ほんとに納得できることだけ、するんだ。だれかがこっちをだまそうとしてきたら、おんなじようにやり返してやれ」フェルナンドは手にした札ビラを、指ではじいてみせた。「ああいうキタネエ連中に、いつも、あんなやり方でまきあげられちまうんだ。あの船頭みたいな連中が、メキシコ側に連れてってやると言うときには、決まって国境警察が出てきやがる。そしていっしょになって、こっちをさんざんおどしつけ、さらにゼニをしぼりとるんだ。たぶん国境警察のやつらに半分渡《わた》して、あとは自分のふところに入れるのさ。だから、あいつから金をとり返したっていいんだ。悪いと思ったり、ビぴったりすることなんかないのさ」

フェルナンドはぼくたちをじっと見すえ、やれやれというように首をふって、ため息をついた。

「これからも、学ばなきゃいけないことが山ほどあるぜ。さあ、行こうか。メキシコに入ったのはいいが、列車はおれたちを待っちゃくれないぜ！」

2

もうかれこれ一時間以上も、ぼくたちはシウダー・イダルゴの貨物駅にいる。待避線《たいひせん》に停車しているサビだらけの貨車のかげにかくれ、駅のようすを見ている。

ぼくたちが駅に着いたあと、あのイカダの船頭《せんどう》が数人の警官をひきつれてあらわれ、ぼくたちを探しているようだった。ぼくたちは貨車の下にもぐりこみ、車輪のあいだにじっと身をひそめ、うまくかくれおおせた。船頭たちは、しばらくすると別の方向へ行ってしまった。だが、それと入れ代わりに、鉄道警備隊が線路に沿ってあちこちに立ちはじめた。

「歓迎部隊《かんげいぶたい》のおでましだぜ」フェルナンドがそっちを指さして言った。

古い貨車の車輪のあいだから、そのようすがよく見えた。作業員たちが貨車を次々に連結させて、列車を編成しはじめたときにはもう、長い列車の先頭から最後尾《さいこうび》まで、両側にくまなく警備員が立っていた。警棒をにぎりしめている男たちを見て、ぼくはふいに不安になり、思わずフェルナンドにたずねた。

「あいつら、なぜあそこにいるの?」

「さあな。たぶんおれたちを待ってるんだろう」

みんながいっせいにフェルナンドの顔を見た。フェルナンドは笑っている。

「もちろん、おれたちだけじゃないさ。ほかのやつらもだ。おまえらは気がついてないかもしれないけど、誓《ちか》って言うが、今、この駅のまわりには、二、三百人近い人間がかくれてるはずだ。一日にたった一本だけの列車が、もうすぐ出るんだからな。こいつをのがすと、このゴミためみたいな場所で、動きがとれなくなる」

ぼくは駅のはずれのあたりを見まわしてみた。最初は何も見えなかった。けれど、しばらくすると、構内のガレキ置き場のあたりに、何かこそこそとすばやく動くものが見えた。じっと目をこらしてみると、男が何人かうずくまって、線路のようすをうかがっているようだ。

と、とつぜん、かくれ場所からとび出して、列車の方へすばやくしのびよっていく。だが、たちまち警備員に見つかり、怒声《どせい》がとんだ。男たちは一瞬《いっしゅん》立ちすくみ、ちりぢりに逃《に》げ出した。警備員の何人かがそれを追っていく。そのあとのようすは、もう見えなかった。

フェルナンドは首をふり、つぶやいた。「ばかだな。まだ、列車にしのびこむには早すぎるぜ」

「いつならいいの？」と、アンジェロが聞いた。

フェルナンドは線路の先を指さした。「タパチュラ方面への線路は、単線だ。まず、この列車と入れちがいになる列車が来るまで、待たなくちゃな。列車が着いた直後がチャンスだ」

「いつ来るか、わかってるの？」

「いや、わからない。だけど問題ない。警備員の動きを見てればいいんだ。列車の到着《とうちゃく》まぎわになると、あいつら、そわそわしはじめるからね。見たところ、まだまだのようだな」

しばらくすると、貨車の連結作業が終わり、出発準備ができたようだった。何ダースもの貨車がじゅずつなぎになって、百メートルはゆうに越《こ》えている。オイルやガスを積載《せきさい》したたくさんのタンク車や、何が積んであるのか見えないコンテナ車、砂やセメントや石などの建設資材が積まれた屋根のない貨車もたくさんある。

フェルナンドが屋根のない貨車の一台を指さし、「あそこの、あれだ」と言った。「おれたち、あれに乗らないと」

どの貨車も同じに見えるのに、なぜそれを選んだのか、よくわからなかった。ちょうど列車のまん中あたりにつながれている、板材や、細い材木や、太い角材が積みこまれた貨車だ。よりによって、警備員がたくさん立っているところじゃないか。

「あんなところじゃ、無理よ」と、ヤスがささやいた。「あの貨車はやめたら?」

「やめるもんか。おれは、そんな腰《こし》ぬけじゃない。さあ、行くぞ!」フェルナンドは言い返し、身を起こすと、今までかくれていた貨車の反対側にはっていった。フェルナンドがどういうつもりなのか、見当もつかなかったけれど、ぼくたちもみな、続いた。おんぼろ貨車のかげにかくれながら、線路沿いに後ろへもどる。ようやく貨車の列がとぎれると、警備員の列のいちばん後ろあたりにまで来ていた。

線路ぎわに積みあげられているセメントの山のかげでようやく足を止めると、フェルナンドは言った。

「よく見てろよ。入れちがいの列車が入ってきて、警備員たちが列車の前の方に気をとられるまで、待つんだ。そしたら、さっきおれが決めた貨車のところまで、こっそりもどる。だけど、貨車にはまだ乗りこまない。やつらはすぐにひき返してくるから、見つかっちまう。あわてて貨車に乗ったりしないで、下にもぐりこんで、その車両の前の方にはっていくんだ。わかったか?」

「でも、それだと、列車が動きだしても、ぼくたちはまだ下にいるんだろ?」アンジェロが不安げに声をふるわせてたずねた。「みんな、列車にひかれちゃうよ!」

フェルナンドはアンジェロの方にかがみこんだ。「おまえ、おれのこと、信じてるか?」

「もちろんだよ」

「よし。言っとくけど、だれもひかれたりしない。おれが先に行く。おまえがすぐあとに続け。おまえの面倒《めんどう》はみてやるから。いいか？」

アンジェロはこっくりした。フェルナンドはぼくたちの方に向きなおった。

「入れちがいの列車が来るまで、かくれてるんだ。それからさっき決めた貨車のところまで、はってもどるぞ。列車が到着《とうちゃく》したら、すばやく動きだせ。警備員たちが、新しく来た列車に気をとられていそがしくしているあいだに、車両の前の方まではっていってから、貨車にはいあがって、材木のあいだにかくれるんだ。それだけだ」

フェルナンドは、こともなげに言ったけど、とんでもなく危険に思えた。警備員がたくさんそばに立っている貨車の下を、はって進むなんて。ヤスもアンジェロもエミリオも、不安そうな顔をしている。だけどフェルナンドは、あの川を渡《わた》るときも、どうしたらいちばんいいかわかっていた。どっちみち、彼《かれ》についていくしかないのだ。ぼくたちは、列車に乗らなくちゃならない——ぜったいに！　フェルナンドだけが、ぼくたちを北へ、アメリカ合衆国《がっしゅうこく》へ、連れていってくれるのだ。

ぼくたちは、セメントの山のかげにうずくまって待った。列車にしのびこもうと近づいてくる人間の数が、ふえてきた。だが、みな、警備員に見つかり、追いはらわれている。警備員の中には、警棒を手にしている者もいる。

そのうち、何人かが警備のすきをかいくぐって、貨車の中にとびこんだ。たちまち警備員があとを追って貨車にあがり、捕《つか》まえて線路へひきずりおろす。すごいわめき声があがり、すさまじい騒《さわ》ぎになった。列車の最後尾にいるぼくたちのそばに立っていた警備員たちも、そっちへ向かって駆《か》け出していった。

「今だ！」フェルナンドがささやくと、かくれ場所からとび出した。

ぼくたちもそれに続く。前方へ走っていく警備員たちの背中を見ながら、全速力で列車に向かう。うまいぐあいに、前の方から聞こえてくる騒《さわ》ぎが、ぼくたちの足音をかきけしてくれた。息を切らしながら、目指す列車の最後尾《さいこうび》にたどり着き、貨車の下にすべりこんだ。

うまくいった！　気づかれてないぞ！　そのまま、ひじとひざを使って、レールのあいだを前にはっていく。フェルナンドが先頭、そのあとにアンジェロとヤス、そのあとにぼく。しんがりはエミリオだ。

貨車の下には熱気がこもっていた。ほとんど息ができないくらいだ。貨車の下のすきまはせまくて、はっていくのがやっとだ。線路に敷《し》きつめられている石のかどが、体に食いこんで痛い。思わずうめき声をあげそうになるのを、必死にこらえた。おまけに、列車の両側には警備員が立っている。はいているブーツに手がとどきそうなくらい、近くにいる。

しばらくして、ようやくフェルナンドが止まった。どうやら、材木を積んだあの貨車の下に着いたらしい。フェルナンドには、どうしてそれがわかるのだろう。車両の下からでは、どの貨車も同じに見えるのに。

ぼくは、何時間も走りとおしたみたいにぐったりしてしまい、地面に頭をつけて目をつぶった。ガソリンやこげたゴムのにおいがする。頭のてっぺんから足の先まで、油とススでよごれてしまった。ひざこぞうとひじには血がにじんでいた。

何分かそのままじっとしていると、レールがふいに振動《しんどう》しはじめ、思わずぎくりとする。列車が動きだすんじゃないか？　次の瞬間《しゅんかん》、大きな警笛が聞こえた。入れちがいの列車が駅に入ってきたのだ。ブレーキのすさまじい金属音が響《ひび》く。同時に、あらゆる方角で、耳をつんざくような騒《さわ》ぎが起こった。

はじめは、何が起こっているのかわからなかった。だが、すぐにぴんときた。不正乗車をしようとする人たちと警備員たちの争いがはじまったのだ。

フェルナンドが大声でさけんだ。外へはい出せ、という合図だ。まわりで起こっていることにはかまわずに、とにかく貨車にはいあがることだ。貨車にあがり、積みあげられた材木のすきまに身をかくさなくては。

貨車の外枠《そとわく》と、中に積まれた材木のあいだには、せまいすきましかなかった。さいわい、ぼくはやせていたので、難《なん》なくそのすきまにすべりこみ、貨車の床《ゆか》に身をふせることができた。貨車のかべ板はスノコのようになっていて、ところどころに外の見える細いすきまが空いている。あそこなら外のようすがわかると思って、そこまではっていった。

ほんのわずかなすきまからのぞくと、線路に向かって走ってくる人々が見えた。ほとんどが大人だけど、ぼくたちぐらいの年の子もいる。警備員たちは、もはや人々を止められなくなっていた。はじめは、何人かを押《お》しもどしていたが、すぐにまた、新しい人たちが殺到《さっとう》してくる。

そのとき、とつぜん、がたんと揺《ゆ》れた。列車が動きだしたのだ。積みあげられた材木が揺《ゆ》れ、ギシギシ鳴って、すみっこにいたぼくを貨車のかべに押《お》しつけた。つぶされてしまう、と思い、思わず悲鳴をあげてしまった。さいわい、すぐに材木の重みはゆるんだ。列車は駅の騒《さわ》ぎからのがれるように、スピードをあげはじめた。

改めて外のようすをうかがったけれど、何が起こっているのかよくわからなかった。あちこちに、列車を追いかけて走ってくる人たちの、ひきつった顔が見えるだけだ。てんでに貨車にとびつき、しがみつこうとしているにぶい音がする。そして、ふり落とされていく人たちの絶望的な悲鳴。すさまじい音をたてている車輪にまきこまれたら、ずたずたにされてしまうかもしれない。

列車がまた、いちだんとスピードをあげた。駅が遠ざかっていく。家や通りがどんどん通りすぎていく。あっというまに駅の騒《さわ》ぎは聞こえなくなったが、人々のさけび声はまだ耳の奥《おく》で響《ひび》いていた。

ぼくは材木を押《お》してなんとかすきまを作り、うずくまって、ひざをかかえた。あの騒《さわ》ぎはぼくには関係ない、と自分に言いきかせる。まだメキシコに来てやっと数時間なのに、うちのめされるようなことを見聞きしてしまい、ひどい気分だった。だけど、ぼくがなげく理由なんてないんだ。みんな、自分たちが望んで、ここに来たんだ。だれも、ここへ来いなんて言いはしなかった。みんな自分の意志で、北へ向かう列車に乗ろうとしたのだから。

積みあげられた材木にもたれ、ぼくは目をとじた。もうあともどりはできない。列車は走りだしたんだから。

そのまましばらく、かくれ場所にうずくまったまま、身じろぎもしなかった。見つかってしまうのではないか、という不安が消えない。でも、仲間たちのことも心配だった。みんな無事だろうか？　たまらなくなって、とうとう立ちあがった。

材木の上に顔を出してみると、すぐにフェルナンドの姿が見えた。のんびりとすわりこんで、シャツについた木くずをはらっている。と、数メートル先に、エミリオが顔を出した。少しあとで、ヤスとアンジェロも、貨車のすみっこから姿を見せて、上の方にあがってきた。

「トド・ビエン？――だいじょうぶか？」と、フェルナンドがぼくたちに声をかけた。

「ううん」と、アンジェロが言って、頭をごしごしかいてみせた。「下の方には、クモがわんさかいるんだ。追っぱらおうとしても、だめなんだよ」

フェルナンドは笑いだした。「それくらい、たいしたことないだろ。とにかく、材木につぶされなかっただけで、ラッキーじゃないか！　うまくいったってことだ」

ぼくは立ちあがって、注意深く足場を確かめた。それから外に目をやる。川や駅や町は、もう遠ざかっていて、線路の両側には、草の海が広がっているだけだ。列車の走る線路だけが、それをつらぬくただひとつの道のようで、列車は息せききってその上をつっ走《ぱし》っていく。

そして、どの貨車にも人がいっぱい乗りこんでいるのが見えた。貨車のハシゴにしがみついたり、タラップに立ったり、屋根にはいあがっている者もいる。何十人も……いや、ひょっとしたら百人以上もの人が、この貨物列車に乗りこんでいるのかもしれない。

列車がカーブにさしかかり、がたがたとはげしく揺《ゆ》れ、車輪がキイキイと悲鳴をあげた。ぼくたちのいる貨車もはげしく揺《ゆ》れて、ぼくもバランスを失いかけ、あわててまた、しゃがみこんだ。

「まったく、どうかしてるよ！　いったい何人、この列車に乗りこんだんだろう？」

「まあ、千人ってとこかな」と、フェルナンド。「だれも数えるやつなんかいない。数えられるわけがない」

「みんな、北へ行くつもりなの——ぼくらみたいに？　アメリカ合衆国へ？」

「もちろんさ。ほかにどこへ行くってんだ？」そう言って、フェルナンドは貨車の板かべにひじをついてもたれかかった。「バカンスのツアーじゃないんだぜ。みんな、合衆国へ運をつかみに行くんだ」

「あたしみたいな年の子まで、ほかにもいるなんて思わなかった」と、ヤスがつぶやいた。ヤスはなんだか落ちこんでいるみたいだ。駅で見聞きしたことが、こたえているんだろう。

「ああ、近ごろ、ますますふえてるよ」フェルナンドが言った。「若いやつはまず、貧乏暮《びんぼうぐ》らしにうんざりして出てくるんだ。合衆国に行けば、おれたちの国で一生かかってもかせげない金が、一年でかせげるんだからな。だけど、みんなが考えるほどあまくはない。ほとんどのやつらが、だまされちまう。一年のつもりが二年になり、三年になって、それからはもう、ほとんどが国に帰ってこない。ニーニョス・ペルディードス、つまり、行方《ゆくえ》知れずの子どもたちへの道をたどるってわけさ。そうなるようなわけがあるんだよ。たとえ合衆国にうまく入れても、転落しちまうんだ」

フェルナンドの話を聞きながら、ぼくはママのことを思い出していた。ママの場合も、まったくおんなじだった。「一年だけよ、ミゲル」と、ママはぼくたちに言っていた。「一年だけなのよ、フアナ。そしたら、またあんたたちのとこへ帰ってくるわ――うまくすれば、もっと早く帰れるかもしれない」

だけど、そんなのはまっ赤なウソだった。一年たっても、二年たっても、そして三年が過ぎても、ママはもどってこなかった。手紙が来るたびに、すぐに帰るから、と書いてあった。でも、帰ってくることはなかった――さらに悪いことに、手紙も来なくなった。

ぼくはまた立ちあがって、列車の後方にとんでいくように見える木々をながめた。そのときはじめて、駅や列車で見かけた人たちの中に、女の人や若い女の子がほとんどいなかったことに気がついた。ママはどうやって、メキシコを通りぬけたのだろう？　そのことは、手紙にひと言も書かれていなかった。

「女の人はどうしてるの？」と、思いきってフェルナンドにたずねてみた。「どうやって国境を越《こ》えるの？」

「ああ、そうか、列車じゃめったに見かけないな。危険すぎるからだろう。あのな、たいていの女の人は、いかがわしい案内人の手を借りてメキシコをぬけるんだよ。トラックの座席に乗せてもらうか、荷台の積荷のあいだにかくれてね。案内人が要求するだけの金を持ってるか、何かほかの方法で支払《しはら》いができればだけど」

「でも、そういう案内人たちは、どうしてぼくらのとこへは来ないのかなあ?」と、アンジェロが無邪《むじゃ》気《き》な声で口をはさんだ。「まるで見かけなかったよ」

フェルナンドは苦笑いしている。「おれたちなんかに声をかけてくるやつが、いると思うか? 金を持ってるようには見えないし、自分たちとおんなじにおいがするんじゃないか? 悪くすれば、どろぼうだ。でなきゃ、悪い病気をうつされかねないってわけさ」フェルナンドは、何かを投げすてるみたいに手をふってみせた。「まあ、かまいやしないさ。おれたちは、やつらの助けなんかいらない」

ヤスがため息をついた。「つまり、あたしたち、どこへ行ってもきらわれるってこと? どこでもそうなの?」

「そのとおりさ!」そう言って、フェルナンドはフンと鼻を鳴らした。「肝《きも》に銘《めい》じておくことだ。この先は、安心できる場所なんてない。草むらにしゃがみこんで用を足しているときだってさ」それから、ふいに上の方を見あげた。「列車に乗ってひと安心、ってときだって、頭の上のいまいましい枝に気をつけなくちゃならない!」

ぼくらもつられて上を見た。線路わきの木の枝が、列車の屋根をこするほどのびてきていた。フェルナンドは背をまるめ、手で顔を押さえた。ぼくたちもまねをする。

あぶないところだった。ばさっと風が来て、一本の枝がぼくの頭をかすめ、葉っぱが手にぶつかった。ショックはふいに来て、たちまち過ぎさった。あっというまだった。

「クソッタレな枝め！」みんながまた立ちあがったとき、フェルナンドがはきすてるように言った。「前に、ああいう枝が、一度に二人の人間を列車からはらい落としちまったのを見たぜ。本当になぎはらわれたんだ。おれの目の前でね。ぞっとするながめだった。わかるか？」

ヤスは手で顔を押さえている。ひどく枝にたたかれたらしく、ほおにミミズばれができていた。

「もっとひどいことが、あるってこと？　こんなのは、まだ序《じょ》の口ってわけ？」と、おこったようにたずねる。

「あったら、そのつど教えてやるさ」と、フェルナンド。「木の枝なんか、まだいい。ちゃんと注意していればいいいだけだ。やっかいなのはクイコス、つまり、警察の連中さ。あいつらは、向こうの駅で起こったことや、この列車が人でいっぱいだってことを、知ってるんだ。だから、ここと夕パチュラのあいだのどこかで、おれたちを捕《つか》まえようと、待ちぶせしているだろうな」

「なんだって？　駅じゃないところで？」エミリオが、信じられないという顔をした。

「あたりまえだ。よく考えてみろよ！　あいつら、おれたちがしゃれたホテルに泊《と》まるとでも考えてると思うか？」フェルナンドはエミリオをにらみつけた。

そのはげしい口調《くちょう》におどろいて、エミリオはうなだれた。ぼくも一瞬《いっしゅん》、あっけにとられた。フェルナンドがかっとしやすいということは、もうわかっていた。だけど、エミリオをどなりつけるなんて。青少年難民センターの朝食のときのことが、頭に浮《う》かんだ。エミリオがぼくたちのテーブルにすわったときに、フェルナンドの顔にみょうな表情が浮《う》かんだのだ。明らかに、気に入らないという顔だった。そのときはあまり気にとめなかったけど、今になって気になってきた。

「あたしたち、まだ、そんなことわからないのよ」と、ヤスがとりなした。「何もかも、はじめてなんだもの」

「そうだよ、もし警察に捕《つか》まったら、ぼくたち、どうなるの？」と、今度はアンジェロがたずねた。

「牢屋《ろうや》に入れられるの？」

フェルナンドは、エミリオから目をそらした。目つきがやわらいだ。

「連中のやることは、よくわからない。たぶん、おれたちを国境に連れもどすんだろうな。情《なさ》け容赦《ようしゃ》のないやつらだからね。だからとにかく、捕《つか》まらないように気をつけなくっちゃな」

「どうしたら、切りぬけられるかな？」と、ぼくはたずねた。「そいつらが待ちぶせしている場所、わかるの？」

「いいや。そんなこと、新聞にのってるとでも思うか？　やつらの気配を感じたら、さっと姿をくらますしかない。でなきゃ、いいかくれ場所を見つけるか、どっちかだ」

フェルナンドは手のひらで貨車のかべをたたくと、つけ加えた。

「だから、おれはこの貨車を選んだのさ。警官どもは、こんなきたない貨車の底まで探して、自分の手がよごれるのをいやがるからさ。おれたち、見つかるわけにはいかないからな」

3

列車のスピードが落ちてきた。少しのあいだなら、並《なら》んで走れるほどゆっくりになった。古いレールや腐《くさ》りかかった枕木《まくらぎ》は、列車の重みにたえられないように見える。ぼくたちの貨車も、左右にがたがた揺《ゆ》れだし、レールからとび出して、線路わきの茂《しげ》みの方へとんでいきそうな気がした。

ぼくたちは、身を寄せあってしゃがみこんだまま、通りすぎていく風景を見つめていた。次々に過ぎていく木の海の中に、何かを探しているみたいに。けれども、見るべきものは何もなかった。ときおり、小さな村が見える。かたむきかけた電柱のあいだに、半分くずれた小屋がいくつかあるだけだ。たまに川を渡《わた》ることもある。大きな川の水は茶色くにごり、岸の近くでは渦《うず》をまいていた。川を越《こ》えると、またしても木々のかべが両側の視界をふさいだ。見えるものといえば、ひとつ前の貨車にやはりうずくまっている人々だけだった。

むし暑くなってきて、汗《あせ》ばんだシャツが肌《はだ》にはりついた。貨車に吹《ふ》きつける風で、ほてった顔を冷やせるのがうれしかった。涼《すず》しいというだけでなく、その風が、自分が前へ前へと進んでいる——目的の地に近づいている、確かなしるしに感じられるからだ。期待したり、とまどったりしてきたけれど、こんな苦労もじきに終わるはずだ。

だが、希望だけでなく、やはり不安もあった。家を出てきてからずっと、不安もついてまわっている。

このふたつは、いつも入りまじっていた。北のアメリカ合衆国《がっしゅうこく》に着くこと、ママに会い、合衆国のどこかで、もっとましな生活を送ること……そう、合衆国のどこかで……。いっぽうで、そこにたどり着くまでにどんな目にあうか知れない、という不安。この貨物列車に乗っている人たちも、みんな同じなのだろう。それぞれの目に、希望と不安の両方が浮《う》かんでいた。

がたんと強いショックを感じて、とびあがった。列車がブレーキをかけたのだ。列車の近くにはもう森はなくなって、視界がひらけていた。それ以上のことはわからない。カーブにさしかかっているので、こちらから機関車は見えない。ただ、ずっと先の貨車に乗っている人たちが、とつぜんはねあがったり、横だおしになったりするのが見えた。

フェルナンドがいまいましげに貨車のかべをたたき、うめいている。「ブタ・マードレ——くそったれ！　ブタどもめ。やつら、よりによって、カーブで待ちぶせしてやがったな。下にかくれてろ。じっとしてろよ！」

そう言うが早いか、フェルナンドは自分のかくれ場所へもぐりこんだ。ぼくも、はじめにかくれていた材木のすきまにもぐりこみ、床《ゆか》に着くと、できるだけ体をちぢこめた。

はじめは、きっとフェルナンドのカンちがいだ、列車がこんなところで停車させられるはずはない、と思っていた。だが、それはあわい期待にすぎなかった。列車はまたブレーキをかけた。シューッと強く制動がかかる音が聞こえ、列車はゆっくりと停止した。

貨車の板かべに空いているすきまから、外のようすをのぞいてみた。カーブのかなり先まで見とおせる。列車はカーブの中ほどで停車していて、線路に沿って、警官がずらりと並《なら》んでいた。線路から少し離《はな》れた通りには、パトカーも止まっている。警官たちはみなでっぷりしていて、黒い制服を着て、足をふんばって立っていた。ベルトにさげている太い警棒が、無言でおどしているように見える。

前方の車両から、数人の男たちが、貨車づたいに後ろに逃《に》げてこようとしていた。すっかり見えたわけではないが、何をしようとしているのかはわかった。貨車から貨車へとびうつる音がする。警官たちがその人たちに向かって、石を投げている。石があたったのか、走っているひとりがバランスを失って、線路わきのじゃりの上に落ちた。

別の男が列車からとびおりて、走って逃《に》げようとした。警官が、止まれ、とさけぶ。だが、男は耳を貸《か》さず、そのまま走っていく。

と、ぼくの近くで、別の男が捕《つか》まった。そのまま列車の方にひきずりもどされる。男はわめき、逃《に》げようとあばれている。警官が警棒で男をなぐりつけた。

かくれているぼくの目の前で、男がなぐられ、ドスッという音が聞こえた。思わずぞっとした。自分がなぐりつけられたかのように、骨身《ほねみ》にこたえた。いっそ目をつぶってしまえたら、いや、目をそらせられたら……。けれど、そんなこと、できなかった。なぐられているのは、フェルナンドと同じくらいの年格好の少年だった。地面にたおれて、動かなくなった。警官たちが少年を無理やり起こして、ひきずっていった。

ふいに銃声《じゅうせい》がした。逃《に》げ出した数人の男たちが、野原の方へ走っていく。だが、それ以上はわからなかった。発砲《はっぽう》したのはだれなのか、ただのおどしだったのか、それともだれかが撃《う》たれたのか、確かめている余裕《よゆう》はなかった。次の瞬間《しゅんかん》、警官のひとりが、ぼくたちのいる貨車に向かって走ってきたからだ。ぼくはのぞき穴からとびのいて、体をふせた。警官が貨車に駆《か》けのぼって、積まれた材木の上を歩きだすギシギシという音がした。

ぼくは音をたてないように、さっきまでいたかくれ場所にもぐりこみ、そのすきまにちぢこまった。頭の上では、ずっと足音がしていた。貨車のいちばん後ろだ。それがやみ、また静かになるまで、永遠のように長く感じられた。足音がしなくなっても、ずっと身動きせずにいた……かがんでいるのはひどくつらかったけれど。

しばらくして、外で大きなホイッスルの音がした。列車が、がくんと揺《ゆ》れて、また動きだした。

ほっと深い息をついて、起きあがり、貨車のかべに背をもたせた。人がなぐられる音や銃声《じゅうせい》が耳の奥《おく》でまだ鳴っていて、はきけがした。

タフムルコにいたときも、アメリカを目指す不法越境者《えっきょうしゃ》たちは、メキシコで乱暴なあつかいを受ける、と聞いてはいた。だけど、ここまでだとは想像もしていなかった。フェルナンドの話も、おおげさだと思っていた。でも今、それが本当だとわかったのだ。聞いていたことは細かいところまで、本当だったのだ。

どうしてぼくたちは、行きたいとこへ行かせてもらえないの？　そうアンジェロが言っていた声が、頭の中でよみがえった。そうだ。いったいなんでだ？　なんでぼくたちは、まるで凶悪犯《きょうあくはん》みたいに、追いたてられるんだ？　ぼくたちは、あいつらに何もしやしない。ただ、あいつらの国をぬけて、親たちのもとに行きたいだけなのに。

ぼくは目をとじた。それ以上、何も考えたくなかった。

また貨車の上の方に出ていく気になるまで、今度はずいぶん長くかかった。フェルナンドはもう、上にいた。仲間たちも、ひとり、またひとりと顔を見せた。みんなが、さっきのことをどんなふうに感じているかはわからなかったが、全員が同じように青ざめて、しょんぼりしていた。ほかの貨車には、もういくらも人がいないようだった。ぼくたちのようにかくれおおせたらしい者が数人。いったんとびおりて、運よくまた貨車によじのぼることができたらしい者が数人。それで、すべてだった。

フェルナンドがうめくような声をあげ、木ぎれを線路わきのしげみに投げつけると、言った。「クソッタレ！　あいつら、ずいぶんたくさん捕《つか》まえやがった。おれたちの貨車にはいあがってきた野郎《やろう》がマヌケで、助かった。さもなきゃ、おれたちの旅も終わってたとこだ」

しばらく、だれも何も言わなかった。そのあとで、ヤスが口をひらいた。

「みんな、あの銃声《じゅうせい》、聞いたわよね」

だれも答えなかった。もちろん、みんな銃声《じゅうせい》を聞いた。そして、おそらくその瞬間《しゅんかん》にだれもが、自分はこのメキシコで一巻の終わりになるかもしれない、とさとったのだ。そうだ、命さえなくすかもしれない、と。ぼくたちがこれからの数週間どこで過ごすのか、ということも、目的地に着けるのか、なんてことも、問題ではなかった。問題は、ぼくたちが生きのびられるかどうか、ということなのだ。

「警官たちは、発砲《はっぽう》してもいいことになってるの？」と、アンジェロが聞いた。

「もちろん、なってやしない」と、フェルナンドがふきげんに答えた。「発砲《はっぽう》してもいいのは、自分の身があぶないときだけ、ということになってる。だけど、してもいいかどうかは問題じゃない。やつらが実際何をするかが、問題なんだ。おれたちをふんづかまえるのに、いちばんいい方法はなんだ？　おれたちは、パスポートを持たない人間なんだからな。文字どおり、何ひとつ持っていない」

フェルナンドはかすれた笑い声をたてた。「ここじゃ、だれかがオダブツになったって、鳴いてくれるニワトリ一羽いないんだ。運が悪かったな、で終わりさ！　そして、残りのやつらは何ごともなかったように、先に進むだけだ」

ぼくたちはしゃがみこみ、たがいに顔を見あわせた。フェルナンドといっしょに、最初に川の岸でしゃがんでいたときに、ここまで考えておかなくてはいけなかったのだ。フェルナンドは川を渡《わた》る前に、全員に警告をした。でも、そのときは、まるでぴんとこなくて、わかったつもりになっただけだった。だがこうなると、どうしたら無事、合衆国にたどり着けるか、改めて真剣《しんけん》に考えなくちゃならなかった。

「この先も、検問があるの？」と、ヤスがたずねた。

「チアパスではな」と、フェルナンドは短く答えた。「北部では、めったにない。だから、うまくいけば、タパチュラの手前であと一回だけですむ。そのときは、列車からとびおりちまえばいい」

フェルナンドの言っている意味がよくわからず、ぼくは聞き返した。「なぜ？　この列車に乗ってるのが、いちばん安全だって言ってたよね」

「ああ、そりゃそうだが……」フェルナンドは少し言葉につまり、声を落として言った。「これまで話してやらなかったけど、つまり、このチアパスに、守護天使みたいな知り合いがいるんだ。前にタパチュラで会ったんだけどな」そう言ってから、じっとぼくの目を見つめて続けた。「……そいつ、マラスなんだ」

えっ、マラスだって？　ぼくの故郷では、その言葉を聞くと、だれもがぎょっとする。マラスとは、徒党《ととう》を組んで悪事を行い、人から金をうばうためならなんでもやる少年たちのことだ。みんな、彼《かれ》らをこわがっていた。通りで向こうからマラスが来るのが見えたら、わきによけろ、と言われていた。みんなが、マラスの悪いうわさを知っていた。フェルナンドは、なんでよりによって、そんな連中とかかわりあいになろうとしてるんだろう？

「何を考えてるかわかるぜ」と、フェルナンドが言った。「だけど、ものごとにはそれなりのわけがある。ここで生きのびたかったら、えりごのみはできないんだ。あの連中は、ここでは最高の味方になる。チアパスをうまくぬけられるのは、おれの知ってるあいつしかいない」

ほかの仲間たちがこのことをどう思ったかは、わからなかった。アンジェロはショックを受けているように見えた。エミリオは目がうつろだ。もともと、何を考えているかわからないやつだけど。ヤスがちらりとぼくの方を見たので、ゆっくりとうなずき返した。

「どうやって、マラスと知りあったの？」と、聞いてみた。

「ああ、ダチのひとりがマラスになったんだ。『マラ・サルバトルチャ』というグループだ。知ってるだろう？　エル・サルバドル人が集まるグループさ。おれも入った方がいいのかなって、いっときなやんだよ。でも、せいぜい食いもんをわけあったりするぐらいの関係でじゅうぶんだ、と思った。だから、やめておいたんだ。まあ、それはどうでもいい。このまえ、国境を越《こ》えようとしたときに、そのマラスの顔見知りのひとりと会ったんだ。タパチュラで、つまりチアパスの中心地でね。そいつ、今、マラスでは『エル・ネグロ』――黒って呼ばれているんだ。で、北を目指すやつらの面倒《めんどう》をみている」

「チアパスをぬけていく手助けをしているってこと？」と、ぼく。

「ああ、それが、そいつのマラスでの仕事だ。手数料をとって、客をトナラまで連れていくってわけさ。以前、おれはマヌケなことに、ひとりでチアパスをぬけようとして、運悪く捕《つか》まってしまった。だから今回は、そいつにたのむつもりだ。グアテマラにいたときから、連絡《れんらく》をとっていたんだ。そいつといっしょなら、ぬけられる」

「で、その手数料って、どれくらいなの？」

「ふつう、ひとりあたま五百だ。けど、おれの友だちだから、もっと安くしてくれるはずだ。イカダにはらうのと同じくらいだろう。まあ、少し色をつける必要はあるけどね。でも、それほど高くないとふんでる」フェルナンドは、自信ありげにそう言った。

ぼくはまだ、のみこめなかった。警察の検問をのがれるために、よりによってマラスに助けてもらうなんて。あんな連中が仲間にまじったら、ますますヤバくはないだろうか。

「おまえたち、今、経験したことがサイアクだと思っているかもしれないけど……」フェルナンドは、ぼくたちのとまどった顔を見まわした。「だけどあんなの、この先で待ってることにくらべたら、子ども誕生会《たんじょうかい》みたいなもんだぜ。いつまでも、材木の下でかくれんぼをしているわけにはいかないんだ。おれを信じろよ。言ったことには責任を持つから。おれたち、エル・ネグロみたいなやつの力が必要なんだ。自分たちだけじゃ、どうにもならないんだ」

タパチュラに入ったときには、陽《ひ》はとっくに落ちていた。ぼくたちは、列車が駅に着く直前に、無我夢中で貨車からとびおりた。そのあとフェルナンドは、人けのない通りを選んで、ぼくたちを古い墓地《ぼち》に連れていった。

フェルナンドは、墓石《はかいし》の群れを指さして言った。「ここで、エル・ネグロと落ちあうことになってる」

ヤスがうめくように言った。「もっとほかの場所はなかったの？　お墓なんていやだわ」

「そのうち好きになるよ」と、フェルナンドはとりあわない。「夜には、ここがいちばんましな場所なんだから。暗くなってから、好きこのんでこんなところにやってくるやつはいないしな……おれたちみたいなやつらをのぞけば」そして、にやりと笑ってみせた。「気にするな！　死人はかみつきゃしないから」

あたりはもう、まっ暗になっていた。墓地の門から中に入ると、いくつかの墓石の前に、火のともった小さなランプがあるのが見えた。その明かりで、墓石のあいだで何か影《かげ》が動いているのがわかった。暗がりで、その影《かげ》は何かひそひそ話しているみたいだった。不気味だ。ヤスもぞっとしないらしく、おびえたようすでぼくのそばに寄ってきた。

フェルナンドは先に立ち、その明かりの置いてある墓石に向かって、万事わかっているという顔で、ずんずん歩いていく。そして、「ここだ」と、一本の木を指して言った。

はじめは、なんのことかわからなかった。でも、よく見ると、その木の幹は一部の皮がはがれて、白くなっていた。近づいてみると、白い部分に、「MS」と大きくきざんであり、そのわきにドクロのマークも彫《ほ》ってあった。MS——マラ・サルバトルチャの目じるしだ。このしるしは、タフムルコにいたころから知っていた。しるしは幹に深く彫《ほ》りこまれていて、見まちがえようがない。

まだ、木にきざまれたしるしをながめていたとき、暗がりからふいに、ひとつの影《かげ》があらわれた。まるで地面からわき出てきたように見え、ぼくはぎょっとしてあとじさりした。でも、すぐに、これがフェルナンドが言っていたマラスの少年、エル・ネグロにちがいないと思った。

なんだか暗い顔をしたやつだった。頭をつるつるにそりあげ、腕《うで》と首すじ、顔にまでイレズミを入れている。改めてよく見ると、まだとても若いようだ。ぼくたちよりほんの少し年上だろうか。

エル・ネグロはフェルナンドに歩みよって、あいさつした。それから、ぼくたちの方をねめまわした。ぼくを見て、ばかにしたような顔をし、エミリオを見て、あきれたようすになった。ヤスとアンジェロを見ると、こりゃダメだといわんばかりに天をあおぎ、フェルナンドに向かってわめきだした。

「こいつらを、どうするってんだ？　幼稚園《ようちえん》でもはじめるつもりかよ？」

フェルナンドは肩《かた》をすぼめた。「かまわないだろ。仲間なんだ。ずっといっしょにここまで来たんだ」マラスの少年はフェルナンドを暗い目でにらみつけ、口をひらいた。「いいか。おれたちは前からのなじみだ。だが、あんたは条件なんか出せる立場じゃないぜ。ここで、どうするか決めるのは、おれだ」

フェルナンドは、すまないというふうに両手をあげてみせ、「別に、条件を出したつもりはないよ」と、口ごもりながら言った。その口調《くちょう》は、ぼくたちに向かって話すときとはまったくちがっていた。あけすけでもなければ、えらそうでもない。声もちょっとかすれぎみで、そして、慎重《しんちょう》に言葉を選んでいるようだ。フェルナンドは、一歩だけマラスの少年に近づき、おだやかな調子で言った。

「こいつらはだいじょうぶだ。おれが受けあう。だから、いっしょに連れていってくれないか。足手まといにはならない。約束する」

エル・ネグロはそっぽを向いて、ツバをはいた。

「みんな承知してる。おれたちを向こうに連れていってくれるのは、あんただけだってことをね」と、フェルナンドはかさねて言った。「なんでも、あんたの言うとおりにする」

マラスの少年は、なおしばらくためらっていた。それから、フェルナンドの方へすばやく手をさし出すと、言った。「二千もらおう。半分は今、残りはトナラでいただく。ぐずぐず言うやつは、列車からほうり出すぞ」

フェルナンドは、一瞬《いっしゅん》考えた。だが、川のところで船頭にとったような態度は見せず、だまって握《あく》手《しゅ》すると、ポケットから札をひっぱり出して数え、エル・ネグロにさし出した。

エル・ネグロは、墓石のあいだにある小さな石積みの建物を指さして言った。「あそこで寝《ね》るといい。

だれも来やしない。明日の朝早くに、むかえに来るからな」

そして、ほかの者には目もくれず、エル・ネグロはフェルナンドにもう一度うなずいてみせると、あらわれたときと同じように、あっというまに闇《やみ》の中に消えていった。

ぼくはほっとした。マラスとの話が早くすんでよかった。エル・ネグロはなんだか陰気《いんき》な感じで、おそろしかった。たぶん、墓地の暗がりで話していたからだろう。エル・ネグロがしていたイレズミのせいかもしれない。よくわからない。それに、こういうギャングみたいなやつは、ちょっとした言葉の行きちがいとか、目つきが気に入らないとかいうだけでも、たちまちキレるんじゃないか、という気がした。

フェルナンドが、マラスの少年が言っていた小屋を指さした。その小屋も、墓標《ぼひょう》のひとつのように見えた。でも墓地には、それよりましな場所はなさそうだ。

そばに行ってみると、その小屋のかべにも、木の幹に彫《ほ》りこまれていたのとおんなじ、あのマラスのしるしがつけられていた。どちらを見ても、ここが彼《かれ》らのなわばりだということは、はっきりしていた。

ぼくたちはその屋根の上によじのぼった。昼のあいだ陽ざしに照らされていた石の屋根は、まだあたたかかった。

「『ぐずぐず言うやつは、列車からほうり出す』って、どういう意味？」ヤスが小声で聞いた。「文句ばかり言ってたのは、あの人の方じゃない？」

フェルナンドはうなずいた。「ほんとにな。だが、あいつの言ったことを全部、真《ま》に受けることはないよ。列車に乗せていくことなんか、マラスの仕事の中じゃ、たいして危険なことじゃないんだ。まあ、朝飯前ってとこさ。やつらの本業はもっと別のことだ」

「それって、あの人は、そんなにひどい人じゃないってこと?」と、ヤス。

「あいつが自分で思っているよりは、ましだろ。ほんとにしんそこ悪い連中にくらべたら、害のない方だ。名前でもそれがわかる。凶暴《きょうぼう》な連中は、逆にかわいらしい名を名乗ってるからな。そう、エル・ゴリノ、つまり『子ブタちゃん』とか、ラ・ラガルティハ、こっちは『ヤモリ』って意味だろ。そんな名前の連中には、用心しなくちゃならないぜ。いちばん不吉《ふきつ》なのは、小さな魚にひっかけた名前だよ。『メダカ』とかね。そんな名を名乗れるようになるには、まず、マラスの中で出世しないといけない」

「あたし、もうダメかと思ったわ。あの人が、アンジェロとあたしのことをあきれたように見たときにはね」と、ヤスが言った。「ほんとに、ちゃんとやってくれるの?」

フェルナンドはうなずいた。「おまえらがおとなしくして、おれにまかせてくれたら、きっとうまくいくさ。あいつの言うとおりにして、さからっちゃだめだ。あいつが、アブナイやつかそうでないかなんて、どうでもいい。とにかく、やつはマラスなんだ。やつらとつきあったら、どうせろくなことはないんだから」

しばらくは、思いつくかぎりのことを話しあっていた。これまで経験したこと、これからぼくたちを待ちうけてるかもしれないこと。ぞっとするような、だけど、同じくらいぶっとんでいた今日一日のこと。でも、とうとうみんな疲《つか》れはてて、眠《ねむ》ってしまった。

ぼくは両手を頭の後ろで組んで、空を見あげていた。空は晴れて、満天に星がまたたいている。風が木々をぬけ、墓地の上を渡《わた》ってくる。昼間のうだるような暑さはおさまり、涼しくなってきた。

目をとじると、いくつものことが、いちどきに頭に浮《う》かんだ。ふるさとのなつかしいグアテマラの山々。ぼくたちの家。おじさんとおばさんのこと、友だちのこと、そして妹のファナのこと。ぼくがあとにしてきた、今やはてしなく遠ざかってしまったように思えるすべてのことが……。思いきりなぐりつけられたみたいに、胃が痛んだ。

無理に別のことを考えた。だいたい、どうしてこんなことになってしまったんだろう？　ぼくは今、だれも知りあいのいない、見知らぬ土地に寝《ね》ている。それも、神さまにも見すてられたような墓場《はかば》に。そして、どこが自分の国なのかも、どこに行きたいのかも、はっきりしない。北へ、ママのところへ行きたいとずっと思っていたのは、本当だったのだろうか？　ほんのちょっぴり話に聞いたことしかない土地へ？　その話も、なんだかうたがわしいのに……。それとも、故郷《こきょう》のタフムルコへ帰りたいのか？　未来のないあの場所へ？

だけどすぐに、今度は、そんな自分に腹がたってきた。なんてバカなこと考えてるんだ！　いったい何年、ママに会いたい、会って、どうしてぼくたちを捨てていったのか聞きたい、と思ってきたんだ？　そして、とうとう故郷を離《はな》れ、それを実行に移した今になって、しかもまだ二日目なのに、帰りたいと考えるなんて。これまでの何年間かは、いったいなんだったと思ってるんだ？

後ろから、ヤスとアンジェロの寝息《ねいき》が聞こえてきた。ぐっすり眠《ねむ》っているようだ。フェルナンドとエミリオは、少し離《はな》れたところに寝《ね》ている。二人の息づかいは聞こえなかったけれど、確かにそこにいる――それがわかって、ほっとした。

もしもひとりぼっちだったら、なんて考えるな。見知らぬ土地でひとりぼっちだとか、まわりじゅうがよそよそしくてあぶない感じがするとか、まるで犯罪者みたいに追われているとか、考えるのはやめにしておけ……。

そうだ、仲間がそばにいるだけでうれしい。それが、眠《ねむ》りに落ちる前に、最後に頭に浮《う》かんだことだった。仲間たちとは、今朝知りあったばかりだったけど……。
でも、ぼくに残されているのは、今では、仲間だけなのだ。

4

目がさめたのは、ちょうど明るくなりはじめたころだった。ひじをついて顔をあげ、あたりを見まわしてみると、墓地《ぼち》には、ひんやりしたうすい靄《もや》がたなびいていた。そして、墓のあいだのあちこちに、寝《ね》ている人影《ひとかげ》が見えた。

ヤスもアンジェロも、まだ寝息《ねいき》をたてていた。二人の方をじっと見ていると、ヤスは目をあけ、アンジェロも寝返《ねがえ》りをうって、のびをした。エミリオはとっくに目をさましていて、ぼくたちに背を向け、すみっこの方でひざをかかえていた。

そしてフェルナンドは、ぼくらのそばには、いや、墓地のどこにもいなかった。

ヤスもそれに気がついたらしく、「フェルナンドはどこへ行ったの？」と言って、立ちあがった。

「わからないよ。ぼくも今、起きたところなんだ」

ヤスはエミリオをちらりと見てから、アンジェロが眠《ねむ》そうに目をこすっているのをじっと見た。それから、何か気がかりがありそうな顔でこっちを見た。「ねえ、フェルナンドはどうしてなんでもやってくれるのか、考えたことある？」

「何かわけがあるのかってこと？」

「うん、あの人、あたしたちみんなを助けてくれているけど……どうして？」

「そうだな、たぶん……」と言ってから、言葉につまってしまった。ぼくにも、フェルナンドのことはよくわからない。ひとつだけ、思いあたることはあった。「フェルナンドがマラスについて話したときのこと、おぼえてるかい？　言ってただろ、以前、捕《つか》まってしまった、って。だから、たぶん、今回はひとりでやりたくなかったんだよ」

「そうね、でも……あたしたちは、フェルナンドのために何もできないのよ。むしろ、足手まといなんじゃない？」

エミリオがこちらに向きなおり、口をはさんだ。「フェルナンドは、そんなことわかってるよ。ぼくらを連れにした理由が、きっとあるんだ。旅はこの先、まだ長いからさ」

エミリオの確信ありげな目を見つめながら、ぼくは悪い予感がした。

「ひょっとして……フェルナンド、ぼくたちを置いて、出発しちまったんじゃないかな、あのマラスといっしょに。どう思う？　ひとりで行った方がいいって、気がついたんじゃないか？」

ヤスがおどろいたようにぼくを見た。アンジェロも目を見ひらいたままだ。二人とも、ぼくと同じで、フェルナンドがいなくなったらお手あげだと、わかっているのだ。

だがエミリオは、きっぱりと首を横にふり、強い口調《くちょう》で言った。

「そんなこと、考えちゃいけないよ。フェルナンドは、ぼくたちといっしょに行くさ。そんなこと考えるなよ」

そのすぐあと、フェルナンドはあのマラスの少年といっしょにもどってきた。心のつかえがとれ、ほっとする。同時にマズイ、と思って、ひやりとした。エミリオの方を見ると、目をそらされた。さっきぼくが口にしたことを、だれもフェルナンドに言わないでほしかった。

マラスの少年はこっちには目もくれず、ぼくたちのいる小屋をよけて、墓地の別の方角へどんどん歩いていってしまい、フェルナンドだけが、ぼくらのところへあがってきた。町のどこかで、食い物——トルティーアを買ってきてくれたのだ。さもなくば、かっぱらってきたかだ。それを、みんなにわけてくれた。

そのときはじめて、ひどく腹がすいていることに気がついた。きのうは、朝飯《あさめし》を食べたきり、一日じゅう何も口にしていなかった。ひどく緊張《きんちょう》していたせいで、空腹など吹《ふ》きとんでいたのだ。ぼくは、フェルナンドが持ってきてくれたトルティーアをむさぼり食った。ほかの仲間もおんなじだった。

ぼくたちが、トルティーアを胃袋《いぶくろ》におさめてやっと落ち着くと、ヤスがたずねた。

「エル・ネグロはどこへ行ったの?」

「あっちに、墓地のそばを線路が通ってるところがあるんだ」フェルナンドが言った。「そこで待ってる。さあ、出発するぞ!」

ぼくたちは屋根からおりて、歩きだした。墓地の中はにわかに騒《さわ》がしくなっていた。墓石のあいだで寝《ね》ていた人たちがみな、荷物をまとめている。何か盗《ぬす》まれたらしく、いさかいが起きている場所もあった。だけど、だれも気にもとめない。みんなが、墓地の裏側の塀《へい》に向かって押《お》しよせていく。

塀《へい》まで来ると、フェルナンドはふいに立ちどまり、ヤスのことをしげしげと見つめ、それから、かがみこんで土をひとにぎりつかむと、ヤスの方にさし出した。「さあ、こいつで顔をよごすんだ」

ヤスはあとずさりした。「こっちに来ないでよ。いったい、なんのこと?」

「おまえくらいの年の男のガキは、そんなにきれいなツラはしてない。さあ、やれよ。全身、きたない身なりに変えちまいな」

ヤスは顔をしかめ、「いやなやつ」とつぶやいた。けれど、泥《どろ》を受けとって、おでこやあごをよごしにかかった。

「マラスの連中は、大人の女にはそれほど興味がないんだ」

ヤスの変装が終わるのを見て、フェルナンドが話しだした。

「だけど、女の子だと、そうはいかない。あいつら、若い娘《むすめ》には目がないんだ。わかるだろう」フェルナンドは親指で塀《へい》の向こう側を指した。「あいつが、何も気づかなきゃいいのさ。だから、できるだけ、あいつから離《はな》れているんだぜ。いいか？」そう言って、にやりと笑ってみせた。「わかってくれたことは、眼を見ればわかるよ」

フェルナンドは塀《へい》に近づき、とびついた。エミリオとアンジェロも続いた。

ヤスはためらうように、ぼくの方を見ている。きつい眼をしていたけれど、なんだか助けてほしそうなのが、よくわかった。ヤスはまだ仲間たちになじめないでいる。やさしい言葉をかけてやりたかったが、なんて言っていいかわからない。ヤスは肩《かた》をすぼめてみせた。そのあとで、二人でいっしょに塀《へい》を越《こ》えることになった。

塀《へい》の向こう側には、やぶが続いていた。その先に、線路があるらしい。やぶの中には、もうかなりの人たちがかくれていた。やぶのはずれには、排水路《はいすいろ》があり、その先が線路の土手になっているようだ。

エル・ネグロは、ぼくたちから少し離《はな》れたやぶのかげに、ひざをついていた。彼《かれ》のそばにはだれもいなかった。たぶんみんな、あのイレズミが何を意味するかわかっていて、近づかないようにしているのだろう。フェルナンドだけが近づいていったけれど、ぼくたちは、今いるところを動かないことにした。

マラスの少年はフェルナンドに何か話しかけ、線路の土手の方を幾度《いくど》も指さしている。これからの手順を話しあっているにちがいない。しばらくすると、フェルナンドがもどってきた。

「さあ、行くぞ。そろそろ列車が来る。正念場《しょうねんば》だからな」左手を指して続ける。「あそこが駅だ。列車はもうその向こうまで来ているけど、ここの駅では停車しないんだ。ただ、スピードを落としてくる。だから、目の前を通ったときにとび乗らなくちゃいけない。やったことあるやつ、いるか？」

ぼくたちは顔を見あわせた。だれも答えない。フェルナンドはため息をついた。

「まあ、いいさ。教えてやろう。このチアパス州では、列車があまりスピードを出していないのに、気がついただろう？　なにしろレールが古くなっているから、そうするしかないんだ。だから、うまくやれるはずだ。どんなもんか、すぐにわかるよ。あんまりおたおたするなよ」それから右手を指さした。「あの橋が見えるか？」

百メートルほど向こうに、川にかかった赤さびた鉄橋が見えた。

「列車は、駅からあの橋の手前までは、とりわけスピードを落として走る。だから、ここらが、ちょうどいい場所なんだ。列車が近づくまで待つんだ。おれが合図したら、走りだせ。排水路《はいすいろ》を越《こ》えて、土手を駆《か》けのぼるんだ。上に着いたら、列車のわきを走れ。いいか、つっ走《ぱし》るんだぞ。とび乗るタイミングは、ほんの一瞬《いっしゅん》だからな。まごまごしてたら車輪にまきこまれ、一巻の終わりだぞ」

フェルナンドがしゃべり終わらないうちに、遠くから列車の響《ひび》きが、ぼくたちの耳にとどいた。きのう、一日じゅう耳にしていたあの響《ひび》き。線路を押《お》しつぶすように走ってくる、重い鉄のかたまりがたてる音だ。ふいに、のどがからからになり、思わずツバを飲みこんだ。

「で、どうやって、とび乗るの？」と、ヤスが聞いた。

「それぞれの車両に、ハシゴがふたつある。ひとつは前に、もうひとつは後ろに。いいか、ぜったいに前の方のハシゴをねらえ。前なら、もし失敗して下に落ちても、後輪が来るまでにちょっと時間がある。線路からとびのいて、助かるチャンスがあるからな」

のどがしめつけられるような気がして、気分が悪くなった。ヤスもアンジェロも青ざめている。エミリオだけは、いつものように表情を動かさなかった。

フェルナンドは続けた。「ハシゴをつかんだら、全力で体をひきあげるんだ。ここがいちばん危険なとこだ。なんとかして、いちばん下の段に足をかけるんだ。かなり高いとこにあるけどな。それができたら、段をのぼって列車の屋根まであがるのは、そうむずかしいことじゃない」

「もし、だれかがしくじったら？　次の列車を待って、またやるの？」アンジェロが聞いた。

「いいや」と、フェルナンドはかぶりをふった。「しくじったら、そいつは、それでおしまいだ。だれも待ったりはしない」

エミリオがエル・ネグロの方を見て、「あいつがそう言ったの？」と、小声で言った。

「そんなこと、どうでもいい！」フェルナンドがどなりつけた。「何度も言っただろう？　あぶない橋を渡《わた》るときは、みんな、自分で自分の面倒《めんどう》をみるしかないんだ。しくじったやつは、とりのこされる。自分でなんとかするしかない」

フェルナンドが口をつぐむと、ぼくたちはやぶの中でしゃがんで待った。もう陽《ひ》がのぼり、じりじりと暑くなってきていた。墓地の塀《へい》を乗りこえてくる人の数はますますふえ、まわりじゅうに、よれよれの服を着た人がいた。中には、見たことがある顔もある。川辺やきのうの列車で、顔をあわせたにちがいない。

待っている時間は、はてしなく長い気がした。だれもが、列車が来るのを今か今かと待っていた。と、ずっと遠くから、機関車の警笛が聞こえてきた。しゃがんでいた人たちのあいだで、どよめきが起き、みんなが立ちあがり、いっせいに動きだした。また、警笛。次の瞬間《しゅんかん》、機関車の姿が見えた。すさまじい音をたてて驀進《ばくしん》してくる。何人かが早くも走りだし、排水路《はいすいろ》へと駆《か》けおりていく。

「今だ！」とフェルナンドがどなって、先に立って駆《か》け出した。

ぼくたちもそのあとに続いた。やぶの中から次々にとび出していく人たちの姿が、目のはしにちらちら見えた。フェルナンドは、早くも排水路《はいすいろ》を越《こ》えようとしていた。溝《みぞ》にたまった腐《くさ》ったゴミのむかつくようなにおいが、鼻をつく。それでもなんとか、大またで向こう岸に渡《わた》り、大きく息を吸って、駆《か》けあがっていく。

目の前を、フェルナンドとマラスの少年が走っている。列車のわきを走り、ハシゴをつかむと、ひょいととびあがる。こんなこと、朝飯前だとでもいうふうに。ぼくのすぐそばには、ヤスがいた。フェルナンドの話を聞いていたときは、ヤスのことが心配だったけれど、とりこし苦労だったのがすぐにわかった。まるで猫《ねこ》みたいに軽々《かるがる》と、ヤスは列車にとび乗り、ハシゴをあがっていった。

次はぼくがとび乗る番だ。足をすべらし、ころびかけたが、なんとかふんばって、全力で走った。すぐそばで、車輪がものすごい音をたててまわっている。失敗するもんか、と念じる。と、ハシゴがすぐ横に来た。

両手でしっかりとつかむ。たちまち、ぐっと列車にひっぱられる。うまくいったぞ！　だが次の瞬《しゅん》間《かん》、ひざこぞうをハシゴのいちばん下の段にひどくぶつけてしまった。目から火が出そうだ。それでも歯を食いしばって、腕《うで》の力だけで体をひきあげ、ハシゴに足をかける。それでようやく、一段ずつのぼっていけた。

列車の屋根までのぼったときには、緊張《きんちょう》と興奮のせいで、体じゅうがふるえていた。

ぼくに続いて、エミリオもあがってきた。でも、アンジェロのやつは?

屋根のはしから、下のようすをうかがった。はじめは見つけられなかったが、すぐに、ひとつ後ろの車両の後方にぶらさがっているのが見えた。ハシゴのいちばん下の段にしがみついているけど、そこからはいあがる力が残っていないようだ。ぶらぶらしている足が、今にも車輪に吸いこまれそうだ。

エミリオがためらわず、助けに向かった。ぼくもそれに続いた。ひとつ後ろの車両にとびうつり、アンジェロがぶらさがっているハシゴをおりていく。二人して、アンジェロの両腕《りょううで》を片方ずつつかんでひきあげようとした。足場はひどく悪かったし、アンジェロはもう、ほとんど力が残っていない。それでも、アンジェロが小柄《こがら》で軽かったおかげで、なんとかぼくたちで、ハシゴの下の段までひきあげることができた。

あとの仕事は、エミリオがひきうけた。がっしりとした腕《うで》で、アンジェロをハシゴの上までひきあげていく。三人とも屋根まであがるとすぐに、列車は橋に近づき、スピードをあげた。橋がせまってきた。さらにスピードがあがり、地面がぼくらの目の下をとぶように過ぎていく。まだハシゴにぶらさがっていたら、列車のまきおこす風で、きっと吹《ふ》きとばされていただろう。

ぼくは目の前がまっ暗になって、列車の屋根の上でへたりこんでしまった。いくらか気分がよくなるまで、だいぶかかった。それからようやく、ヤスとフェルナンドがそばに来て、アンジェロのようすを見てやっているのに気がついた。

アンジェロは長々とのびていて、ひどく顔色が悪かった。だが、ズボンがやぶれ、腕《うで》には血がにじんでいるけれど、命に別状《べつじょう》はなさそうだ。しばらくすると、ゆっくり体を起こして、ぼくとエミリオの方を見て、小声で言った。「グラシアス――ありがとう。あぶないとこだった」

列車は橋を渡《わた》り終え、カーブを通過すると、ふたたびスピードをあげた。

前の車両から、エル・ネグロがぼくたちの方へやってきた。車両の連結部を大きくジャンプして越《こ》え、こちらの車両の屋根を歩いてくると、アンジェロのことを、ばかにしたような目で見おろしている。

「言ったよな。おれは、幼稚園児《ようちえんじ》の面倒《めんどう》はみないって」と、フェルナンドに向かって、悪態《あくたい》をつく。

「でも、なんとかなっただろう」と言って、フェルナンドは立ちあがった。「これからも、きっとなんとかするさ」

エル・ネグロはぎらっと目を光らせた。「よくおぼえとけよ。足手まといになったときには、あきらめてもらうぜ。あんたがどう思うかなんて、どうでもいい」

「足手まといになんかならないさ。こいつの面倒《めんどう》は、おれがみる。もうあんたをおこらせやしないよ」と、フェルナンド。

「そう願いたいね」と、エル・ネグロは冷たく言うと、同じ車両の反対の側にすわりこんでいた二人の男に近づいていった。エル・ネグロに追いはらわれる前に、男たちは、イレズミを見てマラスだとわかったらしく、はじかれたように立ちあがり、こそこそ移動していった。

フェルナンドはぼくたちのそばにすわりこみ、小声で言った。「オーケー、みんな列車に乗れたな。だいじょうぶだ、おれたちは、うまく切りぬけた」

「ごめんね、フェルナンド。ヘマをしちゃって」と、アンジェロがかぼそい声であやまった。

「そうだな」フェルナンドはうなずくと、言った。「次は、自分ひとりでやるんだぞ」それから、ぼくたちの方を見て、満足げに言った。「よくやったな」

ぼくはうなずいてから、言った。「でも、ぼくはほとんど何もしてないよ。エミリオが助けたんだ」

フェルナンドが何か言う前に、エミリオは首をふって、「ときには、自分だけじゃなくて、他人のためになることだってやるんだ」と、落ち着いた調子で、でも、なんだかちょっとぎこちなく言った。そして、アンジェロの方を見た。エミリオは自分だけじゃなく、フェルナンドのことも言っているんだと、みんなわかっていた。そのあとで、エミリオはつけ加えた。

「ほんとに自分があぶなかったら、もちろん、そうはいかないだろうけど」

5

列車にとび乗る離《はな》れ業《わざ》の疲《つか》れがとれるまで、ずいぶんかかった。ようやく元気をとりもどすと、ぼくたちは屋根の上で立ちあがった。

ぼくたちの車両の屋根のへりには、長い手すりのようなかこいがついていて、そいつにつかまっていれば楽だった。前後の車両には、そんなものはほとんどついていない。離《はな》れた車両に乗っている人たちが、しきりにこちらを見てはいるが、あえてこっちに移ってこようとはしなかった。エル・ネグロ――するどい眼つきのマラスの少年が、こちらの屋根に立っているので、こわがっているようだ。

タパチュラの町をあとにすると、また森に入った。木々から朝の霧《きり》がわきあがって、たなびいている。ところどころに空き地が見え、その両側にコーヒーやカカオの農園《プランテーション》が広がる。やがてまた、線路のわきに小さな村がいくつもあらわれた。

線路はかなり古くなって、いたんでいた。ところどころ、雑草がのびほうだいで、レールが地面にのみこまれているように思えるところもある。列車は、減速と加速をひっきりなしにくり返していた。車両をつないでいる緩衝器《バッファー》が、ガシャン、ガタガタ、と音をたててぶつかったり離《はな》れたりし、しょっちゅうひどく横揺《よこゆ》れするので、ふり落とされないように、両手でしっかり金属の手すりにつかまっていなくてはならなかった。

でも、いつのまにか揺《ゆ》れにも騒音《そうおん》にもなれ、ほとんど気にならなくなった。みんなと並んですわり、風を受けながら、フェルナンドがこれまでの旅で聞いたという話に耳をかたむけた。フェルナンドの話は、たとえば、こんなふうにはじまった。

「メキシコでは、どの列車も無事に目的地に着くものだと思ってるなら、大まちがいだぜ。チアパスだけでも、週に一回は事故が起きる、っていわれているからな」

「それって、列車が転覆《てんぷく》するってこと？」アンジェロが青ざめて聞いた。さっきあぶない目にあったせいで、まだ落ち着かないらしい。

「そうとはかぎらない。でも、脱線《だっせん》はするぞ」と、フェルナンドは続けた。「レールがおんぼろで、列車がどこを走ってるのか、わからなくなるんだ。機関車がレールをはずれてとび出してしまうと、大惨《だいさん》事《じ》だ。列車全体が、めちゃくちゃにころがっちまうからさ。そうなるともう、戦場みたいなもんだ。想像してみろよ」

聞いていたぼくたちは、屋根についている金属の手すりに手をのばし、しっかりとにぎりしめた。フェルナンドはそれを笑いとばすと、話を続けた。

「もしもそんなことになったら、つかまってなんかいられやしないぞ。そんなときは、救いはたったひとつ、神に祈《いの》ることだけさ。それこそ、ぶんなぐられたみたいに、吹《ふ》っとばされちまうんだから」

それから、フェルナンドはちょっとだまりこんだが、すぐに新しい話を思いついた。

「だれでも知ってるこんな話がある。いつ聞いたか忘れたけど、けっこう古い話だ。そう、人から人へと語りつがれてきた話だ。列車が橋のまん中で脱線《だっせん》したんだ。考えてもみろよ！　乗客はみんな、列車の外へほうり出され、深い川の中に落ちてしまった。しかも、その川はどろどろの沼地《ぬまち》みたいなもんだったんで、みんな、川底の泥《どろ》にはまりこんで、二度と浮《う》かんでこなかったそうだよ」

フェルナンドはこんな話ばかり語りつづけて、止まらなかった。いくつかは、まるで作り話のようだったし、本当にあったことの中から、おもしろいところだけをぬきとってきたような話もあった。どの話も、語りついだ人たちが、何かをあらたにつけ加えている気もした。短い話や、陰気《いんき》な話もあり、そういうのは、もともとの語り手の声が聞こえてきそうだった。メキシコをぬける道中の話、この旅にいどんだ人たちの話。列車の汽笛や、その人たちの夢や希望のことが語られている話もあり、どれも、思わずぞくっとするようなものばかりだった。そんな話が百も千も、ひょっとしたら、この列車に乗った人の数だけ、あるのかもしれない。

フェルナンドがようやく話しあきたころ、陽《ひ》はもう高くのぼり、まわりの景色も変わっていた。森は遠ざかり、線路の両側には草原が広がり、ときおりイバラの生《い》け垣《がき》が見えた。進行方向をうかがってみると、どうやら、じきに大きな町に着くようだ。前の車両にいる人たちもざわざわしはじめている。立ちあがってハシゴの方へ向かい、おりていく人もいる。

フェルナンドのわきをつついて知らせようとすると、フェルナンドは「わかってるよ」と答えて立ちあがり、エル・ネグロの方へ歩いていった。短く言葉をかわすと、もどってきて、ぼくたちに言った。

「したくをしろ。列車からおりて、線路を離《はな》れる。わけは、あとで説明する」

ぼくたちは、急いでリュックサックをかつぐと、ハシゴをおりていった。列車はさらに徐行《じょこう》しはじめた。町はもうすぐなのだ。遠くにもう、駅が見える。

ぼくたちは次々にとびおりた。マラスのエル・ネグロが最後だった。エル・ネグロは、列車が行ってしまうまで待って、レールをまたぎ、線路に背を向けて歩きだした。フェルナンドが、あとに続くようにとぼくたちに合図した。

　レールをまたぎながら、フェルナンドが言った。「ウイストラの町だ。最初の旅のときは、ちょうどここまで来たんだ。それで、終わりだった」

　線路のわきの細い通りをたどり、それから道をまがって線路を離《はな》れる。エル・ネグロはぼくたちの数メートル先を歩いている。どうやら、このへんのことをよく知っているようだ。

「この町で何があったの？」と、たずねてみた。

　フェルナンドは、まあ待て、というふうに手をあげてみせてから、話しだした。

「町そのものは、どうってことない。町を越《こ》えた向こう側がヤバいんだ。ラ・アロセラは、チアパスじゅうでいちばんあぶない場所のひとつなんだ。あのときは知らなかったけどね。あそこには、出入国管理局《ラ・ミグラ》の検問所がある。そこで、警官がすべての列車を停止させる。逃《に》げ出すことは不可能だ。そこらじゅうに兵士が立っているからね。かくれてもだめだ。列車は上から下まで、しらみつぶしに調べられる。だから、おれも捕《つか》まっちまったんだ。列車に乗っていたほとんどの者がね」

「それから、どうなったの？」

「はじめに一発なぐられてさ。それから、バスに乗せられて国境まで連れもどされた。そのバスは、ブス・デ・ラグリマス——涙《なみだ》のバスって呼ばれてるんだが、ほんとにそのとおりだった。まったく、泣けてきちまいそうだったぜ。ほとんどの連中はうつろな目をしてて、まさに、終わった人間って感じだった。中には、またチャレンジするやつもいるけどね。おれみたいにな」

「だから、今回はわなにかからないようにするってこと？」

「そうさ、だからこうして、町の手前でとびおりたんだ。だけど、ラ・アロセラには検問よりひどいことがあるのを、そのときは知らなかった。線路ぎわのやぶに、追いはぎどもがひそんでるんだ。まあ、山賊《さんぞく》だな。列車をおりて歩きだす連中がたくさんいるってことを、そいつらは知ってる。そういう人たちを襲《おそ》って、金をまきあげたり……」フェルナンドは言葉をにごした。「まあ、その、ひどい目にあわせるんだ。とにかく、ヘドの出そうなところさ。殺される人もずいぶんいるって話だ」

「でも、そんなところには行かないんでしょ？」だまって聞いていたヤスが言った。「ほかのルートを通るんでしょ？」

「ほかのルートなんて、ないよ」と、フェルナンドはあっさり言った。「どうしようもない。通るしかない」

ヤスが小声で言った。「エル・ネグロがいても、ひとりきりじゃ、そいつらに襲《おそ》われたら、どうにもならないんじゃないの？」

「やつらが襲《おそ》ってきたらの話だ。山賊《さんぞく》どもも、完全にイカレてるんでなけりゃ、手出しはしないはずだ」

「彼《かれ》がマラスだから？」と、ヤス。

フェルナンドはうなずいた。「マラスは、マフィアみたいに、横のつながりがしっかりしてるんだ。きちんとしたファミリーにはなっていないけど、たくさんのメンバーが、たがいにつながりを持っている。もしも、マラスのひとりに手を出したら、その日のうちに遺言状《ゆいごんじょう》を用意した方がいい。つまり、長生きはできないってことだ」フェルナンドはエル・ネグロの後ろ姿を見て、声をひそめた。「マラスたちは、仲間に危害を加えたやつらを、あっさり殺しはしない。ゆっくり苦しめてから殺すんだ。その方がずっとおそろしい。この先で待ちかまえてる連中も、そのことは心得てるはずだ。だから、エル・

ネグロやおれたちには手を出さない」

フェルナンドは笑おうとしたが、顔はこわばっていた。

「とにかく、そういうリクツなんだ」


ぼくたちは、町の外側に沿って歩きはじめた。フェルナンドが神経質になっているのがわかった。彼《かれ》と知りあってから、こんな自信のなさそうなようすは、はじめてだ。

ぼくは、ぜひ聞いてみたいことがあった。検問所をうまくやりすごしたときも、こんなふうにしたのか、ということだ。でも、このようすでは、答えは返ってきそうにない。

川を越《こ》えるともう、町の向こう側のはずれだった。少し先に、やはり列車からとびおりたらしい人々のグループがいた。草原をつっきって、やぶの中に走りこんでいく。ぼくたちの右手、はるか遠くに、駅が見えた。列車の姿はない。たぶん、検問所のところで停車しているのだろう。

ぼくたちも草原を走りだした。あちこちにカラスの群れがいる。細い一本道が、やぶへと続いている。そのやぶの手前でフェルナンドが足を止めたので、ぼくたちも立ちどまった。

「かたまって動くんだぞ」フェルナンドの声はひどく緊張《きんちょう》していた。「ひとつ、肝《きも》に銘《めい》じておくんだ。右や左で何が起こっても、かまうな。そっちを見てもいけない。どうすることもできないんだから――何も見なかったことにしろ」

ぼくたちは、やぶの中にふみこんでいった。先頭はエル・ネグロだ。シャツをぬいでいるので、上半身にくまなく彫《ほ》りこまれたイレズミがあらわになっている。その後ろから、アンジェロ、エミリオとぼく、そしてヤス。フェルナンドはいちばん後ろに続いた。

しばらくは何ごともなく、ぼくたちは前進を続けた。あたりは静まり返っている。緊張《きんちょう》のあまり、自分の体がふるえているのがわかる。やぶの奥《おく》で枝がおれるような音や、鳥がとびたつ音がするたびに、とびあがってしまう。何かひどいことが起きるような気がする。すぐに、顔じゅうに汗《あせ》がふき出してきた。やぶの中はむっとするほど暑く、あたりのふんいきは重苦しい。

ゆるいカーブにさしかかったとき、とつぜん、四人の男があらわれた。これ見よがしに山刀を肩《かた》にかついでいる。まるで、地面からはい出してきたように思える。じっと動かず――ぼくたちを待ちかまえているようだ。

それを見たとたん、先頭を歩いていたエル・ネグロが立ちどまった。さすようなまなざしで男たちとにらみあっている。だれも何も言わないし、身動きもしない。男たちの手が、しびれているように小さくふるえていた。

その時間は、永遠のように長く感じられた。ほとんど息をすることもできなかった。

男たちがゆっくりとエル・ネグロから目をそらした。山刀をにぎりしめていた手の力も、ぬいたようだった。フェルナンドが、ほっと息をつくのがわかった。

男たちのひとりが仲間に合図をすると、四人はぼくらに背を向けて、やぶの奥《おく》へ消えていった。

エル・ネグロは眉《まゆ》ひとつ動かさず、またぼくたちの先に立って歩きだした。それでもぼくは、心臓のどきどきがおさまらなかった。男たちの顔に浮《う》かんでいた、情《なさ》け容赦《ようしゃ》のないぞっとするほどの残酷《ざんこく》さに、まるでなぐりつけられたような気がしたのだ。

まもなく、やぶがひらけて、空き地に出た。そのときになってようやく、フェルナンドが、エル・ネグロなしではここをぬけられない、と言ったわけがのみこめた。ぼくたちより先にやぶに走りこんだ人たちが、そこにいた。まるはだかにされ、手足を広げ、地面にうつぶせにされている。別の山賊《さんぞく》の一団が、その人たちを襲《おそ》っていたのだ。ひとりが山刀をおどすようにふりあげ、どなっている。ほかに二人、ふせている人たちからはぎとった服をさぐっている者がいた。さらにもうひとりの山賊《さんぞく》が、抵抗《ていこう》したらしい人をさんざんになぐりつけている。

エル・ネグロはそのようすには見向きもしないで、ずんずん先に歩いていく。だがぼくたちは、それほど冷静ではいられなかった。みんなが思わず立ちどまりそうになる。そのとき、フェルナンドがぼくたちの後ろから小声で言った。

「よそ見するな！　行くんだ、見るんじゃない！」

背中を後ろから押《お》された。ぼくたちはその空き地から出て、また、やぶの中の道に入っていった。だれもが肩《かた》を落とし、うなだれていた。大声でさけんで、このはきけをふりはらいたい。体じゅうが、あの人たちを見すてていくことに、がまんできないでいるのだ。ひき返して、何かしなくちゃ。なんでもいいから……。でも、同時に、そんなことをしてもなんの役にもたたない、とわかっていた。何もできはしない。ぼくは無力だった。そして、そんな自分に腹がたった。

ぼくたちはさらにずっと、やぶの中を歩きつづけた。左右のやぶから、あの空き地でのできごとを思い出させる悲鳴や、人をなぐる音が、幾度《いくど》も聞こえた。けれど、ぼくたちはもう、見ようとしなかった。ただ、早くこの場所を立ちさりたかった。

やがて、線路がふたたび目の前にあらわれた。やっと着いた！　善良な顔なじみに会えたような気がした。国境を越《こ》えてからというもの、線路は、まるでわが家のようにも感じられるようになっていたのだ。線路は、ぼくたちに進む方角を教えてくれるただひとつのものだったし、列車は、この大きくて危険きわまりない国を通りぬけることができる、ただひとつの手段なのだ。

フェルナンドが、前方の泥《どろ》の川にかかっている橋を指さして言った。「あれがクイル橋だ。あれを越《こ》えれば、ろくでもないこととはオサラバだ」

ぼくたちはその橋を渡《わた》り、鉄道の土手沿いの草むらにとびこんだ。みんなへとへとだった。仲間たちの方を見ても、だれひとり目をあわせてこない。もちろん、エル・ネグロもだ。少し離《はな》れたところにある木に背をもたせて、涼しい顔をしている。フェルナンドとエミリオは、暗い顔で沈《しず》んでいた。ヤスとアンジェロはうなだれて、涙《なみだ》を浮《う》かべていた。

しばらくして、ヤスが言った。「あそこにいた人たちに……何かしてやっちゃ、ダメなの?」

「いったい何を?」と、フェルナンドが聞き返した。「言ってみなよ。何をしたいんだ?」

「わかんないけど。警察は何をしてるの?」

フェルナンドは鼻で笑った。「あいつらが、ここで起こってることを知らないとでも? 警察だって、ぜったいグルだよ。賭《か》けたっていい。知らせても、指一本動かさない。すぐにわかるよ」

「でも……」

「もう忘れろよ。正義とか法律とかは、おれたちみたいな人間のためにあるんじゃない。おれたちは、法律で守られちゃいないんだ。だれでも、おれたちに好きなことをしほうだいだ。まるで、ハエどもがクソにたかるみたいにな。警察なんて、自分らの仕事がへって喜んでるのさ」フェルナンドは、ぼくたちが通ってきた方角に向かってうなずいた。「何かしてやりたいなら、すぐにでもあの橋を渡《わた》って、もどれよ。それから、もううんざりして先に行きたくないやつも、すぐにあの橋を渡《わた》って帰れ」

だれひとり答えなかった。みんな、疲《つか》れきっていた。これ以上何ができる? もうひき返すことはできない。それに、もどるにしても進むにしても、危険なことに変わりはない。これまでも、これからも……。

ぼくたちは、線路ぎわにしゃがみこんで、列車が動きだすのを待った。ときどき、何人かの人たちがやぶから出てきた。運よく難《なん》をのがれて、ケガをしていない人は、わずかしかいなかった。ほとんどは血を流し、足をひきずっていて、山賊《さんぞく》たちに襲《おそ》われたのがひと目でわかる。中には靴《くつ》さえはいていない、何もかもうばわれた人もいた。

フェルナンドは自分のリュックをさぐると、Tシャツを一枚ひっぱり出し、線路の向こう側にうずくまっていたひとりの男に投げてやった。その人は、はだかどうぜんのうえに、体じゅう傷だらけだった。

エミリオがぼくの方を見た。ぼくたちも、同じように自分のTシャツをひっぱり出して、少し先の茂《しげ》みにしゃがんでいる二人の男の子にくれてやった。仲間たちのところにもどってきたとき、エル・ネグロがこちらを見ているのに気がついたが、エル・ネグロはちょっと眉《まゆ》を動かしただけで、すぐにそっぽを向いてしまった。

列車はずっと停止したままだった。入国管理官がきびしく調べているらしい。ぼくはヤスとエミリオにはさまれて、横になることにした。線路の土手の向こう側の、はるか遠くに、畑をたがやしている農夫の姿が見えた。牛にひかせたスキをのんびりと押《お》して、まわりで起こっていることになんて、まるで気がついていないようだった。牛がかきあげる土ぼこりは、もうもうとまいあがり、いっこうにおさまるようすがない。

あたりの木々では、小鳥たちがさえずっていた。ずっと鳴き声がしていたのに、気がつかなかったのだ。いっぺんに、何もかもがのどかで、おだやかで、害がないように感じられた。現実とは思えない。おたがいに関係のないふたつの世界が、たまたまこの場所でまざってしまったみたいだった。どっちが本当の世界なんだろうか?

もっとよく考えようとしたとき、列車のエンジンが始動する響《ひび》きが耳にとどいた。だれもがはねおきて、線路に向かって駆《か》け出していく。

ぼくも、またリュックをかつぎ、仲間たちのあとを追いかけた。

6

歌が聞こえた。はじめはほんのかすかで、空耳《そらみみ》かと思った。でも、やがてはっきりと聞こえてきた。暗闇《くらやみ》の中で、大きくはっきりと響《ひび》く歌。おそらく、闇《やみ》の中だからだろう。暗いから、歌っている人がいるのだ。暗くて、危険で、そして孤独《こどく》だから。不安でたまらない自分たちを、勇気づけるために。さらには、ここに来るまでに見聞きしたことを忘れるために。

今日の昼に列車にとび乗ってから、ぼくたちはまた、列車の屋根にずっと何時間もすわりつづけていた。前にほかの車両にいた人たちは、もうほとんどいなくなっていた。ラ・アロセラで山賊《さんぞく》の犠牲《ぎせい》になってしまったり、出入国管理局《ラ・ミグラ》の検問にひっかかったりしてしまったのだ。今朝早くにいっしょに列車にとび乗った人たちが、すっかりいなくなった。消えてしまった――まるで、はじめからいなかったみたいに。でもぼくは、そのうちの何人かの顔をまだおぼえていた。

少し前から陽《ひ》が暮れはじめ、今はもう、あたりは暗くなっている。夜――ぼくたちが、列車の上ではじめて過ごす夜だ。

なんだか不思議な気分だった。列車の屋根にすわり、闇《やみ》の中を揺《ゆ》られていく。これから何が起こり、その先どういうことになるかもわからずに。何も見えず、すべてなりゆきにまかせて……。でも、暗い気持ちになるだけではなかった。列車が通りすぎていく村や町の明かりが、またたいている。そこで暮らしている人たちの生活を想像してみた。人々はあそこで平和に暮らしている。幸せな家族の暮らしがそこにある、と考えるだけでも、心が休まった――なんだか、やるせなかったけれど。

ぼくたちは身を寄せあってすわっていたが、じきに横になった。森が線路ぎわまでせまってきて、木の枝が頭をかすめるようになったからだ。ときおり、前の方の車両から悲鳴やどなり声がした。「気をつけろ！　木の枝だ！」

その声が聞こえると、ぼくたちはいち早く、列車の屋根の上で頭を押さえ、低くふせた。おかげで、木の葉にちょっとこすられるだけで、まっ暗な中で枝にぶつかることはなかった。

長いことみんなでふせていると、アンジェロが「ぼく眠《ねむ》いよ」とつぶやき、あくびをした。「眠《ねむ》っちゃだめなの？」

「できたら起きてろ」と、フェルナンドが答えた。「このチアパスでは、静かだからってあてにはならない。がまんしろよ」

そこでぼくたちは、できるかぎり眠《ねむ》けとたたかった。ヤスとアンジェロが故郷《こきょう》のことを話しているのが聞こえる。闇《やみ》の中では、ほかにもいろんな音がしていた。列車のきしみや、ガタガタ揺《ゆ》れる音は、昼間よりも大きくなった気がする。ときどき橋を渡《わた》るときは、少しおさまる。その代わり、にごった水の腐《くさ》ったようなにおいがする。カエルの鳴き声まで聞こえることもあった。

そして、歌が聞こえてきたのだ。ずっと先の車両の方から、風に乗って。歌声はときに大きく、また小さくなる。

「よく聞こえるね」ぼくのすぐそばにいたヤスが、しばらく耳をすましてから言った。

フェルナンドは笑った。「しょっちゅう聞こえるんだ。全部の車両の上で歌っていたときもあったな。

最初はいろんな歌がまじっているけど、しまいには、ひとつの歌になる。そこらじゅうに響《ひび》くくらい大きなコーラスになるんだ」

ぼくはあおむけになって、空を見あげた。雲が出ているのか、ところどころに星がいくつか見えるだけだ。それでも、星は故郷で見たものと同じだった。少なくとも、星だけは――星だけは変わらない。この地上でどんなひどいことが起きていても。

また、新しい歌が聞こえてきた。聞きおぼえのある歌だ。歌詞は知らないが、メロディだけは聞いたことがある。ふいに、ぼんやりした映像が頭に浮《う》かんだ。そう、ママがぼくにその歌を歌ってくれている――ママがまだぼくのそばにいたころに。いや、ちがう。たぶん、どこかの通りで小耳にはさんだだけなんだ。

風に運ばれて、歌の文句がはっきりと聞こえてきた。《スエニョ・ロコ》（狂った夢）という歌らしい。

〈奇妙《きみょう》なねじくれた夢……夢はどっちみち、かないはしない。でも、夢を持たなければ、もっと悲しくて、つらくなる……〉

眠《ねむ》っちゃだめだ！　と、はっとした。フェルナンドの言葉を思い出す。とにかく、目をさましていることだ。眠《ねむ》りこんだりしたら、線路ぎわで骨折して目をさますことになる。ぼくは、目を見ひらいた。一瞬《いっしゅん》、わけがわからなかった。なんでこんなに明るいんだ？　そのあとすぐに、頭がかっと熱くなった……ぼくはひと晩じゅう、こんなふうに寝《ね》ぼけていたにちがいない！

あわてて体を起こし、あたりを見まわした。でも、何もひどいことは起きていなかった。列車はあいかわらず、ガタゴトガタゴト、一キロまた一キロと、前進を続けている。ぼくらの車両のいちばん前に、こちらに背を向けて、エル・ネグロがまるで彫像《ちょうぞう》のように立っていた。あいつは眠《ねむ》らないんだろうか？　疲《つか》れたり、腹がへったり、のどが渇《かわ》いたり、弱ったりもしないのだろうか？　まるで疲《つか》れ知らずなのか？　それとも、ぼくらには弱みを見せないようにしているだけなのか？

フェルナンドとエミリオが、少し離《はな》れたところに腰《こし》をおろしている。うとうとしているようすだ。アンジェロは貨車の屋根の段差にもたれて横になっている。ヤスはぼくのすぐそばで、大の字になっていた。目をあけていられない、というようすだ。

でも、ぼくが目をさましたので、ヤスは小さく声をかけてきた。「おはよう。よく眠《ねむ》れた？」

「なんだかわかんないや」体じゅうぐったりして、手足がしびれていた。ごしごしこすってあたためる。

「なんか、ホームレスみたいな気分だよ」

ヤスが声をたてて笑った。それからはっとして、口を押《お》さえ、エル・ネグロの方に目をやった。こっちを気にするようすはない。ヤスは声をひそめ、「あたし、こわい夢を見ちゃった」と、ささやいた。

「きっと、フェルナンドがこわい話をしたせいね」

ぼくたちが体験してきたことの方がずっとこわかった、とぼくは思った。「ぼくはなんの夢も見なかった」と言った瞬間《しゅんかん》、おなかがグウーッと鳴った。「おなか、すいてない？」

「でも、あたし、もうなんにも持ってない」

ぼくはリュックをさぐってみたが、食べのこしのトルティーアのきれはしがあっただけだった。アンジェロを起こし、フェルナンドとエミリオのところに集まった。それぞれが持っている残りの食べ物を集め、わけあった。たくさんはなかったが、ひどい空腹をおさえる足しにはなった。

「たぶん、もうすぐ列車が停車するぞ」と、フェルナンドが言った。「そしたら、とにかく、なんかにしがみつけ。でないと、あっというまに屋根からふり落とされちまう。そうなったら、おしまいだ」

機関士は、ぼくらが転落したって、かまってはくれない。これまでは、駅があって止まるかと思っても、そのたびに通過してきていた。

ぼくたちは、ただすわって、空腹とたたかっていた。森林地帯を離《はな》れ、左右には地平線まで続く野原や牧草地が広がっていた。左手には、海があるにちがいない。海のにおいが感じられる。右手の遠くには山があり、果物のプランテーションでおおわれた低い丘《おか》のつらなりが、その山に向かってのびていた。

故郷のグアテマラと、たいして変わらない風景だった。村には小さな家がたくさん並んでいる。住人たちはインディオばかりのようだ。独特な衣装でそれとわかる。駅があると、ほとんどのところで、古ぼけてさびついた貨車が、線路わきに放置されていた。ときどき、野犬がほえながら、列車を追って走ってきた。

ゆっくりと陽《ひ》がのぼってきた。ひとしきり追いかけてきて満足すると、また、やぶの中にもどっていく。

が、それで涼《すず》しくなるわけではなかった。反対に、熱気が雲でふたをされて、オーブンの中にいるようにむし暑くなるのだ。ぼくたちの水筒《すいとう》は、もうとっくに空っぽだった。このままじゃ、きっとひからびてしまう。列車の屋根も、フライパンのように熱くなってきた。指の先が燃えだしそうだ。

フェルナンドはTシャツをぬいで、その上に腰《こし》をおろした。エミリオとアンジェロもそのまねをした。ぼくも、がまんできずにそうした。それでやっと、風がじかに肌《はだ》にあたって涼《すず》しくなり、汗《あせ》もかわいた。でもヤスだけは、シャツをぬがない。こっちを見ているヤスが何を考えているか、ぼくにはちゃんとわかってしまった。すぐに、ぼくもTシャツをしりの下からぬきとって、また着こんだ。またむしむしと暑くなった。

ヤスはちょっと考えていたが、ぼくの方に近づいてきて、「影《かげ》があるとこへ行かない？」と言った。

いい考えだ。立ちあがって、バランスをとりながら貨車の後部へ歩いていき、すぐ後ろの車両とのあいだをのぞきこんでみると、列車の連結部に、わずかに陽をさえぎる場所が見つかった。あそこへおりていこう。連結部のすぐ下はもうレールだったが、屋根で陽に焼かれているよりはましだ。

二人でそろそろとハシゴをおりていき、連結部の日かげにいっしょにしゃがみこんだ。影《かげ》は細長く、ほんの少ししかなかったから、ぼくたちはぴったりと寄りそって、わずかな影《かげ》をわけあった。

「フーッ、少しはましになったね。もうちょっとで、煮《に》えちゃいそうだったもの」と、ヤスが言った。

「少なくとも、この旅のあいだに、こごえることはないだろうな」冗談《じょうだん》のつもりでそう言って、ぼくは手でひたいの汗《あせ》をぬぐおうとした。でも、手も顔も同じように汗《あせ》でぬれているから、むだなことだった。「誓《ちか》って言うけど、こんなことが続いたら、そのうち死んじゃうね」

「そんなこと、わからないでしょ」とヤスは言って、笑った。「このメキシコでは、誓《ちか》って言えることなんて、なんにもなさそうだもの――でも、ありがと」ヤスはぼくのTシャツに目をやっていた。

ぼくは目のはしで彼女《かのじょ》の方を見た。知りあってからずっと不思議に思っていた。どうしてこんなに子どもっぽい体つきなんだろう、と。でも、よく見れば、女の子だということは見やぶれそうだった。

ヤスがこっちに顔を向けた。ぼくはすばやく目をそらしたけれど、こちらの視線に気づかれてしまったようだった。

ヤスが言った。「あたしね、胸《むね》を包帯でぐるぐるしばってるの。うんときつくね」

「苦しくない？」

「平気。最初は苦しかったけど、もうなれちゃった」

しばらく、二人とも何も言わずに、並《なら》んですわっていた。この場所も、たいして涼《すず》しくはなかった。線路から熱い風がどんどん吹《ふ》きあがってくるからだ。

「屋根の上の風の方がましだったね」と、ヤスが顔をしかめて言った。「上へもどろうか？」

ぼくは思わず笑ってしまった。「こっちも今、そう言おうとしたんだ。ぼくの故郷のタフムルコは、シウダー・デル・ビエントとも呼ばれてるんだ。『風の町』ってこと。だから、風にはちょっとくわしいんだ」

「からかってるの？」

「本当さ。ほんとに、風の町って呼ばれてるんだよ。火山のふもとなんだ」

「火山のふもとって？」ヤスが声をあげた。「なんだか、とてもこわいところみたい」

「そうかもね。だけど、山そのものはそんなにあぶなくないんだ。ずっと噴火《ふんか》なんかしてないし、ときどきゲップするみたいに煙《けむり》をあげるだけだよ。あのあたりの言いつたえでは、山の上には風の神さまたちがいる、っていうんだ。風の神さまたちはみんな、タフムルコに住んでいる人間たちが好きなんだ、ってね。タフムルコの人間は、どこへ行っても迷わないっていわれてる。風が、いつも正しい方向を教えてくれるから」

「いい話ね」と、ヤスが言った。「あたしの故郷にも、そういう話があるの」

「やっぱり風のこと？」

「ううん。『聖なる洞《どう》くつ』って呼ばれてる洞《どう》くつがあるの。そこには、大地の精霊《せいれい》が住んでるんだって。その精霊《せいれい》が、そのあたりに住んでいる人間たちを守ってくれているの。たとえ故郷を離《はな》れて、長いことよそで暮らしても、精霊《せいれい》はずっと助けてくれるの。大地はどこまでも続いてるから——どこにいても同じなんだって」

ぼくは、ヤスの生まれた土地のことを想像して言った。「ほんとに、ぴったりだね」

ヤスは不思議そうな顔をした。「何が、ぴったりなの？」

「もちろん、ぼくらの故郷の話がさ」

ヤスは、ちょっととまどったような顔をしてから、「そうね」と、うなずくと、深くかぶっていたキャップをひきあげた。ヤスの目がよく見えるようになった。

「風の神々と大地の精霊《せいれい》なんて、ほんとに、ぴったりの組みあわせだよ」と、ぼくは言った。

その直後、列車がふいにブレーキをかけた。ぼくたちは、後ろの車両のかべにすごいいきおいで押《お》しつけられた。ブレーキがはげしくさけび声をあげ、思わず耳をふさぐ。連結部で身をかがめ、なんとかもちこたえてから、何ごとかと上を見あげた。

列車は、小さな村のそばで停車していた。なぜこの場所で止まったのかはわからない。ただ、機関士がおりていき、線路のそばの建物に入っていくのが見えただけだった。

と、頭の上からフェルナンドの声がした。貨車の屋根からこっちをのぞきこんでいる。「おい、下のお二人さん、ケツをあげろ。おれたちもおりるぞ」

「機関士は何をしに行ったの？」

「機関士のメシの時間だと、ありがたいんだがな」そう言いながら、フェルナンドもハシゴをおりてきて、ぼくたちのわきをすりぬけ、地面にとびおりた。「やつらだって、食ったり、出したりするってことだ」フェルナンドは両手をばたばたさせて、においをはらうしぐさをした。「じゃあ、行こうか、お二人さん！　水がいるだろう。それに、何か食い物もな」

　ぼくたちも、すぐとびおりた。エミリオとアンジェロもおりてきた。列車が動きだす前に、必要なものを急いで調達《ちょうたつ》しなくてはいけない。そのときになって、のどが渇《かわ》ききっているのに気がついた。舌がはれあがって、溶《と》けて、口の中にはりついてる感じだ。

　はじめに見つけたのは、下水溝《げすいこう》だった。野菜くずやゴミのにおいが鼻をつく。たとえどんなにのどが渇《かわ》いていても、こんな水、さわるのもいやだった。

　少し行くと、雨水だめのタルが見つかった。最近のスコールでたまったらしい水が、タルに半分ほどある。みんなで顔をつっこみ、のどをうるおした。

　そのあと、それぞれの水筒《すいとう》に入るだけの水をつめた。フェルナンドとエミリオは、近くに小さなバナナの農園を見つけて、走りこんでいった。アンジェロもあとを追った。ぼくも行こうとしたが、ヤスにひきとめられ、近くの草地にひっぱっていかれた。ヤスはすぐに、そこで草をむしりはじめた。

「ねえ、何してるのさ？　なんのために草なんか……。ぼくたち、ウサギじゃないんだし」

　ヤスは横目でこっちを見て、答えた。「草なんか食べやしないってば、ばかね。この上に寝《ね》るの。さあ、手伝って！」

　ほかの三人が、バナナの房《ふさ》をかついでもどってくるまでに、ぼくとヤスは、草のたばを目いっぱいかついで列車にもどり、ハシゴをあがっていた。列車の屋根に敷《し》きつめると、草を敷《し》いただけなのに、涼《すず》しく、居心地《いごこち》がよくなった。草の上に腰《こし》をおろし、仲間たちが調達してきたバナナの皮をむいたときには、それこそ王さまになったような気分だった。

「おい、みんな。これでしばらくはもつな」そう言って、フェルナンドはバナナの皮を遠くに投げた。

「あと、日よけのパラソルが何本かあれば、もうしぶんないとこだ。列車にそいつをそなえつけるように、鉄道会社に提案するべきだな」

「そうね。ついでに、冷蔵庫とハンモックも」と、ヤス。

腹がいっぱいになり、残ったバナナをリュックにしまおうとしているところへ、機関士がもどってきた。気持ちよさそうに、ぶらぶらと列車に向かって歩いてくる。屋根に乗っている人々のことは、目に入らないようだ。

「ぼくたちがここにいるって、知らないのかなあ?」と、アンジェロがつぶやいた。

「もちろん、あいつだってわかってるさ。ちゃんと目がついてるんだから」と、フェルナンド。「だけど、わかったからって、どうしたらいい? おれたちを追いはらうなんて、ひとりじゃできやしない。警官を呼んだところで、大騒《おおさわ》ぎになるだけだ。だから、見て見ぬふりをしてるのさ。おれたちが列車や積荷に何かしないかぎり、どうでもいいってわけだ」

がたんと揺《ゆ》れて、列車が動きだした。名も知らぬ小さな村は、あっというまに遠ざかった。列車はまた、あたりに何もない草原をひた走りだした。じゅうぶんに休めたし、渇《かわ》きも空腹もようやくおさまった。このまま走りつづけられたら、どんなにいいだろう。敷《し》きつめた草の上に横になって目をとじ、列車の振動《しんどう》に身をまかせると、雲のすきまから陽がさし、じりじりと顔に照りつけるのがわかった。

もう正午になるころだ。山の近くのグアテマラの家にいたときは、こんなお昼どきが好きだった。そう、ほかのどの時刻よりもずっと……。

あの日も、うだるように暑かった。太陽が何もかも焼きこがしていた。畑も草原も、そして人間の顔も。でも、火山だけは、山すその森林からわきあがった霧《きり》から頭をのぞかせ、いつもと変わらぬ色でそびえたっていた。

市《いち》の立つ日だった。物売りの女たちが、果物をピラミッドみたいに積みあげている。通りには、野良犬たちがうろついている。

すべてがいつものとおりだった。ただ、風がない。そよとも吹《ふ》いてこない――こんなことは、その年になって、はじめてのことだった。

ぼくは家の前にすわって、捕《つか》まえたカブトムシで遊んでいた。ママは家の中にいる。ママは、しばらく前からおなかがずいぶんふくらんで、あえいだり、息をついたりしていた。ぼくはときどき、心配になった。でもママは、心配しなくていいのよ、と言った。ミゲル、おまえに妹をプレゼントしてあげるからね、と。うれしくて、楽しみにしていたっけ。

その日、お産婆《さんば》さんがやってきた。ぼくの方をちょっとにらんで通りすぎ、家に入っていった。お産《さん》婆《ば》さんは、大きくて黒い手をしていた。そんな手は見たことがなかった。

ぼくは立ちあがって、追いかけていった。けれど、家の中には入れてもらえなかった。ドアの前でうろうろし、中のようすをうかがった。

ママはベッドで、顔をまっ赤にしていた。お産婆《さんば》さんは、強い酒で手を洗い、びんからぐいとひと口飲み、ママにも飲ませていた。そのあと、家の中から動物たちが追い出されてきた。ニワトリとブタと猫《ねこ》たちだ。ドアがしまった。ぼくは外にいるしかなかった。

また遊ぼうとしたけれど、カブトムシはもう逃《に》げ出して、どこかへ行ってしまった。村の女の人たちが、坂をあがってきた。手に手にロウソクを高くかかげ、家のまわりをとりかこむ。ドアの外で薬草が燃やされていた。家の中からは、ママがあえいだり、さけんだりする声がした。ママをはげますお産婆《さんば》さんの声も。

そのあと、赤ちゃんの泣き声が聞こえた。

ドアがあいて、入っていいと言われた。部屋に入ると、妹がそこにいた。とてもちっぽけで、しわくちゃで、まだ体がぬれていた。お産婆《さんば》さんはロウソクで、へそのおを焼ききり、はしをロウでふさぐと、小さな赤ん坊《ぼう》をママの腕に抱《だ》かせた。

ママがぼくを呼んだので、ぼくは近くに行った。ママはとても疲《つか》れた顔で、やつれていたけれど、目はかがやいていた。なんて名前にする？　ママはぼくにたずねた。おまえの妹を、なんて名前にしたい、ミゲル？

ぼくはじっと考えてから、言った。ファナ！　ファナって名前にしようよ。

そんなわけで、妹はファニータと名づけられたのだ。

ママはほほえんだ。それから、何か思いつめたような顔をして、まくらにもたれた。

ぼくのパパは、そこにはいなかった。村の男たちが探してくれたが、パパは姿を消していた。ぼくがパパの代わりに、ママのそばにすわった。ママはまたほほえんで、ぼくをじっと見つめた。

お産のあとしまつを終えたお産婆《さんば》さんが、近づいてきた。そして、ぼくの方にかがんで、その黒い手で頭をなでてくれた。お産婆《さんば》さんは、こう言った――妹となかよくするんだよ。この子は、おまえほど幸せに生まれついてはいないからね。今日は新月だから、わたしにはあまり強い力がないんだ。おまえは、満月の日にわたしがとりあげたし、そのときは、おまえの父親もそばにいた。だから、おまえは、この先どんな苦労も乗りこえられる。だけど、妹の方には、それほどの運はない。

それから、お産婆《さんば》さんは立ちあがって、戸口に歩いていった。でも、そこでもう一度ふり返って言った。

今言ったことを、よく心にとめておくんだよ。あんたは、妹の面倒《めんどう》をよくみてやらなくちゃいけないよ！

7

雨粒《あまつぶ》が鼻の頭ではじけた。ぼくは、はっとわれに返り、思い出をふりはらった。今は、メキシコにいるんだ。

目を見ひらくと、空に灰色の雲がカーテンのようにかかって、あたりはうす暗くなっていた。まるで、だれかが太陽の前に幕《まく》をひいてしまったかのようだった。ぼくたちを乗せた列車は、あやしい色の空の下を走っていく。あいかわらず、むし風呂《ぶろ》のように暑く、風もない。まるで時間が止まっているような気がした。この世の終わり。そんな言葉が頭に浮《う》かんだ。

と、その瞬間《しゅんかん》、雨がふりだした。まるで、だれかがどこかで、スイッチを入れたかのようだった。滝《たき》のような雨がたたきつける。ぼくらは首をすくめ、身を寄せあってうずくまった。そんなことをしても役には立たず、たちまちずぶぬれになった。水をかけられた野良犬みたいに、体をちぢめているしかない。でも、列車の屋根からすべり落ちないように、どこかにしっかりつかまっていなくては。

雨はずっと長いあいだ、ふりつづいた。雨粒《あまつぶ》は列車の屋根ではじけ、そこらじゅうにびしゃびしゃはね返る。Tシャツはもう、ぬれた袋《ふくろ》みたいに体にはりついていた。かわいたところなど、体じゅうどこを探したってない。

それでも、やがて空は少しずつ明るくなりはじめ、明るい部分がゆっくりと広がりだした。雨雲が通りすぎたのだ。そのあとは、あっというまに雨はやみ、数分すると空にはもう雲ひとつなかった。何ごともなかったように、陽《ひ》がまた照りだした。

「ヒャーッ！」と、ヤスが悲鳴をあげ、キャップをぬいで頭をふった。しずくがそこらじゅうにとびちる。そのあと、ヤスはぼくの方へ寄ってきて、「あんた、風《ビエント》の町から来たって言ったわよね」とささやき、またキャップをかぶりなおした。「それじゃあ、風を吹《ふ》かせてよ。びしょびしょのままじゃ、たまらないわ」

「わかったよ」と、ささやき返す。「その帽子《ぼうし》をぬいだとこ、見たいと思ってたんだ」

ほかの仲間たちの方を見ると、フェルナンドとエミリオは立ちあがって、服から水をふりはらっていた。アンジェロは、列車の屋根の段差の下にもぐりこんでいたらしく、やっとそこからはい出してきたところだった。頭のてっぺんから足の先まで、ぐっしょりぬれた草まみれだ。

それを見て、ヤスが笑いだした。「アンジェロったら！　まるで緑の小人みたいよ」

アンジェロは顔をしかめて、フェルナンドの方を見た。そばで、片方の靴《くつ》をぬいで中に入った水をふり落としていたフェルナンドが、肩《かた》をすくめて笑った。

「これっぽかしぬれたって、たいしたことないぜ。イステペックじゃあ、こんな話を聞いたぞ。列車に乗っていたときに……」

「ねえ、フェルナンド、その話、もう聞いたから！」と、ヤスがさえぎった。「またその話をする気？　列車が大雨で海まで押《お》し流されて、乗っていた人たちがサメに食われた、っていうんでしょ」

フェルナンドは苦笑いした。「どこで聞いたのさ。おれ、この話したっけ？」

ヤスはうんざりしたような顔をして、やれやれと頭をふった。

列車は雨にぬれて光り、湯気をあげながら、北へと走りつづけていた。ぼくたちはまた屋根にすわりこみ、陽がかわかしてくれるにまかせていた。線路の両側は、何キロも先まで続く穀物畑《こくもつばたけ》に変わった。雨をさけてどこかにひっこんでいたらしい農夫たちが、ぼつぼつ外に出てくるのが見えた。みんな、さしあたり暑さがしのげて、喜んでいるように見えた。中には、ぼくたちに向かって手をふる人もいた。

陽ざしと吹《ふ》きつける風で、ぼくたちの体はたちまちかわいた。右手からは山脈がどんどんせまってくる。そして、列車が小高い丘《おか》をひとつ越《こ》えたとき、とつぜん目の前に海があらわれた。広い湾《わん》のようだ。対岸は細い線にしか見えない。陽が対岸に落ちかかり、地平線の空がオレンジ色にそまっていた。

列車は海に向かってくだっていき、やがて海沿いに走りはじめた。ぼくはじっとすわって、沈《しず》む陽をながめながら、もの思いにふけっていた。

だが、また前方の列車が騒《さわ》がしくなってきた。今日になって、線路わきのやぶから列車にとび乗ってきた新顔《しんがお》の人たちが、ぼくたちのひとつ前の車両の屋根に立ちあがり、何か騒《さわ》いでいる。

フェルナンドもそれに気づき、何かつぶやいたが、なんと言ったのかはわからなかった。いったい何がはじまったかを見に、前の方に歩いていったフェルナンドは、しばらくしてもどってくると、少し離《はな》れたところにすわっていたエル・ネグロのところへ行き、何か話してから、こちらにもどってきた。

「線路わきに、パトカーが止まっているのが見えたんだそうだ。木のかげにね」

「それ、どういうことなの？」と、ヤスが聞いた。

「わかるもんか。へたすれば、監視員《かんしいん》かもしれない。警察のやつら、この列車にただ乗りしている人間がどのくらいいるか、確かめたいのさ。列車を止めて検問するかどうか、考えてるんだろう。だとしたらおれたちも、覚悟《かくご》しとかなきゃなんないぞ」

ぼくたちは寄り集まって、前方を見つめていた。ぼくたちの左手では、陽がさらに沈《しず》み、海を赤くそめていた。だけど、もう夕陽《ゆうひ》をながめている者はいない。列車全体に緊張《きんちょう》が走っていた。あてにならない憶測《おくそく》が、ひそひそ話になり、枯《か》れ野に火が放たれたように広がっていく。

フェルナンドの予想があたっていたことが、すぐにわかった。列車が次のカーブにさしかかったとき、遠くでパトカーの車列が待ちかまえているのが見えたからだ。線路が海岸沿いのぎりぎりを走る場所に、警官たちは立っていた。そこだと、陸側にだけ警戒線《けいかいせん》をはっていればいいのだ。

ぼくたちの前の貨車の屋根では、もう人々が浮《う》き足だって口々にさけんでいた。ぼくたちも浮《う》き足だっていた。フェルナンドが何か言うだろうと待っていたが、いらだたしげに髪《かみ》をかきあげるだけだ。

フェルナンドが口をひらく前に、エル・ネグロがやってきて、ぼくらを押《お》しのけ、車両のさらに前方に歩いていった。そこで、だまって警官たちのようすを見つめていたが、すぐにフェルナンドの方に向きなおり、手で小さく合図してみせた。

「おれたちは、上に残るぞ」と、フェルナンドがつたえた。

「ええっ?」と、ヤスがさけんだ。「何を待つつもり? 早く逃《に》げなくちゃ」

フェルナンドは首をふって、くり返した。「おれたちは列車の上に残る、と言ったはずだ」

ほかの車両では、もうほとんどの人たちがハシゴにとりついて、列車からおりようとしていた。だが、とびおりるのは危険だった。列車は猛《もう》スピードで疾走《しっそう》しているのだ。機関士は無線か何かで、検問地点に近づいてからブレーキをかけるようにと、命じられているのかもしれない。

それでも何人か、とびおりた者がいた。ぼくたちの二、三メートル先の、前の車両にいた男が、ハシゴから手を放し、文字どおり空中にとび出したが、地面に落ちる前に、車輪に両足をちぎられてしまった。男が悲鳴をあげ、線路ぎわのやぶの中にころがりこんでいくのが見えたが、列車はそのまま驀進《ばくしん》していく。

ほとんどの者が、列車がスピードを落とすのを待ってとびおりようと、かまえていた。だが、その地点には、すでに警官たちが待ちかまえているはずだ。

と、機関士が急ブレーキをかけた。屋根の上にいた者は、みなバランスを失ってころんだ。ぼくもたおれこみながら、なんとか屋根の金属の手すりにつかまり、すぐそばで列車からすべり落ちそうになったヤスの腕《うで》を、あぶないところでつかんだ。エミリオとアンジェロも、手すりにしがみついていた。フェルナンドも列車の屋根にたおれていた。エル・ネグロだけは、なんとかもちこたえて立っている。

そして、列車が止まった。ぼくたちは、屋根の上で微動《びどう》だにしなかった。列車の下は大混乱になっている。あわてふためき、そこらじゅう逃《に》げまどう人たちは、まるで、オリの中でカギザオで追いまわされている、逃《に》げ場《ば》のないウサギのようだった。警官たちが片っぱしから捕《つか》まえ、ひきずっていく。警棒を容赦《ようしゃ》なくふりまわす警官もいて、なぐられた者の悲鳴があたりの海や草原にこだました。

遅《おそ》かれ早かれ、ぼくたちも列車からおりるしかない。そしたら、同じようにすぐに捕《つか》まってしまう。そう思うと、はきけがした。ずっとヤスの腕《うで》をつかんだままだったけれど、ヤスは気づいてもいないようだ。

と、エル・ネグロがフェルナンドの方を向いて合図するのが見えた。

フェルナンドが言った。「ジャ・エス・オラ――さあ、行くぞ!」

そして、フェルナンドとマラスの少年はハシゴにとりつき、下におりていった。ヤスがおびえたように目を見ひらいてぼくを見た。ぼくは立ちあがり、ヤスをひっぱり起こすと、すぐに列車をおりていった。

フェルナンドは全員が下におりるまで待ち、みながそろうと、エル・ネグロの方にあごをしゃくって、ささやいた。「あいつにまかせておけばいいんだ。そばを離《はな》れるなよ！　おれたちがあいつの仲間だってことを、連中にわからせなきゃならない」

エル・ネグロが歩きだした。ぼくたちは、その後ろにぴったりくっついて進んでいった。エミリオの次にぼく、その後ろにヤスとアンジェロ。フェルナンドがしんがりだ。一列になってゆっくりと、列車から離《はな》れていく。

ひどく緊張《きんちょう》して、耳の奥《おく》で血がどくんどくんと脈うつのがわかる。いろんなことが一度に頭の中を駆《か》けめぐった。どこを見ていたらいいんだ？　顔をふせた方がいいのか？　両手をあげた方がいい？

けれども、エル・ネグロは、何ひとつ変わったようすは見せなかった。まるで日曜日の散歩みたいにのんびりと、へいぜんと歩いていくだけだ。ぼくたちの方は、今にも警官たちが警棒をふりかざしてせまってくるのではないかと、気が気ではなかった。

だが、何ひとつ起こらなかった。ほとんどの警官は、ぼくらにするどい視線を投げたが、すぐに顔をそむけてしまった。ひとりだけ、警棒をもてあそびながら、ぼくらの前に立ちはだかったやつがいた。ところが、エル・ネグロは何ごともなかったように、その警官のわきを迂回《うかい》して通りすぎた。警官は後ろで悪態《あくたい》をついていたが、ぼくらを止めようとはしなかった。

まるで悪夢の中にいるようで、ぞっとした。まわりでは、人々が警棒でなぐりつけられたり、パトカーに押《お》しつけられたりしているのに、ぼくたちを止めようとする者はだれもいない。まるで、この場にいないみたいだった――そう、ぼくらはだれの目にも映らない幽霊《ゆうれい》のようだった。

エル・ネグロは大混乱の中を通りぬけ、少し先の線路沿いにぼくたちを連れていった。もうかなり離《はな》れてはいたが、まだ警官たちから見える場所だ。列車の方をふり返ると、パトカーが一台走りだしていくところで、中につめこまれたあわれな人たちが、亡者《もうじゃ》のように悲しげに、ウィンドウから外を見つめていた。

「警官たちが、かんたんに通らせるなんて信じられない」ヤスがエル・ネグロの方をおびえたように見つめながら、ささやいた。「みんな、捕《つか》まっちゃってたかもしれないのに！」

「ああ、でも、捕《つか》まえたところで、やつらになんの得《とく》がある？　やつら、もうじゅうぶんな人数を捕《つか》まえたはずだ」と、フェルナンドが言った。

「でも、警官たち、全力をあげてやってたようには見えなかったけど」

「相手を見てるんだよ。警官にも、いろいろいる。だいたいはひどいやつで、まともなやつはいない。かといって、ひどすぎるやつもいないけどな。不必要な反感を買いたくないと思っている点は、みんな同じだ。おれたちみたいな、マラスといっしょにいる連中と、わざわざことをかまえようとは思わない。警察の車はもういっぱいだし、警察は仕事をしなかった、なんて、だれにも言われはしない」

「マラスが警察に仕返しすることなんて、あるの？」

「そうだな、マラスは、ひとりひとりの警官がどこに住んでいるか知っている。それに、女房《にょうぼう》や子どものことだって……」フェルナンドは片目をつぶってみせた。「警官たちは、自分の仕事を守るのに必要なことだけやるのさ。自分の家族を危険にさらすようなまねは、決してしない」

舌うちをし、やりきれないというようすで息をはき出すと、フェルナンドは続けた。「さあ、行こう。また列車にとび乗る場所を確かめないと」

最初は、自分の耳をうたがった。本当にまた列車にとび乗るのか？――警官たちの目の前で？
「まだぼくたちのこと、見てるよ。もっと遠くでやった方が……」
「聞いてなかったのか？」フェルナンドが途中《とちゅう》でさえぎった。「確かにここは、やつらから見える場所だ。だが、やつらは見ないんだよ」

およそ一時間後には、ぼくたちはトナラにいた。列車がトナラの駅で止まったのだ。もう日はすっかり暮れて、あたりは暗くなっていた。うす闇《やみ》の中で、これから連結されるらしい貨車が数台見えるだけだった。

見つからないように、ぼくたちは列車の屋根からハシゴをおりて、あとは貨車のかげにかくれるだけだった。エル・ネグロとも、ここまでだ。マラ・サルバトルチャのなわばりはトナラまでで、ここより先では、ぼくたちを助けられないのだ。

フェルナンドはエル・ネグロに歩みよって、「助かったよ。あんたがいなかったら、ぜったいダメだった」と、礼を言って、ぼくたちから集めた金の残りの半分を渡《わた》した。

大部分は、あのイカダの船頭《せんどう》からまきあげた分で足りたけれど、それぞれがさらにいくらか足さなくてはならなかった。これまで何年もいっしょうけんめいためてきた金が、どんどん出ていくのはつらかった。まだ旅ははじまったばかりなのに、もう、ぼくの貯金は大半がなくなってしまった。でも、妹のファナの貯金には、指一本ふれていない。ずっとそうすると、心に誓《ちか》っていたのだ。

エル・ネグロは表情ひとつ動かさずに、金をしまいこむと言った。「この列車で、イステペックまで行ける。そこが終点だ。そこからは、ベラクルスに向かうんだ」エル・ネグロはフェルナンドをじっと見つめた。「道はわかってるよな。今からは、あんたしだいだ！」

最後にフェルナンドにうなずいてみせると、エル・ネグロは線路を渡《わた》っていき、あっというまに闇《やみ》の中に溶《と》けこんで見えなくなった。フェルナンド以外のぼくたちにはひと言もかけず、目もくれないまま去っていった。二日前にタパチュラの墓地で会ったときには、闇《やみ》が彼《かれ》をはき出したように見えたけれど、今度は同じように、のみこんでしまった。

ヤスは、マラスのことがずっと気にかかっていたらしく、ため息をひとつついてから、ぼくたちの方にやってきて言った。「あの人がいなくなって、ほっとした。ほんとにこわかったもの」

アンジェロも、なんだか、胸《むね》につかえていた石がとれたような顔をしていた。エル・ネグロに、列車からほうり出すとおどかされたときのことが、忘れられずにいたのだろう。

エミリオだけは、首を横にふって言った。「でも、あいつがいっしょに来てくれてよかった。ぼくたちだけだったら、ここまで来られなかったかもしれない」

ぼくは、マラスの少年が歩きさった方を見つめていた。三人の言うことは、よくわかった。彼《かれ》がいなくなってほっとした気もするし、同時に、不安がました気もする。アンジェロやヤスと同じで、エル・ネグロがそばにいると、ぼくもなんだかどきどきして落ち着かなかった。けれど、エミリオの言ってることも確かだった。エル・ネグロがいたから、山賊《さんぞく》も、警察の検問も、無事にすりぬけられたのだから。

ヤスがぼくをひじでつついた。「あんたはどう思うの？」

「わからないよ。彼《かれ》がいなくなって、これからどうしたらいいか、考えないと……」

フェルナンドがせきこんで、レールにツバをはき、口をひらいた。「これまで以上に用心しないとな。でも、サイアクなことにはならない気がするぜ。チアパスとはもうすぐオサラバできるんだし」

そのとき、列車ががくんと振動《しんどう》した。それがどういうことなのか、みんなもうわかっていた。機関士がブレーキをはずしたのだ。急いで貨車のハシゴを駆《か》けのぼり、屋根のぼくたちの定位置についた。そのとたん、列車が走りだした。

屋根にしばらく立っているうちに、列車は明るい駅を離《はな》れ、あたりは暗くなった。発車の直前に、駅の明かりで、また何人かの人たちが列車にはいあがっているのがわかっていた。なんとか生きのこった小さなグループが、いくつかの車両の屋根にうずくまっている。知っている顔があるかと目をこらしたけれど、わずかな明かりではそこまではわからなかった。

ほかの人たちは、みんな脱落《だつらく》してしまったのか？　駅の明かりが後ろに遠ざかっていくあいだ、それればかり気になっていた。タパチュラでぼくたちといっしょに列車にとび乗った人たちは、どうなったのだろう？　警察に捕《つか》まった人たちは、今ごろきっと国境へもどされる途中《とちゅう》だろう。フェルナンドが言っていた「涙《なみだ》のバス」みたいなのに乗せられて、とてもひどい目にあっているにちがいない。それでも、とにかく命だけは無事だろうけど。

ラ・アロセラでのできごともよみがえってきた。やぶに、山刀を手にした山賊《さんぞく》たちがひそんでいたことだ。たくさんの人たちが身ぐるみはがされて、地面にころがされていた。山賊《さんぞく》たちが去ったあと、その人たちのほとんどは、やぶからはい出せただろう。でも、全員が生きてやぶを出られたのだろうか？フェルナンドに聞いてみたけれど、フェルナンドは、何も聞こえなかったようにだまっていた。

しばらくのあいだ、だれも口をきかなかった。それから、アンジェロがとつぜん顔をあげて、言った。

「ぼく、見たよ」

「見たって、何を？」と、ヤスがたずねた。

「あの人たちだよ」と、アンジェロがつぶやいた。「あの空き地にいた人たち。あのあと、みんな、また見かけた。ひとり残らず。ぼく、ちゃんと数えたもの」

ヤスはアンジェロにほほえみかけた。でも、決してうれしそうではなかった。「そうね、アンジェロ」と、ヤスはささやいた。「あんたの言うとおりだわ。あたしも、見たわ」

寝《ね》そべっていたフェルナンドが、ひじをついて体を起こし、ぼくたちの方を見た。「サイアクのときは過ぎた。そのことは喜んでいい。で、ほかのことは……」ウィンクしてみせる。「そのときになってから考えりゃいい」

ぼくたちは、深い夜の中を走っていた。地平から月がのぼってきて、すべてのものを青白い光で照らしている。その光で、左右を通りすぎていく平原や丘《おか》や村の輪郭《りんかく》が、ぼんやりと浮《う》かんでいる。

また、ぼくたちだけになったのだ——闇《やみ》の守護天使は、もういない。

8

「ビーンズぞえオムレツ、それに、かりかりのベーコン。それも、フライパンに油がぱちぱちはねるくらい、すんごく熱々《あつあつ》に焼いたやつ」と、ヤスが言った。「デザートは、パインとココナッツぞえのプディングがいいな」

「そうだな、それにケーキも」と、アンジェロがつけ加えた。「クリームとフルーツの四段がさねで、もちろん、チョコレートの層もあるやつ。表面はぜったい砂糖ごろもでさ！」

「おやまあ、みんな、ヘンテコな好みだな」と、フェルナンドが口をはさんだ。「おれなら、もっとましなものを食うけどな。たとえば、ブタの丸焼き。それも、串《くし》にさして皮がかりかりになるまでローストしたやつ。ミゲルは何が食いたい？」

「ぼく？　ぼくは、今言ってたのを全部注文するな。どれも二人前ずつ」

「わあ、いい考えね！」ヤスが、となりにいたエミリオのわきをつついた。「あんただったら、どんなもの食べたい？」

エミリオは少しのあいだ考えてから、「……焼いたジャガイモかな」と、つぶやいた。

ヤスは一瞬《いっしゅん》あっけにとられたが、すぐに笑いだし、「焼いたジャガイモ？」と、くり返した。「まあ、エミリオったら、おかしなこと言うのね！　ほんとに変わってる」

ぼくたちを乗せた列車は、夜どおし休まず走りつづけてきた。今朝、陽《ひ》がのぼったとき、チアパスはすでにはるかに遠ざかっていた。今はオアハカ州を走っているが、これといって目をひくようなものはない。ただ、山々が前よりは少しせまってきている。つらなる丘《おか》の風景は、まるで絵葉書の中を進んでいるような気がするほど、あざやかだ。

陽がのぼってからも、はてしなく丘《おか》の上に続いている果物のプランテーションの中を、何時間かずっと走りつづけていた。果物はみなゆたかに実り、みずみずしく、あまそうにかがやいていて、本当にすばらしい景色だったけれど、胃袋がヒリつくほど飢《う》えているぼくたちにとっては、この景色は拷問《ごうもん》そのものだった。

正午にこの列車の終点、イステペックに着いた。ぼくたちは列車からおりて、古い倉庫の裏に身をひそめ、すわりこんだまま、いろんなごちそうを思いうかべて、あれこれ言いあっていたのだ。

最後にちゃんとした食事をとったのは、もうかれこれ二日前、タパチュラの墓地でトルティーアを食べたときだ。そのあとは、トルティーアの残りと、そこらで拾った、半分腐《くさ》ったようなものしか口にしていなかった。今はもう、食べ物のことしか考えられないほど腹がへっていた。

ぼくたちの、食べたいものの話が終わると、フェルナンドがしめくくるように言った。

「空想するのはいいけど、それじゃ腹はふくれないからな。早くちゃんとしたものを食わなくちゃ。じゃあ、行こう。狩《か》りに出発だ」

「狩《か》りって、どうするの?」と、ヤスが聞いた。

「そうだな、まあ、ボクシングみたいな感じだ。攻撃《こうげき》したければ、まず防御《ぼうぎょ》をかためる。ほかに方法がなきゃ、町に入るしかない。そこで、ぶちかます。うまくいけば腹はみたされるし、いくらかのたくわえもいただける。先はまだ長いんだから、たくわえも必要だろ」

「あぶないんじゃない？」と、アンジェロが聞いた。

「あぶないのはわかりきってるじゃない」ヤスは、乗り気になっているようだ。「そんなの、この旅に出る前からわかってたことよ」

「飢《う》え死《じ》になんか、ぜったいごめんだからな」と、フェルナンド。「もちろん、かたまっていくわけにはいかない。人目をひいちまうからな。それに、いくつか気をつけておくことがある。まず、身ぎれいにしていくこと。それから、必要なこと以外は口をとじてること。なまりで、よそ者だとバレちまう。ここらの人のスペイン語のなまりは、おれたちのとはちがう。とくに、繁華街《はんかがい》では……」

「ぼく、なまりなんかないもん」と、アンジェロが言った。

「寝言《ねごと》を言うな。自分じゃわからないかもしれないがな」そう言って、フェルナンドはアンジェロを見つめ、にやりと笑った。「おまえは、だれよりもなまりがひどいよ、チビ。口がきけないフリをしてろ」

みんなが笑った。アンジェロだけは腕組《うでぐ》みをして、ふくれっつらをしている。

フェルナンドはそれ以上アンジェロにはかまわず、続けた。「みんな、しぜんにふるまうんだぞ。この町の石ころにいたるまで、よく知ってるみたいな顔をしていろ。たった今、近くの家から出てきたってふうにな。イカツイ野郎《やろう》が近づいてきたら、さっとよけるんだ。だが、さりげなくだぜ！　パニクって駆《か》け出すようなまねはするな」

フェルナンドはこんな調子で、ぼくたちにありとあらゆる注意をした。けれどぼくは、半分も耳に入らなかった。線路のぼくたちのいる側には、倉庫がずらっと並んでいる。線路の反対側には、町に続く道路が見えた。洗濯物《せんたくもの》をほしてある家が並んでいて、歩道では子どもたちが遊んでいる。犬がうろうろ歩きまわっている。木が植わっていて、人々がベンチに腰《こし》かけている広場もある。ぼくの住んでいた町とそっくりに見える――だけど、今、ぼくはよそ者なのだ。

いったい、なぜなんだ？　これまで、そんなこと考えもしなかったけど、とっても不思議だった。ここらの人に、ぼくのことを「よそ者」と呼ぶ権利が、なぜあるんだろう？　この土地の者でなければ、いてはいけないのだろうか？　どうして、この土地が「自分のもの」だなんて言えるんだろう？

仲間たちの方をふり返ってみると、エミリオと目があった。エミリオはぼくにうなずいてみせた。なんだか、ぼくの頭の中に渦《うず》まいている気持ちを、察しているみたいだ。

そのとき、ヤスが言った。「町っていうけど、どこへ行くのがいいの？」

「まず、町のまん中の市場《いちば》だ」と、フェルナンドが言った。「市場には、田舎からたくさんの人が来ているし、人ごみにいれば、目立たないからな。わずかな金でそこそこの品が手に入る、便利な場所だよ」

しばらく、だれも口をきかなかった。

それからとつぜん、エミリオが言った。「ぼく、もうお金ないよ。エル・ネグロに渡《わた》したのが、最後のお金だった」

フェルナンドはエミリオの方を見ずに、ほんの少し口のはしをゆがめると、言った。「ふん、それじゃあおまえは、かっぱらいでもするしかないな。それか、ものごいをするかだ。おまえみたいなインディオには、その方がおにあいかもな」

エミリオは、ビンタを食らったみたいに身をすくめた。ちょっと言い返そうとしたみたいだったが、すぐにうなだれてしまった。またださ。ぼくにはわからないフェルナンドの一面が、また顔をのぞかせた。

ときどきだけれど、とくにエミリオに向かって、とつぜんむきだしになる、冷たくて、意地悪な顔だ。

ヤスはおこったようにフェルナンドをにらみつけると、エミリオに声をかけた。「あたしの分をわけてあげるから」

「おやおや、お好きにどうぞ。いっそのこと金なんか、だれかにめぐんじまえばいいさ」フェルナンドは悪態をついて、立ちあがった。「さて、まず、体をきれいにしろよ。今のなりじゃ、十キロ先からだって、よそから流れこんできた浮浪児《ふろうじ》にしか見えないぜ」

そこで、言われたとおりにした。まず、おたがい向かいあって、服や荷物にこびりついた泥《どろ》ハネをかき落とした。それから、草やツバを使って、手やら顔やらもきれいにした。そのあいだにフェルナンドは、この町の道や、さっき話していた市場《いちば》のことをくわしく説明してくれた。

まもなくぼくたちは、ばらばらになって、町なかに向かった。ひとりずつ別々に歩きだしたが、ヤスとアンジェロだけは離《はな》れなかった。

線路を離《はな》れ、大通りへ入ったとき、ほんとにこの世にもどったような気がした。

ずっとものかげにかくれたり、人目をさけたりしてきたから、大通りのにぎわいには、まったく気おくれした。けれども、フェルナンドに言われたように、つとめてのんびりと、大通りに沿ってぶらぶらと歩いていった。この町を知りつくして退屈《たいくつ》しているみたいにだ。ものめずらしげな顔をしてはだめだ。本当は町のようすにすっかり圧倒《あっとう》されていたのだけれど、交差点でも立ちどまらず、もう何千回も通った道だとでもいうふうに通りぬけた。向こうから来る人にも、目もくれない。だけど、すれちがう人たちがぼくに注目し、通りすぎたあとでふり返って、しげしげと見ているような気がした。

いつのまにかもう、市場に来ていた。人の波がとぎれずに流れこんでいく。はでな色の店や屋台が立ちならぶ、大きな市場だ。最初に目に入った食べ物の屋台に、とびこんでいきたい気がしたが、なんとかがまんして通りすぎた。食べ物のにおいがたまらない。とうとう立ちどまって、かりかりに焼いたパンに肉とトマトと野菜サラダとチーズをはさんだサンドイッチを買ってしまった。

がつがつとひと息にのみこんでしまいたかったけど、ぐっとがまんして、わざと、することがないからとりあえず食べてるんだ、もううまい朝飯は食べてきたんだ、というそぶりをよそおった。もうひとつ、別の屋台で、熱々《あつあつ》のトウモロコシにバターとチリソースをぬったのを食べた。それでやっと空腹がおさまり、くたびれきった脚《あし》にも力がもどってきて、ようやく、いつものようにしっかり歩けるようになった。

人の波に乗ってまた歩きだすと、ところどころで、同じ列車で見かけた人の顔に気づいた。ちゃんと見たわけじゃないが、すぐにわかった。たぶん、しぐさから。それとも、目つきからだろうか？　どの人もなんだか、森から人間の里に出てきてしまった飢《う》えたけものみたいだったから。そう考えると、ショックだった。ぼくもあんなふうに見えるんだろうか？

しばらくのあいだ、顔をあげる勇気が出なかった。だが、すぐに気がついた。こんな市場では、ぼくに興味を持つ人なんかいやしない。だれもが、道の両側に並んでいる屋台や店に気をとられているのだから。それで、なんとか勇気をふるい起こし、食料品の店が並んでいる方へ行って、いろいろ買い集めた――できるだけ安くて量のあるものをたくさん。

食料品の店のあたりには、警官の姿はないようだった。エミリオがいるのが見えた。インディオの女の人がやっている屋台から少し離《はな》れた場所に立って、店主の女の人と何か話していた。女の人は、売り物の棚《たな》にあった袋《ふくろ》をエミリオにさし出し、受けとったエミリオは、彼女《かのじょ》の手をとり、感謝するように自分のひたいを押《お》しつけた。

しばらくすると、ぼくは持ちきれないほどの食料を買い集めてしまったが、まだしばらく市場をぶらついて、子どもを連れた母親たちをながめていた。そうしていると、なんだかふつうの生活にもどれたような気分になった。そうして、午後も遅くなってから、ようやく駅の方へひき返した。

倉庫の裏で、仲間たちと顔をあわせた。ヤスとアンジェロはもう帰っていた。エミリオも、少しおくれてもどってきた。フェルナンドだけが、まだ帰らない。ようやくもどってきたときには、陽がもう地平線に沈《しず》みかけていた。

「よう、全員無事に、敵地からもどったか？」フェルナンドは、きげんよさそうに笑いながら言った。「じゃあ、行くぞ！ぼくたちみたいに市場で食べ物を買っただけじゃなく、町で何かしてきたようだ。ゆっくり寝《ね》られる場所がいるからな」

「今日はもう列車には乗らないの？」と、ヤスがたずねた。

「そうだよ。ベラクルス行きの次の列車は、明日じゃないと来ないからな」と、フェルナンド。「だけど、正直言って、たのもしいね。ふた晩もえんえんと、がたごと揺《ゆ》すられてきたのに、はじめて来たやつが、そういう質問をしてくるとは。さあ、とにかく線路から離《はな》れて、ネグラを探しに行くんだ！列車の音で目がさめちまうのは、まっぴらだからな」

フェルナンドは駅を離《はな》れ、繁華街《はんかがい》とは反対方向に歩きだした。ついていくと、野原を横ぎり、新しいこぎれいな家が並んでいる郊外《こうがい》に出た。なんとなく、住人たちが窓の奥《おく》から、ぼくたちのようすをうかがっているような気がした。

「どこへ行くつもり？」と、フェルナンドに聞いてみた。歩いていても、町じゅうから見はられているような気がしてならない。

「おれだって、わからないよ。まずは町から出ることだな。とにかく、今夜はだれにもじゃまされたくない。とくに、警察なんかにゃね。けど、あんまりへんぴなとこには行きたくないな。危険な動物がいるだろ？　ヘビとか、サソリとか。夜中にそういうのが巣からはい出してきて、そこらじゅうはいまわるんだ」

「いやだな！　そんなこわい目にあったこと、あるの？」

「ないさ。でも、そういう目にあったやつの話なら、聞いたことがある。メキシコじゅうをあちこち歩きまわったっていうやつでさ。列車、警察、山賊《さんぞく》ども、それにハリケーンやひどい雷雨《らいう》——と、ありとあらゆる経験をしたそうだが、あるとき、国境を越《こ》えようとしていて、夜中にガラガラヘビにかまれてしまった。いちばん近くにあった家までなんとかたどり着き、その家の人が車で医者に連れていってくれた。医者は応急処置をしてくれたが、そいつがパスポートを持っていなかったから、警察に通報してしまったんだ。それで、そのあわれな男は、メキシコとの国境の向こうへ送り返されてしまった——手あたりしだいかみつく、いまいましいヘビのせいでね」

ちょうどぼくらの方に近づいてきたヤスが、つらそうな声をあげた。「まあ、ほんとに災難だったわね。気の毒に……」

「災難だって？」と、フェルナンドが大声を出した。「もっとましな言葉があるぜ、マジな話。たとえば……」

でも、うまい言葉が見つかる前に、フェルナンドは話をやめてしまった。ちょうどそのとき、町はずれに出たからだ。住宅地のすぐ後ろに広がる野原に、大きなゴミの山が見えた。使われなくなって捨てられたものが、うずたかく積みあげられている。古いオーブンレンジ、さびた冷蔵庫、スプリングがとび出しているマットレスもある。へこんだ車のドア、ブラウン管が割れたテレビ……ありとあらゆるものが、見さかいなしに投げすてられていた。

「おい、見ろよ！　スーパーマーケットだぜ！」フェルナンドはゴミ置き場のフェンスを乗りこえながら、言った。「まず、寝《ね》るのに使えそうなものがないか、探してみようぜ」

そしてすぐに、ゴミの山にのぼってかきまわしはじめ、使い古されたきたない毛布をひっぱり出した。そいつを、野原の向こうに沈《しず》みかけている陽にかざして品定めしている。それから、こっちに向きなおって、声をかけてよこした。「ケ・エスタン・エスペランド？――おい、なにグズグズしてるんだよ？　これ以上安い買い物はねえぞ」

ぼくたちもフェンスを乗りこえ、ガラクタをあさりはじめた。ほとんどのものがカビだらけだったけれど、中には使えそうなものもあった。ぼくは、ころがっている冷蔵庫の下に、寝《ね》るとき下に敷《し》けそうなダンボールのたばを見つけた。ヤスは、やぶけたマントをひっぱり出している。アンジェロとエミリオも、熱心に探していた。

それぞれが何かめぼしいものを見つけると、またみんなで歩きだした。

しばらく行って、もう町からはだいぶ離《はな》れたころ、道のわきに一軒《けん》のくずれかけた石づくりの家が見えた。その家は、かべだけはまだしっかりしているが、屋根はところどころ落ちてなくなっていて、ようやく立っているといった感じだ。窓や戸口ときたら、ただの穴だった。家の建築中に資金が切れて、つくるのをあきらめてしまったみたいにも見える。

中に入ってみると、かべや床《ゆか》から雑草が生え、窓にはクモが巣をかけていた。だれも住んでいないことだけは確かだ。もってこいの寝場所《ねばしょ》だ！　だけど、そう考えたのは、ぼくたちが最初じゃなかったようだ。よく見ると、入口を入った横のかべぎわのすみに、年よりがひとりうずくまっていた。ちょうど酒ビンに口をつけたところで、ぼくたちの姿を見て、あわててごくりと飲みこんだ。

「おい、出ていけ！」と、年よりは、そこらじゅうの空気がびりびりするほど大声でののしった。「ここは、おれの場所だ。おれの住みかだぞ！」

「ほざいてんじゃねえよ！」と、フェルナンドは言って、どんどん家の奥《おく》まで入りこんだ。「この家はだれのもんでもないだろ。よく見てみろ、ジイさん。まだ場所はたくさんあるじゃないか」

　年よりは何かぶつぶつ言うと、またひと口、酒をあおった。ぼくたちはそのわきを通って、次の部屋に入ってみた。手すりのない階段が、二階にのびていた。用心しながら階段をあがり、二階に顔を出すと、ぼくたちの出現におどろいた鳥が何羽か、鳴きたてながら、ばたばたと部屋のすみへ、そして、そこに口をあけていた窓から外へ逃《に》げていった。飛びさったあとには、鳥の残した羽がまっていたが、それだけで、部屋の中は空っぽだった。

　フェルナンドは部屋を見まわし、満足げにうなずき、「まるで、おれたちのためにあつらえたみたいだぜ」と言って、かついでいた毛布を床《ゆか》に投げ出した。「鳥以外の動物は、ここまでは来ないだろう。ましてや、危険なけものはな。まずは、鳥のフンを片づけよう。そうすりゃ、ここは天国みたいになるぜ」

　みんな、荷物を床《ゆか》におろした。ぼくは、例のダンボールをヤスのマントのとなりに置いた。とにかく、今夜は列車に乗らなくていいのがうれしかった。列車でいろんな目にあったあとでは、こんなぼろ家でも、床《ゆか》の上で眠《ねむ》れると思うと、まるで休暇《きゅうか》をもらったように感じられた。

アンジェロはあのゴミの中から、古ぼけた寝袋《ねぶくろ》をひとつ見つけてきていて、その上にすわりこむと、言った。「火をおこしたらどうかな？　ヤスとぼくは、市場《いちば》でパンを買ったんだ。火があれば、焼けるだろう？」

フェルナンドはちょっと考えてから、うなずいた。「あったかいもんが食えたら、もうしぶんないな。でもその前に、窓をふさがないと。明かりが外にもれないようにさ」それから、ヤスをじっと見つめ、にやりとした。「どうだ？　おれたち男はタキギを集めに行って、おまえは寝床《ねどこ》のしたくをする、っていうのは」

ヤスはむっとしたようにフェルナンドをにらみ、言い返した。「言いたいことはわかったけど、でも、あたし、もっといい案がある」そして、立ちあがって、フェルナンドの胸を指でつついた。「あんたが寝床《ねどこ》のしたくをして、あたしたちがタキギを拾いに行くのはどう？」

フェルナンドは笑った。

「じゃあ、おまえらが木を拾いに行って、おれが寝床《ねどこ》をつくるんでもかまわない。だけど、ヘビにくれぐれも気をつけな。ああ、おそろしい！」そして、ヤスの顔をのぞきこむようにして、つけ加えた。

「やつら、枯《か》れ木みたいなふりしてころがっているからな」

「じゃあ、あたし、ドラゴンになる。ヘビでも木でもへっちゃらよ」あっけにとられているフェルナンドにはかまわず、ヤスはみんなに合図した。「さあ、行くわよ！」

たき火にぴったりのかわいた木は、空き家の近くでたくさん拾うことができた。ぼくたちが重いタキギをかかえて階段をあがっていくと、フェルナンドは、もう毛布で窓におおいをかけ終えていた。ぼくたちはタキギを床《ゆか》に投げ出し、たき火用に積んだ。

「けど、どうやって火をおこすの?」と、アンジェロが聞いた。

「ヤスが火をはいてくれるんじゃないか、ドラゴンなんだから」フェルナンドがからかった。「まず、ヤスをおこらせてみろよ。そしたら、あっというまに、タキギに火をつけてくれるぜ。まあ、冗談《じょうだん》だよ。下の酔《よ》っぱらいじいさんと話をつけてくる。ああいう連中は、いつもポケットにライターを入れてるもんだからさ」

フェルナンドは階下におりていき、あの年よりに話しかけている。相手は、そうかんたんにはライターを出さなかった。二人が、ケンカにでもなりそうな調子でやりとりしているのが聞こえてきた。

「一回火をつけるのに六十ペソでどうだ?」と、しわがれた声がした。それから、ヒッヒッとかわいた笑い声。

「ライターなんか持ってやしないんだろ」と、フェルナンドのどなり声が聞こえた。「もしあるんなら、さっさと出しな。それとも、口に六十ペソつっこんでやろうか!」

「わかったよ! そんなにわめかなくったって……。あんな冗談《じょうだん》を真《ま》に受けるなんて、あんた、どうかしてるぜ!」

そのあとすぐ、フェルナンドは階段をあがってきた。ライターを手にして、さもゆかいそうな笑みを浮《う》かべ、石の床《ゆか》に積みあげたタキギのそばにかがみこんで火をつける。何度かつけそこなったが、やがて炎《ほのお》があがり、すぐにたき火は大きく燃えあがった。ぼくたちは火をかこんですわり、手に入れた食べ物を広げた。

「ああ、夜はいいな」と、フェルナンドはため息をひとつついた。小枝を一本とって、その先にパンをひときれつきさして火にかざすと、続けた。「さあ、みんなもやってみな。こんがり焼いて、かりかりにするんだ。そうすりゃ、うまくなる」

じきにみんなも、それぞれにパンを火であぶりだした。エミリオだけは、好きだと言っていたジャガイモをあぶっていた。こうばしいにおいが部屋じゅうに広がり、たぶん階下にも流れていったのだろう、ほどなく、あの年よりが二階にあがってきた。少しのあいだ入口に立ったまま、ぼくたちのようすをじっと見ていたが、ふいにずかずかと近づいてきて、声をかけた。

「おい、お若い人たち、わしもそこにすわっても、かまわんじゃろう?」

だれも返事をしなかったのに、じいさんはエミリオとヤスのあいだにすわりこむと、勝手にぼくたちのパンをひときれとって、口にほうりこんだ。

フェルナンドがおこって立ちあがろうとするのを、ヤスが小声でなだめた。「ほっときなさいよ。すわる場所はあるんだし、とにかく、火を貸《か》してくれたんだから」

老人は、かぶっていたうすよごれたふちなし帽《ぼう》をとって、ヤスにおじぎをし、「すまない《グラシアス》ね、メルシ、サンクス、ダンケ・シェーン」と、いろんな言葉で礼を言ってみせた。それがすむと、また帽子《ぼうし》をかぶりなおしたが、そのとたん、ひどくせきこんで、口の中でかんでいたパンをたき火の中にはいてしまった。

フェルナンドが顔をしかめ、文句をつけた。「じいさんよ、あんた、まるで居酒屋みたいに酒くせえぞ」

老人はくすくす笑って、ふところから酒ビンをひっぱり出し、フェルナンドの方へつき出した。「あんたも飲むかね?」

フェルナンドは、はねつけた。「ひとりでやってな。あんたとちがって、おれたちは明日もいそがしいんだ」

老人は、またひと口飲むと、ビンをしまいこみ、もぐもぐとひとり言のように言った。「ほう、そりゃメデタイな。若いもんはいそがしい、とね。世の中、そんなにあくせくしたって、いいことなんてねえのによ」

ヤスがたき火越《ご》しにぼくの方を見た。ちょっとのあいだ何も言わなかったが、とつぜん、はじけるように笑いだした。つられて、ぼくも笑ってしまった。この年よりが、なんとなくにくめなかったのだ。ひどいにおいをさせているし、鼻水がかたまってかぴかぴのヒゲときたら、まちがいなくシラミだらけだ。だけど、ぼくたちが列車を離《はな》れてメキシコという国に足をふみ入れてから、はじめて口をきいた人間だ。

ともかく、四六時中びくびくする必要もなく、火のそばにすわっていられるのは、幸せだった。今日までだれもケガひとつなく、チアパス州を通りぬけることができたのだ。少なくとも今夜だけは、危険も苦しみも忘れて、元気をとりもどし、自分たちはなんのためにこんな危険をおかし、ここまで来たのかを、思い出すことができる。

火のまわりにすわって、あぶった熱いパンを、舌がやけどしないようにふうふういって食べているうちに、ぼくは、今さらのように、いっしょにいる仲間たちについて、ほんの少ししか知らないことに気がついた。四日前から、ぼくたちはほとんどいつもいっしょに行動し、たくさんの時をともに過ごしてきたというのに、名前と出身の国のほかは、たがいに何ひとつ知らないのだ。

ヤスも同じことを考えていたらしく、フェルナンドに、過去に合衆国を目指した旅について、たずねはじめた。フェルナンドがこれまでの旅について、てきぱきと答えると、ぼくたちはたがいに、もっとつっこんで、なんでこんな旅に出たのか、話しあった――何をもとめて旅に出たか、自分たちがどこを目指し、だれを訪ねていこうとしているか、ということを。

ヤスは、しばらくだまっていてから言った。「ああ、どうなんだろう。ときどき考えちゃうの、合衆国に行っても、ママはあたしのことがわからないんじゃないかって。それがサイアクの想像ね。最後になって、この旅はまったくムダだったってことがわかるの」

「いや。旅は、決してムダにはならないさ」と、フェルナンドが言った。「おまえの母親も、きっと娘《むすめ》のことはわかるさ。たとえ何千回も髪《かみ》を切ったって、それまでにどんなことがあったって。どこにいるかは、わかってるのか？」

「シカゴか、その近くだって」ヤスがそう言うと、さっきから火ばかり見つめていた老人が、ふいにヤスの方を向き、「シカゴだって？」と、聞き返した。

「ええ、ママはシカゴに住んでるはずなの」

すると、老人はうんざりしたような顔をして、かぶりをふった。「行かん方がいいと思うよ、あんた。あそこはろくなところじゃない」

フェルナンドがおこったように老人をにらみつけ、「おい、あんた」と言って、枝にさした熱いパンを、老人の鼻が焼けるほど近くにつき出した。「あんたをここにすわらせてやってるのは、おれたちがやさしいからだ。何も知らないで、口をはさむのはやめろよ。まったく気にさわるぜ！」

老人はぎょっとして身をひき、また酒ビンをひっぱり出し、ふたをねじってあけ、ぐいとひと飲みした。

フェルナンドはそれ以上老人にはかまわず、ヤスの方に向きなおった。「おまえの母親は、いつ出てっちまったんだ？」

「十年前」と、ヤスは短く答えた。落ち着いた、さりげない口調《くちょう》だった。でも、そのせいでかえって、ヤスの気持ちが胸《むね》にこたえた。

「十年だって……」と、ぼくは思わずつぶやいてしまった。「ねえ、ヤス、ずいぶん前じゃないか。いったいどこで、ママを待ってたの？」

「おじいちゃんとおばあちゃんの家よ。とってもよくしてもらったわ。でも――おじいちゃんとおばあちゃんは、ママとはちがう。ママは、きっとむかえに来るからって、何度も約束した。でも、むかえに来なかった。そのうち、二年くらい前かな、おじいちゃんが病気になって、働けなくなっちゃった。だから、あたしが町へ出て、お金持ちのお屋敷《やしき》でメイドをすることになったの」

フェルナンドは、やれやれというふうに眉《まゆ》をあげてみせた。「あててみようか？　おまえ、ちっこい怪物《かいぶつ》どものごきげんをとるはめになったんだろ」

ヤスはこっくりとうなずいた。「一日じゅう、チビどもにふりまわされたわ。ヤスミーナ、これやって、あれやって、飲み物ちょうだい、アイス持ってきて、もっと早くできないの？　呼ばれて、すぐにとんでいかないと、大声で騒《さわ》ぎたてるの。ママ、ヤスミーナったら、のろまなんだから！　あたし、あのガキども、はりたおしてやりたいと思ったことが何度もあったっけ」

「目に浮《う》かぶよ」と、フェルナンドがうなずいた。「それで、親たちの方はどんなだった？」

「どうしてそんなこと聞くの？」

「男親の方が、なんかちょっかい出してきたんじゃないのか？」

ヤスは答えようとして口ごもり、床《ゆか》に目を落とした。それから、キャップをまぶかにおろして、「あんなやつ、いっそ殺してやりたかった」と、はきすてた。

フェルナンドは細い枝を拾って、火につっこんだ。火が、ぱっと燃えあがる。「いつかは仕返しできるかもな。おれたちが力をつけてもどってきて、そういうくだらん連中に、一発食らわせてやれるときが来るさ。そう思わないか?」

ヤスが顔をあげた。「え、なんのために? あたし、こうして逃《に》げてこられたのよ。あんなやつの顔、二度と見なくてすむ方がいい。ちっぽけなうらみなんか、ほっとけばいい」

「その気持ち、わかるな」と、ふいにエミリオが口をひらいた。「ぼくも、よくわかる」

それを聞いて、ちょっとびっくりした。エミリオはほとんど口をきかない。三回くらい話しかけないと、返事もしないくらいなのだ。ヤスの話には、何か自分も思いあたることがあったのだろう。

「管理人の息子たちが、そうだった」みんなが自分を見ているのに気がついたのか、エミリオは言いなおした。「あいつら、いつもぼくを、笑いものにしてた」

エミリオがなんの話をしているのか、はじめはわからなかった。「管理人って、なんの?」と、たずねると、エミリオは答える代わりに、ズボンのすそを高くひっぱりあげてみせた。脚《あし》の上から下まで、びっしりとアザが残っているのが、たき火の明かりで見えた。

今までおとなしくしていた老人が、それを見て、はっとしたようすで酒ビンをわきに置き、しわがれた声をあげ、「わしにも、あるぞ!」と言って、自分のズボンをまくりあげた。

「おい、てめえのぼろズボンなんかまくるんじゃない。早くおろせ!」フェルナンドがどなって、老人をつきとばした。「てめえの脚《あし》なんか、見たくねえよ。痛い目にあいたいのかよ!」それから、エミリオの方に向きなおり、「なんで、そんなことになった?」と、たくさんのアザを指さした。

「コーヒー農園で仕事してたときに、何か失敗すると、たちまち管理人にナタの背《せ》でひっぱたかれたんだ。アザになれば、傷がなおった証拠《しょうこ》だから、うれしいくらいだった」

フェルナンドは、エミリオのアザをしげしげとながめた。「どれくらい、その農園にいたんだ？」

「七歳《さい》のときから働きはじめたよ。父さんといっしょに」

エミリオは、ズボンのすそをもとどおりにおろした。そのようすをじっと見ているうちに、わかってきた。どうしてエミリオがあんなにしんぼう強いのか――それに、年のわりに、大人びているのか。

「父さんは、農園での事故がもとで、死んだんだ」と、エミリオは話を続けた。フェルナンドが熱心に聞いてくるのに、はげまされた感じだった。これまで、自分からこんなに話したことはなかったと思う。今でも、自分のことを話すのは、つらいにちがいない。エミリオはゆっくりと言葉を選んで、話しつづけた。じっと待っているこちらが、じれったくなるほどだった。

「母さんは、工場で働いてた」と、エミリオはようやくまた口をひらいた。「でも、それだけじゃ、たいしたかせぎにはならない。それで、北へ行くことにした。一年か二年。たくさんお金をかせいでくる、と言っていた。ときどきは仕送りもするから、と。兄さんたちも出かせぎに行って、ぼくだけが農園に残ったんだ。農園の管理人の息子たちと、しょっちゅうもめごとが起こった。何週間かは必死でがまんしたけど、そのあと、とつぜんクビになった。もう、たよれる人もいなかった」

「それで、国を出てきたの？」と、アンジェロが聞いた。

「すぐに国を出たわけじゃない。最初は、山の方へ行こうかと思った。ゲリラに加わろうか、って」

「それじゃあ、おまえ、金持ち相手に反乱を起こしているあのゲリラの連中のとこへ、行くつもりだったのか？　大地主たちに反抗《はんこう》しているやつらのところへ？　で、どうしてそれをやめたんだ？」フェルナンドがおどろいたようにたずねると、エミリオは肩《かた》をすくめた。

「わからない。はじめは、農園でのことに腹がたってたからだよ。でも、すぐに、国を出たいと思うようになったんだ。合衆国へ行こうって。そこには母さんもいるし」

うつらうつらしていた老人が、ふと目をさまし、エミリオの話を耳にとめて、首をふった。「あてにしちゃならんぞ、坊《ぼう》や」老人は手にした酒ビンで、北らしい方角を指した。「合衆国のやつらは、金だけは持っているがな、心がねえんだ」

「たわ言言ってるんじゃねえ」と、フェルナンドがまたどなった。「他人に説教できるようなタマかよ」

老人は酒ビンを床《ゆか》にドンと置いて立ちあがり、フェルナンドを指さして言った。「そういう大口たたく青二才は、何度も見てきたよ。言っとくがね、あんたがどこへ行こうと、生まれついた運命からは逃《に》げられはせんよ。好きなところへ、どんどん走ってくがいい。北極までだって、かまいやせん」

「たわ言は自分のヒゲにでも聞かせてろ」と、フェルナンドが悪態をついた。「ほんとにムカつくぜ。自分のくせえ寝床《ねどこ》へひっこんでな。そこで、好きなだけ飲んだくれてろ」

老人はにくらしそうにフェルナンドをにらむと、立ちあがって酒ビンを拾いあげ、足をひきずって階段の方へ向かった。おりていく前に、もう一度何か言いたげにふり返ったが、ばかにしたような手ぶりをしてみせただけで、姿を消してしまった。

「なんだよ、あれ。あのじいさん、まったくイカレてるな」と、フェルナンドはかぶりをふった。

「あの人のこと、気をつけてなくちゃダメかな?」と、アンジェロが不安げに言った。

「いや、イカレてるけど、そんなに害はなさそうだ。あんなやつのために、ゆっくり眠《ねむ》れないなんてのはゴメンだね。今度いつ安眠《あんみん》できるか、わからないんだから」

たき火がだんだん小さくなっていくあいだ、ずっと、あの老人が階下で何かぶつぶつ言っている声が聞こえていた。ひとり言を言ったり、うめいたりしている。ぼくたちが話していたことの何かが、気にさわったのかもしれない。何におこっているのかはわからないが、明日の朝、出発してしまえば、二度と会うことのない人だ。

それからも、まだしばらく、ぼくたちはおしゃべりを続けていた。でもそのうち、眠《ねむ》くなり、たき火のまわりにそれぞれ横になった。横になってから、顔に風があたらないことや、列車の振動《しんどう》をせなかに感じないことが、とても不思議な気がした。たき火に背を向けて寝返《ねがえ》りをうつ。となりではヤスが、拾ってきたマントの上に横になって、身動きもせず、もう静かに眠《ねむ》っているようだった。ヤスのした話が頭から離《はな》れない。あの話をしたきり、ヤスはもうひと言も話さなかった。

妹のフアナが、ぼくの横に寝《ね》ていた。フアナは、まるで、外の世界なんかもう見たくないって感じで、毛布を頭からかぶっていた。フアナの寝息《ねいき》は、ほんの数秒だが、ときどき止まる。ぼくは、フアナの息がつまってしまわないかと、心配になった。それで、毛布をちょっとひきさげてやると、また寝息《ねいき》が聞こえてきた。

フアナはよくセキをする。村を出て、タフムルコの町に移ってきてから、出はじめたセキだ。引《ひ》っ越《こ》してきたタフムルコの町はずれは、とにかく不便だった。電気も水道も通っていなくて、家はじめじめして、すきま風が吹《ふ》きこんでくる。

ぼくはじょうぶだったけれど、フアナはちがう。ときどき、フアナを連れて町なかに行くと、フアナがせきこんでいるのを見た人たちが、ぼくひとりで道ばたにしゃがんでいるときより、少し多くめぐんでくれた。

もうひとつのベッドには、ママが寝《ね》ていた。ママの寝息《ねいき》は、深くて苦しげだった。ママは明るくなる前に起き出して、町に出かけ、家々をまわって洗濯物《せんたくもの》をひきうけ、それを川で洗っていた。ママがもどってくるころには、もう陽《ひ》が暮れて、暗くなっていた。

ママはよく悲しい顔をしていた。ときにはママが、ぼくらのおじさんに助けをもとめることもあった。するとおじさんはぼくたちのところに、ちょっぴりだけど、肉を持ってきてくれたりした。

日曜日になると、ぼくはよく、ファナを連れておじさんとおばさんの家へ行った。家はそんなに遠くはなかった。一度だけ、一週間もその家にいたこともある。食事がよくなり、ファナもセキをしなくなった。だけど、ぼくは落ち着かない気分だった。

また、ファナの頭から毛布をはがしてやる。ファナは寝苦《ねぐる》しそうにしながら、向こうを向いてしまった。ママが、うちが貧しいこと、ぼくたち子どもになんにもしてやれないことを、はずかしく思っているのがわかった。夜になるとママは、ぼくたちが眠《ねむ》っていると思って、ときどきひとりで泣いていた。だけど、ぼくはいつも、ママが泣いているのを聞いていた。

そんなときには、町から出ていったある女の人のことを考えずにはいられなかった。その人は、子どもたちを置いていってしまったという話だった。子どもたちを養っていけなくなったから……。その人のところからは、まず夫がいなくなり、それから家がなくなり、そのあと酒びたりになったのだ、というわさだった。

ママもそんなふうになるんじゃないかと、ぼくは心配だった。ぼくたちを置いていってしまうかもしれない、と。そう考えると、夜じゅう眠《ねむ》れないこともあった。

あるとき、とうとうそれをママにうちあけた。

ママは、「安心おし」と言ってくれた。ママはそんなこと、決してしやしないから、何が起きても……どんなことも、どんな人も、わたしたちを離《はな》ればなれにさせることはできないから、と。

おまえたちが、わたしのすべてなんだもの。ママはそう言っていた。わたしのすべて、すべてなのよ……と。


目をあけたとき、はじめは、どこにいるのかわからなかった。が、すぐ、たき火の残り火で照らされた仲間たちの姿が見えた。エミリオとアンジェロは眠《ねむ》っている。フェルナンドは頭の下で腕《うで》を組んで、天井《てんじょう》を見つめていた。何を考えているんだろう?

と、すぐそばでヤスが、深いため息をついた。目をさましているようだった。

「ねえ、ヤス!」

ヤスはこっちに顔を向けた。「なに?」

「さっき聞いた話のことだけど……気の毒で……」

「いいのよ。もう、過ぎたことだし」

「だけど、ママがいなくなったとき、きみはまだ四歳《さい》かそこらだったんだろ?」

ヤスは答えず、ぼくの方にちょっとだけ寄って、逆にためらいがちにたずねてきた。「あんたは、ママのこと、まだおぼえているの?」それから、ささやくようにつけ加えた。「あたし、ママのにおいなら、まだおぼえてるわ。それくらいしかおぼえてない、ってことかな。顔は、もうはっきり思い出せない。写真で見るだけ。あんたはどう？」

ちょっと考えこんでしまった。そう、ぼくはいったいママの何をおぼえてるっていうんだ？

「声は、ちゃんとおぼえてる」思いついたのは、まずそのことだった。「それから、ほかにもいくつかのこと……誕生日に、ぼくの好きな食べ物を作ってくれたこととか、ベッドに連れていってくれたこと。小さなことばかりだけど」

ヤスはマントをかきよせて、「そういうこと、おぼえていられたら、きっといいよね」と、ささやいた。

「うん、そうだね。でも、あんまりいいとは言えないかもね。ただの思い出なんだもの。わかる？」

「あんたのママ、どこに住んでるんだって？」と、ヤスが話を変えた。

「ロサンゼルス」

「そこ、シカゴから遠いの？」

「わからない。たぶん、遠いんだろうな」

ヤスは遠い目をして、「残念ね」と、つぶやいた。それからしばらく、だまって横になっていた。ヤスはキャップをぬいでいた。たき火の残り火で浮《う》かんで見えるヤスの顔は、小さな女の子というより、もう若い娘《むすめ》のようだった。

その横顔をわきから見つめていたぼくは、とつぜん、ヤスに向かって話しはじめていた。これまで、だれにも話さなかったことを——妹のファナにさえ。

「……はじめのころは、まだママは手紙をくれて、くり返し、まだ帰れないし、おまえたちをむかえにも行けないけど、だいじょうぶだから、と書いてきてた。でもぼくは、どこかで、ママの言葉をうたがいはじめていた。ひょっとしたら、そうじゃないのかもしれない。ママはそう言うけど、本当は、ぼくとファナなんて、もうどうでもいいと思ってるんじゃないか、って……。それが、ママのところへ行こうと決めた理由なんだ。どうしても、本当のことが知りたい。手紙じゃなくて、ママの口からはっきりと聞きたい。ぼくの顔を見て、言ってほしい。そうすれば、ぼくも納得できる」

ヤスはこちらに向きなおり、黒い瞳《ひとみ》で長いことぼくを見つめていた。それから、また天井《てんじょう》の方を向いて、ずいぶん長いこと、だまっていた。そのあと、小さな声で言った。

「そうね。あたしも、同じ気持ち」

9

ファナに、なんて手紙を書いてやったらいいんだろう？　本当のことを？　ほんとにひどかった、ありのままの旅のようすを？

もし、エル・ネグロ――あの守護天使、いや、小さな悪魔《あくま》といった方がいい、マラスの少年がいなかったら、ぼくは身ぐるみはがされて、半殺しにされ、やぶの中にころがされていただろう、と？　警察に追われ、ずっとこそこそかくれているんだ、と？　天水おけから水を飲み、人の家から歌が聞こえてくれば、オオカミのように遠ぼえしたくなるほど、さびしい気持ちになるんだ、と？

そんなこと、書けやしない。ファナは心配のあまり、おかしくなってしまうかもしれない。

じゃあ、どうしたらいい？　何か適当に書けばいいのか？　メキシコをぬけるのなんて楽勝だ、とか、こまるのは、ちょっとばかり日に焼けちゃったことだよ、とか？　景色がきれいだよ、とか、何が起こるかと思っていたけど、何ごともなく、もう国境も通りぬけたぞ、とか？

そんなこと書くのは、ばからしい。いや、そんなの読んだら、ファナがカンちがいして、ぼくのあとを追ってくる気になるかもしれない。もしもそんなことになったら、最悪だ。

線路沿いの道を、重そうな荷をのせたロバが何頭か、とぼとぼと歩いている。たがいにロープでじゅずつなぎにされているが、ロバをひいたり見はったりしている人の姿はない。きっとこのロバたちは道を知っていて、自分たちだけで荷を運んでいるのだろう。ぼくたちの乗った列車は、ゆっくりとロバたちを追いこしていく。ロバたちが、ぼくたちの列車のあとを、ついてくるようにも見えた。

列車は、苦しげに丘《おか》をのぼりだした。チアパスとはちがって、ブレーキをかけるようなくだり坂は、ほとんどない。機関車はたくさんの貨車をひいているので、のぼり坂がつらいようだった。がたがたと揺《ゆ》れながら、息を切らし、やっとこすっとこのぼっていく感じだ。

今朝は、まだとても早いうちに出発した。仲間たちと歩きだしたときは、まだうす暗かった。あの老人は、一階でイビキをかいて眠《ねむ》っていた。すっかり酔《よ》いつぶれているようだった。

駅に続く道に出たときに、ようやく陽《ひ》がのぼってきた。

ヤスがぼくのとなりを歩いていた。きのうの晩にした話を、思い出さずにはいられなかった。横目でうかがうと、ヤスも同じ気持ちでいるようだった。

駅には、警備員も警官も見あたらなかった。フェルナンドは、なれたもので、ぼくたちは難《なん》なくベラクルス行きの列車に乗りこむことができた。貨車のかげには、何人かの人がかくれていたけれど、シウダー・イダルゴやタパチュラにくらべたら、ほんのわずかだった。

列車が動きだしたとき、方向がチアパス方面だったので、フェルナンドがまちがえたのかと、ちょっとあわてた。だが、線路が分岐《ぶんき》して、大きく北の方にまわっていくのが、すぐにわかった。丘陵《きゅうりょう》地帯をまっすぐ北に向かって走りだし、それからもう数時間も、ずっと走りつづけている。

ロバの一隊が遠ざかって、見えなくなった。ぼくたちは、ゆっくりと立ちあがった。海岸地帯のあの焼けるような暑さが遠ざかったのが、はっきりと肌《はだ》に感じられた。線路沿いには、さびれた駅や、まだ寝静《ねしず》まっている村々や、さびしげな墓地などが見えた。

線路は大きくカーブをえがきながら、丘陵《きゅうりょう》地帯をのぼっていく。ときおり、急カーブで列車がスピードを落とすと、みすぼらしいなりをした人たちが線路ぎわのやぶからとび出して、貨車のハシゴにとびついてきた。

ヤスもフェルナンドも、アンジェロもエミリオも、ぼくの少し後ろにすわりこんでいる。ぼくは、フアナに手紙を書こう、と思いついた。ぼくが家を出た晩、フアナは、ひどく悲しそうにしょんぼりしていたから、できるだけ早く手紙を出すよ、と約束したのだ。手紙を書くなんて、ぼくのガラじゃなかった。作文なんて、ならったこともない。でも、約束は守らないと。それに、ぼくのあとを追ってこようなんてバカな考えを、フアナが起こさないようにしなければ。

リュックサックから、しわくちゃな紙とチビた鉛筆《えんぴつ》をとり出した。たとえ書いても、どこで、どうやって手紙を出したらいいのか、てんで見当がつかないけれど、ずっと書こうと思っていたのだ。

「フアナへ」と、その紙に書いて、手を止めた。フアナは、こんなへたくそな字をちゃんと読みとれるだろうか。それに、この先をどう書いたらいいか、まだわからない。フアナを心配させてはいけない。でも、ウソは書きたくない。両方満足させるのは、むずかしい。

鉛筆《えんぴつ》のしりをかみながら、まわりを見まわした。列車はあえぎながら、小さなカーブをまわっていくところだった。男がひとり、線路ぎわのやぶからとび出して、線路に駆《か》けよってくると、ぼくたちがいるのより少し前の貨車のハシゴにとびついた。男が貨車にはいあがってくるのを見ているうちに、そうだ！　こういうことが起きていると書けばいい、と気がついた。ぼくが知りあった人が、こういうあぶないことをしていた、と書いてやったら、フアナもびっくりして、ぼくのあとを追ってこようなんてバカな考えは起こさないだろう。

いい考えだと思い、紙に向かい、書きはじめた。でも、いざそれを文字にするのは、ひと苦労だった。そのときどんな文章を書いたのか、今では思い出せない。いや、すっかり忘れてしまった。

何度もはじめから書いたり、消したりし、とても長いことかけて、最初の二行を書きあげたときには、ひたいに汗《あせ》がにじんでいた。紙を下に置いて、顔をあげてみると、さっきとび乗るのを見たあの男が、貨車の屋根づたいに、こちらに移動してくるのが見えた。腰《こし》をおろせる場所を探しているようだ。ちょうど、ぼくたちの一両前の屋根まで来たところで、今度はこっちの車両へ渡《わた》ってこようとしていた。

男は大またでせかせかと近づき、こちらの車両へとびうつろうとしたが、ちょうどそのとき、列車がまたカーブにさしかかり、ひどく揺《ゆ》れた。男はバランスを失った。なんとかふみとどまろうとしたが、足がもつれ、貨車と貨車のあいだに落ちてしまった。しかし、間一髪《かんいっぱつ》、両手をのばして、こちらの貨車の屋根にしっかりつかまった。

ぼくは一瞬《いっしゅん》、あっけにとられていた。が、すぐに、男が苦しそうにうめき、助けをもとめている声が聞こえた。ぼくはとっさに、男のぶらさがっている方へはっていき、腕《うで》をつかむと、こちらの屋根へひきあげてやった。男は足をばたばたさせて、なんとか貨車の後部のハシゴ段に足をかけた。それから、こちらの貨車の屋根に体をひきあげ、あおむけにたおれたまま、ぜいぜい息を切らしていた。

ようやく人心地《ひとごこち》がつくと、男は十字を切って、言った。「ディオス・ミオ！——おお、神さま！ 祈《いの》りがとどきました」それから、たいぎそうに立ちあがり、ぼくに話しかけた。「ありがとう、坊《ぼう》や。奇跡《きせき》だよ。まさに神のご加護《かご》だ！」

「ゴカゴ？　なんのこと？」ぼくは首をひねった。

「列車から落っこちなかったことさ。まだツキが落ちてないってことだ」男は線路の方を見おろして、ぞっとする、という顔をした。それから、ぼくの方に向きなおった。「よかったら、ここにいていいかな？」

「これは、ぼくの貨車じゃないし……」

「まあ、それはそうだが」と言って、しゃがみこむと、男はズボンをまくりあげた。ひざのあたりがすりむけて、血がにじんでいた。「でも、先にここにいたのは、きみだからね」

「そんなの、関係ないですよ。だれも追いはらわれたりはしません。国からも、列車からも。だれが先に来たかなんて、どうでもいいんです」

男は笑いだした。「もっともだ。どうやら、きみに教えられたようだね」そう言ってから、ぼくの後ろの方を指さした。「もう少しまん中にいた方がいいんじゃないかな？　その方が安全だろう」

ぼくは何も言わず、だまって、男といっしょに移動した。


ようやく腰《こし》を落ち着けたとき、ぼくは、ファナに書いていた手紙のことを思い出した。男を助けに行ったとき、鉛筆《えんぴつ》と紙をほうり出してしまっていた。もうどこにも見あたらない。

「どうしたんだい？」と、男がたずねた。「何か、なくしものでもしたのか？」ぼくがちょっと暗い顔をしているのに、気がついたらしい。

「ええ、手紙を書いてるところだったんです。でも、あきらめるしかないな。鉛筆《えんぴつ》はどこかへ行っちゃったし、紙も、もうないし」

「いや、ちょっと待て！」と言うと、男はシャツのポケットをさぐり、メモ帳とボールペンをひっぱり出して、こちらにさし出した。「これ、とっといてくれ。助けてもらった礼にしては、ささやかだけど。きみがいなかったら、わたしはとっくに、オダブツだったかもしれないんだからね」

ぼくがためらっていると、男はぼくの手に無理やりメモ帳とペンを押《お》しつけた。

「だれに手紙を書くつもりだったんだ？　ご両親かい？」

「いいえ、妹です」

男はうなずいた。それから、通りすぎていく景色をしみじみとしたようすでながめていた。何度も目を細めているところを見ると、故郷のことを考えているのかもしれない。

しばらくして、また男が話しだした。「たまたまだけど、わたしにも、息子と娘《むすめ》がいるんだよ。二人とも、きみより少しだけ年下かな」

ぼくは、もらったメモ帳とボールペンを、なくさないようにリュックにしまいながら、聞き返した。

「で、二人は、今どこに？」

男はあいまいな手つきで、南東の方角を指してみせた。「つまり……つまり、わたしが出てきたところだよ」

「二人を置いてきたってこと？」

「そうだ、バカなことをしたもんだ！」男は顔をしかめ、天をあおいだ。「だが、置いてきぼりにしたわけじゃない。かならず、子どもたちのところへもどる。今は、しかたないだろう？」

男はツバをはくと、それきり長いこと、だまってすわっていた。そのあと、ポケットからしわくちゃになったタバコの箱をとり出し、一本ぬき出すと、火をつけた。ひと息深く吸いこみ、けむりをはき出す。けむりはぼくたちの後ろに流れていき、列車のまきおこす風に運ばれて、見えなくなった。

「きみみたいな若い子は、どう思うかね。きみたちのような家族が、まともな家も持てないってことを」男はぽつりと言った。それから、少し気をとりなおしたようにつけ加えた。「わたしには心づもりがあるんだ。国境を越《こ》えて、合衆国《がっしゅうこく》でちゃんとした仕事について、一、二年でしっかりお金をためる。そしたら、国にもどるつもりだ。そのあとはもう、どこにも行かない！」

聞きおぼえのある言葉だった。これまで、ぼくの耳の中でくり返し響《ひび》いていたのと同じ言葉。まったくヘドが出そうなセリフだ。

「家なんかほしくないんじゃないかな、子どもたちは。ほしいのは、ただ……」

「わたしの子どもたちのことが、なんできみにわかるんだ？　きみも大人になって、子どもを持ってみればわかるさ。ほっといてくれ！」

男は、それからむっつりとだまりこみ、しきりにタバコを吹《ふ》かしていた。一、二年で帰る、だって！本気でそう思っているのだろうか？　そうなのかもしれない。だれだって、そう思っていたいのだ。子どもたちも同じだ。でも、それは……。

「それで、きみの方は？　これからどうするつもりなんだい？」と、男はやっと口をひらいた。少し気持ちが落ち着いたようだ。

ぼくは話してやった。どこから来て、どこへ行こうとしているのかを。もちろん全部ではなく、おおまかな話だけだ。旅の途中《とちゅう》で、あんまり自分のことを話すのは考えものだと、フェルナンドから学んでいた。この人は、赤の他人なんだし、ぼくのことなんか知りたがらないはずだ。

男はだまって聞いていた。そしてぼくの話が終わると、ひと言たずねてきた。

「で、妹さんには、なんて書くつもりなんだね？」

「まあ、今のようすを書くしかないでしょう？　妹がぼくのあとを追ってきたりしないように、ありのままをね。できたら、いつか妹をむかえに行きたい。お金がたまったら、だけど」

「お金が？　なあ、坊《ぼう》や、そりゃ、かんたんなことだと思わん方がいいぞ。わたしは、もう二度も、合衆国へ出かせぎに行ってるんだ。あそこは、法をおかさずに生活して金をかせぐには、大人でも、つらいところだ。これまでで、よくわかったよ。きみははじめてだし、まだまだ若い。どんなふうにやっていくつもりなんだ？」

「まだわからない。だけど、きっとやれるって思ってる。いつか、ママと妹のファナとぼくとで、昔みたいにいっしょに暮らす。そう誓《ちか》ってるんだ」

するど、男は声をあげて笑った。「おい、坊《ぼう》や、きみは正しいよ。ママをあてにはしてない、ってところがえらいな。ママは約束したんだろ。きみと妹をあとでむかえに来るから、って。ちがうかね？」

「ええ、そのとおりです。ママは、三度もお金をためたんです。でも、一度目はそれを盗《ぬす》まれてしまった。次には、ママのパスポートを作ってくれるという弁護士にはらった。でも、そいつは弁護士なんかじゃなくて、サギ師だった。そして、三度目は、入国管理官と名乗る男にお金をあずけた。でも、そいつも消えちまって、それっきりだった。ひどい目にあったんです！」

よく考えもせず、男に洗いざらいぶちまけてしまった。男はじっとこっちを見つめていた。ぼくがさっき、男の話をうたがったときと、そっくり同じ気持ちでいるようだった。

子どもたちは、大人の言うことを本当に信じるのだろうか？　いや、信じているわけじゃない。でも、心の中でうたがうのと、だれかにウソだと言われるのとは、別のことだ。ウソだと言われたら、ぼくもきっとおこるだろう。

「きみのママのことはわからないがね」と、男はぽつりと言った。「きみが話してくれたとおりだったのかもしれない。よく事情を知らない者は、だれでもひっかかるような話だ。別に、不運というわけでもない」

男は、タバコを最後にひと口吹《ふ》かすと、投げすてた。ぼくは男の言葉にだんだんいらいらしてきた。まるで、ひとごとみたいな口ぶりじゃないか。それじゃあ、あんたはなんで三回も国を出てきたんだ？自分だってずいぶんヘマをしてきたんだろう。この列車にとび乗ったときだって……。

男は話を続けた。「北じゃあ、きみみたいな新米は、いつでも同じ目にあうのさ。何カ月もよごれ仕事ばかりだよ。工場とか農場とか、どこでも仕事にありつけたところでね。おまけに、四六時中びくびくしてなきゃならない。捕《つか》まるか、追い出されるかするかもしれないからね。なんでも、言われたとおりにするしかない。さからうことなんて、できゃしないんだ。そして、わずかばかりの給料をやっとこさためたと思ったら、あっというまに、なんやかやとサギ師にまきあげられちまうんだ。そういう連中はどこにでもいる。かんたんに人を信用しちゃいけない」

「信じやしないよ。だまされやしない。こっちがこまっているからって、助けてくれるやつなんて、いやしないんだから」

「ウノ・ア・セロ・パラ・ティ――こりゃ、一本とられたね。気にさわるようなことを言ったんなら、悪かったよ」男は感心したように笑った。「悪気《わるぎ》はなかったんだ。ただ、あそこじゃ、ずっと苦しい目にあうってことだけ、言いたかったんだ。それに、何よりも……」男は言葉を切り、わきを向いた。

「何よりも、なんだよ？」途中《とちゅう》でやめられて、ぼくはいらついた。言いだしたことは、しまいまで言ってほしかった。

「いや、な。わたしの村にいたある男のことを、思い出したんだ。そいつは合衆国で、かなり、いや、しこたま、かせいだんだ。それで、もどってきて、丘《おか》の上の一等地に家をかまえ、高級なグランドワゴンを乗りまわすようになった。以前はいい友だちだったんだが、今じゃ、わたしなんかにはハナもひっかけない。まあ、こっちがそう思ってるだけだがね。きみだって、悪運が強くて、なんでもほしいものが手に入るようになったら、代わりに心をなくしちまうよ。今は、魂《たましい》があるだろう?」

心? 魂《たましい》だって? 何を言ってるんだ! フェルナンドがそばにいなくてよかった。そんなこと言うやつには、ものすごく反発するに決まってる。

「でもそれなら、どうしてまた、出てきたの?」

「ああ、もうクセになっちまったんだな」そう言って、男はシャツの胸ポケットのあたりをたたいた。「ここに入れたタバコみたいなもんだ。きみは、やめておいた方がいいよ。一度やると、また次がほしくなる」

「とにかく、ぼくは心なんかなくしちゃいない。それだけはわかってるよ。向こうで、成功してやるつもりだ。それも、できるだけ早く。メキシコなんか早くぬけてね。どうせここは、ぼくの土地じゃないし。ここの人たちだって、ぼくのことなんかきらいみたいだし。これまでで、よくわかったよ」

「きらいだって?」さもおかしげに笑って、男は首をふった。「何をあまいこと言ってるんだ。どこへ行ったって、好かれはしないよ。ここでも、合衆国でも、ほかでもな。好かれるかどうかなんて、考えるな。向こうへ行って、がむしゃらにがんばるしかない。それがいちばんだ」

こんな話をしているうちに、列車は丘《おか》をのぼりきっていた。今では、谷に向かって、蛇行《だこう》しながらくだりはじめている。

ヤスやフェルナンドやほかの仲間たちの方を、ふり返ってみた。みんなは、かたまってすわりこみ、何か話している。ヤスがこっちに気がついて、ウィンクしてみせた。

ぼくは立ちあがった。ファナに手紙を書くのは、今日はやめておこう。

「もう仲間のところへ行くよ。待ってるみたいだから」

「それがいい。ひとりじゃないのは、いいことだ。わたしにも、前は連れがいたが、いつのまにか別れちまって、今じゃ、どこにいるのかわからないよ」

「じゃあ、さよなら！」そう言って、男に背を向けると、後ろから男が声をかけてきた。

「なあ、坊《ぼう》や！　いつか、今日助けてもらった借りは返すよ。おぼえといてくれ」

ちょっと立ちどまって、ふり返った。

「また会えるなんて、考えない方がいいよ」そう言ってから、いきおいをつけて、貨車の後方にいる仲間たちの方に向かった。

「そんなことないぜ、信じてくれ」と、男はまだ大声で言っていた。「きっと借りは返す。わたしは、約束を守る男だ！」

10

世界がおかしくなっている。なぜだか、上と下がさかさまに思える。ぼくたちの頭の上にかかっている雲は、灰色のじゅうたんみたいだ。人がその上を歩けるくらいにどっしりとして見える。じゅうたんが太陽ものみこんでしまい、もう二度と見られない気がする。

列車は、一日じゅう丘陵《きゅうりょう》地帯を走りつづけていた。うちすてられたような駅、嵐《あらし》で吹《ふ》きたおされたような森、霧《きり》が頂《いただき》をおおいかくしている山のわきをのぼっていく。午後になって、ようやく線路がくだりになったのがわかった。列車は重い貨車を力強くひっぱり、スピードをあげた。そのあとはしばらく、にごった茶色い水の流れる川に沿って、農夫が牛に荷車をひかせている湿地帯《しっちたい》の谷間を走りつづけた。

そして、雲がわいてきた。雷《かみなり》が鳴りだす。そこらじゅう稲光《いなびかり》が走り、バケツをひっくり返したような雨がふりだした。バリバリッとはげしい音がして、列車のすぐそばに雷《かみなり》が落ちた。列車は、嵐《あらし》のまっただ中につっこんでいくようだった。

ぼくたちは、雷《かみなり》にやられないように列車の屋根からおり、ハシゴにしがみついていた。頭の上では雷鳴《らいめい》がとどろき、足の下では車輪がはげしい音をたてている。その両方のあいだで、ぶらさがっているだけ。ぬれてすべりやすくなった鉄のハシゴは、しっかりとつかんでいるのさえむずかしい。

だが、やがて雷雨《らいう》は通りすぎていった。ぼくたちはまた屋根の上にもどり、吹《ふ》きつけてくる風で、ぬれた服をかわかしにかかった。だが、空は明るくはならない。灰色の雲がずっとたれこめたまま、日が暮れていった。

「山で雷《かみなり》にあうなんて、ろくなもんじゃないな」フェルナンドがTシャツをいきおいよくぬいで、水をしぼりながら言った。「でもまあ、命拾いしたな」

ヤスがぼくの方に顔を寄せて、「また、フェルナンドのほら話がはじまるかどうか、賭《か》けない？」と、耳もとでささやいた。ヤスの髪《かみ》からしたたったしずくが、ぼくの肩《かた》に落ちたのがわかった。

「そうだな。きっと、死人が出たって話だろうな」と、ぼくはささやき返した。

ぼくたちのひそひそ話は耳に入らなかったらしく、フェルナンドは話しはじめた。

「あれは、いつだったかな。列車がオリサバの北の山で、雷《かみなり》にあったことがある。今みたいな赤ちゃんクラスの雷《かみなり》じゃないぜ。ほんとにものすごい雷《かみなり》だった。みんな、おれたちがしたみたいに、貨車のハシゴに避難《ひなん》していた。ところが、列車全体に落雷《らくらい》したんだ。ハシゴにぶらさがっていた連中はみんな、はじきとばされちまった。それこそ、ロケットみたいに列車からとび出して、岩のかべにたたきつけられちまったんだ。どんなにむごたらしいことになったか、想像してみろよ！」

ヤスはぼくのわきで、笑いを必死でこらえるようなへんな声をあげ、それから言った。「ねえ、フェルナンド」

「なんだよ」

「ちょっと聞きたいんだけど……本当にそんなことがあったんなら、だれも生きのこれなかったんじゃないの？　つまり、その話を伝える人もいなかったんじゃない？」

フェルナンドは少し口ごもった。それから、「バカ言うな！」と、はきすてるように言った。「ちゃんと耳をかっぽじいて聞いてろよ。全員が岩にぶつかったなんて、言ったかよ？　そんなこと言ってない！　ひとりだけ、岩かべにぶつからずにすんで、川に落ちたやつがいたんだ。そいつが助かって、この話をつたえたんだ。そういうことさ！」

一瞬《いっしゅん》、みんなだまりこんだ。それから、はじけるように笑いだした。ヤスもぼくも、エミリオもアンジェロもだ。

フェルナンドはやれやれと首をふって、肩《かた》をすくめた。「わかっちゃいないね！」と、ぶつぶつ言うと、シャツをまた頭からかぶった。「まったく、こまったやつらだ！　おれがこんな話でもしてやんなきゃあ、退屈《たいくつ》でとっくに死んじまってるとこなのに」

「でなきゃ、あんたの話を聞いて、笑い死んじゃう。それもこまるわね」と言ってから、ヤスはふいに、はっとしたように顔をあげた。「ちょっと、それより、列車のスピードがずいぶんあがってる。そう思わない？」

ヤスの言うとおりだった。列車はのぼりにかかっているのに、すさまじいスピードが体に感じられた。風が強く吹《ふ》きつけて、みんなのシャツがばたばたしている。

「どうしたらいいの？」と、アンジェロが声をあげた。どんな顔をしているのかは見えない。もうすっかり暗くなっていたので、近くのものさえよく見えなかった。

「ここにずっといたらいいの？　それとも、とびおりた方がいい？」

「とびおりたくたって、今は無理だ」と、フェルナンドが答えた。「こんなにスピードが出てちゃあ、体がばらばらになっちまうぜ。それにこんなに暗くなってたら、いいねぐらだって見つかりゃしないし。

先に目星《めぼし》をつけとかなきゃダメさ」

そこで、ふいに言葉を切って、悪態をついた。木の枝が貨車にぶつかってきたのだ。あちこちで、ムチをうつような音がはじけた。谷がせばまり、線路は川岸と木々のあいだのせまいすきまを走っているのだ。そして木々の枝は、列車にぶつかるほどのびているらしい。

「ふせろ！」と、フェルナンドがどなった。

また、枝がぶつかる音がした。ぼくは前に体を投げ出し、屋根の金属棒にしがみついた。すぐわきで、ヤスも何かにつかまろうともがいているのがわかった。とっさにヤスの肩《かた》に手をのばし、ひきよせると、できるだけぴったりと抱《だ》きよせた。何本かの枝が、足や背中をこすっていく。さいわい、ぼくたちの体をひっかけてひきずり落とすほど、強くあたりはしなかった。列車はフルスピードでうなりながら、今度は谷をくだっていく。このスピードでは、枝があたったくらいでもたいへんなことになるのだけはわかって、生きた心地《ここち》がしなかった。

しばらく、その状態が続いた。そして、とつぜん、列車が急ブレーキをかけた。車輪がキイキイと鳴って、反動が後ろの貨車に次々につたわってきた。目を細めて前のようすをうかがう。また、ブレーキがかかった。

「いったい何、これ？」と、ヤスが悲鳴をあげた。

「わからないよ」どこからか、フェルナンドの声がした。聞きとりにくい、苦しげな声だ。「線路に何かあったのかもな。いや、もっとひどいことかもしれない」

木の枝がぶつかる音はしなくなった。広い場所に出たのだろう。思いきって顔をあげてみると、ずっと向こうに、何かが見えた。ぼんやりとしたライトのようなものだ。ふいに、その光を何かがさえぎった。フェルナンドだった。貨車の前方に身をかがめてはっていく。何秒かあとで、うめき声がした。

「クソッタレ！　よりによって、こんなところで……あいつらだ！」

ぼくも、前の方にはっていって、フェルナンドのとなりでようすをうかがった。あのライトはやっぱり……。「警察？」

「そうだ。夜の検問は、とくにきびしいぞ」と、フェルナンドはうめくように答えた。

列車がまたブレーキをかけた。だが、風は、まだびゅーびゅーと強く吹《ふ》きつけてくる。ライトがふたつになった。いや、さらにふえた。線路の両側からサーチライトをあてているようだ。おそらく一キロぐらい前方だ。

フェルナンドは仲間の方をふり返り、「ハシゴのところへ行け！」と、どなった。「だが、まだとびおりるな。線路ぎわでやつらに捕《つか》まるぞ。おれがとぶまで待つんだ！」

ぼくたちは、列車の側面のハシゴをおりにかかった。ヤスとぼくはいっしょに、フェルナンドは反対側のハシゴだ。エミリオとアンジェロは、貨車の後ろのハシゴに向かった。ハシゴ段には、片足しかかけられなかった。ヤスと並ぶと、もう足を置くところがないのだ。両手ががくがくふるえて、しっかりつかまっていられそうにない。

サーチライトの光で、すぐ前の貨車の上に、今朝言葉をかわしたあの男の姿が浮《う》かびあがった。やはりハシゴをおりようとしている。ハシゴのいちばん下に足をかけた男は、一瞬《いっしゅん》ためらったが、すぐに列車からとびおり、そのままころがり落ちていった。それが、その人を見た最後だった。男が何か線路ぎわの障害物に激突《げきとつ》したらしい、すごい音がした。列車はそのわきを通りすぎていく。男の姿は、闇《やみ》の中に消えてしまった。

やはり、そのようすを見ていたフェルナンドが、はきすてるように言った。「どうかしてるぜ！　まだ乗ってればよかったのに！」

そのあいだにも、サーチライトの光は数百メートルのところにせまっていた。最初の警官の姿が、その光に浮《う》かびあがった。それが合図だったかのように、機関士が最後にもう一度ブレーキをかけた。車輪が止まろうとして、鼓膜《こまく》がやぶれそうなほどキイキイと音をたてている。ヤスの体がはげしくぼくにぶつかってきた。もう、二人でハシゴにのっているのは無理だ。

「今だ！」と、フェルナンドが向こう側でさけんだ。「とびおりろ！　走るんだ！」

ヤスがぼくから離《はな》れ、先にとびおりていく。すぐにぼくも、ハシゴから手を放した。何かにぶつかるのはさけたかったが、さける方法なんてありはしない。じゃりの上にころがったとき、とっさに、列車の車輪から逃《に》げることだけを考えた。ころがりながら線路わきの溝《みぞ》にとびこむ。うまいぐあいに、溝《みぞ》の底にころがりこむことができた。目の前がぐるぐるまわり、体じゅうが痛む。

足音がして、懐中電灯《かいちゅうでんとう》の光がぼくを上から照らした。

「立つんだ！」と、どなる声。

ひじをついて体を起こし、片腕で目をおおった。どなったやつの姿は見えなかった。背後からつかまれ、立たされて、線路の土手にひったてられていった。

列車は完全に停止していた。フェルナンドとエミリオが、両手を貨車につけ、足をひらいて立たされていた。警官のひとりが、まるで重罪人にするように体を調べている。ぼくもせなかをこづかれて、二人のとなりで同じ姿勢をとらされた。視野のはしに、ヤスとアンジェロが同じようにひきたてられてくるのが見えた。ぼくも、足をひらかされ、頭のてっぺんから爪先《つまさき》まで、手さぐりで調べられた。

後ろで、よく知っている声がした。「仲間といっしょにしてよ」いらいらした声だ。まるで、今にも噴火《ふんか》しそうな火山みたいだ。「五人はいっしょなんだから」

足音が遠ざかり、静かになった。だがそれもほんの一瞬《いっしゅん》で、こっちを向け！と、またどなり声がした。貨車に背を向けて並ばされる。目の前には二人の警官が立ち、懐中電灯《かいちゅうでんとう》をこちらに向けていた。

「テルミナル」と、ひとりが言った。「ここが終点だぜ。おまえらのホテルが待ってるよ」自分の冗談《じょうだん》に笑いながら、懐中電灯をさっとふって合図した。「さあ、ついてくるんだ！逃《に》げられると思うなよ。こっちは、銃《じゅう》の腕《うで》は確かなんだぜ」これ見よがしに、腰《こし》にさげた銃《じゅう》に手をかけてみせた。

二人の警官は、ぼくたちを線路からひきはなし、わきの細い道にひったてていった。そのときになって、列車からとびおりたときの衝撃《しょうげき》がひどくこたえだした。本当にたたきつけられるように落ちたので、服もずたずたにやぶれてしまったし、足から血が出ていて、歩くのもたいへんだった。ふりむいてみると、仲間たちもぼくとたいして変わらないようすだ。ヤスだけは、運よく落ち方がうまかったらしくて、少しはましに見える。

「あいつら、ぼくたちをどうする気なんだ？」と、となりを歩いていたフェルナンドに小声で聞いてみた。返事はすぐに返ってきた。

「この近くの出入国管理局《ラ・ミグラ》の警官なら、すぐにそっちに連行されるはずだ。そうなったら、おれたちはおしまいだ。だが、あいつら、自分たちだけ、うまい汁《しる》を吸うつもりなのかもしれない。おれたちをおどして、金をまきあげるだけかも。どっちもひでえ災難だけど、そっちの方がまだましだな」

しばらくすると、くずれかけた家の前にやってきた。まわりには、ほかに家は見あたらない。警官たちは、ぼくたちをその家に押《お》しこんだ。

「ラ・ミグラじゃなさそうだな」戸口をくぐりながら、フェルナンドがほっとしたようにささやいた。ぼく自身は、安心する気になれなかった。フェルナンドが言っていた「金をまきあげる」という言葉に、ショックを受けていたからだ。

家に入ると、また懐中電灯《かいちゅうでんとう》の光をあてられ、壁《かべ》ぎわに並ばされた。ぬれた草と腐《くさ》った材木のにおいがする。天井《てんじょう》からは水がしたたっていた。部屋のすみには、使い古した鍋《なべ》やなんかが積んであり、そのそばには、腐《くさ》った家具の残骸《ざんがい》もある。なんだか処刑場《しょけいじょう》のようだ、という考えがひらめいた。

だれも何も言わない。警官たちも、ただつったっているだけで、無言だ。懐中電灯《かいちゅうでんとう》をこちらに向けているので、その表情はわからない。沈黙《ちんもく》が息苦しかった。顔の見えない男たちのふたつの黒い影《かげ》だけがある。

「おまえら、今朝がた、おれがなんて言ったかわかるか?」それは、さっきからえらそうにしゃべっていた方の警官らしかった。「カミさんが、うまい朝飯を作ってくれた。ハムエッグにビーンズ、熱いコーヒー。ほんとにうまかったよ。仕事に出てきたときにゃ、そりゃもういい気分だった。それで、仲間に言ったんだ。できたらこんな日には、列車からちっこいならず者をひきずりおろしたくないもんだな、とね」そう言って、わきにいる仲間をひじでつついた。「おれはそう言っただろ、なあ?」

もうひとりの警官は、だまっていた。

「そうとも。ほんとにそう言ったんだぜ。それが、どうなった?」警官は、ぺっとツバをはいた。床《ゆか》にツバがあたる音が聞こえた。「おれたちは、この線路わきに出動してきて、長いこと、それこそ一日じゅう待ちつづけていたのさ。何をかって? 自分で何をやらかしているかてんでわかっていない、おまえらみたいなバカな連中をだ。やっかいごとばかり持ちこんで、おれたちに山ほど仕事をこさえてくれる連中をだ。なあ、教えてくれ。おまえたちの頭の中は、どうなってるんだ？」

ひざが、がくがくふるえだした。じっとしていようとがまんしたけれど、動いてしまうのを止められず、ますますふるえてしまう。おそろしくて、気を失いそうな気がした。警官のしゃべり方が、今にもぼくたちを処刑《しょけい》しそうな、ぞっとする調子だったからだ。思わずフェルナンドの方を見たが、ただ床《ゆか》を見つめて立っているだけだ。ぼくも同じように、おとなしくしていた方がよさそうだ。

警官は、話のあいまにため息をひとつついた。

「おまえたち、質問に答えないのはあまり利口《りこう》じゃないと思うがね。ひょっとして、おれたちの土地で何かたくらんでいるのかね？　それとも、合衆国で運をつかみたいというバカな若者たちなのかな。口をきいてくれなきゃ、わからんだろう」

それでもみんな、しばらくだまっていた。とうとう、フェルナンドが顔をあげて、コホンとセキばらいをし、しゃがれた声を押《お》し出すようにして、言った。

「おれたち――あんたらをおこらせたくはない」

「おやおや！」警官は一歩前に出てきて、フェルナンドの顔を懐中電灯《かいちゅうでんとう》で照らした。「ぐうぜんだな、坊《ぼう》や。おれもちょうど、おんなじことを考えてたとこだ。こいつら、おれたちをおこらせるような連中じゃなさそうだ、とね。そう思うだろ？」と、仲間の警官に話しかける。「こいつら、おれたちをおこらせるようには見えないよな？」

相手の警官は、あいかわらずだまっていた。

「まあいい。おまえたちはおれに、こう言いたいかもしれない。自分たちがひどい目にあってきたことを、わかってほしいってね。そりゃあ、ひどかったんだと。だから、せめて一度くらいは幸運をつかみたいんだ、そして、ひとりぐらいは、自分たちに同情してくれる人間に会ってみたいんだ、と。そういう人が、たとえば、すぐに自分たちを逮捕《たいほ》したり、ラ・ミグラへひきわたしたりせず、なんらかの条件つきで見のがしてくれはしないか、とね」

フェルナンドが、ごくんとツバを飲んだのがわかった。少ししてから、フェルナンドはゆっくりと言った。「それは、つまり、あんたが太《ふと》っ腹《ばら》だってことかな?」おこりだしそうなのをこらえているような言い方だ。

「聞いたかね?」警官は仲間の方を見た。「たいしたもんじゃないか。いつも言ってるだろう、こういう連中もバカじゃないんだ、って。そのとおりだ。太っ腹っていうのは、まさにぴったりの言葉だぜ。それよりいい言葉は見つからない」

警官はまた、フェルナンドの方に向きなおった。「おまえの言うとおりだ。おれたちは、とくべつに太っ腹なんだ。もしも、おまえたちを見のがしたなんてことがわかったら、どういうことになるかはわかるだろう?」

「あんたらは、まちがいなくまずいことになるね」フェルナンドはつぶやくように言った。

「そうだ、もっとはっきり言えよ。もっとでかい声が出るだろう?」

「あんたらは、まずいことになる」フェルナンドはもう一度、今度は大声で言った。

「まずいどころじゃないぜ、坊《ぼう》や。おれたちは、職を失うかもしれん。そこでだ。なんのためにおれたちは、職をなくすような危険をおかすと思う?」

「たぶん……」ちょっと間《ま》をおいてから、フェルナンドは言葉を選んで続けた。「たぶん、おれたちが、何かあんたらの役にたつからじゃないかな?」

警官はフェルナンドのすぐそばまで近づき、まぢかから顔に懐中電灯《かいちゅうでんとう》の光をあてた。

「そうだ、ちゃんと考えれば、わかるよな。おまえたちにとっちゃ、安いもんだ。おれたちは、ずっと大きな危険をおかすんだからな。そのために、おまえたちがほんの少し誠意をしめすのは、とうぜんだろう」そこで、少しだけためらっているようすだった。「……それで、どんなふうにそれをしめせるか、聞きたいんだが」

フェルナンドは暗い目をして相手を見つめていたが、すぐにぼくたちに向かって言った。「この人たちにお金を出してやれ。あり金《がね》全部だ」

そう言いながら、フェルナンドはポケットから自分の全財産をひっぱり出して、警官に渡《わた》した。相手の首にかみついてやりたい、というような目つきをしながら。

ぼくもいやいやながら、しゃがんで靴《くつ》をぬいだ。そうするしかない。フェルナンドは、これが災難を切りぬけるたったひとつの道だと言うんだろうが、これからだって、災難はあるかもしれないじゃないか。靴《くつ》の中をさぐり、かくしてあったお金をひっぱり出した。でも、爪先《つまさき》にかくしていた、ファナにもらったお金だけは残しておいた。

ヤスもアンジェロも、うなだれて、それぞれ持っていたわずかなお金をさし出している。

「それで、おまえは？」警官は、何もしないでいるエミリオに向かって言った。そのあと、ぼくたちの方をちらりと見て、調子を変えてつぶやいた。「こいつ、耳が聞こえないのか？」

「いや」と、エミリオが言った。「ぼくは、金はぜんぜん持ってないんだ」

「へっ、そりゃダメだ。おまえは、残ってもらわなくちゃな」

警官は懐中電灯をぼくたちの方にさっと向けた。「ほかの者は、行っていい。さっさとうせろ。二度と姿を見せるな。次は、こううまくはいかんぞ」

エミリオはうなだれて立っていた。そのあと、少しだけ顔をあげて、ぼくたちの方を見た。ひとりずつ順ぐりに。なんだか、別れのしぐさのようだった。

「あの子をどうするんですか?」ヤスがキャップのひさしをおろしたまま、おずおずとたずねた。

「さっさとうせろと言ったろう!」と、警官がヤスをどなりつけた。「それとも、こいつといっしょに残りたいのか?」

ヤスは、フェルナンドの方をすがるように見た。なんとかしなくちゃ! ぼくも、同じような目でフェルナンドを見た。エミリオをここに残していくなんて、がまんできない。だって、仲間じゃないか。メキシコとの国境を越《こ》えてからずっと、いつもいっしょだった。これまで、だれもそんなことは口に出して言わなかったけれど、だれかひとりを置いていくらいなら全員があきらめるって、みんな思っていたんじゃないのか……。

フェルナンドは首をかしげ、目を細めてエミリオのことをじっと見つめた。一瞬《いっしゅん》、心の中でふたつの考えがたたかっているように見えた。でも、フェルナンドはすぐにしゃがんで、片方の靴《くつ》をぬぎ、中から何枚かの札をとり出した。

「これは、あいつの分だ」そう言って、すっと警官の方にさし出すと、エミリオをあごで指した。「あいつから、あずかっていたんだ。すまない、これがまだあったのを忘れてたよ」

緊張《きんちょう》がいっきに高まった。警官は金を受けとると、ゆっくりとそれをしまい、背を向けた。一瞬《いっしゅん》、これで片がついたかと思った。けれど次の瞬間《しゅんかん》、警官はぐるりと向きを変え、手にした重そうな懐中《かいちゅう》電灯《でんとう》で、フェルナンドの顔を思いきりなぐりつけた。

フェルナンドはよろけて、後ろのかべにぶつかった。それから、ゆっくりとくずれ落ち、うめきながら床《ゆか》にころがった。警官はこん棒をぬいて、さらに彼《かれ》にせまっていく。フェルナンドは目を大きく見ひらいて、両手で顔をかばおうとしている。おそれている目つきだが、その奥《おく》には、おさえきれない怒《いか》りの炎《ほのお》が燃えていた。警棒がふりあげられる。今、何かしなければ、フェルナンドはやられてしまう。ぼくはとっさに覚悟《かくご》を決めた。警官にとびかかってやる。足にとびつけば、止められるかもしれない。そしたら、大騒《おおさわ》ぎになるだろうけど……。

でも、ぼくが動くよりも一瞬《いっしゅん》前に、それまで口をきかず、後ろにひっこんでいたもうひとりの警官が、ふいに割って入った。

「落ち着けよ、ビセンテ。おれたち、ほしいものは手に入れたんだし」

声をかけられた警官は、動きを止め、肩越《かたご》しに返事を返した。「おれの名前なんか呼ぶんじゃねえ、マヌケ」

もうひとりの警官は、さらに言った。「だけど、早くここを離《はな》れないとまずいぜ。出入国管理局《ラ・ミグラ》の連中がもう到着《とうちゃく》するころだ。退散《たいさん》しよう！　そうしたって、なんの損もないだろ」

この言葉は、確かにききめがあったようだ。おこっていた警官は、警棒をもう一度なでまわしてから、ホルダーにおさめた。

「今度会ったら、こんなもんじゃすまないぞ」と、フェルナンドに向かって捨てぜりふをはくと、わき腹にけりをひとつ入れ、ぼくたちの方に向きなおった。「このことをだれかにしゃべったら、後悔《こうかい》することになるぞ。これだけはおぼえておけ。おまえらがどこに行こうと、かならず見つけ出してやるからな」

警官たちの足音が遠ざかるのを待って、ぼくはフェルナンドのようすを見に行った。ヤスとアンジェロは、もう彼《かれ》のそばにひざまずいている。

「だいじょうぶかい、フェルナンド?」アンジェロが押《お》し殺《ころ》したような声で呼びかけている。今にも泣きだしそうな声だ。

「だいじょうぶなわけないだろう、本気で言ってるのかよ」と、フェルナンドがうめくように答えた。「まあ、これくらいじゃ、くたばりはしないさ」

家の中は暗くて、窓からわずかに月明かりがさしこんでいるだけだ。あとになって、外の月明かりでフェルナンドのおでこを見ると、ひどいことになっているのがわかった。深い傷口ができ、血が顔にまで流れていた。見るだけでも、ぞっとするほどだ。

後ろで足音がした。エミリオだ。ずっと、少し離《はな》れたところに立っていたのが、ようやく近よってきて、みんなの後ろでおろおろしていたらしい。

「ありがとう、フェルナンド」と、エミリオは小さな声で言った。

フェルナンドは苦笑いした。「だまってろよ。礼を言ったからって、ケガがよくなるわけじゃないぜ。はじめからわかってたんだ、おまえは足手まといになるってさ」

エミリオは、はっとしたように一歩さがった。「どうして……どうして、そう思ったんだ?」おどろいたように聞き返す。

「どうしてかって? いい質問だぜ、まったく」フェルナンドはおでこの傷にちょっとさわり、痛そうに顔をしかめた。「説明してやらなきゃ、わからないのか?」

「うん、教えてくれよ」

「わけを知りたいっていうのか。本当だな？　じゃあ、言ってやる。おまえが、インディオのクソッタレだからさ。インディオは、どこに行ってもきらわれる。いいか、おれは父親に何百回も、インディオなんかにかかわるんじゃないって、たたきこまれてきた。そもそも、おまえを仲間に入れたおれが、バカだったのさ」フェルナンドはまたおでこに手をあてて、うめいた。

エミリオはまるで雷《かみなり》にうたれたみたいに、立ちつくしていた。口をあけたが、何も言い返せずにいる。

「ねえ、エミリオ、フェルナンドは本気で言ってるんじゃないわ」と、ヤスがとりなした。「今は、ただ……」

「たわ言はやめてくれ！」ヤスに向かってそう言ってから、フェルナンドはかべをささえに、苦しそうに少しだけ起きあがった。「おれのいる前で、おれが何を考えているかなんて言うんじゃない。なんなら、さっきよりもっとひどいことだって、遠慮《えんりょ》なく言ってやるぞ。わかったか？」

一瞬《いっしゅん》、みんなだまりこんだ。と、エミリオがみんなに背を向け、外に出ていってしまった。

「エミリオったら、どこへ行くの？」と、ヤスは呼びかけてから、ぼくたちの方をふり返った。「フェルナンド、止めてあげてよ。本気じゃなかった、って言って。エミリオに、これからもいっしょに行こうって……」

フェルナンドはそっぽを向いて、何も言わない。ぼくは、かがみこんでフェルナンドの肩《かた》に手をかけた。

「ぼくも、エミリオにいっしょにいてほしい。仲間だもの。みんなとおんなじだ。ひとりぬけたら、きっとみんな、ばらばらになっちゃうよ」

「なんだよ、おまえまで！　めそめそしたこと言いやがって」フェルナンドは、いやそうに手をふった。「なら、いいよ。あいつも、いたっていいさ。どうせ今さら、これ以上悪くはならないさ」

「聞いた、エミリオ?」ヤスがさけんだ。「もどってきてよ。みんなといっしょにいようよ。これからのことを、みんなで話しあわなくちゃいけないし……」

エミリオがまた戸口に姿を見せ、とまどったようにそこに立ったまま、ぼそっと言った。「フェルナンドに包帯をしてやらないと……」

ヤスがひざまずいで、フェルナンドの傷口を調べ、言った。「包帯だけじゃ、ダメかも。たぶん縫《ぬ》わないと……」

「そんなこと言ったって、しょうがないだろ」と、フェルナンドは首をふった。「おれが病院に行って、治療《ちりょう》を受けたら、やつらが車でここまで送ってくれるとでも思うのか?　そんな考えは、忘れちまえよ！　こんなキズ、自然になおるだろう。まあ、おまえたちでできることだけ、やってくれないか」

エミリオが近づいてきて、言った。「血止めになる葉っぱを使おう。キズがふさがる。たぶん、そこらで見つけられると思う」

「そうだね」と、アンジェロもうなずいた。「手当てをしたら、Tシャツをさいて、頭をしっかりしばるんだ。さあ、探しに行こうよ！」

ぼくたちはフェルナンドに、できるかぎりの手当てをしてやった。エミリオは外にとび出していって、傷にきくというその木の葉を見つけてきた。葉っぱを傷口にあて、やぶいたTシャツを包帯代わりにして、フェルナンドの頭をしばってやった。頭にターバンをまき、血だらけの顔をしたフェルナンドは、まったくおそろしいようすだった。それでも、血はなんとか止まった。それがいちばん大事なことだった。

　それから、ぼくたちは、フェルナンドをかこんですわり、これからどうしたらいいか、話しあいはじめた。

「あたしたち、まったく文《もん》なしになっちゃった。お金もなくて、どうやって国境まで行けるの？」と、ヤスが言った。

「かんたんなことだろ」フェルナンドが言った。「ものごいをしたり、盗《ぬす》んだり、野宿したり。なんでもアリだよ。金なんかあんまりあてにするなと、何度も言ってきたじゃないか」

「ああ、そうだったわね。あの警官たちが、あたしたちのお金をとりあげてくれたのは、親切にしてくれたんだってわけね」

「そのとおり」と、フェルナンドが言い返す。「ほんとだぜ。警官は友だちだし、助《すけ》っ人《と》だからな」

　仲間たちがこんなふうに、やけくその冗談《じょうだん》を言いあっているあいだ、ぼくはだまってすわっていた。かくしもっているフアナのお金のことが、頭を離《はな》れない。どうすればいい？　国を出るとき、これにだけは手をつけない、と誓《ちか》ったはずだ。ぜったいに、何があろうとも、と。その誓《ちか》いを、かんたんにやぶるわけにはいかない。それに、今さら、かくし金を出したら、仲間たちはどう思うだろう？　ずっとかくしていたことを知られたら……それどころか、あのとき、エミリオの危機を助けてやらなかったと知られたら？

　でもいっぽうで、今はみんなが窮地《きゅうち》におちいっている。ここであの金を出さなかったら、本当にクソッタレだ。誓《ちか》いをやぶるより、もっとひどい。「ごめん、フアナ」と、心の中であやまった。いつか、この金はきっとフアナに返す、と改めて誓《ちか》った。そして、靴《くつ》をぬいで、とり出した金をみんなの前にほうり出した。

水をうったように、静かになった。

「これは、小さな妹の貯金なんだ」と、ぼくは説明した。「だから、こいつにはぜったい手をつけないと誓《ちか》って……わかってほしい」

少しのあいだ、仲間たちの顔を見られなかった。けれど、だれもせめたりはしなかった。エミリオは、ぼくの目をじっと見つめて、うなずいてくれた。ヤスは、ぼくの肩《かた》にそっと手を置いてくれた。ヤスには、ファナのことを話したことがあった。フェルナンドは、ぼくの出したお金をしばらくじっと見つめていたが、急に、包帯をまいた頭をゆすって笑いだした。

「おや、まあ。おれたちは、まったくおかしな仲間だよ。だけど、おかげで、何日かは生きのびられるな。なんとかして、悪魔《あくま》の鼻先からずらかろうぜ」

ぼくたちは、お金を平等にわけた。そして、あの警官たちの気が変わってひき返してくるといけないので、そそくさとその家から立ちさった。

11

「エミリオは、いったいどこに行ったの？」心配そうな顔で、ヤスがフェルナンドとアンジェロとぼくを見つめた。

「何分か前、出ていくとこを見たよ」と、アンジェロが答えた。「別に、変わったとこはなかったよ。なんにも言ってなかったし」

「別に、騒《さわ》ぐことないだろ。あいつは、だんまり屋なんだから」と、フェルナンドがぶつぶつ言った。

「いなくなってしまわないといいけど……」と、ヤスがぽつりと言った。「きっと帰ってくるわよね？」

「もちろんさ。ほかにどこへ行くってんだ？　何か知らないが、用事がすんだら、ちゃんともどってくるさ」と、フェルナンド。

ぼくは立ちあがって、あたりを見てまわった。エミリオはどこにもいなかった。まるで地下にもぐってしまったみたいだ。またすわりなおし、ゆうべのことをあれこれ思い出してみた。かろうじてみんな無事だったのだけが、すくいだった。けだもののような警官たちに、あり金《がね》をそっくりとられてしまったのだ。

あのあと、フェルナンドの傷の手当てをすませると、ぼくたちは廃屋《はいおく》をぬけ出し、しばらくあたりをさまよった。その後、森に入りこんで、なんとか眠《ねむ》ろうとした。でも、まわりの木の枝がパキッと音をたてたり、葉が揺《ゆ》れてガサガサいったりするたびに、目がさめてしまい、半分は起きていたようなものだった。

そして、朝早くには起き出して、しばらく線路を探したあとで、ようやくこうして近くにもどってきたというわけだ。今やっと、線路のそばで休みながら、列車の来るのを待っているところだった。

ヤスが少しおこったように、横目でフェルナンドをにらんでいる。

フェルナンドはしばらくのあいだ、ぜんぜん気にもしていないふりをしていたが、たまりかねたように文句を言いだした。「なんだよ、どうしたんだ？　何が言いたいんだよ？」

「きのうの晩、あんな目にあったのに、あいかわらずね」と、ヤスが言った。

「へえ、こりゃいいや！　あのクソ野郎《やろう》がおれの頭に一発食らわせたことも、たいしたことじゃないってわけか。おれの方は、ギロチンにでもかけられたような気分だったぜ。それも、たいしたことじゃないっていうのか？」

フェルナンドは、ゆうべエミリオがまいてやった包帯をまだつけていて、顔じゅうに、血のりがべったりついたままだった。それで、いっそう荒《あら》っぽく見えた。

「もし、できれば……」とヤスは言って、口ごもった。「できれば、彼にあやまってくれた方がよかったかな、って……」

「あやまるだと？」と、フェルナンドは声をはりあげ、そのとたん、顔をしかめた。まだ、頭の傷が痛むらしい。「いったい、何をあやまれっていうんだ？　おれはあいつのために、この頭をさし出したんだぜ。もう忘れたのか？」

「ええ、それは立派《りっぱ》だったわ。でも、そのあとのことよ……」

「そのあとがどうしたんだよ。かんべんしてくれよ。おれに言われたことを、どう思ったかなんて、あいつにしかわからないだろ」

「そうじゃないの、フェルナンド」ヤスは言いつのった。「エミリオがあのことを気にしてたとは、思いたくない。あたしも、もうあのことはすんだと思ってる。でも……」

フェルナンドは顔をしかめ、そっぽを向いてしまった。これまでずっといっしょだったけれど、こんなフェルナンドははじめてだ。これまでとちがって、あんまり感心できない態度だ。フェルナンドはなんでもよく知っているし、行動力だってある。慎重《しんちょう》で、勇敢《ゆうかん》だし、何よりも冷静だった。彼《かれ》がいなかったら、ぼくたちは、とっくに旅を続けられなくなっていただろう。

でも、いまだに彼《かれ》のことはよくわからない。とくに、ゆうべのことは。ぼくたちのために、警官たちに向かってひとりで体をはってくれたこと。なんで、エミリオの身代わりになって守ってやったのか、それなのにそのあとで、意地悪くエミリオをののしったりしたのか。わけがわからない。

そんなことをあれこれ考えていると、とつぜんアンジェロが立ちあがって、さけんだ。「あ、いたよ！」と、線路の方向を指さしている。「あそこ、エミリオだ！」

確かに、エミリオの姿が見えた。線路の土手を越《こ》えて、こちらに向かってくる。何か両手にぶらさげている。

はじめはなんだかわからなかったが、すぐに、それがウサギだとわかった。エミリオが片手に一羽ずつ、耳をつかんでぶらさげているウサギは、どちらも動かない。死んでいるみたいだ。

ぼくたちのところに着くと、エミリオは、ウサギを両方とも、どさりと投げ出した。そして、いつものように、何も言わないですわりこんだ。

「まあ、エミリオったら！　これ、どこから持ってきたの？」と、ヤスがさけんだ。

エミリオはやはり答えなかったが、一羽の耳をつかんでもちあげると、空手チョップでウサギの首をたたく身ぶりをしてみせた。どういう意味か理解するまで、ちょっとかかった。

「自分で捕《つか》まえたってこと？　今？　素手《すで》でかい？」と、ぼくが聞くと、エミリオはうなずいた。

「ぼくたちのところじゃ、みんなそうする」と、エミリオはぼくではなく、フェルナンドの方を見ながら言った。

ヤスはエミリオの腕《うで》をつかんで、うれしそうに言った。「もどってきてよかったわ。もしかしたら、って思っちゃった……」それから、フェルナンドの方を見て、何か催促《さいそく》するみたいにうなずいてみせた。

フェルナンドははじめ、知らんぷりするように見えたが、めんどくさげにこっちをにらむと、近づいてきてかがみこみ、ウサギの片方をつかんで、念入りに調べはじめた。その時間がとても長く感じられ、みんなは息をつめて、見まもっていた。

フェルナンドは、ようやくウサギをもとどおりほうり出し、口をひらいた。「こいつは上等なウサギだぜ。まちがいない。こんなにいいウサギは、しばらく見たことがないな」

エミリオはずっと、どぎまぎしたようすで、フェルナンドの方をうかがっていた。はじめは暗い顔をしていたが、そう言われて、ぱっと顔が明るくなり、「もっと捕《つか》まえてこられる」と、言いだした。

「いいか、そううまくはいかないぜ」フェルナンドは、エミリオに向かって言った。「こんな上等のウサギなんて、めったにないぞ。そうそう捕《つか》まえられるもんか」

ヤスはうれしそうに、フェルナンドとエミリオを代わるがわる見て、ぼくと目があうと、にっこり笑った。それから、立ちあがって言った。「じゃ、はじめましょ。何してんの？　早く火をおこしてよ」

ぼくらはあの警官たちにお金をまきあげられてしまったし、あたりはまったくの原野で、森ややぶの中に小川が流れているだけだった。畑もなければ、人家も店もなく、食べ物が手に入りそうなところはひとつとしてなかった。胃袋《いぶくろ》がキュウキュウ鳴りだし、何か料理したものを口に入れたかったけど、ずっと、水を飲んでごまかしてきたのだ。でも、エミリオのウサギのおかげで、まるで天国のようになった。

ぼくとアンジェロは、すぐ立ちあがって、ヤスといっしょに、かわいた木の枝を集めはじめた。うれしいことに、タキギだけはいくらでも見つかった。ぼくたちがもどってくると、エミリオとフェルナンドは、もうウサギの皮をはいで、内臓もとり出していた。ぼくたちがタキギを山のように積みあげると、フェルナンドがライターで火をつけた。あの酔《よ》っぱらいの老人からとりあげたのを、まだ持っていたのだ。

木の枝にウサギの肉をつきさし、たき火の上であぶることにした。はじめは、こわばった赤い肉はなんだかグロテスクな感じがした。少し前まで、そのへんで元気にはねまわっていたウサギなのだ。だけど、しだいに肉が焼けて、いいにおいがしてくると、食べたくてたまらなくなった。すっかり火がとおるまで待ちきれず、少し焼けたらもう、火からおろしてひきちぎり、めいめい、骨から肉をはがしにかかった。

だが、まだ食べ終わりもしないうちに、遠くから列車の警笛が聞こえてきた。大急ぎでたき火をふみけし、荷物をまとめる。すぐに、機関車の姿が見えてきた。ぼくたちは、線路に向かって駆《か》け出し、なんとか列車にとび乗ることができた。

乗ったのは、屋根があけしめできる動物輸送用の貨車だった。空気穴のある屋根は、サビだらけだ。

中にはブタが積まれていて、くさいにおいが穴から上にのぼってくる。

「うわ、やだなあ！　ほかの貨車に移ろうよ」と、アンジェロが鼻を押《お》さえて言った。

フェルナンドは、歯につまったウサギの肉をほじりながら、笑って言った。「なれちまえば平気だよ。しっかりつかまってないと、ブタのクソの上に落っこちるぞ」

「まあ、悪くないんじゃない。ブタさんたちが道連れになってくれるんだもの」と、ヤス。

それで、このままこの貨車の上にいることになった。

へんだと思われるかもしれないが、ぼくはブタのにおいは気にならなかった。小さいとき、ママとフアナと住んでいた村には、ブタがたくさんいて、そこらじゅうブタのにおいがしていた。ぼくはブタを抱《だ》いたり、ブタといっしょに寝起《ねお》きしたりしていた。そう、あのころは、それがふつうだと思っていたのだ。

それから何時間か、ぼくたちは貨車の上に寝《ね》そべり、日を浴びながらうたた寝《ね》した。寝《ね》ころんでいるぼくらの下では、ブタたちがブーブー、キュウキュウとずっと鳴いていた。列車はチアパスのあたりとはちがって、ががた揺《ゆ》れはしなかった。このあたりは、線路がずっといいらしい。列車は、ちょうどムカデのように、くねくねとなめらかな動きで、丘陵《きゅうりょう》地帯を走りぬけていた。

今のところ、順調に進んでいる。しばらくは、今どこにいるのかということや、これまでのこと、これからどうなるのかなんてことも、考えないですむ。頭にあるのは、また腹がへった、ということだけだった。ウサギ二羽を五人でわけただけだから、たいした量はなかったのだ。肉を食べてひと息ついたのは、もうずっと前のような気がした。線路の両側の丘《おか》には、サトウキビやメロンやパイナップルのプランテーションが広がっていて、思わずツバを飲んでしまう。

「なあ、おれがいちばん得意な芸は何か、話してやったこと、あったっけ？」ちょうど列車がメロン畑のわきを通過していたときに、フェルナンドが言いだした。

「聞いてないけど、とってもたくさんありそうね」と、ヤスが答えた。「悪態をつくこと、長話をすること、人をバカ呼ばわりすること、人助けをすること、人をペテンにかけること……。ほんとに芸達者《げいだっしゃ》よね」

「ああ、ヤスちゃん、そんなにほめるなよ。もうたくさんだぜ」と、フェルナンド。「だけど、そんなことばかりじゃないんだ。まじめな話、おれのいちばん気に入ってる芸は、なんだと思う？」

なんのことか、わからなかった。ほかのみんなだって、そうだろう。

「まあいいさ、今、見せてやる」フェルナンドは立ちあがった。「すぐにもどってくるからな。逃《に》げるんじゃないぜ？」

そう言いのこすと、貨車の先頭まで歩いていって、前の車両に向かってジャンプした。そのままどんどん走っていき、さらに前の車両にとびうつるのが見えた。

ヤスがぼくの方を見て言った。「あの人、何をまた、へんなことはじめたの？」

ぼくは肩《かた》をすくめ、ただフェルナンドの姿を目で追っていた。何をしようとしているのか、見当もつかない。

「ひょっとして、先頭の機関車まで行くつもりかなあ？」と、アンジェロが言った。「それで、機関士をやっつけて、列車を乗っとって、テキサスまでつっ走《ぱし》るとか！」

ヤスが笑いだした。「その前に、メキシコの銀行も襲《おそ》ってくれるといいわね。なんでもありだわ！」

列車はちょうど、直線の線路を走りだしていた。ほんの少しのぼり坂だ。フェルナンドは次々に前の貨車にとびうつり、その姿はだんだん小さくなっていく。機関車のすぐ後ろの車両に着いたころには、豆粒《まめつぶ》くらいにしか見えなくなっていた。

そこで、フェルナンドはハシゴをおりはじめ、なんと、とびおりてしまったのだ。

「バカね、ケガしたばかりなのに、なんてことするの！」ヤスがさけんだ。

おどろいたのは、ぼくも同じだった。はじめは、フェルナンドはすぐにまた列車にとび乗って、ぼくたちをびっくりさせるだけかと思っていた。それが彼《かれ》の言う「芸」だってこと？

ところが、フェルナンドが列車から離《はな》れて、線路ぎわにあるオレンジの畑に駆《か》けこんでいったので、ぼくは息を止めて、目をまるくした。フェルナンドはオレンジの木から実をもぎはじめ、どんどん自分のリュックにつめこんでいる。

列車の貨車が次々に横を通りすぎていくのに、フェルナンドは気にするようすもなく、落ち着いてオレンジをもぎつづけていた。とうとう、ぼくたちの乗っている貨車が横を通過したときになって、ようやく顔をあげた。そして、急いでリュックをせおい、また列車に向かって駆《か》け出し、ちょうど最後尾《さいこうび》の貨車にとびつくと、後ろから貨車の屋根づたいに、ぼくたちのいるところまでもどってきたのだ。

フェルナンドはリュックをどさりと投げ出して、ハアハア荒《あら》い息をつきながら、「三十八・三秒。オレンジ・レースのメキシコ新記録だぜ！」なんて言った。

ぼくたちは、すぐさまフェルナンドのところへ駆《か》けよった。アンジェロがまっ先に、フェルナンドのリュックからもぎたてのオレンジをとり出して、大喜びでさけんだ。

「わあ、すごい！」

ぼくとエミリオは、あっけにとられていた。ヤスは、これまで見せたことのないような目つきで、フェルナンドのことを見つめている。口のはしに笑みが浮《う》かんでいるが、目はおどろいたように、前よりもいっそう不安げに光っていた。ひどくショックを受けているのは確かだ。でも、そんなことを気にしている余裕《よゆう》はなく、ぼくもとびあがって喜んでしまった。

ヤスがこっちに向きなおり、あきれたようにぼくをにらんだ。「ねえ、いったいどう思ってるの？」

「え、なんのこと？　すごい芸当じゃないか」

ヤスはちょっとためらっていたが、「まあ、よかったわよね」と、フェルナンドの戦利品を指さした。目つきが少し変わっていた。もうおどろいたようすは消え、むしろ心配そうだった。でも、その目を見て、ぼくは決めた。

「すぐにもどってくるよ」と、ヤスにだけささやいて、ぼくは走り出した。

前の貨車にとびうつるとき、ほんの数日前は、こんなことするにはとてつもない決心がいったな、と思わずにはいられなかった。気が遠くなるくらい長いあいだ、雨にうたれてずぶぬれになったことも、酔《よ》っぱらいみたいに貨車の上で足がふらついたこともある。でも今は、貨車の屋根から屋根へとびうつるなんて平気だった。車両のすきまをとびこえることくらい、小さなバッタが歩道から通りへとびおるのにくらべれば、ちっともあぶないとは思えない。

貨車が一台、また一台とぼくの後ろへ遠ざかっていく。そのとき、これまでに感じたことのない気持ちに襲《おそ》われた。ぼくは、すべてをあとにしてきたんだ。ぼくの過去も、故郷も、家族も、ぼくのこれまでの人生も。今まで持っていたすべてを、なくしてしまったんだ。置きざりにしたり、なくしたりするものなど、もうなんにもない。気にかけなきゃならないものも、なんにもない。

そう思うと、何か無鉄砲《むてっぽう》なことをやりたくてしかたがなかった。何か、とてつもなくバカげたことを。

貨車の屋根でぴょんぴょんはずみをつけて、前の貨車にとびうつり、くるりと一回転してみた。ぼくは自由なんだ。わくわくする。

ほどなく、機関車の真後ろの先頭車両に着いた。そのハシゴをおりていき、列車がまた農園にさしかかるのを待った。来た！　大きく弧《こ》をえがいて、地面にとびおりた。列車がどんどん走りすぎていく。置きざりにされないうちに、農園に走りこんで、果物をもぎとり、リュックにつめこむ。

ぐずぐずしてはいられない。おんぼろ列車だって、ぼくよりは速い。もう、仲間が乗っている貨車が来た。みんな屋根に立って、手をふりあげて、ぼくを応援《おうえん》している。すぐにリュックをせおい、線路に向かって駆《か》け出した。

線路に着いたときには、もう、最後尾《さいこうび》の貨車が通過するところだった。仲間たちのはげます声は、しぼんでしまった。手をあげて、みんなに合図する。顔をあげ、笑いかける。そうだ、ぼくは自由なんだ！

ぼくは列車を追って走り出した。かなりの距離《きょり》を追いかけなくてはならなかった。運よく、列車はやがてのぼりにさしかかり、スピードが落ちてきた。それでも、なかなか追いつけない。でも、最後の力をふりしぼって、ついに列車のハシゴに手をかけた。

仲間たちのところへもどったとき、フェルナンドは満面に笑みを浮《う》かべていた。「おい、やったな、すげえな！」そう言って、ぼくの肩《かた》をたたいた。「これは語りぐさになるぜ！」

いつか、フェルナンドがだれかに話す物語の中に、ぼくも登場することになるのかもしれない。ヤスのところへ行くと、ヤスはまるで自分も走ってきたみたいに、息をはずませていた。でも、それを知られたくないみたいで、となりにすわると、腕組《うでぐ》みをして横を向いてしまった。

ずっとそうしていたが、とつぜんこちらを向いて、おこったような目をした。待ってなさい！　見せてやるから！　とでも言いたげだ。

「今度は、あたしの番よ！」ヤスはそう言いはなって、立ちあがった。

「ああ、ヤス、よさないか！」と、フェルナンドが止めた。「女の子にゃムリだ。おとなしく料理でもしてな」

ヤスはベーっと舌を出してみせた。「いつまでも、大口たたかせちゃおけないわ」

そして、もう一度ぼくをにらみつけてから、走り出した。

ぼくのはればれとした気分は、いっぺんに吹《ふ》っとんだ。貨車の前方まではっていって、ヤスを見おくるしかなかった。あんなこと、しなければよかったのだろうか？　ヤスはぼくに負けたくないのかな？でも、こんなの、やりすぎじゃないか？

心臓がどくんどくんいっている。ヤスはすばしこく身軽に、貨車の屋根をどんどんとびうつっていくけれど、心配で、まともに見ていられなかった。

「おい、ぽかんとしてるんじゃないよ！」フェルナンドがとなりに来て、ぼくの横腹をひじでつついた。「あいつがやれるかどうか、ちゃんと見ておいてやらなきゃ」

言われるまでもなかった。ヤスはぼくたちがやったとおりに走り、列車からうまくとびおりると、畑の方に駆《か》けていった。目がついていかないくらい、速かった。

フェルナンドは感心したように、ヒューッと口笛を吹《ふ》いた。「あのチビ、ずいぶん速いな。サーカスにでも入ったらいい。きっと、いい金をかせげるぜ」

ヤスが畑で獲物《えもの》をつみとっているあいだに、ぼくたちの貨車はそちらにどんどんせまっていった。アンジェロとフェルナンドは仁王立《におうだ》ちになり、ヤスに向かって「急げ！」と、どなっている。エミリオはじっとすわったままだったけれど、なんだか笑いをこらえているような顔をしていた。

もうもどれってば！　ぼくらの貨車がヤスのまぢかにせまったとき、ぼくは心の中でさけんでいた。じゃないと、まにあわない！　貨車が通りすぎた。じりじりするような数秒が過ぎた。ヤスは、やっと手を止めて、列車の方に全力で駆《か》け出してきた。そして、最後尾《さいこうび》の貨車のハシゴにうまくとびついて、のぼりはじめた。

ぼくたちのところへもどってきたヤスは、顔じゅうに汗《あせ》を光らせていた。ぼくのそばに来てへたりこみ、こちらを見ずに、リュックをあけてみせた。ヤスのしたたる汗《あせ》のにおいまで、わかるような気がした。

「もどってこられて、よかった」ぼくは言った。

「あたしもよ」と、ヤスが小声で言った。「でも、あんたは、あんまりほめてくれないんじゃない？」

ほかの仲間たちも集まってきた。フェルナンドが言った。

「じゃあ、飯《めし》のしたくをしよう。ちょっとしたパーティに必要なものは、そろったぜ。残飯が出たら、家畜《かちく》におすそわけだ」そう言って、下にいるブタたちを指さした。

ぼくたちは、とってきた果物を腹いっぱいつめこんだ。フェルナンドは上きげんで、またしても長話をはじめた。これまでの旅のあいだ、食べ物にありつくために、どんなに苦労したか、という話だ。とびきりイカレた話もひとつあったけど、ぼくはそんなこと、どうでもよかった。もう、なんでもゆるせる気分だったのだ。

ぼくはすわったまま、何度もヤスの方に目をやった。列車はどんどん進んでいくけれど、なんだか時間が止まっているような気がする。そして、自分がどこから来て、どこへ向かっているかなんてことも、あんまり意味がないような気がする。今、ブタを積んだ貨車の屋根の上のちっぽけな王国にいる、ささやかだけれど、すばらしいこのひとときが、何ものにも換《か》えがたく思えたのだ。

ちょうど、過ぎさった昔の日々のように。世界が、まだちゃんとしていたころのように。

12

かべは冷たかった。冷たくて、ざらざらしていて、かたかった。そのかべに寄りかかって、これが何百年も前からここにあって、少しも変わらず、これからも、何百年もきっとこのままだろう、と考えるのは悪くなかった。

長い年月のあいだに、いったいどれだけたくさんの人々が、このかべの内側に逃《に》げこんだことだろう？　おそらく、何千人もいたにちがいない。このかべをつくっている石が吸いこんだ、そうした人々の夢や望みが、かべに頭をあてるだけで、ゆっくりとこちらにしみこんでくるような気がした。

「他人を信用しちゃいけない、って言ったのは、なんで？」ぼくの向かいにすわっていたアンジェロが、フェルナンドにたずねていた。

「いやな感じのやつらが、うろちょろしてたからな」フェルナンドは、なんだか落ち着かないようすで答えた。「見ててわからなかったか？　そいつら、おれたちのことをじろじろ見てやがった。それから、ひとりが携帯《けいたい》電話をとり出して、どこかに電話してやがった！　ああいうやつらは、油断がならない」

「その人、警察に通報したんだと思う？」と、ヤス。

「まちがいないね。ぴんときたんだ」

ゆうべのできごとを、まだみんな、ひどく気にしていたところへ、またもや、不安になるようなできごとがあったのだ。夕方近くに駅に停車したとき、列車からおりることにしたのが、はじまりだった。駅舎のかべには、「ティエラ・ブランカ」という標示がかかっていた。

町に出て、どこか休める場所を探して、みんなで通りをさまよった。そのあいだずっと、何か監視《かんし》されているような、あとをつけられているような気配を感じていた。そして、暗くなると、今みんなが口にしたようなことが起きた。へんな連中が、ぼくたちに興味を持っているような目つきでじろじろ見て、その中のひとりが、ぼくたちが通りすぎたあと、ふいに携帯《けいたい》電話をとり出したのが見えたのだ。

ぼくたちはその場から逃《に》げ出し、町を通りぬけ、暗がりを探した。そして、古びた石かべにかこまれた教会の前にやってきたのだった。そのときにはもうくたくたで、ここで休むしかなかった。

アンジェロが聞いた。「もし警察が来たら、どうするの?」

フェルナンドは少し考えて、答えた。「まちがいなく、来るだろうな。やつらが向こうから来たら……」と、左の方を指し、「こっちへこっそり逃《に》げるしかない」と、右を指す。「反対から来たら、こっちだ」と、今度は左を指す。「わかったか?」

「まあ、すばらしい計画ね」と、ヤスがからかい、「正面から来たときはどうするの?」と、前を指さした。

「ああ、ヤスときたら！　そのときは……」フェルナンドは口ごもり、あたりを見まわそうとした。と、ふいにかたまった。まさしく正面の通りを、こちらに向かって、パトカーがやってきたのだ。サーチライトが一瞬《いっしゅん》、すみっこの暗がりにかくれていたぼくたちを照らし出した。

パトカーが止まり、ドアを開閉する音がした。そして、足音。サーチライトで目がくらんで、相手の姿は見えなかった。

「教会の中に逃《に》げこめ！」フェルナンドが小声でうめくように言い、まっ先に駆《か》け出した。ぼくたちもあとに続く。

さいわい、教会の入口はほんの数メートル先だった。ぼくたちが建物の前まで来たときには、フェルナンドはもう、重そうな入口の扉《とびら》を押《お》していた。みんなして中にとびこみ、扉《とびら》をしめた。

教会の中はうす暗く、あまくて重たい乳香《にゅうこう》のかおりがただよっていた。どうやらここは、会堂に続く前室のようだ。短い通路があり、その向こうは明るくて、何か声が聞こえていた。

「中に入れ！」フェルナンドはためらわず、小声で命じた。

明かりの方へよろめくように進み、会堂へのドアをぬける。そこで五人とも、立ちどまった。祭壇《さいだん》のある大きな会堂のほとんどの席が、信者でうまっていた。真向かいの祭壇《さいだん》には、神父が立っていた。神父は説教の途中《とちゅう》だったらしく、ぼくたちの方をおどろいたように見つめている。入口の方から響《ひび》くぼくたちの足音に、信者たちもいっせいにふり返って、こっちを見つめた。

一瞬《いっしゅん》、教会は静まり返った。

こんなにたくさんの人たちに見つめられるなんて、たえられない。いっそのこと、会堂のベンチの下にもぐってしまいたいくらいだった。

そのとき、背後の扉がひらいた。フェルナンドが気づいて、すばやくぼくたちに合図をよこした。ぼくたちは会堂のまん中の通路を、なるべく静かに、前に進んでいった。それでも、足音は静まり返った会堂に響《ひび》いてしまった。

祭壇《さいだん》のまん前まで来ると、ぼくたちは立ちどまり、ふり返った。通路の向こうはしに、警官の姿があらわれた。三人の警官たちは、たくさんの人に見つめられて、少しのあいだとまどっているようだったが、すぐにこちらに近づいてきた。先頭は、かっぷくのいい赤ら顔の警官で、あとの二人は、それよりずっと若い。

警官たちのブーツのたてる音が、会堂の丸天井《まるてんじょう》におそろしげにこだましている。フェルナンドは歯ぎしりし、あせってあたりを見まわしていたが、逃《に》げ道はなさそうだ。もう袋《ふくろ》のネズミだ。なぜだかわからないが、今日、列車で丘陵《きゅうりょう》地帯を通過しながら、農園で果物をかき集めたときのことが、ふいに頭に浮《う》かんだ。なんだって起こりうる。今からだって、なんとかチャンスをつかむことはできるかもしれない……。

そのとき、警官たちの靴音《くつおと》にまじって、別の足音が聞こえた。警官のよりおだやかだけれど、ずっとしっかりした足音のように聞こえた。そうか、神父さんだ。

神父は祭壇《さいだん》からおりてくると、ぼくたちには目もくれずに横を通りすぎ、通路をやってくる警官たちの前に立ちはだかった。

「何かご用ですかな?」かなりふきげんそうに、警官たちに声をかける。

先頭の赤ら顔の警官が、しぶしぶといったようすで帽子《ぼうし》をとり、頭をさげた。「おじゃましてもうしわけありません、神父さま」

「あまり時間はかからんでしょうな?」と、神父はいらいらした調子でたずねた。明らかに、夕べのミサのじゃまをされておこっているようだ。

「そこにいる若者たちを捕《つか》まえれば、すぐに失礼しますよ」赤ら顔の警官はぼくたちの方を指して、言った。

「ほう、この子たちを連行したいとね。彼《かれ》らは何かしたのですかな?」

「いや、たぶん……。くわしいことは、まだ調べがついていませんが、犯罪にかかわっているようでして……」

「ほう、犯罪ですと？」神父はとつぜん、声高《こわだか》にくり返した。まるで、その言葉にひっかかる、というように。「証拠《しょうこ》はお持ちですかな？」

「証拠《しょうこ》ですと？」赤ら顔の警官は、鼻で笑った。「証拠《しょうこ》とはどういうことですかね？　教えていただきたいものだ！」

神父はぼくたちの方をふり返って、ひとりひとりを、ずいぶん長くしげしげと見つめていた。あんまり長く見ているので、いやな感じがして、思わず目をそらし、仲間たちと顔を見あわせた。

ぼくたちが、よそから流れてきた未成年者であることは、だれの目にも明らかだ。旅の途中《とちゅう》なんだから、しかたがない。いっぽう、会堂にいる人たちはみな、清潔でこざっぱりとした身なりをして、おだやかそうで、いかにも教会をおとずれるのにぴったりだ。ぼくたちはひどく浮《う》いていた。顔には泥《どろ》がはねているし、持ち物もぼろぼろ。おまけに、フェルナンドは、包帯代わりに木の葉をぐるりと頭にまいている。このちがいに気がついたぼくは、どうにもはずかしくてたまらなくなった。

神父も、身なりからぼくたちの境遇《きょうぐう》がわかったようで、やがて目をそらした。すぐに、警官たちに道をあけるにちがいない。

ところが不思議なことに、そうはならなかった。神父は、こう言っただけだった。「もしかしたら、わたくしは目が悪いのかもしれませんが、それらしき証拠《しょうこ》は見あたりませんな。この子たちが犯罪者であるしるしが、どこにあります？　手も、血でよごれてはいませんし」

赤ら顔の警官は、少したためらっていた。それから、両の親指を自分のベルトの下につっこみ、ほかの指でいらだたしげにベルトをぱたぱたたたきながら言った。「よろしいですかな、神父さま。あなたの説教のじゃまをする気はないのです。ですから、あなたも、わたしたちの職務の執行《しっこう》をじゃましないでいただきたい」

警官がさらに何か言おうとするのを、神父は両手をあげて止めた。「それは、こちらも同じことです。あなた方が、教会の外でおやりになることでしたら。しかし、ここは、警察の管轄地《かんかつち》でもなければ、町の通りでもありません。勝手にふみこんできて、好きなことをされてはこまります」

警官の目が、わずかにくもったように見えた。「あなたの教会の中でも法律は効力を持つ、ということは、改めて言うまでもありませんよ」

「いやいや、わたくしは法を尊重しておりますよ。少なくとも、わたくしの信仰《しんこう》にたがわぬかぎりにおいては」と、神父。「わたくしの信仰《しんこう》は、こう教えております。だれであれ、助けをもとめてきた者を追いはらってはならない、とくに教会からは、とね」

警官は、神父にぶつかるくらい近づいて、おどすように言った。「何をなさっているか、よくお考えになった方がいいですぞ。あなたの行動に関心を持っている人たちが、いないわけではありませんからな。警察長官が司教さまとお会いしたときに、そのあなたの信条について憂慮《ゆうりょ》を表明したことを、ごぞんじですかな?」

「はい、よく承知しております」と、神父は答えた。「ですが、そのとき、司教さまがどうお返事されたかも、知っております。警察は教会の内部のことに口出しすべきではない、とおっしゃったのではなかったでしょうかな?」

赤ら顔の警官は、顔をしかめた。「ふゆかいですな。大いに腹だたしい」

「おや、そんなにおおこりにならんでも」神父は肩《かた》をすくめた。「大いなる怒《いか》りは、知恵《ちえ》なきことから起こる、ともうしますから」

「犯罪者をかくまった罪で、あなたを逮捕《たいほ》することもできるんですぞ」

「どうぞ、そうなさりたいなら」

警官は、しばらく神父の顔をねめつけていた。

「まあ、今日はやめておきます。あなたとケンカをしに、ここに来たわけじゃありませんからな。しかし、もう少し、協力していただけるとよかったんですがね……」そう言うと、警官は神父を押《お》しのけて、ぼくたちに近づいてこようとした。若い警官二人は、つったったまま、こまったことになったと、とほうにくれているように見える。

そのとき、神父と警官のやりとりを静かに聞いていた信者たちが、警官がいよいよ実力行使しようとしているのを見て、動きだした。はじめは、少しどよめいただけだったが、やがて、ひとりが立ちあがり、神父のとなりに来て立ちふさがった。続いて、もうひとり出てきた。さらにもうひとり。

ぼくは、息がつまる思いだった。話の内容は、全部わかったわけじゃなかったけど、今や神父がぼくたちの側に立っているのはわかる。いや、神父ひとりだけじゃない。信者たちが次々に立ちあがり、警官とぼくたちのあいだに立ちはだかってくれている。だれもが、ただだまって神父のそばに寄りそっているのが、おどろきだ。だれひとり口をきかない。ただ、ひとり立ちあがるたびに、ベンチがガタガタいう音と、前に出ていく足音だけがした。

いつのまにか、通路はたくさんの人たちであふれ、警官たちをとりかこむふうになった。

「さて、どうされます？」と、神父が言った。「この会衆の方々も、みな逮捕《たいほ》なさいますかな？」

警官の返事はなかった。ぼくは、フェルナンドの方をうかがった。フェルナンドは、このチャンスをなんとかうまく利用しようと思っているらしく、騒《さわ》ぎとは別の方向を見ている。ヤスがその腕《うで》をつかんで、だめよ、と言いたげに首をふっていた。

「さて、きみたちはどうするかね？」神父は、今度は二人の若い警官に向かって話しかけた。「きみたちのことは、ずっと前から、そう、初の聖体拝領《せいたいはいりょう》（イエス・キリストの血と肉だとされるワインとパンを受け、信仰を自分のものとするための儀式）のための勉強会のころからよく知っているが……そうだろう？」

また、静まり返った。ぼくたちの前に立って、盾《たて》になってくれている人たちの緊張《きんちょう》が、少しずつほぐれてくるのがわかった。赤ら顔の警官が、ようやく口をひらいた。

「今日のところは、ひきあげますがね。これで終わりだとは思わんでくださいよ。この貸しは、いつか返してもらいますからな。あなたからも、信徒の方々からも」

警官たちのブーツの音が会堂にこだました。だけど、今度は遠ざかっていく音だ。心にのしかかっていた石が、とれたような気分だった。目の前で起こったことがまだ信じられなくて、ほっと息をつくことも忘れていた。ほかの仲間も、似たような感じだった。ヤスがぼくに笑いかけてきたけれど、目の奥《おく》にはまだ、心配そうな光が揺《ゆ》れていた。フェルナンドは、無事に切りぬけられたことが信じられないみたいで、いらだっているように見えた。

神父は信者たちに感謝して、ミサを終えた。神父が式の最後の祝福の言葉をとなえると、人々は教会からゆっくりと出ていった。信者たちの中には、歩きながら、ぼくたちの方を見る人もいた。そのまなざしは、親しげでも、拒絶《きょぜつ》しているようでもなく、ただ、ものめずらしそうなだけだった。最後のひとりが出ていくまで、ぼくはその人たちから目を離《はな》さなかった。

神父は入口をしめると、会堂のまん中の通路をもどってきた。足どりは重く、ひどく疲《つか》れているように見えた。近づいてきた神父は、「すわりなさい」と、それだけ言った。ぼくたちはもう、祭壇《さいだん》の下の段々に腰をおろしていた。神父はフェルナンドに、そう言ったのだ。

でも、フェルナンドは、神父の声が聞こえなかったかのように、腕組《うでぐ》みしたままつったっている。近くで見ると、神父は思っていたよりも小柄《こがら》だった。改めてぼくたちを順ぐりに見た神父は、首をふって、小声で言った。「なるほど、そうとうひどい身なりだね」

「しょうがないんです。だって……」ヤスが言いかけると、神父はさえぎった。

「列車の屋根に乗ってきたのだからね。わかっているよ。きみたちは、わたしの教会に来た、はじめての列車で旅する子ども、というわけではないからね」

「じゃあ、似《に》たような子を、よく保護してるんですか？」

「まあ、そうだね。今のを保護と呼んでよければ」神父はウィンクしてみせた。「わたしたちにできることは、わずかでしかない。たとえよかれと思っていても、本当に助けになるかどうかはわからんしな」

神父の声は悲しげだった。ぼくの耳の奥《おく》では、あの警官のおどしのような捨てぜりふが、まだ響《ひび》いていた。ふいに、いやな考えがわいてきた。人助けをするのは、いいことだ。けど、そのために、助けた人の方がひどい目にあうとしたら……助けたりしない方がいいんじゃないか？

ぼくたちはしばらく、その場にだまってすわっていた。そのあと、ヤスがまた口をひらき、「とにかく、助けていただいて、ありがとうございました」と、お礼を言った。

「ああ、わたしに礼などいらないよ。むしろ、信者の方たちに感謝した方がいいね」

するとエミリオがとつぜん立ちあがって、神父に近づいた。「あの、どうして信者の人たちは、あんなことをしたんですか？」

神父はエミリオをじっと見つめてから、答えた。「どうして警官たちの前に立ちふさがり、きみたちを助けたか、というのかね？　きみたちが助けを必要としていたから、そうしただけだと思うがね」

エミリオは、よくわからない、というふうに首をふった。「それだけですか？　でも、それじゃ、いろんな人をみんな助けなきゃなんないでしょ」

神父はほほえんだ。「そうか。きみは、それがよくわからないのだね。なら、こう言おう。あの人たちは、すなおにこう考えたんだ。自分たちには住む家があるけれど、きみたちにはない。だが、自分たちだって、いつ家を失うかもしれない。それはたいへんな不幸だ、と。だから、そんな目にあっている人は、だれであっても助けてやりたい、と。これなら、わかるかな？」

「よくわかりません」と、エミリオは正直に答えた。

「ふむ、なるほど」神父は、さらに話しつづけた。「何より、あの人たちはまず、こう思ってきみたちを助けたのだ。それがだれであっても、たとえこの国の大統領でも、教会の中に押《お》し入って、そこにいるだれかを捕《つか》まえたり、危害を加えたりしてはならない、と。これはわかるかね？」

エミリオは少しだけうなずいた。

「よろしい。だが、まだほかにもわけがある」神父は祭壇《さいだん》にあがり、上の方にかかっている十字架《じゅうじか》を指さした。「聖書の中で、イエスさまが弟子たちに、世界の終わりのことを話して聞かせる箇所《かしょ》を、知っているかね？」

そんな話は、聞いたこともなかった。でも、聖書のことをあまりよく知らない、とは言いにくい。ヤスもアンジェロもエミリオも、似たようなものらしかった。フェルナンドだけは、うんざりしたような目をして、そっぽを向いている。

「知らないとは残念だ。知っておくべきだよ。なぜなら、きみたちにも大いに関係があることだから」と、神父は言った。「イエスはおっしゃった。世界の終わりには、すべての人間が裁《さば》かれると。善《よ》き人たちはイエスの右側に立たされ、なぜ善人とされたかを教えられる、と。

また、イエスは弟子たちに言われた。『わたしが飢《う》えていたとき、あなた方は、わたしに食べ物を与えた。わたしののどが渇《かわ》いていたときには、水を飲ませてくれた。わたしがよその土地に来たときには、わたしを客としてむかえてくれた』となる。弟子たちはおどろいた。イエスに食べ物を与えたり、水を飲ませたり、宿を与えたりしたおぼえは、なかったからだ。

だが、弟子たちがそう言うと、イエスはさとされた。『あなた方が、わたしのもっともまずしい兄弟たちにほどこしたなら、それはわたしにしたのと同じなのだ』と。この教会では、聖書のこの箇所《かしょ》のことをよく学んでいて、信者はみな、よく知っているのだよ」

神父はエミリオの方を見た。「これでわかったかね、きみ？」

「はい、よくわかりました」と、うなずき、エミリオはまた腰《こし》をおろした。

神父は次に、まだそっぽを向いているフェルナンドの方に顔を向けた。「きみは、こんな説教には興味がないようだね？」

「そうですね」フェルナンドは、冷たく答えた。それ以上は何も言いたくなさそうだ。ゆっくりと神父の方に向きなおりはしたが、ポケットに両手をつっこんだままだ。「でも、とにかく、感謝しています」と、つぶやくように言った。

神父は、気づかわしげにフェルナンドをうかがっている。「どうやって暮らしているのかね？　お金はあるのかね？」

「もちろん、たっぷり持ってきました。でもあいにく、みょうなめぐりあわせで、そいつは、どこかの悪党のポケットに移動しちゃいましたよ」

「では、どうしているんだ？　まさかきみたち、盗《ぬす》みとか……」

「盗《ぬす》み？」フェルナンドはおうむ返しに言い、バカにしたように笑った。「そういう質問には、答えなくてすめばいいんですけどね、でも、おれたちは、そんなことはしちゃいません。ただし、畑からこっそり作物をかっぱらったりはしますけど」そう言って、にやりとする。「ほかにも何か、しでかしているかもしれませんよ。あなたが思いつきもしないようなことを……」

「悪気《わるぎ》で言ったのではないのだよ」神父は、フェルナンドをなだめるように言った。「そういう意味で言ったのではないのだ。まあ、落ち着いて話をしよう」

「ああ、そうなんですか？　そうは思えなかったんで」

「本当だ。だが、もういいだろう」と言うと、神父は祭壇《さいだん》からおりてきて、いちばん前のベンチに腰《こし》をおろした。

フェルナンドは神父に一歩だけ近づき、たずねた。「教会のドアをしめて、おれたちをとじこめたのは、どうしてですか？」

「とじこめる気など、ありはせんよ、きみ。むしろ、世の中の方をしめ出してやったんだ。少なくとも夜のあいだはね。それとこれとは、大ちがいだ」

となりにいるヤスが、じっと聞き耳をたてているのがわかった。

「それって、ここに泊《と》まってもいいってことでしょうか?」と、ヤス。

「もちろんだとも、ぜひそうしたらいいよ。警官たちが外で、きみたちがここから出てくるのを待っているだろうから」

ぼくは、天井《てんじょう》近くのステンドグラスの窓を見あげた。あの窓の外では、今、何が起こっているかわからない。今ごろは、赤いライトをつけたパトカーの群れが教会をとりかこみ、あたりの家の屋根には、スコープのついたライフルをかまえた狙撃班《そげきはん》が、ひかえているかもしれない。一瞬《いっしゅん》、そんな気がした。

「泊《と》めてもらったとして、明日の朝、どうやってここから逃《に》げ出せばいいんです?」フェルナンドが聞いた。

「墓地《ぼち》に通じる裏口がある。ようすをうかがって、そこからこっそり出たらいい。だが、駅はだめだ。危険だと思う。町から出て、少し離《はな》れたところで、また列車にとび乗った方がいい。安全な道の地図を書いてあげよう」そう言うと、神父は立ちあがった。「さあ、いっしょに来なさい。まず、何はともあれ、顔や体を洗った方がいい。洗い方を忘れていなければだが」

神父はぼくたちを、会堂の奥《おく》の部屋に案内した。そこから、また石の回廊《かいろう》をぬけると、洗面台のある風呂場《ふろば》があった。かべにかかった鏡は割れていて、のぞきこんでも、何が映っているのかわからない。

最初にぼくが風呂場《ふろば》に入って、カギをしめ、着ているものを全部ぬぐと、頭から足まで水をばしゃばしゃ浴びた。旅のあいだにへばりついた、あぶらっぽいよごれは、洗面台に置いてあったブラシでこすらないと落ちなかった。おそろしくよごれた水が、床《ゆか》の排水口《はいすいこう》に流れこんでいく。洗い終えても、体をふくと、まだタオルが黒くなった。

着ていたものも洗ってみたら、これはうまくよごれが落ちた。ようやく外に出ていくと、ヤスにキツイ目でにらまれた。ずいぶん待たせてしまったらしい。ヤスの次がアンジェロ、それからエミリオ、最後にフェルナンドが体を洗った。

ぼくたちが体を洗っているあいだに、神父はとなりの部屋で、ビーンズとトウモロコシをそえたトルティーアをテーブルに用意してくれていた。それから、古い毛布を何枚か、ふとん代わりに床《ゆか》に敷《し》いてくれた。ぼくたちが食べはじめると、神父は部屋を出ていき、ぼくたちだけにしてくれた。

みんながパンくずひとつ残さず食べ終えたあとで、ヤスがため息をついた。「あんな親切な人が、もっとたくさんいたらいいのに……。でも、フェルナンド、なんであんたは神父さんに失礼なの？　一度も、あいそのいいことを言わないじゃない」

「失礼にしているつもりはないぜ。ただ、自分に正直なだけだ」と、フェルナンドは言い返した。「思ったことを言ってるだけだよ。他人を信用しすぎちゃだめだぜ。さもないと、がっかりすることになる」

「へえ、ご立派な考えだこと！　けど、だれも信用しないんなら、いいことだって起こらないわよ」

「ぼくはあの人のこと、ずっと恩にきると思うよ。たとえ、どこへ行こうとね」と、エミリオがつぶやいた。

「ここに何日かいられたら、ずいぶん楽なんだけどな」と、アンジェロが言いだした。

「おい、おチビさん！」フェルナンドは、アンジェロの肩《かた》に手を置いた。「おまえ、どこかにじっとしていたかったんなら、もといたところを離れなければよかったじゃないか。でも、それがいやだったんだろ。だから、旅に出た。出てきた以上は、落ち着くところなんかないんだ。先に進むしかない。ハンパなこと言ってると、目的地にたどり着けないぜ。わかったか？」

アンジェロはため息をついてうなだれ、「わかったよ」と、小さな声で答えた。

そのとおりだよ、フェルナンド。ぼくもそう思う。夢を見ることなんか、クソくらえだ。少なくともぼくたちみたいな人間は、あれこれ夢を見ても、全部シャボン玉みたいにはじけちまう。いい夢を見ていれば、そのときは希望が持てるかもしれないけど、夢がやぶれたらオシマイだ。ここにずっといられたらと、ただ思ってみるだけならいいかもしれないけど、どだい、そんなこと無理に決まってる……。

仲間たちが話しつづけているあいだに、ぼくは立ちあがって、会堂に出ていってみた。神父はいちばん前のベンチにひとりで腰《こし》をおろし、ロウソクの明かりのもとで、何か思いにふけっているようだった。最初は、じゃまをするまいと思ったが、足がしぜんと神父の方に向いてしまった。

ぼくの姿に気がついて、神父はちょっとおどろいたような顔をした。

「すみません、神父さま。おどろかせるつもりはなかったんです。でも、少しだけ、お願いしたいことがあって」

「いいとも。何かね？」

「ぼくの手紙を、出してもらえないでしょうか？　まだ、書き終えてはいないんですけど」

「そうかね。それじゃ、まず書きあげることだね」そう言って、神父は笑った。「だれに送るのかね？」

「妹です。妹は、まだ故郷にいるんです。ぼくは、手紙を書く、と約束して出てきたんです」

神父は、しばらく遠い目をして何か考えているようだった。ぼくが居心地悪く感じるほど長いあいだ、だまっていたが、ようやくこちらに目を向けた。

「きみは、自分がしていることをちゃんとわかっているのかね？　つまり、合衆国《がっしゅうこく》へ行く目的をだ。母親か父親か、だれかは知らんが、その人のもとに行くということが、きみにとって、正しいことだと思っているのかね？」

ちゃんとわかっているのか、だって？　痛いところをつかれた気がした。言われてみれば確かに、自分でももう、よくわからなくなっている。実際問題、正しいのかもわからないし、もう確信も持てない。

「よくわかりません。でも、自分に何ができるかは、よくわかっているつもりです。少なくとも、何も考えてないわけじゃありません」

「それで？　自分がしたいことを、見つけようとしてるのかね？」

「いいえ。まだ、そこまでもいってません」

神父は笑った。でも、なんだか痛ましそうな笑いだという気がした。まるで、おかしさと悲しさを同時に感じているみたいだ。

「ならば、今はただ、きみが本当に正しいと信じることだけをしなさい」そう言って、神父は立ちあがった。「ひとつだけ、約束してくれないか。どんなことがあっても、ほかの人がきみのことをなんと思っても、そんなことはいい。ただ、犯罪者や泥棒《どろぼう》や、ギャングやテロリストなんかには、ならないでくれ。きみはただ、パスポートを持たずに国外に来ている、それだけのことだ。そのことを忘れないでほしい。いいかね？」

「はい、わかりました」

「よろしい」神父は、仲間たちのいる部屋の方を指さした。「さあ、行って、手紙を書きあげてきなさい。わたしが出してあげるから」

ぼくがお礼を言って、部屋に行こうとすると、神父はもう一度呼びとめて言った。

「それから、もうひとつだけ。きみのそばにいつもいる女の子のことだが……あの子には、よく気をつけてあげなさい。いいかね？」

そう言われて、思わず神父の顔をまじまじと見てしまった。「気づいてらしたんですか……」それから先は、言えなかった。

神父はまた笑った。今度は、本当にゆかいそうな笑い声だった。

「なんのことかな？　わたしは警官じゃないから、法律のことはよくわからん。だが、人間については、ずっとよくわかるんだ。わたしの目はごまかせんよ」


フアナへ！


本当は、もっと早くに手紙を出したかった。でも、最初に書きかけた手紙は、ちょっとこまったことがあって、列車から吹《ふ》きとばされてしまったんだ。

今は、ちゃんとしたノートを手に入れたから、これに手紙を書いて、ノートをやぶって、おまえのところに送ることにする。神父さんが手紙を出してくれるから。

今ぼくがいるティエラ・ブランカの教会の神父さんが、明日の朝、この手紙を出してやろうと約束してくれたんだ。そのときには、ぼくはもう荷物をまとめて、出発しているだろうけど。

一週間くらい前に、メキシコに入った。でも、それから、もうずいぶんたったような気がしている。フェルナンドは、合衆国までの距離《きょり》の三分の一くらいのところまで来た、と言っている。フェルナンドっていうのは、いっしょに旅をしてる仲間たちのひとりだ。ほかに、ヤスとアンジェロとエミリオがいる。みんなとは国境で出会って、どういうわけか、いっしょに合衆国まで行こうと誓《ちか》いあったのさ。

この仲間たちがいなかったら、ここまでやってこられなかった。それは確かだよ。とくに、フェルナンドがいなかったらね。彼《かれ》はメキシコのことにはくわしくて、どうしたらこの国を無事に通りぬけられるか、だれよりもよく知っている。だから、いっしょにいてもらえると、とても心強いんだ。ほかの仲間たちより年も上だし、たよりになる兄貴《あにき》ってところさ。まあ、おまえの兄さんのぼくとくらべても、もうちょっと、たよりになるよ。

今夜は、神父さんの教会に泊《と》めてもらって、ちゃんとした食事もさせてもらった。だから、だいじょうぶ。何も心配することはないよ。

だけど、言っておくけど、ぼくのあとを追いかけてきたりしちゃだめだ。ぜったいにだ。それは約束してほしい。ここは、女の子にはあぶなすぎる。とくに、ひとりで旅をするのはね。だから、バカなことは考えないで、家にいてほしい。たとえ追ってきたところで、ぜったいに会えはしないだろう。メキシコは、想像もできないほど広いんだ。ほんとに、はてしないと言いたいくらいだ。

タフムルコのことを、なつかしく思い出しているよ。もちろん、おまえのことも。でも、フェルナンドは、もうそれほど長くしんぼうしなくていい、って言ってる。旅の最悪なところはもう過ぎた、これから先はもっと楽に行けるだろう、ってね。この先は、ちゃんと気をつけていれば、たいしたことは起こらないだろう、と。

明日の朝、また北に向かって出発する。これからも、できるだけ手紙を書くようにするよ。でも、しばらく手紙がとどかなくても、へんな考えを起こしちゃだめだ。ぜったいうまくいかないから。じっとがまんして、待っていてほしい。

合衆国に着いたら、いちばんにおまえをむかえに行くよ。そしたら、また、いっしょにいられる。おまえとぼくと、そして、ママとね。昔みたいにさ。

じゃあ、今日はこれで。仲間たちはもう眠《ねむ》ってるし、ぼくももう、まぶたがくっつきそうだ。では、体に気をつけて！

いつも、おまえのことを思っているよ。

ミゲル

13

ぼくたちはまた、前進していた。列車は今、両側に森がしげる谷を、ゆったりと走っている。だが、もう少ししたら、また高い山をのぼることになるはずだ。大山脈の先ぶれのような山々だ。今朝、朝食のときに、神父がそう説明してくれた。

ぼくは、列車の屋根にひじをついて寝《ね》そべっていた。遠い霧《きり》のかなたには、雪をいただいた山のかがやきが見える。でも、山の下の方は雲にかくれて、まだよく見えない。

今朝は神父の助言にしたがって、教会の裏の墓地をぬけ、こっそりと町から離《はな》れた。そして、ティエラ・ブランカの郊外《こうがい》からとび乗った列車の上で、ぼくらはずっと体をのばして揺《ゆ》られてきた。

ヤスがぼくの右にいて、ぼくの腹をまくら代わりにして寝《ね》そべっていた。ぼくがちょっと動いたのに気づいて、ヤスが体を起こし、ぼくを見たので、「ねえ、見ちがえちゃったよ。きみ、すごーくキレイになったな」と、言ってやった。

ヤスは笑った。「でも、じきにまたよごれて、もとにもどるわ」

アンジェロとエミリオは、少し離《はな》れたところにすわっていた。フェルナンドだけは、この貨車の先頭に立って、前方を見はっている。頭の包帯はもうはずしていて、おでこに大きなかさぶたができているのが見えた。どうやら、かなりの傷《きず》あとが残りそうだった。

ヤスがうつむき、それから上目《うわめ》づかいでぼくを見た。「ねえ、ゆうべ、神父さんのとこへ行って、いったいなんの話をしていたの？」

「ああ、妹のファナへの手紙を出してもらえないか、ってたのんだんだ」

「それは知ってる。そのほかには？」

「とくにこれといって……」

「ほんとに？」

「本当さ。そういえば神父さんは、きみのこと、ちゃんと気をつけてやるようにって言ってた。なんでそんなこと言うのか、わからなかったけど」

「ふうん。ほかに何か、あたしのこと話した？」

「え？　今言ったことだけさ！　神父さんがそう言った、ってだけだよ」

ヤスは不思議そうに首をかしげ、それからほほえんだ。「つまり、ミゲルがあたしの面倒《めんどう》をみてくれるってこと？　だけど、あんまりムリしないでね」

「心配ないさ。ぼくはもう、ちゃんと覚悟《かくご》してる。メキシコをぬけて国境を越《こ》えるまで、きみのきれいな髪《かみ》の毛一本だって、だれにもさわらせないってね」

「うわあ！　いったいどうやって、そうするつもり？」

「それはないしょだよ。でないと、きみは安心して、とんでもないことしそうだもの」

「じゃあ、秘密の計画ってわけね」

「そのとおり。いい考えは秘密にしとかなきゃ。それが大事なことだ」

ヤスはまだ何か言いたそうだったけれど、そのとき、フェルナンドがそばにやってきて腰《こし》をおろし、アンジェロとエミリオにも、こっちへ来いと合図した。

フェルナンドはポケットから、お札を何枚かひっぱり出すと、言った。「さあ、何も言わずに、こいつをみんなでわけるんだ。この先の山で、はぐれちまうかもしれないから、それぞれで持ってた方がいい」

フェルナンドはお札をかんじょうして、みんなに平等にわけた。このお金は今朝、教会を出発するときに、神父がくれたものだった。その声が今も耳に残っている。神父のことを思い出すたびに、本当によくしてもらった、とありがたかった。まず警官から助けてくれて、寝床《ねどこ》を用意し、食べ物も出してくれたうえに、お金の心配までしてくれた。

いや、それ以上にありがたいことがある。ひどい目にあってきたぼくたちにとって、神父のような人もいる、とわかってほっとしたのが、何よりありがたいことだった。神父はぼくたちに手をさしのべ、希望を与えてくれた。本当に願ってもないところに、ぼくたちはころがりこんだのだ。

もらったお金の自分の分を靴《くつ》の中にかくしているうちに、のぼり坂にさしかかった。列車はくねくねと身をよじるようにしながら、川沿いの斜面《しゃめん》をのぼっていく。ある場所では、列車の響《ひび》きもかきけされるほど、はげしくとどろく滝《たき》のそばを通過した。だが、その少しあとでは、どの家にも花がかざられている町を通過していく。

その町のすぐ先に、深い渓谷《けいこく》がぽっかりと口をあけていた。思わず息がつまる。列車の両側に、とつぜん何もなくなったのだ。足もとから地面が消えてしまったようだ。陸橋の下は、底なしの谷だ。まるで宙を飛んでいるみたいだった。

陸橋の終わりで、列車は門柱のように立っているふたつの奇妙《きみょう》な岩のあいだをぬけた。と、ふいにシエラ・ネバダ山脈（スペイン語で「雪のかかった山脈」の意味。スペイン南部にあるものや、有名な北米・カリフォルニアの山脈のほかにも、南米のメキシコ、コロンビア、ベネズエラにも同名の山脈がある）があらわれた。高いかべのようにそそり立っている山々の頂《いただき》は、雪をかぶって、白いノコギリのようだった。

　フェルナンドが指さして言った。「見ろよ。あの向こうまで行けば、もうだれも、おれたちのじゃまをするやつはいない」

　そう言われて、山脈を見あげてみたが、それはまるで、目の前に立ちはだかっているもの言わぬ巨人《きょじん》のように見えた。

「あそこを通りぬけられるなんて、信じられないな」

「おれも、はじめてあれを見たときには、おんなじように思ったよ」フェルナンドが言った。「かべに向かって走ってるようにしか思えないだろう？　だけど、いよいよぶつかりそうになるところに、とつぜん谷があって、通りぬけられるんだ。それから、どんどんのぼっていく。うんと高く、雲の上に出るくらいまでな」

「ここから先には、雪も積もってる？」と、アンジェロが聞いた。

「いや、夏場には雪はないさ。山のてっぺんにはあるけど、列車はそこまでは行かない。谷を通っていくんだから。それでも、おっそろしく寒くなることがある。とくに夜はね。最悪なのは、どうしても通らなきゃならない何本かのトンネルだ。中には、死ぬかと思うほど長いやつもあるんだ。まあ、生きて通りぬけたあとで、そんな気がするだけだがね」

　ヤスがぼくの方を見た。なんだかこわいね、とその日は言っていた。だけど、フェルナンドの言うことだから、本当なのか、だれかに聞いた話なのか、わからなかった。ぼくたちに心の準備をさせようとしているのか、それとも、からかっているだけなのか。もしかしたら、両方かもしれない。

「おれは、もう二度も、あの上の町まで行ったことがあるんだ」と、フェルナンドは話しつづけていた。「メキシコで、鉄道が走ってる中で、いちばん標高の高い町だ。そこじゃ、おっそろしく寒くなることがある。何人かの道連れと、夜にたき火をかこんですわったっけ。冷たい風がうなりをあげていたなあ。そのとき、道連れのひとりが話してくれた若者のことが、頭から離《はな》れないんだ。真冬に列車で山越《やまご》えをした若者の話だ。そいつは、どういうわけか、Tシャツしか着ていなかったんだ。それで、どうなったと思う？　夜になって急に冷えこみ、雪もふりだした。翌朝、明るくなったとき、そいつは列車の屋根に凍《こお》りついてしまってた、というんだ」すわったまんま、もうぴくりとも動けなかったそうだ。

「それで、どうなったの？」と、アンジェロが聞いた。

「ああ、そりゃ、なんとか体を屋根から離《はな》そうとしたさ。だけど、ダメだった。クモの巣にひっかかったハエみたいにしっかりと、はりついちまってた。そのうえ、列車はさらに高いところに向かって走りつづけていたから、さらに寒くなって、そのあわれな野郎《やろう》は、とうとうこごえ死んじまったそうだ。列車の屋根の上でかたまって、まるで雪ダルマみたいに動かずに、そのまま乗っていった。そのあわれな姿を見て、みんながぞっとしたそうだ。

やっと列車が停車したところで、そいつをおろそうとしたんだが、それも、とてもてまどった。素手《すで》でその凍《こお》りついた若者を屋根からひきはがすのは、ムリだった。だれかが鉄工場で使うようなガスバーナーを持ってきて、それで溶《と》かして、屋根からおろしたんだと」

ヤスはため息をついて、首を横にふった。「あの神父さんが、あたしたちに着るものをくれてよかった」そう言いながら、リュックからセーターをひっぱり出して、頭からかぶった。セーターはちょっと大きくて、そでが手までかぶさった。「サイズまでぴったり、ってわけにはいかないよね」と、ヤスは笑った。

「ありあわせの服でも、持たせてくれなかったら、おれたち、自分で何か着るものを調達しなきゃならなかったとこだよ」と、フェルナンドが言った。「夏にセーター探しなんて、うまくいかないし。とにかく、これで心配はないぜ」

あの神父は、そんなことまで考えてくれたのだ。出発の朝、朝食のあとで、神父は信者たちが寄付してくれていた品の中から、セーターと毛布を持たせてくれたのだ。かなり古くて、虫食いだらけだったけれど、山の夜の寒さをしのぐことはできそうだ。

いくつかの町を通過したあと、列車は左に急カーブし、ようやくひとつだけ山を越《こ》した。これまでなじんできた深い森から離《はな》れ、北に向かって進むにしたがい、あたりはかわいた石ころだらけの土地へと変わってきた。ぼくたちにはなじみのある景色だったけれど、なんだかよそよそしく感じられもした。

フェルナンドが言っていたとおり、そのあとは、またいやおうなく山を越《こ》えなければならなかった。いよいよ山に近づくと、谷が口をあけて、いきなりぼくたちをのみこんだ。それから、けわしいのぼりとなり、次に、急なカーブがあったかと思うと、片側は岩のかべがせまり、反対側には深い谷、というところが続いた。列車には三両の機関車がついていた。一台は先頭に、そして最後尾《さいこうび》とどこか中間に、一両ずつ連結されている。それでも、列車はたいぎそうにゆっくりとしか進まない。

最初のトンネルが近づいてきた。それほど長いトンネルではなく、入るとすぐに、出口の光が見えた。けれど、トンネルの中では、機関車のあえぎや、車輪がたてるゴロゴロという音が、何千倍にもなって、前後左右、さらに上や下からも、そこらじゅうから響《ひび》いてくる。まるで、弾丸《だんがん》を発射する銃身《じゅうしん》の中にいるみたいだった。トンネルの外に出ても、耳の中でまだその音が鳴っていた。

そして列車はまた、のぼりにかかった。まわりは殺風景《さっぷうけい》になり、空気がうすく感じられ、風は冷たくなった。

もうみんなセーターを着こんで、身を寄せあっていた。高度があがるにつれ、山々はさらにけわしくそそりたっていく。トンネルの数もふえてきた。間隔《かんかく》もしだいにせばまり、最後尾《さいこうび》の機関車がまだトンネルをぬけないうちに、先頭の機関車が次のトンネルに入りこんでいくことも多くなった。そのあいまには、底知れぬ深い渓谷《けいこく》を渡《わた》る陸橋もある。

岩のかべに沿ったカーブをぬけると、とても長いという最初のトンネルが近づいてきた。入りこむと、出口など見えもしない暗闇《くらやみ》だ。すぐに、自分の手も見えないほどのまっ暗闇《くらやみ》につつまれた。機関車のディーゼルエンジンがはき出す濃《こ》いけむりが、トンネルの天井《てんじょう》をつたって後ろに流れてきて、目がちかちかするし、のども痛くなった。顔を横に向けて、息を止めてみたりもしたが、そんなことは長くは続けられない。すぐにセキが出はじめ、息をするたびにせきこむはめになった。

やっと、トンネルの出口が見えた。外に出ると、みな、長いこと水中にもぐっていたあとみたいに、何度も深く息を吸いこんだ。きつい排気《はいき》ガスのせいで、のどがしめつけられるような感じがおさまるまで、ずいぶん長くかかった。

やっとひと息ついて、まわりを見まわすと、列車はまたのぼりにかかっていて、寒さもましてきていた。ヤスとアンジェロは、すっかり顔色が悪くなり、疲《つか》れきったようすで毛布にくるまっている。じきに、ほかの仲間も毛布にくるまった。そしてとうとう、みんなして寒さにうめきながら、おたがい寄りそってなんとかたえるしかなくなった。

はてしなくのぼりつづけているような気がする。もうもうとしたけむりにさらされて息がつまる暗いトンネルが、くり返しあらわれ、息をするのに必死だった。かと思うと、今度は目がくらみそうな谷があらわれる。さらに、氷のような風が吹《ふ》きつけてきて、ぼくたちは毛布を口までひっぱりあげ、自分の息であたたまるしかなかった。

最後のトンネルが、とにかく長かった。もうここはぬけられない、二度と日の光は見られない、と思うほどだった。みなせきこんだり、あえいだり、息をつまらせたりしたけれど、うめき声も、列車のたてる騒音《そうおん》にかきけされた。この世にはもう、騒音《そうおん》とけむりと暗闇《くらやみ》しかなくなったんじゃないか、とさえ思った。

それでもようやく、ゆっくりと明るくなっていく気配があり、頭の中で、もうだいじょうぶだ、という合図の笛が鳴った気がした。

そして、ふいにトンネルは終わった。灰色のもうもうとしたけむりといっしょに、ぼくたちはようやくトンネルの外へ出た。

体じゅうにはりついたススやよごれをはらい落とすには、ずいぶんかかりそうだ。いつのまにかヤスは、トンネルに入ると、ぼくの毛布の中にもぐりこむようになっていた。セキが止まらなくなると、ぼくのわきで体を起こしていた。

アンジェロは気絶しているみたいだった。エミリオとフェルナンドにはさまれてのびていたおかげで、列車からほうり出されずにすんだらしい。意識をとりもどしたとき、アンジェロの鼻からは、ススでまっ黒になった鼻水がたれていた。

しばらくして、やっと頭がはっきりし、ぼくはまわりを見まわしてみた。世界が――まわりの風景が、すっかり変わっていた。トンネルがあったあたりでは、雲の中をぬけていく感じだったけれど、今、その世界はぼくたちの下になっていた。かなりの高度だ。まわりはみな、雪をいただいた山々だ。メキシコでいちばん高い山、オリサバ山はすぐにわかった。標高が五千メートル以上あるという話だ。

視界ははれわたり、陽《ひ》がさんさんとかがやいていたが、まわりはごつごつした岩だらけの景色で、ひどく寒かった。メロンやサトウキビの農園なんて、どこにもない。線路ぎわの斜面《しゃめん》にはサボテンが生えている。

ヤスはセキがようやくおさまって、ほっとしたように深呼吸している。そのようすを見て、ぼくは思わず笑ってしまった。トンネルの中で機関車の煤煙《ばいえん》をかぶったせいで、顔がまっ黒だったのだ。

ヤスのよごれた鼻の頭をこすってやると、ヤスはちょっと舌を出してみせた。

「あたし、きたない？　でもミゲルだって、あたしよりましだと思う？　とうてい、きれいとは言えないわよ」

ぼくたちは顔をこすって、はりついたススをなんとか落とそうとしたが、すぐにむだだとわかった。ススは毛穴にまでしみこんでいるようだったし、こすっている手も、顔とおんなじで、まっ黒なのだから。

ぼくたちのようすを見て、フェルナンドが声をかけてきた。「きれいにしたいのはわかるが、そのままにしといた方がいいぜ。ただよごれを移動させてるだけなんだから」

フェルナンドは自分のリュックをかきまわし、接着剤《せっちゃくざい》のチューブとビニール袋《ぶくろ》をひっぱり出した。神父がくれたお金を使って、ティエラ・ブランカで買いこんだらしい。そういえば、町を出るとき、ちょっと売店に入って買い物をしていた。

フェルナンドは、接着剤《せっちゃくざい》のチューブから二、三滴《てき》、ビニール袋《ぶくろ》の中にたらし、袋《ふくろ》に思いきり息を吹《ふ》きこんでふくらましてから、中の気体を深く吸いこんだ。それを何度もくり返している。

「ケ・ブエノ！――ああ、サイコーだ！」そう言って、気分よさそうに白目をむいている。「これがなかったら、こんな高い山にはたえられないぜ。寒さも空腹も吹《ふ》っとんで、いい気分になる」

故郷のタフムルコにいたとき、ぼくも接着剤《せっちゃくざい》を吸ったことがある。さびしさや悲しさ、みじめな気持ち、おもしろくない気分にしょっちゅう襲《おそ》われて、それをなんとかまぎらわしたかったのだ。だけど、薬物から離《はな》れられなくなってしまった知りあいのことは、いつも頭にあった。中毒がひどくなって、ふらふらして歩けず、ただはいずりまわるしかなくなり、ゴミための中で暮らしているような人たちもいた。そんな人たちは、ガラスみたいなうつろな目をしていた。そのあとは、どうなってしまうのだろう？　だけど、タフムルコを出てからは、接着剤とか薬物のことなんて、きれいさっぱり忘れていた。

でも、フェルナンドの言うとおり、接着剤があれば、この寒さにもたえられるだろう。

渡《わた》された袋《ふくろ》に接着剤《せっちゃくざい》を足し、何回か思いきり吸いこんだ。なじみのあるあたたかさが、胸から体じゅうに広がっていく。いっきに気分がよくなって、トンネルの中でのあの苦しさや騒音《そうおん》や暗さも、いっさいがっさい吹《ふ》きとんだ。もう寒さも感じない。山がちっぽけなものに思えてくる。

次はヤスの番だ。ヤスは三、四回深く吸いこんだ。どうやら、はじめてじゃないようだ。ちょっとショックだった。ヤスが、フェルナンドやぼくや、ほかの仲間たちと何ひとつちがわない身の上だったことを考えれば、そんなふうに感じるのはへんだったけれど。

ヤスはエミリオに袋《ふくろ》を渡《わた》した。エミリオも同じように吸ってから、アンジェロにまわそうとして、ちょっとためらった。

「どうした？」と、すぐさまフェルナンドがたずねた。

「アンジェロはまだ小さいから……」と、エミリオは答えた。

フェルナンドは首を横にふった。「アンジェロもおれたちの仲間なんだ。みんながすることを、いっしょにやればいい。小さすぎるってことはないぜ。渡《わた》してやれよ！」

アンジェロも袋《ふくろ》をもらって吸った。アンジェロが吸い終わると、フェルナンドは袋を受けとって、しまいこんだ。

みんな、すぐにききめが出てきた。列車が標高の高い場所を走りつづけているあいだじゅう、ぼくたちはすわったまま、体の中をむずむずとはいまわるあたたかさを味わっていた。そして、トンネルも山もへっちゃらだ、という気分になっていた。

「ねえ、アンジェロ」ヤスが、みんなの沈黙《ちんもく》をやぶって話しだした。「テクン・ウマンの難民センターで言ってたけど、あんた、兄さんのとこへ行くつもりなのね？　でも、なんで？　パパやママはどうしてるの？」

「サンチャゴのとこに行きたいんだ」と、アンジェロは兄さんの名前を言った。トンネルを出たときはぐったりしていたが、すっかり回復したようだ。さっきフェルナンドが、アンジェロも仲間だ、と言ったことではげまされたのか、かぶっている毛布の中で、少し背がのびたようにも見える。「ほんとの兄さんだし。ぼくより五つも年上だし」

「そう。でも……」

「両親のことは、ぼく、なんにも知らないんだ。ずっとぼくの面倒《めんどう》をみてくれてたのは、サンチャゴなんだ。最初は、おじいちゃんとおばあちゃんの家にいたんだけどね。サンチャゴは二人とケンカしちゃって……。二人が兄さんのこと、いじめてばかりいたからだよ。それで、夜中に家をぬけ出して、町に行ったのさ。ぼくもいっしょにね」

「かんたんに言うけど……町に、だれか知ってる人がいたの？」

「はじめは、だれも知らなかった。でも、すぐに知りあいができたよ。とくにサンチャゴは、たくさんの人と知りあいになった。兄さんは人づきあいがうまいんだ。知りあった中に、町の大物のひとりがいた」

「おまえの兄貴《あにき》は、けっこうやり手みたいだな」フェルナンドがわきから口をはさんだ。「それで、どうやって暮らしてたんだい？」

「お金はほとんど、サンチャゴがかせいでくれたよ。商売をしてたんだ。ぼくだって、少しはかせいだけど……道でね」

フェルナンドが、にやりとした。「スリとか、かっぱらいとか？」

「ちがうったら！」アンジェロは、おこったように顔をしかめた。「とにかく、できることをなんでもやったんだ」

「それで、サンチャゴはいつ、合衆国へ行っちまったんだい？」

「二年前だよ。どうしても行かなくちゃ、ここにはもういられない、って。なんか、やっていた仕事のせいらしい。ぼくも連れていきたいって言ってくれたけど、やっぱりダメだった。少ししんぼうしてろ、って言われた。そんなに長いあいだじゃない、すぐにむかえに来るから、って。ちゃんと考えがあったみたいだったよ。それで、ひとりで出ていったんだ」

「つまり、あんたはひとりで置いていかれたのね？」

「サンチャゴは、ぼくをひとりで置いていったわけじゃないよ」と、アンジェロはむきになって言った。

「兄さんの友だち二人が、ぼくの面倒《めんどう》をみてくれることになった。サンチャゴはぼくのためのお金を、その二人に送ってくれていた。電話もくれたよ。そのときは、ロサンゼルスにいるって言ってた。ギャング団に入ったんだ、って。むかえに行くよ、おまえも同じギャング団に入れる、って。でも、もう少し大きくなったらな、って。だけど、そんなに長く待ってられないよ。だから、自分から兄さんのところへ行くことにしたんだ」

「ああ、それで、出てきたのね？」

「うん。まず、何カ月か働いたよ。バスの運転手の手伝いをして、お金をためたんだ」

「運転手の手伝いだって？　バスの停留所でよく小さいガキが呼びこみをしてる、あれか？」と、フェルナンドがまた、わきから口を出した。

「それ以上のことだってやってたよ」アンジェロは、おこったようにフェルナンドをにらんだ。「朝の六時には、運転手が来ないうちに、バスの準備をした。すぐに発車できるように、中の掃除《そうじ》からはじめて、オイルや冷却水《れいきゃくすい》を入れたりもね。そのあと運転手が来て、いっしょにバスに乗りこんで、停留所に止まるたびに呼びこみをしたり、運賃を集めたり、荷物を積みこんだり……。夜の九時まで働いた。夜はバスの中で眠《ねむ》った。バスが盗《ぬす》まれないように、番をしてたんだ」

フェルナンドがうなずいた。「なかなかのもんだな。チビでも、しっかりかせいでたってわけだ」

アンジェロもうなずいた。「サンチャゴがどれくらいすごい話をしてくれたか、想像もつかないと思うよ。ギャングのボスのひとりなんかは、サンチャゴの言いなりで、なんでも思いどおりにさせてくれるんだって。サンチャゴは自分の屋敷《やしき》を持ってるし、かせぎだって……」

フェルナンドが話をさえぎった。

「兄貴は、おまえが来るのを知ってるのかい？」

「ううん、いきなり行って、おどろかせてやるんだ」

ヤスがちらりとぼくにめくばせして笑った。なんだか悲しそうな笑いだった。

「きっと、おどろくわね。兄さんはきっと見つかるわ。うまくいくといいわね」

それだけ言うと、ヤスは話題を変えて、みんなが合衆国に着いたら、どうなると思う？　と、言いだした。どんなことが待っているのか。そして、どうしたらいいのか……。みんな、その話題にとびついた。ヤスとアンジェロとフェルナンドが、それぞれ考えていることを言い、ときおりエミリオも少し口をはさんだが、ぼくはずっとだまって、聞いているだけだった。となりにすわっているヤスのぬくもりを感じながら、ほかの仲間たちを順ぐりに見つめていた。

すると、ふいに、なんだかあたたかい気持ちになった。接着剤《せっちゃくざい》を吸ったからではなく、セーターや毛布のおかげでもない。こんな気持ちがわいてきたのだ。この旅はとてもつらくて、ひどく危険なものだけれど、この仲間たちとの友情は、たぶんほかでは見つけられないものなんだ、と。

みんながちょうどだまったとき、ぼくは口をひらいた。

「あのさ……。これからのことはともかくさ――うまく国境を越《こ》えられようが、捕《つか》まって送還《そうかん》されようが、ぼくたちの身に何が起こってもだよ――ぼくは、これまでのことを決して忘れないよ。とくに、みんなのことはね」

言い終わらぬうちに、ぼくは、自分がそんなことを口にしたのにおどろいていた。仲間たちもみんな、びっくりしたようにぼくを見つめている。

「おいおい、あの神父さまのお説教にすっかりやられちまったみたいだな」フェルナンドがぼそりと言った。「さあ、暗くなる前に、ほかに懺悔《ざんげ》したいやつはいないか？」

「フェルナンドったら、やめてよ」ヤスがにらんだ。「あんただって、見かけほど冷たい人じゃないの、わかってるんだから。心の底にはあったかい気持ちが眠《ねむ》ってるのよ。自分では気づかなくてもね」

「そんなこと言ってくれるなんて、礼を言うよ。これで、おれもすくわれたね」と、フェルナンドはヤスに言った。それから、ぼくの方を向いた。「いや、まじめな話、おまえの言うことはよくわかる。でも、今のおれたちの友情なんてもんはさ、今だけのものさ。そのうち、それぞれ、わかれわかれになる。遅くとも、国境を越《こ》えたあとはね。そうしたら、もう二度と会わないかもしれない。そういうことだ。それだけはまちがいない」

「そうかもしれないわね」と、ヤス。「だけど、もしもあたしたち、うまく国境を越《こ》えられたら……そのあとでいつか……そうね、何年もあとで、また会えるかもしれないじゃない？」

「そのころおれたちが、貨物列車なんかじゃなくて、どでかい高級車に乗ってればの話だろ」フェルナンドがまぜっ返した。

「ちがうのよ、あたしが言いたいのは……」

「接着剤《せっちゃくざい》なんかじゃなくて、高い葉巻を吸ってれば、かな？」

「まあ、バカね。だまって聞いてよ。あたしが言いたいのは、みんなが無事、国境を越《こ》えられて、それぞれが探してる人たちに会えたら、ほんとに幸せだってこと。みんながそうなったらいいなあ。それがいちばんんよ。ただし、ここで見つけた友だち以上の人は見つからない。そう思わない？」

フェルナンドはかぶっていた毛布をはずして、山の方角に目をやった。どんな顔をしているのかはわからなかった。あきれているのか、それとも、心を動かされているのか……。

「そのとおりだな、ヤス。いちばん暗いときでも、友情ってやつは、いつも明るいもんだよ」フェルナンドは、ぽつりと言った。

14

「おーい、若いの、こいつを受けとめてくれ！」

年配の男が、列車の屋根にいるぼくたちに向かって、声をかけてきた。そして、こちらがなんのことかわかる前に、自分のかばんを列車にほうりあげた。エミリオがとっさに立ちあがり、それを受けとめた。

男は列車の横を走って、ハシゴにとびつくと、あっというまに貨車の屋根によじのぼってきた。

「フーッ、やったぜ」男は息を切らしながら、ほっとしたような声をあげ、すぐにぼくたちの方にやってきた。「なあ、あんたら。列車が見えてきたときに、わしゃ、自分に言ったんだ。あそこに乗ってる五人の若者なら、信用できそうだ、このおいぼれアルベルトさまをきっと助けてくれる、とね」男はエミリオからかばんを受けとり、礼を言った。「つまり、このわしは、アルベルトだ。ここにすわってもいいかね？」

ぼくたちはみんな、だまっていた。それでこちらが了解《りょうかい》したと思ったらしく、男はぼくらのいる貨車の屋根にすわりこんだ。老人のようすをじっと観察してみると、うすよごれた服と顔から、もうずいぶん長いこと、列車を乗りついで旅をしているのがわかった。灰色のもじゃもじゃしたヒゲが、顔の下半分をおおっている。髪《かみ》の毛ものびほうだいで、目がほとんどかくれてしまっている。まったくさえない年よりだったけれど、なんだかにくめない感じがした。

「いつもあんなふうに、かばんを投げたりするの？」と、老人のそばにいたヤスが聞いた。ヤスは、見知らぬ人には、少しぶあいそうな調子になる。とはいえ、前ほどぶっきらぼうではない。ここまで旅してくるあいだに、少し考えが変わったみたいだ。

アルベルトと名乗った老人は、ぼさぼさの頭をふって言った。「いやね、きのう、こいつのためにあぶない目にあっちまったんだよ。列車にとび乗ろうとしたとき、かばんのベルトがからまって、線路に落っこちそうになった。それで、考えたわけだ。アルベルト、今日はもっとうまくやれよ、ってな。で、あんたらも見たとおり、先にほうりあげたわけさ」

「ぼくたちが信用できそうに見えたってだけで？」と、アンジェロがあきれたように言った。

「もちろんさ。そうじゃなきゃ、あんなことしない。だろ？　こんなつらい旅をしてるときに、たがいに助けあわなかったら、どうなっちまうんだ！　そうは思わんかな？」そう言いながら、老人は、となりにすわっていたフェルナンドの肩《かた》に手を置いた。

フェルナンドはゆっくりと老人の方に顔を向け、眉《まゆ》をしかめると、肩《かた》に置かれた手を、毒虫でも見るような目で見た。アルベルト老人はそれに気づいて、さっと手をひっこめた。そして、なんだかあわてたように話を続けた。

「それにな、何日か前のことだが、やっぱり列車の屋根に乗っていてな。もう夜で、わしゃ、とても眠《ねむ》かった。だが、おちおち寝《ね》てはいられなかった。カーブ続きで、列車が右へ左へ大きく揺《ゆ》れるからだ。そのとき、ひらめいた。ズボンのベルトを、貨車の屋根のどっかにむすんどきゃいい、ってな。で、実際そうやってみて、安心してうとうとしはじめたんだ。ところが真夜中になって……」老人は自分のかばんに手をつっこみ、ちぎれたベルトを出してみせた。「……バチンと音がして、このとおり、ベルトがちぎれちまった。何が起こったのかわからんうちに、もう、わしゃ、列車の屋根の上をころがりだしていた。たまたまそばにいた二人の人が、気がついて、捕《つか》まえてくれなかったら、わしは列車からころげ落ちていただろうよ。な、そういうことだ、わしが言いたいのは。わしらがたがいに助けあわなかったら、どうなってしまうんだ？」

老人はちぎれたベルトをまたかばんにしまうと、話を変えて、たずねた。「ところで、あんたら、腹がすいちゃおらんかな？」

午後ももう遅くなっていた。列車は、今は高原地帯を走っている。高い山々は両側にしりぞき、トウモロコシや穀物《こくもつ》の畑、サボテンや、まっ白な教会のある村々が見えた。ぼくたちは、神父が持たせてくれた食料にまだほとんど手をつけていなかったし、だれも、それほど腹をすかせていたわけではなかった。

「すいてない」と、ヤスが答えた。「それに、まだ自分の食べ物を持ってるし」と、アルベルトが、板チョコを出してみせた。

「あ、ほんとは何も食べてない、って言いたかったんだ」と、ヤスがあわてて言いなおした。「つまり、腹ペコだって」

「わしもじゃ」アルベルトはにやりと笑って、チョコレートを細かく割ると、ぼくたちに少しずつくれた。ヤスとアンジェロがまっ先に手を出し、エミリオも受けとった。ぼくも少しだけもらい、フェルナンドも、ちょっとうれしそうに受けとっていた。

最後にあまいものを口にしたのがいつだったか、もう忘れてしまった。たぶんタフムルコにいたころだろうけど、そんなの、もう大昔のような気がした。何週間どころじゃなく、何年も前のことのようで、まるで霧《きり》がかかっているみたいによく思い出せない。

集まってすわり、みんなでチョコレートをかじっていると、アルベルトじいさんが、自分はどこから来て、どんなふうにメキシコを旅してきたか、話しだした。じいさんは、フェルナンドほどではなかったけれど、なかなかの語り手だった。話しぶりがおもしろいのだ。アルベルトは、もう五回も国境を越《こ》えようとしたらしかった。そして、なんでその五回が失敗したのかということを、おもしろおかしく話してくれた。ぼくたちには、そのどれもがめずらしかった。

やがて、自分の話のタネがつきると、アルベルトじいさんは、反対にたずねてきた。「それで、おまえさんたちは、何度目の旅になるのかね？」

「うーんと……はじめて」と、ヤスが答えた。

エミリオもアンジェロも、そしてぼくも、旅ははじめてで、まったくの初心者だ、と聞くと、じいさんはぽかんと口をあけ、聞き返した。「ほんとに、ほんとかい？　どうしてそんなことが……。みんな、おっそろしく若いのに、一発でこの山までたどり着けたとは。ほかの連中にゃ、夢みたいな話だ。おまえさんたち、じまんしていいくらいだぞ」

「ぼくたちの力じゃないんだ。フェルナンドがいてくれたから、ここまで来られたんだ」と、ぼくは言ってやった。「フェルナンドは、メキシコのことをよく知ってる。どうやったら、どこをうまくぬけられるか、とか……」

そこまで言ったとき、フェルナンドが口をはさんだ。「おい、ミゲル、もうすんだことだ。ここで話しても意味ないぜ」

ちょっときつい目をして、にらんでいる。フェルナンドは、自分のことを話されるのがふゆかいらしい。これ以上は言わない方がいい。ところが、アンジェロが横からしゃべってしまった。

「フェルナンドは、マラスとも知りあいなんだよ！　本物のマラスだよ。そいつが、ぼくたちを守ってくれたんだ」

アルベルトじいさんは興味をひかれたように、アンジェロの方を見た。

「そうだよ。そのマラスのおかげで、ぼくたち、チアパスをぬけられたんだ」と、アンジェロ。

「ああ、そりゃよかった。うまくやったな。それで、いちばんの難所《なんしょ》をぬけられたわけだ。じゃがな、山だって、ひとすじなわじゃいかんぞ。このおいぼれアルベルトの言葉を忘れなさんな。油断なく目を見ひらいとくんだな」

「ここでも検問があるの？」と、ヤスが聞いた。

「えっ？　それは、まずない。やつらは、もっとふもとの方でうろちょろしていて、山ではめったに見かけない。だが、山では、山賊《さんぞく》の方がずっと面倒《めんどう》だ。まったく、おっそろしく悪いやつらでね。線路のまわりをうろついていて、襲《おそ》ってきたかと思うと、また、山の中のかくれがにひきあげていくんだ」

「どうして知ってるの？　そいつらに会ったことあるの？」エミリオが聞いた。

アルベルトは口ごもり、あごひげをなでた。その手がふるえている。それからやっと、口をひらいた。

「あいつらに、身ぐるみはがされたんだよ。四回目の旅のときだ。だが、命が助かっただけでも、めっけものさ。やつらは人の命なんぞ、ゴミほどにも思ってやしない。わしはほんとに身ぐるみはがされて、列車からつき落とされたんだ。いちばん近い村になんとかたどり着いて、そこの医者に手当てしてもらった。その医者と医者の奥《おく》さんが、まるで身内のようによく世話をしてくれてな。今でも、あの二人には感謝しているよ。このおいぼれアルベルトは、恩を忘れないんだ」

「そういうこと、ぼくらにもあったよ」と、アンジェロが口をはさんだ。「ティエラ・ブランカの神父さんが、ぼくたちを警察から守ってくれて、教会に泊《と》めてくれたんだ」

「今、ティエラ・ブランカって言ったか？　その神父さまのことなら、聞いたことがあるよ。わしゃ、まだお目にかかったことはないが、ほんとに立派な人だって話だな」

「うん、そうだよ」アンジェロがさらに言った。「ぼくたちが教会を出るときには、お金まで持たせてくれたんだ。そのおかげで、食べ物を買えて、ものごいや盗《ぬす》みをしなくてもすんだんだ」

アルベルト老人は、感心したようにうなずいていた。「いいかね、そういう人に出会えたのは、まさに幸運と言うべきだ。わしが言うことは、本当だぞ。あのときわしが出会った医者もな、わしが歩けるようになったとき、いろいろ教えてくれたもんだ。どのあたりがいちばん危険か、ということもな」

フェルナンドがそれを聞きつけて、たずねた。「じゃあ、あんた、山賊《さんぞく》どもが出る場所を知ってるのか？」

「まあ、そうだな。少なくとも、気をつけなくちゃならん場所とか、一味を見わける方法とかはな」アルベルトは言葉を切ると、ぼくたちのことをしげしげと見つめた。「なあ、お若い人たち。なんなら、わしら、いっしょに旅することにしちゃどうかな？　なにも、ずうっとってことじゃないさ。この山を越《こ》えるあいだだけだ。あんたらよりいささか年をとってるから、わしの目はかすんでるが、そのぶん、あんたらに見えないものまで見えるってこともある。言ってる意味がわかるかね？」

フェルナンドが首を横にふった。「さあね。何が言いたいんだ？」

「わしゃ、この列車の上で、連れができてうれしいのさ」アルベルトじいさんは笑った。「わしのかばんを受けとめたり、わしのチョコレートを食べたりしてくれただろ？」

確かにそのとおりだ。じいさんの申し出をことわる理由は、見つからなかった。ヤスもアンジェロもエミリオも、同じ考えのようだった。フェルナンドだけは、まだ少しうたがわしそうにしているけれど、あまり気にしない方がよさそうだ。フェルナンドは、いつだってそんなふうなんだ。あの神父さんのことだって、うたがっていたのだから。ぼくたちはみんなで、フェルナンドを説得した。しまいにはフェルナンドも肩《かた》をすくめ、アルベルトを仲間に加えてもいい、と言った。

そのあとすぐに、線路がふえ、視界がひらけた。列車がすれちがえる待避線《たいひせん》に出たのだ。もう暗くなってきていた。列車の機関士は、どうやらここで休憩《きゅうけい》をとって、食事をするつもりらしい。

ぼくたちも列車からとびおりて、近くのやぶにばらばらとわけ入った。小川を探して、水筒《すいとう》に水を補給しなくては。

ぼくはあたりをうろうろしたが、何も見つけられず、ただ歩きまわっただけだった。すぐ近くに生えていたサボテンを見て、ちょっと笑ってしまった。なんだか、西部劇の中で拳銃《けんじゅう》をつきつけられて、両手を高くあげている男のような格好だったからだ。そばに行って小便をひっかけたりしたら、おこってトゲの生えた腕《うで》でなぐりかかってくるかもしれない。本当にサボテンに向かって用を足しながら、遊び半分にとがったトゲの先をひっぱってみると、トゲはとてもかたかった。

ズボンのチャックをしめながら、ちらりと横を見ると、アルベルトの姿が見えた。だれかと話していたらしく、携帯《けいたい》をたたんで、ポケットにしまうところだった。携帯《けいたい》を持っているなんて知らなかった。

ぼくに見られたのに気がつくと、アルベルトは一瞬《いっしゅん》ためらったようだったが、すぐに近づいて、声をかけてきた。「おい、坊《ぼう》や。今、ちょうど、あの人と連絡《れんらく》がついたんだよ」

「だれのこと？」

「ほら、さっき話したお医者さんさ。あの人の家は、この近くなんだ。言ってたぜ、わしらを家に泊《と》めてくれるってね」

「えっ、ぼくたちもみんな？」

「ああ、そうさ。ちょっときゅうくつな思いをするだろうが、だいじょうぶだって。どうだい、すごい話じゃないかね？」

「ほんと、すごいや」

みんなが列車にもどってきて、次々にアルベルトの話を聞き、目をまるくした。もう暗くなっていて、これから夜にかけて冷えこむのはわかっていた。だから、今夜、屋根の下で眠《ねむ》れて、こごえなくてもすむなんて、大ニュースだったのだ。

「あんたらには想像もできんだろうな、わしが、あの人たちと会えるのをどんなに楽しみにしてるかなんて」と、アルベルトは言った。「気を悪くせんでほしいが、あの家に行ったら、食卓《しょくたく》でゲップなんてしないでくれよ」

列車がまた動きだしたときには、すっかり暗くなっていた。ぼくたちは、アルベルトにまだあれこれとたずねていた。そのお医者さんの家は、ここからどのくらいのところの、なんという土地にあるのか、家はどれくらい広いのか、子どもはいるのか……。思いつくかぎりのことを知りたかった。アルベルトは全部の質問に答えてくれた。

話を聞くかぎり、ほんとにもうしぶんない人らしい。国境の川、リオ・スチアテを渡ったときから、出会う人といえば、ぼくたちを追いはらったり、つきとばしたり、なぐったりするばかりのようだった。

それなのにとつぜん、このはてしなく広い土地で、見も知らない人が、まるで昔なじみの人にするみたいに、ぼくたちのためにドアをあけてくれるなんて！　そう思っただけで、ありがたかった。

ほかの仲間たちも、うれしそうだった。とくにヤスとアンジェロは、うれしさがおさえられないようだ。みんな浮《う》かれた気分で、これまでの旅で経験したことをしゃべりあっていた。だれかが話し終えると、別のだれかが、待ってましたとばかり、もっとすごい話を持ち出した。アルベルトはその全部に耳をかたむけ、どんな小さなことにも興味を持っているようだった。

そうして、時間はとぶように過ぎていった。列車はただがたがたと暗い中を走りつづけていたので、だれも周囲に注意をはらってはいなかった。

いつのまにか、地平に月がのぼって、少し明るくなった。それでも、列車が走りぬけていくあたりの景色はおぼろげで、不気味な影《かげ》ばかりだ。

と、とつぜん、ちらりと、何か動くものが見えたような気がした。そちらに目をこらすと、背すじにひやりと冷たいものが走った。貨車の屋根のはしに、黒い影《かげ》が見えたのだ。貨車の前方のハシゴの上に、だれかが顔をのぞかせている！

ぼくが何も言えないでいるうちに、ぼくと向かいあうようにすわっていたフェルナンドが立ちあがって、列車の後方をうかがった。ぼくもふり返る。と、貨車の後ろ側にも、ひとつの影《かげ》が、月の光に浮《う》かびあがった。いや、ふたつだ。貨車の両側のハシゴから、何人もの人がのぼってきている。

はじめ、その影《かげ》はじっと動かなかった。だが、こっちが気づいたとわかると、ゆっくりと近づいてきた。顔はよく見えない。ただ、武器を持っているのはわかる。中のひとりが、銃《じゅう》をかまえているのだ。

だれも口をきかなかったが、歓迎《かんげい》できない相手なのはわかりきっていた。思わずフェルナンドの顔を見た。その顔を見て、さとるしかなかった。ゆっくりと、まるでスローモーションのように、フェルナンドはその場にまたすわりこんだ。

「こいつらか?」と、男たちのひとりが口をひらいた。銃《じゅう》を持っている男だ。

はじめは、だれも答えなかった。だって、その男がだれに声をかけたのかもわからない。どういうことなんだ?

そのとき、とつぜん、アルベルトが立ちあがった。「そうだ、この子たちだ」

アルベルトは、少しだけためらうようにぼくたちの方を見て、肩《かた》をすぼめた。「気の毒だったな、坊《ぼう》やたち。あんたらのことは、きらいじゃなかったんだが、これが人生さ。勝つこともあれば、負けることもある。次には、いいことだってあるだろうさ」

アルベルトはその男たちの方に行ってしまった。がん、と一発なぐられたような気がした。目の前で起こっていることが、現実だとは思いたくない。だが、フェルナンドに目をやると、じっと怒《いか》りをこらえて、こぶしをにぎりしめている。

そうか、あのとき、アルベルトがだれに電話をしていたのか、やっとわかった。たぶんこのくそじじいは、最初からぼくたちをわなにかけるつもりだったのだ。ぼくらにかばんを投げてよこした最初のときから。話してくれたこともみんなでたらめの、うそっぱちだったのだ。親切なお医者さんの話も……。チョコレートをくれたのも、ぼくらをだます手口のひとつだったんだ。

「さあ、持ち物をみんな出せ」と、銃《じゅう》を肩《かた》にかついだ男が言った。「命がおしかったら、おとなしくそこにすわって、持ってるものを全部おれたちによこすんだ」

男は銃《じゅう》を肩《かた》からおろすと、ぼくたちに向けた。銃口《じゅうこう》をひと目見て、ぼくはあきらめた。あの神父さんがくれたお金を、よりによってこんなならず者に渡《わた》してしまうなんて、もうしわけなかった。けれど、そうしなかったら、おしまいだ。ぼくは、靴《くつ》の底にかくしていたお札をひっぱり出した。ほかの仲間も、お金をひっぱり出している。

ほかの男たちがそれを集めているあいだ、銃《じゅう》をかまえている男は、「よしよし」とうなずいていたが、次に「おまえらの靴《くつ》もよこせ！」と、どなった。

「靴《くつ》の中には、もうなんにもないぜ。全部、あんたらにやっちまった」と、フェルナンドが言い返した。

「だまってろ！」と、たちまち男がどなりつけた。「だれに向かって口をきいてるんだ？」

フェルナンドは答えなかった。銃口《じゅうこう》がフェルナンドの方に向いた。

「もしかして、おれたちに意見するつもりか？」

「ちがう」フェルナンドはぼそっと言った。

「いいか。おまえに口のきき方を教えてやろうか」

「いいよ、わかったよ」

「おまえがわかったかどうかなんて、どうでもいい。おれの言うことを聞いてりゃいいんだ。それとも、ナマリの弾《たま》を頭にぶちこまれたいか？」

フェルナンドはまっ青になった。目を細めて身をかたくしている。

「おれは、ひとり言を言っただけだ」フェルナンドは歯のあいだから、押《お》し殺《ころ》した声で言った。はげしい怒《いか》りがつたわってくる。

「そうか。だったらそうしてろ。今夜はもっと学ぶことがありそうだな。それじゃあ、靴《くつ》をこっちへよこせ！」

ぼくたちはみんな、靴《くつ》を男たちの方に投げた。連中は靴《くつ》の中を調べ、なんにもないのを確かめている。

「おやまあ、ほんとになんにもかくしてないのか」と、銃《じゅう》を持った男があきれたように言った。「まったく、バカ正直なガキどもだぜ。少しは残しとくもんだ。そこまでも頭がまわらんとは……」

男が山賊《さんぞく》仲間に合図すると、やつらはぼくたちの靴《くつ》を次々と列車からほうり投げはじめた。靴《くつ》が地面にあたったり、線路ぎわのやぶの中に落ちたりする音が聞こえた。

「こうしときゃ、とられた金をとり返しに来ようなんて気も起こらないだろう」

すると、フェルナンドがぼそりとつぶやいた。「その気になりゃあ、靴《くつ》がなくたって、行ってやるぜ」

すぐわきにいたぼくにしか聞こえなかっただろうと思ったけれど、山賊《さんぞく》の頭《かしら》は耳ざとかった。「おまえ、今、なんと言った？」と言って、フェルナンドの後ろに近づいてきた。

「金なんてもういらない、って言ったのさ」と、フェルナンドは答えた。

「おかしいな、そうは聞こえなかったぜ。おい、立ちやがれ。こっちを向け！」

フェルナンドは言われたとおり、しかし、のろのろと立ちあがった。

「おい、おれたちをゆるさねえって目をしてやがるな。今、こんなときにもな！　そういう気持ちは、かくしとくもんだぜ。だが、無理らしいな。今にもとびかかってきそうだぜ。おまえのようなむこうみずなやつのことなら、よく知ってるよ。おれをぶち殺してやりてえって、思ってるんだろ？　チャンスをねらってるってわけだろうが……」そう言って、少しわきに寄り、手下たちに声をかけた。「おい、この野郎《やろう》をしばりあげて、列車からほうり投げちまえ！」

二人の山賊《さんぞく》が、すぐにフェルナンドを両側から押《お》さえつけた。フェルナンドははげしく抵抗《ていこう》したが、大人二人にかかっては、どうにもならなかった。ひとりがフェルナンドの首にナイフをつきつけ、もうひとりが、フェルナンドの腕《うで》を背中にまわして、ロープでしばりあげる。

あっというまのことで、ぼくは身動きすらできなかった。フェルナンドのひきつった顔や、のどにあてられたナイフや、手首をしばったロープが、とほうもなく大きく見えた。指一本動かせなかった。

そのとき、ふいにエミリオがはじかれたように立ちあがり、「放せったら！」と、さけんだ。

山賊《さんぞく》の頭《かしら》は、エミリオの方に向きなおった。「なんだと？　インディオのクソガキが」

「放せ！　フェルナンドはなんにもしていない」

「ほう、そうかね？　よかろう、じゃあ、まずおまえからだ。自分でそう望んでるようだからな」

手下たちはフェルナンドから手を放し、ぼくたちの方につきとばした。フェルナンドは、ヤスとアンジェロとぼくのあいだに、どっとたおれこんだ。

男たちは、エミリオに向かっていった。なんだか、フェルナンドのときよりもっといい獲物《えもの》を見つけた、というようなそぶりだった。エミリオもけんめいにあらがったが、ひとりの男のこぶしがエミリオの顔にめりこみ、もうひとりが、エミリオの腕《うで》をねじりあげた。

フェルナンドは激怒《げきど》して、狂《くる》ったようないきおいで立ちあがろうとした。と、カチャリと金属音がした。山賊《さんぞく》の頭《かしら》が撃鉄《げきてつ》を起こして、銃口《じゅうこう》をフェルナンドに向けていた。銃口《じゅうこう》とフェルナンドの頭は、腕《うで》の長さほども離《はな》れていない。もう、身動きがとれなかった。

そのあいだに、二人の手下はエミリオをしばりあげてしまった。その瞬間《しゅんかん》まで、ぼくは、心の底では、列車からほうり出すなんて本気じゃない、と思っていた。いや、そう思いたかったのだ。言うことを聞かせるためのおどしだろうと……。

だが、ぼくは見てしまった。山賊《さんぞく》どもがエミリオを貨車のはしまでひきずっていき、列車から外の闇《やみ》の中に、本当に投げ落としてしまったのを。

ヤスとアンジェロが悲鳴をあげた。いったい何が起きたのか、ぼくが受けとめきれずにいるうちに、男たちはもどってきて、今度はフェルナンドを捕《つか》まえにかかった。

だけど、まさにそのとき、山賊《さんぞく》とぼくたちから少し離《はな》れていたアルベルトじいさんが、割って入った。

アルベルトは手下たちに、少し待て、と声をかけ、頭《かしら》の方に歩みよって、何か話しかけた。

頭《かしら》はバカにしたように笑った。「おまえさん、今日はどういう風の吹《ふ》きまわしなんだね？　こんな連中と、お友だちになっちまったのかね？　お人よしのアルベルトじいさんってわけか？　こんなやつ、助けてやったって、使いもんになりゃしないぜ」

「そういうことを言ってるんじゃない」アルベルトはぼくたちの方を見ながら、小声で頭に話しかけた。だけど、何を言ってるのか、ぼくにはよくわからなかった。「この先のことをよく考えてみろよ。死んじまったインディオはもうしかたないとして、大事なのは、なんの得になるかだろう？　線路のわきに、もう四つ、死体をころがしちまったら……」

「別に損にもならんだろう。おれたちは、とっくにおさらばしてる」

「そのとおりじゃ。だが、わしらは、またここらへもどってきて、仕事を続けたいじゃないか。この子たちを放してやらんか？　わしらのやり口をたっぷり見て、もう気力もうせとるだろう。警察に通報することも、できゃしない。なにせ、パスポートさえ持ってないんだからな。それに、靴《くつ》だってない。こいつらに何ができるっていうんだ？」

「じいさんよ、ごたくを並《なら》べるのはいいかげんにしな！」そう言って、山賊《さんぞく》の頭はやれやれと首をふった。「そろそろこの仕事にゃ向かなくなってきたんじゃねえのか。つきあいきれんな」

そうはいっても、アルベルトの言葉は、何か頭《かしら》の心に響《ひび》いたようだった。少したためらったあとで、頭はかまえていた銃《じゅう》を肩《かた》にかつぎなおし、ぼくたちの方に向きなおると、どなった。「行っちまえ！　列車からおりろ。おれたちのあとをつけたり、警察に駆《か》けこもうなんて考えたりしたら、死ぬことになるぞ」

ぼくたちは立ちあがり、列車のハシゴに向かって走りだした。一刻も早く列車からおり、このおそろしい連中から離《はな》れることしか考えられなかった。そして、エミリオを見つけなくては！

ハシゴをおりるときに、はだしの足はうまく段にかからず、何度もすべった。列車はかなりスピードをあげていて、強い風が顔に吹《ふ》きつけてくる。ぼくのあとから、ヤスがおりてくるのが、暗い中でも音でわかる。いちばん下の段に足をかけても、地面は見えない。線路ぎわのやぶの影《かげ》だけが、とぶように過《す》ぎていく。

「気をつけろよ！」と、上へ呼びかけてから、勇気をふりしぼって、とびおりた。

次の瞬間《しゅんかん》、さすようなひどい痛みが足の裏から全身をつらぬいた。思わず悲鳴をあげてころがり、何かにぶつかった。そして、そのまま気を失ってしまった。

15

気を失っていたのは、ほんの少しだけだったようだ。はっと気がつくと、列車が走りさっていく音がまだ聞こえていたのだから。だが、すぐに、それも聞こえなくなった。

体を動かそうとしたが、何かに捕《つか》まってしまっている。体をもぎはなそうと、思いきり力を入れると、何千本ものトゲにつきさされたような痛みが走った。目を見ひらいてみて、それがなんだかわかった。ぼくは、イバラのしげみにとびこんでいたのだ。イバラのトゲが肌《はだ》といわず服といわず、めちゃくちゃに食いこんでいた。

「ミゲル！」と、どこかで呼ぶ声がした。くぐもった声だったけれど、すぐにヤスだとわかった。

「ここだよ！　ヤス、だいじょうぶか？」

「なんとかね。待って、今そっちに行く。どこなの？」

「こっちだ。イバラの中につっこんじゃってる。なんとかひっぱり出してくれ」

ヤスがやぶをかきわけてくる音が聞こえた。やがて、すぐそばに来て、青白い月の光に照らされた姿が見えた。ひと目見て、ほっとした。よかった！　どうやらケガもしていないらしい。

「もっとましな場所に着地できなかったの？」ヤスはぶつぶつ言いながら、ぼくの方にかがんだ。

「きみより前に、とびおりてよかったよ。でなきゃ、きみがここにとびこんでたはずだ。とにかく、話より先に、助けてくれよ！」

ヤスはぼくの服にささっているイバラの枝を、はずしにかかった。何度か、自分もトゲに指をさされて、きゃっと悲鳴をあげていたけれど、それでも、めげずに手を動かしてくれた。じきに、ぼくも動けるようになり、ヤスといっしょになって、イバラの枝を体からはずしていった。しばらくすると、からんでいたイバラのやぶから、やっと解放された。

ぼくたちは線路の土手にのぼり、フェルナンドとアンジェロの名を呼んだ。かなり長いこと、返事はなかった。でも、しばらくして、二人はなんと線路の反対側から土手にはいあがってきた。アンジェロは足をひきずり、フェルナンドは頭を押《お》さえている。二人が近づくと、フェルナンドのひたいの傷がまたひらいてしまっているのが見えた。自分のTシャツをさいて、それで傷口を押さえていたが、それでも、顔じゅう血だらけだった。

ヤスが傷口をみてやろうとしたが、フェルナンドは、「こんなキズ、どうだっていい！　さわるなよ」と、ヤスの手をふりはらった。「サボテンに頭をぶつけりゃよかったよ」

「サボテンに頭をぶつけたかったの？　どうして？」と、ヤス。

「なに、かんたんなことだよ。あんなクソジジイにはめられるなんて、おれたちはひどいマヌケだったからさ！　あいつにゃ、すっかりだまされちまった。まったく、うまい手を使いやがって。ガキみたいにまるめこまれちまったな」そう言ってから、フェルナンドはアンジェロをにらんだ。「おまえのせいだぞ！　見ず知らずの野郎《やろう》に、おれたちの持ってるお宝のことをべらべらしゃべりやがって。みんないい人ばかりじゃない、ってことだ」

アンジェロはだまって、うなだれていた。

「もう少し利口《りこう》だと思っていたが、がっかりだ。さっさと、もといたとこへ帰っちまえよ」

「もうやめて、フェルナンド」と、ヤスがたまりかねて言った。「アンジェロが言わなかったら、あたしがしゃべっちゃったかもしれないわ。あたしもあの人のこと、すっかり信じてたから」ヤスはぼくの方を見た。「ミゲルだって、そうよね？」

「うん。ぼくもすっかりだまされてた」

フェルナンドは荒《あら》い息をついて、ひたいにあてていた血だらけのTシャツの切れはしを投げすてた。それから、今度はぼくの方をにらみつけた。

「そうだ、おまえもだ！　まったく、信じられないくらい利口だったよな。やつがだれかに電話してるのを見たくせに、いったいどういうことなのか、気づきもしなかった。まったく、たよりになるぜ。たいした冒険家《ぼうけんか》さ！」

すると、ヤスがおこって口をはさんだ。「フェルナンドったら！　やめなさいよ！　人のせいにばかりして。ほんとは、自分に腹がたってるんでしょ。あんたはこれまでエミリオをいじめてばかりいたのに、エミリオはあんたの身代わりになってくれたんだもの」

フェルナンドはとうとうがまんしきれなくなったらしく、爆発《ばくはつ》した。

「そんなクソみたいなたわ言はやめろ！」とさけんで、ヤスをつきとばした。ヤスはよろけて、しりもちをついた。「おれの心理を分析《ぶんせき》するのなんか、やめさせてやる！」

とっさにぼくは、二人のあいだに割って入り、フェルナンドを押《お》し返した。「ヤスに手を出さないでくれ。わかったか？」

「おれとやる気か？　そんなことしたらどうなるか、わかってるだろうが」と、フェルナンド。

ぼくの後ろで、ヤスが小声で言った。「やめて。これは、フェルナンドとあたしのことなんだから。ミゲル、そこをどいてちょうだい！」

一瞬《いっしゅん》ためらったけれど、言われたとおりにした。

「フェルナンド！」ヤスは声をはりあげた。

「おまえ、いったい何が言いたいんだ？」

「探《さが》すのよ、フェルナンド！　あたしたち、ぜったい、エミリオを見つけなくちゃ」

フェルナンドは、ふーっと深い息をつき、あごのつけ根が浮《う》いてみえるほど歯を食いしばった。それから、とつぜん、しぼり出すように言った。目がきらりと光った。「おれが気づくべきだったんだ……。あのウソつきジジイが、おれたちの金のことを聞いちまったときに、ぶんなぐってでも列車から追っぱらうんだった。そのとき気がつかなくても、ミゲルがあいつの携帯《けいたい》電話のことを話したときに、危険信号を感じなくちゃいけなかった。しくじったのは、このおれだ」

ヤスが、いきおいよく立ちあがった。「えらいわ、フェルナンド。あんただって、そんなになんでもかんでも、わからないわよ。あのとき、あんたがダメだって言ってたって、なるようになっちゃってたと思う。あんたひとりのせいじゃないわ」

フェルナンドはしぶしぶうなずいた。「バカな口ゲンカをしたな。だが、言いたかったのは、どこから今度の災難《さいなん》が起こったかってことだ。ティエラ・ブランカの神父からじゃないか」

「なんでそんなふうに考えるの？　やめてちょうだい。神父さんは関係ないわ」

「いや、少しは関係あるぞ。いや、大ありだ。あの人のことは悪く思っちゃいない。いい人だと思うよ。だけど、それが問題だったんだ。次にあの神父みたいな親切そうに見える人に会ったとき、すぐに信用しちまっただろう。それが、そもそものまちがいだったんだ。相手のことをよく知らずに信用したりしたら、おしまいなんだ。だから、こうなったのさ。もしも、あの神父に会ってなかったら、あのアルベルトじいさんなんかを仲間に入れたりはしなかった。ちがうか？」

「それは、そのとおりだ」と、ぼくもうなずいた。「まずそんなことはしなかったはずだ」

「もうやめて。そんなこと言ってても、何もはじまらないわ」と、ヤスが口をはさんだ。「ここで、ごちゃごちゃ言いあっているあいだに、エミリオはどこかでたおれたまま、助けを待ってるかもしれないのに」ヤスはフェルナンドを見つめて、たずねた。「エミリオが落とされたところから、どれくらい来たか、わかる？」

フェルナンドは、はあっと息をはき、しばらくじっと地面を見つめていた。なんだか、自分を落ち着かせようとしているみたいだ。それからまた顔をあげて、ようやく答えた。

「ざっと、二、三キロくらいだろうな」そう言うと、フェルナンドは、ふたすじ三すじと目の上にまでたれてくる血をぬぐい、列車がやってきた方向を指さした。「とにかく、行こう。線路に沿って、両側にわかれて歩くのがいい。暗くてあぶないから、気をつけろよ。枕木《まくらぎ》の上を歩け。ふみはずすなよ。はだしだから、石でケガをするぞ。エミリオの名を呼びつづけるんだ。もし、気を失ったりしていなければ……こっちの声が聞こえたら、きっと、答えるはずだ」

なかなかの作戦だった。それ以上のものは、ほかのだれも思いつきようがない。

ぼくたちは歩きだした。フェルナンドを先頭に、アンジェロ、それからヤス。いちばん後ろがぼくだ。

さいわい、少しだけ明るくなっていた。月が高くのぼり、星もかがやいている。

だが、線路のまわりは、そう遠くまでは見とおせない。せいぜい両側のやぶやサボテンが見えるだけだ。その向こうは、すべてが闇《やみ》の中だった。

枕木《まくらぎ》の上をはだしで歩くのは、骨がおれた。表面がざらざらに荒《あ》れているし、列車からもれたオイルでよごれている。一歩一歩、用心しながら歩くしかない。おまけに枕木《まくらぎ》の上にも、小さなとがった石がちらばっている。それをふむたびに、ひどい痛みが走った。

しばらく歩いてから、みんなでエミリオの名を呼びはじめた。いちばん声をはりあげていたのは、フェルナンドだ。ヤスも負けていない。呼んでから、ちょっと耳をすます。だが、返事はない。動物の鳴き声や、線路ぎわのやぶがガサガサ風に揺《ゆ》れる音ばかりだ。あたりかまわず、声をはりあげつづけたけれど、エミリオの返事はなかった。

それでも、ぼくたちは歩きつづけた。いつのまにか、ヤスとアンジェロの足どりがひどく落ちているのに、ぼくは気がついた。もう、たぶん一時間以上歩いている。エミリオが列車からほうり出された地点は、とっくに過ぎているにちがいない。ぼくも足の裏が痛くてしかたなかった。血が出ている感じがした。アンジェロはもっとひどいようすで、もう、一歩だって歩けそうにない。フェルナンドとのあいだに、ずいぶんひらきができてしまった。

「おーい、フェルナンド!」ぼくは後ろから呼びかけた。

フェルナンドが立ちどまった。でもそれは、ぼくが呼んだからではなく、両手をメガフォン代わりに口にあて、大声でエミリオを呼ぶためだった。じっと聞き耳をたてたあと、また歩きだす。もう一度フェルナンドを呼んだが、聞こえていないようだった。いや、耳を貸すつもりがないのかもしれない。フェルナンドの姿は闇《やみ》にのみこまれ、ほとんど見えなくなってしまった。

ヤスがぼくの方を見た。「フェルナンドを止めて!」と、くたびれきった声でささやく。「あの人を止めて！」

ぼくはありったけの力をふりしぼり、足をひきずりながら、フェルナンドを追いかけた。やっと追いつくと、肩《かた》に手をかけて、ひきとめた。

「もうやめようよ、フェルナンド。意味がない。エミリオが落ちたところは、とっくに過ぎちゃってるよ。アンジェロはへとへとだし、ヤスだってもう限界だ」

フェルナンドは、それでも闇《やみ》を見つめていた。まるで、今にもエミリオが、線路の向こうからぼくたちの方へ歩いてくるんじゃないかと期待しているように。

でも、すぐにうなだれ、しゃがみこんでしまった。ぼくは、はっとした。フェルナンドがひどく気落ちしているのがわかったからだ。今まで気がつかなかったのは、フェルナンドがずっとそれをかくしていたからなのだ。最初のうちは、怒《いか》りにまかせて、エミリオを探してつき進んでいるように見えた。でも、今はちがう。こんなに落ちこんだフェルナンドは、見たことがなかった。ショックだった。

「……おれが悪いんだ」しばらくしてから、フェルナンドはぽつりと言った。

「どうして？　なんのこと？」

「あのとき、列車の上で、おとなしくしてりゃよかったんだ。そうすりゃ、こんなひどいことにはならなかった」

「ああいうとき抵抗《ていこう》するのが、フェルナンドのいいとこじゃないか。そうでなきゃ、あんたらしくないよ」それがなぐさめにもならないのは、わかっていた。

フェルナンドはぼくをじっと見つめると、言った。「エミリオのやつ、死んじまったのかな……？」

「だめだよ、そんなこと言っちゃ。暗くて見つからないだけさ。そうに決まってる。フェルナンド、聞いてくれ。ぼくたち、まず、この夜の寒さをしのがなくちゃ。夜が明ければ、またエミリオを探せる。今は、少し休むしかないよ」

「おれが、どこかにへたりこんじまうなんて、本気で思ってるのかよ」

「でも、そうしなきゃ。アンジェロとヤスのためにも……」

フェルナンドは、歩いてきた方をふり返った。「あいつら、いったいどこにいるんだ？」

「さっき言ったろ。二人はもう歩けないんだって。二人のところへもどろう」

ヤスたちのところまでもどってみると、二人は寒さにふるえ、足は血だらけで、線路の上にすわりこんでいた。もうエミリオを探すどころじゃないのは、フェルナンドにもわかったようだった。どこか、夜明かしのできる場所を見つけなくては。夜が明けたら、また探そう……。

そうしているあいだにも、ますます冷えこんできて、足がこおりついたようになり、びりびりと痛みだした。

「なんとかあたたまらないと……」と、ヤスが言って、フェルナンドを見あげた。「あの酔《よ》っぱらいのおじいさんのライター、まだ持ってるわよね？」

フェルナンドは、ズボンのポケットをあちこちさぐった。

「クソ、列車からとびおりたときになくしたらしい」と、いまいましげにズボンのしりをたたいてから、フェルナンドは、急に気づいて言った。「ちがう！　リュックの中だ。リュックは……」

みんな、はっとして顔を見あわせた。荷物は全部、列車の屋根の上に残してきてしまった。リュックも毛布も、すべてなくしてしまったのだ。残っているのは、着ている服だけだった。

「ああ、火もおこせないし、毛布もないのね。きっと、こごえちゃう」と、ヤスがつぶやいた。

フェルナンドも暗い目をして、うなずいた。「どうしようもないさ。さあ、線路から離《はな》れよう。せめて、風があたらないところを見つけるんだ」

しばらくあたりをさまよって、まわりじゅうをやぶにかこまれたくぼ地を見つけた。フェルナンドが言った。

「ここにしよう。ここよりましなところは、なさそうだ。じゃあ、みんなで『カメ』になってすわろう」

「何になるんですって?」と、ヤスが聞き返した。

「前に、旅で知りあったやつから教えてもらったんだ。山で野宿するときに、どうしたら寒さをしのげるかをな。その方法が、『カメ』っていうんだ」

フェルナンドは、ぼくたちにやり方を教えてくれた。まず、輪になってひざを立ててすわる。それぞれ、自分の片足の先をとなりの人の足先にのせていき、足の先が輪のまん中でかたまりのようにまるく集まるようにする。それができると、フェルナンドは自分のセーターをぬいで、できあがった足のかたまりにぴったり巻きつけた。

「だめよ、フェルナンド」と、ヤスが止めようとした。「着てなきゃダメ。やぶれたTシャツだけでひと晩じゅうすわってるなんて、無理よ」

フェルナンドは耳を貸さなかった。「まあ、だまってな。まだ終わってないんだ。次に、おたがいの肩《かた》がくっつくまで、前にかがむ。腕《うで》も中に入れて、手をつなぐ。そのまま頭をさげる。これで、息のあたたかさでみんながあたたまるわけだ。わかるか?」

フェルナンドの声はくぐもって聞こえた。もうみんな、顔をふせていたからだ。本当に、外から見たら、カメのように見えるだろう。

「悪くないわね」と、ヤスが言った。「でも、ひと晩じゅうこうしてすわってたら、朝にはほんとにカメになってるかも。背中が痛くなりそうだし……」

「こごえ死ぬよりはいいだろう。さあ、いつもより短く息をはくんだぜ」と、フェルナンド。

しばらくすると、その姿勢になれて、楽になり、しだいに気持ちよくなってきた。仲間たちとつながっている手や足が、あたたかくなってくるのがわかった。血行がよくなったおかげで、はじめは傷の痛みがもどってきたが、それもしだいにおさまって、気分がよくなった。背中はあいかわらず寒いけれど、ぼくたちのまん中は、ほかほかとあたたかい。まるで、小さな家の中にいるみたいだ。そう、荒野《こうや》の中にちっぽけな家が建ったみたいだった。

どこか近くで、フクロウが鳴いた。すぐに、それにこたえるように、遠くで別のフクロウが鳴いた。ずいぶん遠くのようだった。コヨーテの夜の遠ぼえも聞こえてきた。ぼくはずいぶん長いこと、仲間たちの規則正しい息づかいに耳をかたむけていた。だが、やがて、眠《ねむ》けにさそわれた。

走れ、走れ、走るんだ。そうすりゃ、足があったまる。眠《ねむ》けもさめるよ！　寒いからって、立ちどまっちゃいけない。靴《くつ》がやぶけてるんだから、足を止めたら、足の指の血の気がうせて、凍傷《とうしょう》になっちまうぞ！

ぼくは、ファナの手をとって、ひっぱっていた。いやがるファナの気をそらそうと、思いつくかぎりのでたらめを言って、はげました。

石があるよ、ファナ、見えるか？　あそこで、ひっぱりあげてやるから、ジャンプするんだよ。そーら、行くぞ……！　ほら、うまくいっただろう！　さあ、どんどん走ろう。そうしないと、おくれちまう……。

二人でゴミ置き場にたどり着くまで、そんなふうに、ファナにずっとしゃべりかけていた。着いたときには、まだ朝早くて、太陽ものぼっていなかった。それなのに、あちこちから、人々が押《お》しかけてきていた。顔見知りにあいさつして、近くにすわりこみ、あたたかい灰の中に足をつっこんで、まだくすぶっているタイヤに手をかざした。じゅうぶんあたたかい。ファナのかじかんだ指をさすってやる。そこらじゅうから、腐《くさ》った肥料やゴムが燃えるにおいがしていた。

ようやく陽《ひ》がのぼり、ゴミの山の輪郭《りんかく》が見えてきた。もうじきだ。ゴミを運ぶトラックの長い列が、もうもうと砂ぼこりをまきあげて、近づいてくる。

みんな立ちあがって、車の進入路へと駆《か》け出していく。だれもが、われ先に、いい場所をとろうと必死だ。もう、知りあいもクソもなかった。ぼくも、ビニール袋《ぶくろ》をにぎりしめて駆《か》け出した。でも、ファナを先に行かせないと。目のとどくところに置いておかないと……。

最初のゴミトラックが、バックで入ってきて、ぼくたちのすぐそばで止まる。トラックはけもののようにうなりをあげている。荷台がぐっと持ちあがって、ゴミやがらくたがガラガラと音をたてて落ちはじめた。空《あ》き缶《かん》、ダンボール箱、古着などが、なだれのように落ちてくる。

だれもがそのゴミの山に向かって、死にもの狂《ぐる》いで駆《か》けよっていく。ファナはいちばんチビだったけど、いちばん足が速い。ファナより速いのは、上空から猛《もう》スピードでおりてくるノスリやカラスだけだった。ぐずぐずしてはいられない。すぐに、ブルドーザーがやってきて、ゴミの山をならしにかかる。

その前に、仕事を終えなければ……。

ファナとぼくは、手なれたコンビだった。陽《ひ》が高くのぼってゴミ置き場が暑くなり、そのにおいにたえられなくなる前に、ぼくらのビニール袋《ぶくろ》はいつもいっぱいになった。その袋《ふくろ》をかついで、ゴミを売り、いくらかの金を手にするために、町に出かけていった。

そして、夕方、家にもどるころには、もう暗くなっていることが多かった。そんな日々が長く続いていた。でも、そのころはまだ、ママがいた。あの晩までは。

あの晩、ママは言った。もうあんたたちを、ゴミ捨て場なんかにやりたくないわ、と。ママはここを離《はな》れて働きに行くわ、そんなに長いことじゃない、すぐにもどってくるから……だから、もう二度と、ゴミ捨て場なんかに行かないでちょうだい、と……。

16

翌朝、ザワザワという音で目がさめた。

顔をあげ、目をあけると、ほの明るい空にしめっぽい霧《きり》が流れていた。目の前のやぶの中にヤギが一頭いて、じっとこっちを見ながら、草をはんでいる。が、すぐに向きを変えて、またザワザワと音をたてて、どこかへ行ってしまった。

体が冷えて、こわばっていた。手と足だけはあたたかい。フェルナンドが教えてくれた「カメ」のおかげだ。それでも、背中はこおりついたように冷たく、まるで大きな万力《まんりき》ではさまれていたように、きりきりと痛んだ。立ちあがって、頭の後ろで手を組みあわせ、何度か深呼吸する。

そのうち、ほかの仲間も目をさまし、のびをはじめた。ヤスとアンジェロは、自分たちがどこにいるのかわからないように見えた。フェルナンドが二人の足もとから、セーターをつかんで容赦《ようしゃ》なくはぎとると、やっとわれに返ったようだった。フェルナンドは言った。

「いい夢は終わりだ。自分の身は、また自分で守るんだぜ」

フェルナンドはいきおいよく立ちあがり、セーターを着こむと、両腕《りょううで》を風車のようにぐるぐるまわした。「よし、ちゃんと歩けそうだな。もう動きださないと」

そうだ、エミリオだ！　いっきにエミリオのことがよみがえった。エミリオはどうやって、ひとりきりで夜をやりすごしたのだろう。

ぼくたちは立ちあがり、体をあたためようと、そこらじゅうをぴょんぴょんはねてまわった。そのうちにすっかり明るくなり、もうぐずぐずしてはいられなかった。

ぼくたちはすぐに、ゆうべ離《はな》れた線路へもどっていった。フェルナンドとアンジェロが線路の向こう側を、ヤスとぼくがこちら側を探しながら、もと来た方へもどることにした。ゆっくりと注意深く、線路ぎわのやぶや、しげみや、くぼみを、どこかにエミリオの姿がないか、そうじゃなくても、何か手がかりがないかと、目で確かめながら……。

長いこと、なんの手がかりもなかったし、だれにも会わなかった。ところが、とつぜん、さけび声がした。アンジェロの声だ！　そっちへ行こうとしたが、アンジェロはすぐに、線路の上にあがってきてさけんだ。

「ヤス！　これ、きみのだよね！」

アンジェロはほこらしげに、ヤスの靴《くつ》の片方を高く投げあげた。すぐに、ぼくとヤスはアンジェロに駆《か》けよった。

フェルナンドも走ってもどってくると、「おい、どこで見つけたんだよ？」と、聞いた。

「やぶにひっかかってたんだよ。先っちょが見えたんだ」

「よーし。なら、ほかの靴《くつ》も近くにありそうだな。探してみようぜ！」

ぼくたちは、投げすてられた靴《くつ》を見つけようと、広がって探しはじめた。しばらくすると、線路のまわり百メートルほどの範囲《はんい》で、靴《くつ》は全部見つかった。エミリオのものまでだ。どの靴《くつ》も傷だらけで、穴もあいていたけれど、さいわい、はけないほどじゃなかった。みんな、大喜びで線路まであがってきて、それぞれの靴《くつ》に足をつっこんだ。

「ふう、靴《くつ》をはくのって、いい感じ。もう少しで、足の裏がすりへっちゃうとこだった」ヤスが、しみじみと言った。

「まったく、そのとおりだな」フェルナンドは言うと、エミリオの靴《くつ》の泥《どろ》をこすり落とし、右と左の靴《くつ》ヒモをむすんでつなぎ、自分の首にぶらさげた。「それじゃあ、出発だ！　エミリオが落ちた場所とおれらの靴《くつ》が捨てられた場所は、そんなに離《はな》れちゃいなかった。あいつは、この近くで落とされたんだ。さあ、シラミつぶしに探そうぜ」

靴《くつ》が見つかったことで、ぼくたちははげまされた。それに、陽《ひ》が高くのぼり、あたたかい陽ざしのおかげで元気ももどってきた。フェルナンドの言うとおりだ。エミリオが列車からつき落とされた場所は、このあたりから遠くないはずだ。みんないきおいよく立ちあがり、また夢中になって、エミリオを探しはじめた。

それから二時間ほど、ぼくたちは歩きまわり、大声でエミリオを呼びながら、線路沿いのやぶをくまなくかきわけて探しつづけた。たとえエミリオは見つからなくても、エミリオがまだ生きているのか、あのあとどうなったのか、少しでもわかるような手がかりを見つけたかった。

そうしているうちに、もう昼近くになっていた。そのときぼくは、目の前にあるのが、きのうの晩、自分がとびこんで、ヤスに助けてもらったイバラのやぶだ、ということに、ふいに気づいた。

線路まで駆《か》けあがり、少し先に行っている仲間たちに向かって、ぼくはさけんだ。「止まれ！　もう、そっちを探してもむだだ」

フェルナンドがすぐもどってきて、こちらを見あげた。「なんでだ？　どうしたんだ？」

「この場所、わかるだろう？　ぼくらがゆうべ、列車から落ちたところだよ。もう、エミリオが落とされた場所はずいぶん過ぎてしまってる」

フェルナンドは背すじをのばし、なんだか決心がつかないようすで、髪《かみ》をかきあげている。それでも、ぼくの言ったことはわかったらしく、ゆっくりとこちらにあがってきた。すぐに、ヤスとアンジェロももどってきた。みんながっくりして、線路にすわりこんでしまった。

「何も見つからなかったな。線路ぎわにも、まったく手がかりがない。どういうことだ？」と、フェルナンドが言った。

「わからないけど……でも、これって、悪いしるしじゃないかもしれないわ。そう思わない？」と、ヤス。

フェルナンドは聞こえていないみたいに、じっと遠くをにらんでから、ぽつりと言った。「もう一度、もどって探さないと」

ヤスが首を横にふった。「むだよ。もう、探しつくしたわ。エミリオが列車から落ちて死んだり、ひどいケガをしてたりしたら、きっとどこかで見つかったはずよ。でも、どこにもいなかった。ということは、なんとか生きのびて、自分の足でどこかに移動したってことでしょ。見つからなかったってことが、エミリオがまだ生きてる証拠《しょうこ》じゃない？」

フェルナンドは、それでも暗いまなざしで、ヤスを見返し、うめくようにつぶやいた。「おれたちより先に、だれかがエミリオを見つけたってこともあるんじゃないか？　でも、こんなとこで、だれがあいつを見つける？　人なんか、いやしないのに」

フェルナンドは何か迷っているようすで、ぼくたちが歩いてきた線路を、ゆううつそうに長いこと見つめていた。だが、ぼくたちの方にまた顔を向けたときには、少しだけ希望がわいたみたいに、けわしい表情がやわらいでいた。

「そうだな、ここじゃ、何があってもおかしくない」フェルナンドはヤスに向かって言った。「いいさ、おまえが言ってることが正しいとしよう。エミリオはたぶんまだ生きている。ケガはしてるだろうが、なんとか生きのびたんだ。列車から転落して無傷じゃいられないだろうけど。骨がおれたってこともありうる。たぶん、落ちて気を失ってたんだ。でなきゃ、おれたちが探して呼んでるのが、聞こえたはずだ。でも、ゆうべの状態はわからないよな？　ずっとあとで、意識がもどったのかもしれないし」

「そうね、そうかもしれない」と、ヤス。「エミリオの身になって考えてみようよ。まっ暗な中で、ケガしていて、身動きもできず、泥《どろ》だらけで、しかもひとりぼっちで、でも、列車からつき落とされても死ななかった。そして、少しは動けるようになったとしたら……。ここからがむずかしいわね。エミリオはどうしたかな？」

ぼくは思いつくまま言った。「線路に沿って歩きだしたんじゃないか？　列車のあとを追ってさ。ぼくたちを見つけようとして……」

「そうね、そうかもしれない。だけど、まず、だれかに助けをもとめたかもしれないでしょ。こんな山の中だって、どこかに人がいるはずだもの」

フェルナンドは、じっとひとりで考えこんでいた。しばらくして、まだ首にかけているエミリオの靴《くつ》を見つめながら、やっと口をひらいた。

「列車のあとを追った、なんてことはないだろう。あいつは、あまい夢を見るようなタイプじゃないよ。それに、おれたちが、同じように列車からほうり出されたことも知らないんだ。わかるわけがないだろう？　いいか、エミリオはもっと地に足がついてるやつだ。あいつは考えたはずだよ。たとえおれたちが生きていたとしても、もうとっくに遠くへ行っちまってるし、おそらく二度と会うことはないだろう、ってな」

　フェルナンドの言うことには、なるほど筋道《すじみち》が立っていた。いかにも、エミリオが考えそうなことだった。

　最初に知りあってから今まで、エミリオは決して何かをごまかしたり、ありそうもないことを願ったりはしなかった。ものごとをありのままに受け入れるのが、エミリオのやり方だった。だったら、今もそれは変わらないんじゃないか？

　ぼくは言った。「わかったよ。ヤスの言ってるとおりだと思う。エミリオは助けを探しに行ったんだ。でも、どっちへ行ったのかなあ？」

「農家を探したんじゃないかな？」と、アンジェロが口をはさんだ。

「なんで？」

「だって、エミリオがいちばん信用しているのは、農家の人だもの」

　ヤスが笑いだした。「そのとおりね。エミリオにおにあいなのは、ちっちゃな農家だわ。あたしも、なんだかそんな気がする」

「じゃあ、出発だ。日はまだ高い！　エミリオを見つけよう。メキシコじゅうの農家を探してまわることになってもだ」フェルナンドがそう言って、立ちあがった。

　それは、かすかな手がかりだった。草の葉に、まわりの草とくらべてほんの少し黒ずんだ縞《しま》が、ところどころついていた。最初にそれに気がついたのは、アンジェロだ。ぼくたちは、気づかずに通りすぎてしまっていた。アンジェロが、その草の葉についているかわいた茶色の縞《しま》は、血のあとだ、と気づいたのだ。

一日じゅう、ぼくたちは、鉄道の周辺に農家がないかを探して、歩きまわっていた。だが、農家が見つかっても、エミリオを見かけた人も、助けを呼ぶ声を聞いた人さえ、ひとりもいなかった。ぼくたちは両手をあげて、武器なんか持っていないし、悪いことをするつもりもない、ということをわかってもらおうとしたけれど、だれもがぼくたちと話したがらず、ぼくたちのぼろぼろの身なりを見ただけで、すぐに自分たちの土地から追いはらおうとした。犬をけしかけてきた人さえいた。この土地の人たちは、山を越《こ》えてきたやつらなど、信用していないのだ。

日が暮れる少し前、鉄道から二、三キロも離《はな》れたあたりで、ぼくたちは小さな農家を見つけ、最後にそこで聞いてみることにした。そこに向かっている途中《とちゅう》で、アンジェロがその茶色いしみのついた草を見つけたのだ。血がかわいたような小さなしみがところどころの草についていて、それが、向こうの農家の方に続いている。

農家に近づいたとき、ヤスが言った。「でも、わからないな。もし、あれがエミリオの血だったなら、線路の近くでも見つかったはずじゃない？」

「いや、あそこらは石ころだらけだったし……」と、フェルナンドが首を横にふった。

「でも、血ならわかるわ！」

「あいつ、はだしでずっとここまで歩いてきて、足から血が出はじめたのかもしれない。それとも、線路のあたりじゃ見落としていたってこともある。おれたちは、追跡《ついせき》のプロってわけじゃないんだし」

血のあとは、向こうに見える農家をかこむ柵《さく》の方へ、まっすぐに続いているようだった。念のために、地面にかがんでよく調べてみると、その血のあとは点々と続いて、その先に、農家の納屋が見えてきた。

フェルナンドがみんなに、静かにしろ、と口に指をあててみせた。そして、ぼくたちは身をかがめて、納屋の方にしのびよっていった。戸をあけ、そっと中のようすをうかがう。

納屋の中は、真新しい干し草のにおいと、しめった木のにおいがした。うす暗くて、目がなれるのにしばらく時間がかかった。しばらくして、屋根をささえている梁《はり》と、頭の上に、干し草を積みあげた二階が見えてきた。ハシゴがひとつ、二階に向かって立てかけてある。

ヤスとアンジェロとぼくが、つったったまま小屋の中を見まわしているうちに、フェルナンドはもうハシゴに足をかけ、干し草を積んだ二階にあがっていった。しばらく二階を歩きまわる足音が聞こえていたが、やっと上からこちらに顔をのぞかせた。

「だれか、ここに寝《ね》ていたようだな。あちこちに血のあとも残ってる」

「エミリオかしら？」と、ヤス。

「わからない。ほかには何もない。でも、だれかがいたことは確かだ」

ヤスもハシゴまで行って、いちばん下の段に腰《こし》をおろした。

「エミリオだったかもしれないわよね？」顔をあげて、ぼくを見る。「列車から落とされたけど、助かって、線路からどうにかして離《はな》れたのよ。そのうち、月明かりでこの農家が見えたから、寒さをさけようとしてこの納屋に入って、干し草の中にもぐりこんだんじゃない？　朝になったら、だれかが助けてくれるかもしれないと思ったのかも……」

「ああ、そうかもしれない」と、フェルナンドが二階で言った。二階の床《ゆか》のふちから足をぶらぶらさせている。「ずっと、考えてたんだけどな……血のあとはこの納屋まで続いてた。だけど、ここから出ていったようなあとはないいんだ」

「自分でなんとか足の傷を手当てしたんじゃないかな。それとも、夜のあいだに血が止まったのかも。そんなこと、たいして重要じゃないわ」

「そうかなあ」と、フェルナンド。「ここの人に聞いてみなきゃ、よくわかんないよ。さあ、下におりるぞ。場所をあけてくれ」

ヤスが立ちあがると、フェルナンドはハシゴをおりてきて、髪《かみ》をかきあげ、服についた干し草をばさばさたたき落とした。それがすむと、改めてぼくたちの方に向きなおった。

「みんなで、いっしょに行かない方がいいと思うな。さもないと、いつものようにあやしまれて、話をするひまもなく、とっととうせろって、追いはらわれちまうだろう？」みんなのようすをしげしげと見ていたフェルナンドは、アンジェロに目をとめた。「おまえが聞きに行ったらどうだ？　おまえなら、きっとだれも……」

そのとき、とつぜん、納屋の戸がバタンと大きな音をたててあいた。フェルナンドの言葉は途中《とちゅう》で立ち消えになり、外の光がとびこんできた。

すぐに男がひとり、中に入ってきた。どんな男かはよく見えない。わかるのは、その男が銃《じゅう》を持っていて、こちらに向けていることだけだ。同時に、犬がほえながら、中にとびこんできた。納屋のかべがぐらぐら揺《ゆ》れそうないきおいで、ほえたてている。

ぼくたちは雷《かみなり》にうたれたような感じで、指一本動かせなかった。はじめは身動きもできなかったが、やっと少しずつあとずさりした。すぐに、せなかが二階をささえている柱にぶつかった。

「あんたら、何者だ？　ここになんの用がある？」と、男が言った。なんで犬をけしかけたりするんだ？　ぼくにはわからなかった。

最初はだれも返事をしなかった。が、フェルナンドが一歩前に出て、短く答えた。「人を探してたんです」

男は一瞬《いっしゅん》ためらったが、チッと舌を鳴らして、犬にほえるのをやめるよう合図した。「で、だれをだね？」

「友だちのエミリオです」と、ヤスが答えた。「山賊《さんぞく》たちに、列車からつき落とされたんです。なんとかして見つけないと！」

それを聞くと、男は銃《じゅう》をおろし、二、三歩こちらに近づいた。それで、前よりはよく見えるようになった。かなり年をとっていて、せなかがまがっている。おそろしげなところは少しもなく、むしろぼくたちと同じで、ひどくこわがっているように見えた。

「いい子にしてな、カリート」そう犬に声をかけると、またぼくたちに向きなおった。「泥棒《どろぼう》みたいにあつかって、悪く思わんでくれ。あんたらの友だちをあんなふうにした連中の、仲間じゃないかと思ったんだ」

それを聞いて、すぐにぴんときた。エミリオのことを知ってるんだ。会ったんだ！　たぶん、話もしたにちがいない！

「それじゃあ、エミリオはここにいたんですね？」ぼくより早く、ヤスがたずねた。

「ああ、いたとも」

「やっぱり、エミリオの血のあとだったんだ」と、フェルナンド。「どんなようすでした？　ケガはひどいんですか?」

「そうだな、ぴんぴんしてたとはとても言えないよ。わかるだろ? 服はぼろぼろだったし、体のあちこちに血がにじんでいてな。とくに、足がかなりひどかった。見たところ、骨はおれていないようだったがね。がまん強い子だよ。きっと、なんとか切りぬけるだろう。二、三週間もすれば、たぶんよくなるはずだ」

ぼくたちはもう、だまっていられなくなった。きのうの晩、何があったのか、エミリオはなんて言ってたのか、それに、今どこにいるのか……次から次へ質問をぶつけていった。老人は、まあ待ってくれ、というように両手をあげてみせ、納屋の戸口にもどり、外のようすをちょっとうかがうと、戸をしめた。そして、たのむような目つきで言った。

「どうか、静かにしてくれ。女房《にょうぼう》はまだ気づいていないようだから、そのままにしといた方がいい。とても心配性なんだよ、わかるだろう?」

老人は飼い犬のそばに行き、せなかをなでて落ち着かせようとした。犬はすわってはいたが、まだ、ぼくたちをうたがわしげに見ていて、今にもまたほえだしそうだったのだ。

「それじゃあ、ゆうべのことを話そう」ようやく、老人は顔をこちらに向けて言った。「じゃが、話がすんだら出ていってくれると、約束してくれないか。その方がいい、おたがいのためにな」

「どっちみち、おれたち、ここにじっとしているつもりなんかないです」と、フェルナンドがすぐに答えた。「エミリオを見つけたいだけなんだから」

「わかった。では、聞いてくれ。あれはゆうべの、もう真夜中を過ぎていたと思う。庭で物音がしたので、わしは目をさました。窓から外をのぞくと、あんたらの友だちがこの納屋にしのびこもうとしているのが見えたんだ。女房《にょうぼう》を起こさないようにして、ひとりでようすを見に来てみた。すると、その子は上の干し草の中にころがって、うめいていたのさ。すぐに、こわがるような相手じゃないとわかった」

「エミリオを助けてくれたんですね？」と、ヤス。

「医者に連れていってやろう、と言ったんだが、いやがってね。だから、わしができるかぎりの手当てはしてやったよ。それから、毛布と靴《くつ》を持ってきてやった。うちの息子の靴《くつ》さ。息子は、今は町に出ちまったから、必要ないしな。それで、納屋で寝《ね》てもいいが、朝には出ていってほしい、とたのんだんだ。そうすりゃ、女房《にょうぼう》があの子を見て、こわがらなくてすむからね。あの子はちゃんと約束を守ってくれた。今朝わしがここをのぞいたときには、もう立ちさったあとだった」

フェルナンドはいらいらしたように、指を動かしていた。「話はわかったけど、どっちへ行ったんです？」

「そりゃ聞かなかった。すまんね。だが、あの子はほとんど口をきかなかったんだよ」

みんな、ちょっとほうにくれた感じになった。とはいえ、エミリオが生きていて、それほど重傷《じゅうしょう》でもなさそうで、あの寒い夜を無事にしのぎ、何より、少しは歩けるようになったとわかって、ほっとしていた。

それでも、エミリオはまだここにいるのかも、とか、そうでなくとも、この近くで会えるのかも、と思いはじめた矢先だったから、喜んでいいのかどうか、よくわからない気分だった。

ところが、だれかが何か言ったり、身動きしたりする前に、とつぜん納屋の戸があいた。先ほど老人が入ってきたときのような、大きな音はしなかった。戸が、そっと少しだけあいたのだ。そのすきまから、年配の女の人がこちらをのぞきこんでいる。

「この人たち、いったいだれなの、アントニオ？」

これはきっと、老人の奥《おく》さんだ。老人が戸の方へ行き、女の人とぼくたちのあいだに立った。

「なんでもないよ、マリア。家に入ってなさい。心配ない、列車で国境を越《こ》えようとしてる人たちだよ」

奥《おく》さんは少しためらっていたが、すぐ戸を大きくあけ、内側に立っている夫を押《お》しのけるようにして、ぼくたちを見た。

「ポル・ディオス！――なんてこと！　まだ子どもじゃないの！」奥《おく》さんは大きな声をあげると、すぐに夫をきつい目でにらんだ。

「あなた、どこに目をつけてるの？　ごらんなさい。この子たちがおなかをすかせているのが、わからないの？　すぐ家の方に連れてってちょうだい」

「いや、この子たちは、そんなひまはなさそうだったんだよ」と、アントニオと呼ばれた老人は、言いわけをした。「今すぐ、出かけようとしてたんでな」

「そんなこと、どうでもいいわ。この子たちを見てごらんなさい」奥《おく》さんはぼくたちにウィンクしてみせ、うむを言わせぬ口調《くちょう》で言った。「つべこべ言わないで、ついてらっしゃい！」

そして、さっさと外に出ていってしまった。ぼくたちはどうしたらいいかわからず、動けなかった。

老人はちょっと何か考えていたが、ため息をついて言った。

「まあ、いいさ。たぶん、かみさんの言うとおりだ。あんたらを、このまま追っぱらうのはいけないよな」

それから少し声をひそめて、続けた。

「だが、天に誓《ちか》って、ひとつだけ約束しておくれ。かみさんには、あんたらのケガをしていた友だちのことや、その子が何をされたかなんて話は、しないでほしい。ぜったい、だまっていてくれ！」

17

低い天井《てんじょう》。けむりでいぶされて黒くすすけたかべ。ひびの入ったつぼ。ドアにかけられている聖者の絵。歩くとギシギシきしむ床《ゆか》。かまどの上につるされた薬草のたば。

どれも、なじみがあるものばかりだった。まるで、昔にもどったみたいな気がした。目をとじて思い出さなくても、今、目の前に、ぼくが生まれた田舎の小さな農家があるみたいだった。においまで同じだ。山からとってきた材木のかぐわしいかおり。まきが燃えるにおいと、パンを焼いた、ちょっとこげくさくこうばしいにおいがまざった、あたたかい炉《ろ》のにおい。それに、ちょっぴりしめったカビのにおいもする。グアテマラの田舎の農家が、ありありと思いうかんだ。

この家のおかみさんは、とてもいい人だった。話すこともかざりけがなくて、すすけたかべのこの小さな部屋にふさわしかった。まなざしも、にごりがなく正直だった。この家やおかみさんは、ぼくたちが列車の旅で経験してきたこととは、まったく正反対の世界に属しているようだった。

納屋から家にまねき入れられたぼくたちは、台所のテーブルに着き、おかみさんが手ぎわよく用意してくれた手料理に舌つづみをうった。肉が少し入った、玉ねぎたっぷりのチリビーンズに、あたたかいトウモロコシパンがそえてある。ぼくたちは本当に腹ぺこだったから、よそってもらったものを残らず、がつがつたいらげた。最後には、お皿の上に残ったソースまで、パンですっかりふきとり、まるでなめたようにきれいにしてしまった。

ところが、そのあと、アンジェロがつい口をすべらしてしまったのだ。食べているあいだは、ほとんど口をきかなかったのに……。

老人は、だまってぼくたちのようすを見ていたけれど、ぼくたちのだれかが、うっかりあのことをもらすのではないかと、なんだか心配そうな顔をしていた。おかみさんの方は、ずっとテーブルとかまどのあいだを行ったり来たりしていたが、やっと落ち着いて、ぼくたちと同じテーブルにすわり、あんたたちは、こんなへんぴな土地で何をしてるの、と興味しんしんでたずねはじめた。この近くには駅もないし、線路だってかなり遠いのに、と。

「友だちを探してるんです」と、アンジェロが、まだパンのかけらで皿をぬぐい、最後のひと口をのみこみながら、もごもごと答えてしまった。ヤスがひじでアンジェロのわき腹をこづいたけど、もう遅《おそ》かった。

「友だちって、だれのこと?」おかみさんが聞き返した。

アンジェロは食べるのをやめた。顔がまっ赤になっている。「ぼ、ぼく……お二人に、まるで友だちみたいに親切にしてもらったって、言いたかっただけです」と、アンジェロはとりつくろうように言ったが、おかみさんは眉間《みけん》にしわを寄せた。

「ねえ、坊《ぼう》や。あたしゃ、目はあんまりよくないけど、耳はちゃんと聞こえるのよ。あんた、友だちを探してるって言ったわ。その友だちって、いったいだれのことを言ってるの?」

アンジェロはうつむいて、だまっていた。ぼくたちも何も言わなかった。ヤスはテーブルの下で足をぶらぶらさせ、フェルナンドはわざとらしく、歯のあいだを爪《つめ》の先でほじっている。

おかみさんは、老人の方を見てたずねた。「アントニオ！　いったい、どういうことなの？」

アントニオ老人はしばらく口ごもっていたけれど、それですむわけがなかった。しまいには、ぼくたちが、ゆうべこの家の納屋で一夜を明かした少年のことを探しているのだ、と説明するほかなかった。

「……わしはその子に食べ物をやって、毛布も持っていってやったんだよ。おまえはよく眠《ねむ》っていたから、そのことはだまっていたんだ。心配させたくなかったからね」

おかみさんは、あきれたように老人をまじまじと見た。「あたしが、助けを必要としている子どもをこわがると思ったの、アントニオ？　それで今まで、かくしていたってわけ？」

「いや、別に、かくしとったわけじゃないんだよ。まあ、落ち着いてくれ。ただ、その子は、少しばかりケガをしていてね。おまえに見せたくなかったんだ。それだけだよ」

おかみさんは、何か考えこむような目で夫を見つめていたが、すぐにぼくたちの方を向いた。「お友だちに何があったの？　あんた、フェルナンドっていったわよね。いちばん年上みたいだから、あんたが話してちょうだい！」

フェルナンドは歯をほじるのをやめ、背すじをのばしてすわりなおした。老人の方を見てから、おかみさんに向きなおると、事のしだいを話しだした。アルベルトと名乗った年よりが、ぼくたちの列車に自分のかばんをほうりあげてきたときから、この納屋にたどり着くまでのことを、洗いざらい……。一度せきを切ったように話しだしたら、もうだれにも止められそうになかった。

フェルナンドが話すにつれ、おかみさんの顔が、不思議なくらい変化していくのがわかった。真向かいにすわっていたぼくには、それがはっきりと見てとれたのだ。おかみさんは、はじめは目をまるくして聞いていた。やさしそうな黒い瞳《ひとみ》をぱちくりさせて、親しみをこめた笑みを浮《う》かべていた。だが、やがて、その明るさは消えてしまった。しだいに気持ちが暗くなっていくのがわかる。そして、フェルナンドがゆうべのことを話しだし、凍《い》てつくような夜を過ごし、今日になって、エミリオの血のあとをたどってきたところまで話が進んだときには、おかみさんのほおに涙《なみだ》がつたっていた。とうとうおかみさんは、両手で顔をおおって泣きだしてしまった。

　ぼくたちは、どうしてよいかわからなかった。なぜ、ぼくたちの話がそれほどまでにショックだったのだろう？　もちろん、おかみさんはやさしい人だから、ぼくたちの身に起こったことがかわいそうでならなかったのかもしれない。だけど、それだけではなさそうだった。

「わしらの息子のことは、もう話したが……」と、こちらもしょんぼりとすわっていた老人が、口をひらいた。「町へ出ていったと話したが、じつは、そうじゃないんだ。あいつは、あんたらと同じように、故郷を捨てて出ていったのさ。北へ向かって……そう、合衆国へな。自分の運をためしに行く、と」

「あたしたちの国の人たちだけじゃなかったんだ」と、ヤスが言った。

「そうとも、メキシコでも、そうなんだよ。こんな山奥《やまおく》でのまずしい生活に、将来の希望なんかありはしない。わしらの息子も――あんたらより年は少し上だったが――この土地でずっと暮らしていく気にはなれなかったんだ。ひと月ほど前に、出ていってしまった。はじめのうちは、二、三度連絡《れんらく》があったんだが、そのあとは音信不通だ。息子も、あんたらのように列車にとび乗ったらしい。とても心配だよ」老人はひとつため息をついた。「それに、女房《にょうぼう》のこともな。だから、あんたらの友だちに起きたことを、知らせたくなかったんだ」

「でも、あたしたちの災難は……」と、ヤスが割りこむように口をはさんだ。「とびぬけてひどい目にあっただけ。だれもが、あんな目にあうわけじゃありません」

おかみさんは顔から手を放し、かぶりをふった。

「わたしを安心させようとしてくれてるのね。でも、あんたたちのことをよく見たら、どんなにつらい目にあってきたか、よくわかる。かくしきれるもんじゃないわ、まだ小さいのに……」おかみさんは、フェルナンドの方を見てつけ加えた。「あんただって、そうよ」

エプロンからハンカチを出して涙《なみだ》をぬぐうと、おかみさんは、チリビーンズの入った深皿を指して、すすめてくれた。「さ、もう少し、お食べなさいな。食べのこしが出るのはいやなのよ」

ぼくたちは顔を見あわせた。最初はだれも手を出そうとしなかった。この部屋の重苦しい空気の中で、たらふく食べようなんて気にはもうなれなかったのだ。ぼくたちがためらっているのを見て、おかみさんは、深皿をぼくたちの方に押《お》してよこした。

「さ、あたしを喜ばせてちょうだいな。あんたたちの世話ができれば、あたしも元気になれるわ。もしも神さまがこのようすをごらんになっていたら、ほかのどこかでだれかが、うちの息子のために何かしてくれるように、きっとはからってくださるわ」

そう言われると、話は別だった。ぼくたちはまだ、満腹《まんぷく》というわけではなかったからだ。まだ腹ぺこだったと言ってもいい。いや、たとえ満腹だったとしても、もう少し食べられるなら大歓迎《だいかんげい》だ。これから先、すぐにまたひもじい思いをするのは確かなのだ。だから、食べられるものはなんでも、喜んでいただいておこう。ぼくたちは深皿をひきよせ、あっというまに空《から》にしてしまった。

食べ終えたあとで、フェルナンドがとつぜん、イスの下に置いていたエミリオの靴《くつ》をとり出した。エミリオを探しているあいだずっと、首からさげていた靴《くつ》だ。それを今、この家の主人とおかみさんの前にさし出している。

「こいつを、とっておいてくれませんか。エミリオの靴《くつ》なんだ。エミリオはあんた方から靴《くつ》をもらったから、もうこれはいらない。あんた方が、あいつにできるかぎりのことをしてくれたしるしに……」

アントニオ老人は少しとまどったようだったが、すぐに笑って、それを受けとった。

「いいかね、あんたらの友だちのことは心配ないよ。今ごろは、ずっとよくなっているはずだ。わしがケガの手当てをしてやったから、言うわけじゃないがね。今ごろあの子は、自分が行くべき道にもどってるはずだ」

「どうして、そんなことわかるんですか？」と、フェルナンドが聞いた。

「そうさなあ。あの子はあまり口をきかなかったけれど、なぜかわかるんだ。あの子の目を思い出すとね。あの子は仲間たちのところへもどろうとしている。それが、あの子にはいちばん大事だったはずだ。つらい経験から学ぶタイプの子だよ。これ以上はうまく説明できんが、そんなふうに感じたんだよ」

フェルナンドは、何かじっと考えこんでから、ゆっくりとうなずいてみせた。アントニオ老人が言ったことはもっともだ、と思ったのだろうか？　ぼくも、エミリオがまだ旅を続けられるなら、もしかしたら、ぼくたちとまた合流できるんじゃないか、と希望をいだいていた。だから心のどこかで、今聞いたことは本当だろう、と思うようになっていた。

知らないうちに、もう外はとっぷりと日が暮れていた。アントニオ老人は、泊《と》まっていくようにと言ってくれた。そうすれば、明日には元気をとりもどして、線路へひき返し、旅を続けることができるだろう、と。

「この家で寝《ね》ていいからな。あんまり広くはないが、みんなで身を寄せあえばなんとかなる」

ありがたい話だと思ったけれど、フェルナンドだけは首を横にふった。

「おまえたちは、そうさせてもらえばいいさ」と、ぼそっと言った。「おれは、納屋で寝《ね》ることにする。エミリオが寝《ね》てたとこでな」

おかみさんが、フェルナンドの腕《うで》に手を置いた。「そのエミリオって子、あんたのいい友だちだったのね。そうでしょ?」

フェルナンドはびくりとして腕《うで》をひっこめ、眉間《みけん》にしわを寄せた。でも、そのうち表情がやわらいだ。何を考えていたのだろう? そのあいだが、とても長く感じられた。

フェルナンドは、すわっていたイスをふいに後ろにひいて立ちあがり、戸口から出ていこうとした。でも、半分ほど外に出たとき、立ちどまってふり返り、言った。

「そのとおりですよ。エミリオはおれの友だちだった。これまで気がつかなかったけれど」

それから少しあと、ぼくたちは結局みんな、納屋の干し草の上で横になっていた。母屋《おもや》の暖炉《だんろ》のそばで寝《ね》られるなんて、まるで天国みたいな話だったけれど、やはりフェルナンドが言ったとおりだと、みんな感じていた。エミリオはいなくなってしまった。ひょっとしたら、二度と会えないのかもしれない。でも、この納屋にいれば、エミリオの気配を少しだけでも感じられるような気がしたのだ。

アントニオとおかみさんは、ぼくたちに毛布を何枚かくれた。それに加えて、ここの住所と二人の名前、それに、出ていった息子さんの名前を書きこんだカードも手わたされた。二人は言った——もしもどこかで息子のことを耳にしたら、自分たちに知らせてほしい、と。だけど、ぼくたちが向かう国はあまりに広い。息子さんの消息なんて、わかりはしないだろう。むだだとわかってはいたけれど、ぼくたちはきっとそうする、と約束した。この夫婦には、とてもお世話になったのだ。だから、二人のわずかな希望をつぶしてしまいたくなかった。

納屋で横になり、毛布にくるまると、ヤスとアンジェロはすぐに寝息《ねいき》をたてはじめた。フェルナンドはぼくの向かいのすみっこに横になっている。そこはまっ暗で、姿は見えなかった。けど、まだ起きていて、何か考えごとをしているのが、気配でわかった。

「ねえ、フェルナンド！」と、そっちに向かってささやきかけた。

干し草が動いて、フェルナンドが頭をもたげたのがわかった。でも、何も言わない。

「墓場で夜明かししたときのこと、おぼえてる？　タパチュラでさ」

それにも返事がなかったけれど、じっと聞いているのはわかる。

「あのとき、朝早く目がさめたんだ。まだ明るくなりはじめたころにね。フェルナンドは出かけていたよね。おぼえてるかな？　ぼくたちの朝飯を調達しに行ってくれていた。でも、そのときは知らなかった。どこへ行ったんだろう、って思ったら、こわくなっちゃったんだ。フェルナンドがいなくても、旅を続けられるのかって。ぼくたち、あんたをすっかりたよりにしてたから……」

また、干し草がカサコソ動いた。フェルナンドはひじをついて起きあがったらしい。

「マジでそう思ってたのか？」と、声がした。

「うん、そうだよ」

「なんだよ」フッと笑う声。「おまえ、ときどきおもしろいことを考えるよな。まあ、おれがいないとこまったのは事実かもしれないが、そのときはおれのことなんか、まだよくわかってなかっただろうに。なんだって、おれのこと、そんなに信用してたんだい？」

「まあ、そうだけど。エミリオだって、あんたのこと、よくわかっちゃいなかったよ。でも、信じてた」

「なんでわかる？」

「エミリオが、そう言ってたもの」

「あいつが、おれを信じてるって？」

「そうだよ。あのとき、ぼくはみんなに、思ってたことを言っちゃったんだ。もしかしたら、あんたはもうもどってこないんじゃないか、って。ヤスとアンジェロは、それを聞いてショックを受けてた。でも、エミリオだけは、これっぽっちもあんたをうたがったりしなかったよ。フェルナンドはぼくたちといっしょに行く、そんなこと考えるな、と言ってた」

しばらく沈黙《ちんもく》が続いた。それから、フェルナンドがまた干し草に横になる気配がした。

「なんで、今、その話をしたんだ？」

「わからない。エミリオのこと、考えずにはいられなくて……。そしたら、このことを思い出したんだよ。これって、いかにもエミリオらしいだろ？」

フェルナンドは深く息をついた。また、ガサゴソと体を動かす音がしたと思うと、すぐ耳もとで声がした。「なあ、あいつ、今どこにいると思う？」

「あれこれ考えたんだけど……。ここのおじいさんが、最初にエミリオのことを話してくれたときには、エミリオは北を目指してるんじゃないか、と思ったんだ。ぼくたちに会えるように、最後は国境まで行くはずだ、って。でも、今はちがうって気がしてる。さっき、おじいさんが言ってたことの方が本当じゃないかな。仲間たちのとこへもどろうとしている、って。仲間って、ぼくたちのことじゃないよ。その方が、ほんとにあいつらしい」

「そうだな、おれもそう思う。考えれば考えるほど、そんな気がする」

「エミリオが言ってたこと、おぼえてる？　イステペックのぼろ家でたき火をかこんで寝《ね》たときさ」

「ああ、なんかしゃべってたな。これまでどうやって暮らしてたとか、そんな話だったろ」

「うん、でも、ゲリラのことも言ってなかった？」

「そうだ、はじめは、ゲリラのいる山岳《さんがく》地帯に行こうかと迷った、と言ってたな。そうだ、確かにそう言ってた。じゃあ、あいつ、考えなおして、山の方に向かったのかもしれないな」そこで、フェルナンドは口ごもった。ふいに、肩《かた》をつかまれた。手さぐりでぼくを探し、肩《かた》をつかんだのだ。

「おまえの言うのが正しいのかもな」と、フェルナンドはつぶやいた。頭をなやましていたなぞの答えを、やっと見つけたみたいな口ぶりだった。「ぜったいそうだ！　あいつがおれたちのあとを追ってこないとしたら、理由はそれだ。あいつは、そもそも最初にしようと思ってたことをしなくちゃいけない、と気づいたんだ。エミリオがもどってゲリラに加わったら、まずいちばんに何をするか、わかるか？働いてた農園にもどって、仕返ししてやるはずだ。あのクソみたいな連中に……ええと、どんなやつらだっけ？」

「管理人だったと思うよ」

「そうだ。管理人と、そのせがれたちだったな。あいつは、足につけられたキズのひとつひとつに仕返しするんだ。やつらが生涯《しょうがい》忘れられないくらい、こっぴどくな。それが、ゲリラに入れてもらうためのテストにもなるんだ。それにパスしたら、正式のメンバーとしてみとめてもらえるってわけだ」

「そうだね。エミリオのすごさは知ってるだろ？　あいつ、きっとすぐに、若いゲリラのリーダーになれるよ」

「おまえの言うとおりだ。いや、それだけじゃない。ほんとのリーダーにだってなれる。そうなったら、あいつ、どういうふうだか、わかるか？」

「わからないな。どんなふうなの？」

「めったに口をひらかないが、意思がかたくて、ものに動《どう》じないリーダーだ。一日に、せいぜいふた言か三言しかしゃべらない。たとえば、『そいつをつるせ！』とか、『焼きはらえ！』とか、『捕虜《ほりょ》を解放しろ！』とかさ。でも、その言葉は、腐《くさ》った政治家どもが長々とまくしたてることなんかより、ずっと意味がある。そのうち、やつの名は、あらゆる人の口にのぼるようになる。テレビにも、新聞にも、ネットにもあいつの名が出てくる。そしたら、おれたちは言うのさ。この男、知っているぞ、ってな」

フェルナンドの顔は見えなかったが、気分がすっかり変わっているのがわかる。少し前まではひどく沈《しず》みこんでいたのに、心にのしかかっていた大きな石がころりと落ちたみたいだった。ぼくたちは横になったまま、どんどん話をふくらませていった。ようやく話すタネがつきると、フェルナンドが最後にこう言った。

「そして、いつかは……いつか、人々はこう言うのさ。すべては、メキシコの山の中ではじまったんだ、と。真夜中の列車の上で、のちに人々に知られるようになるエミリオが生まれたんだ、と。この場所で……ここで、すべてがはじまったんだと」

18

ぼくの両側に、ふたつの輪が見える。暗闇《くらやみ》の先に、小さな光る輪が。ぼくの右側にひとつ。左側にもひとつ、そう、ヤスとアンジェロの向こうにだ。輪の向こう側は明るい。ぼくがいるところは、うす暗くて静かだ。でも、暗闇《くらやみ》につつまれているのも悪くない。何かに守られている気がする。外には光があふれているけれど、そこには危険も待ちかまえているはずだった。


山地を出るのに二日かかった。

線路わきの、自分たちの靴《くつ》を見つけたあたりで、ぼくたちはまた、列車がスピードを落としたところで、とび乗った。そのあとは、なかなかつらい道中になった。

最初の日は、まあよかった。だが二日目には、また以前のように空腹がこたえだした。しかたなく列車をおり、いつかのようにノウサギみたいな動物を捕《つか》まえようとしたが、エミリオみたいにはいかなかった。それでしかたなく、線路ぎわの村をまわって、ものごいをすることにした。

アンジェロがいてくれたのは助かった。アンジェロは、路上で生活していたことがあったから、ほどこしをもらうコツをよく知っていたし、人がひと目で同情したくなるような子だったからだ。すぐに、みんなでぞろぞろと人家をたずねるよりは、アンジェロをひとりでやった方が、うまくいくことがわかった。

二日目の夜には、もう山から遠ざかり、とても大きな町の近くまで来ていた。左手に、もうその町が見えてきた。霧《きり》の中から頭をのぞかせる塔《とう》や高いビルだけでなく、えんえんと続く家の群れも見えた。すぐ近くには、工場やショッピングセンターもあるようだ。

日が暮れたとき、列車は、その町の近郊《きんこう》のレチェリアの駅に入った。この地方でいちばん大きな貨物駅らしい。フェルナンドが言うには、これまでの中でいちばん大きな駅だそうだ。

フェルナンドが用心深くようすをうかがって、合図した。ぼくたちは安全そうな場所で列車からとびおり、フェルナンドのまわりに集まった。フェルナンドはぼくたちを、駅から少し北へ行った小さな野原へ連れていった。そこでひとまず身をひそめることになった。野原には、古い大きな下水管がいくつかころがっていたので、その中にもぐりこんで夜を明かすことにした……。


そして、今、朝が来た。下水管の両側から、最初の朝陽《あさひ》がさしこんできていた。

「アイ、アルゴ・パラ・コメール？――ねえ、何か食うもんない？」起きあがるなり、アンジェロが声をあげた。それから、いたた、とうめいた。四人で寝《ね》るには下水管はせますぎて、おりかさなるようにして寝《ね》ていたから、みんな、体のふしぶしが痛くなっていた。

ヤスが食料の袋《ふくろ》をがさがさやった。「もうあんまりないな。トルティーアがちょっとと、バナナがひと房《ふさ》あるだけ」

ヤスがそれをみんなに分配してくれた。食べているあいだ、外では人の声が響《ひび》いていた。ここにいるのがぼくたちだけじゃないことは、ゆうべからわかっていた。下水管の中には、もう人が入りこんでいるものもあったし、野原の暗がりにも、そまつななりをした人たちが、寝《ね》ころんだりすわったりしていたのだ。

「にぎやかになってきたね」ぼくはだれにともなく言った。

「そうだな。国境へ行く列車はみんな、このレチェリアから出るからな」フェルナンドがそう言って、下水管のかべをたたいた。カンカンと金属性の音が響《ひび》いた。「だから、この町にたどり着いて、さらに鉄道で北に向かう連中は、みんなこのへんに集まってくる。貨物駅からは見えないくらい離《はな》れているけど、そんなに遠くはないから、列車のスピードはまだあがっていない。とび乗るのにちょうどよさそうな場所が三、四カ所ある。ここも、そのひとつだよ。さあ、来いよ。あたりのようすを偵察《ていさつ》しとかなきゃ」

ぼくたちは外にはい出した。ゆうべ来たときはもう暗くなっていたので、ここがどんな場所なのか、はっきりとはわかっていなかった。

野原のまわりには、工場がたくさん立ちならんでいた。四角い建物からつき出している煙突《えんとつ》から、灰色のけむりがもくもくとあがっていて、まるでそこらじゅうが火事になっているみたいだ。そのけむりのあいだから、テレビアンテナを高く立てた、かしいだ家々の屋根がのぞいている。

工場のあいだに、列車の線路が四、五本通っていた。線路の土手は、まるでゴミ捨て場のようだった。古タイヤやぼろ靴《ぐつ》やこわれた家具などが、ところせましと捨てられている。

ぼくたちのいた野原は、線路の近くだったのだ。遠くに牛が何頭かいて、わずかに生えている草をはんでいた。なんだか、牛が野原に捨てられているように見えた。下水管の上やわきには、ぼくたちの同類みたいな人たちがいた。中には、ぼくたちと同じように下水管から外へはい出してきたばかり、というようすの人もいる。

チアパスからこちら、北へ向かう人々はあまり見かけなくなっていた。しばらくぶりに見ると、なんという変わりようだろう！　チアパスのあたりでは、人々はまだ元気で、希望を持っていた。だが、ここにいる人たちはみんな、やせこけて目の下にクマがあり、ひどく弱っているらしく、こきざみにふるえたり、苦しげにゼイゼイ息をしたりしている。ぼくたちだってきっと、たいして変わりはないのだ。いつもいっしょにいるから、おたがいの変わりように気づかないだけなのだ。

ちょうど、北に向かう列車が轟音《ごうおん》をたてて通過していった。終わりがないのでは、と思えるくらい長い列車で、通り終えるまで、気が遠くなるほど長くかかったように思えた。

最後尾《さいこうび》の貨車がようやく工場のあいだに消えていくのを見おくりながら、ヤスが言った。「さあ、どうするの、ここから先は？」

「そうだな、北へ向かう道がひとつしかない、ってのがやっかいなんだ」と、フェルナンドはしぶい顔をした。「以前は、たいていの者が、ずっと西のティフアナへのコースを使ったんだけどな。そう、カリフォルニアとのあいだの国境だ。だけど、あそこにはかべができちまって、今じゃアリ一匹《びき》入りこめやしない。だから、ノガレスを目指すやつも多い。ティフアナからもっと東へ行ったところだ。そこだと、国境の向こうは砂漠《さばく》だけだから、入りこみやすくて楽なんだ。だが、そっちへ行くと、水もなくて、日ぼしになっちまうってことだ。だから、リオ・ブラボへ向かうのがいちばんいい。あそこが、いちばんチャンスがある」

「それって、大きな川なんでしょう？　どうやって行ったらいいの？」と、ヤス。

「川に近い、いちばんでかい町は、シウダー・フアレスだ。だが、おれに言わせれば、ヌエボ・ラレドに行った方がいい。ここからなら、そっちの方が近いし、川を越《こ》えるのも楽だからな。何よりおれは、つまり、そこにはちょっとばかり貸しがあるんだ」

「どんな貸しがあるの？」

「なあ、ヤス、今は聞かないでくれ」フェルナンドはいやそうに手をふって、そっけなく言った。「向こうに着いたら話してやるよ」

「今、知りたいんだけど」と、ヤスは食いさがった。「そんなとこ、行きたくない。あんたがもめごとをかかえてる場所なんかに」

フェルナンドはこまったような顔になった。「信用してくれよ、な？　ヌエボ・ラレドがいちばんいいんだ。あとのことは、おれだけの問題なんだよ。話すにはまだ早いというだけだ。まずは、そこにたどり着かないと」

「だから、どうやって行ったらいいの？」

二人がケンカをはじめそうなので、ぼくは割りこんだ。「どの列車に乗ったらいいか、わかるの？」

「それが問題なんだ。ここにいる連中で、それがわかっているやつはいないよ」と、フェルナンドが言った。「北へ向かう列車はみんな、このレチェリアを通るけど、どこ行きの列車かは、着いてみないとわからない」

どうしたらいいかわからず、ただ線路を見つめて立ちつくしていると、ふいに、後ろでしのび笑いが聞こえた。ふり返ってみると、ぼくらがゆうべもぐりこんで寝《ね》ていた下水管に、背《せ》をもたせかけてすわっている男がいた。ずっと前からいたはずはない。でも、ぼくたちの話を聞いていたようだ。

「ああ、ほんとにやっかいな列車だな！」と、その男はまた、くっくっと笑いをもらした。かなり目立つすきっ歯《ば》で、小さな眼は赤くなっていて、ウサギの目のようだ。男は言った。「列車の行き先がわからない、だって？　どうぞお乗りください、ただ乗りのお客さま方、わたくしめがお送りもうしあげましょう。次はヌエボ、ヌエボ・ラレドでございます、ってか！　貨車に表示がなきゃ、あんたら、わからないのかね？　なんなら、夜でもわかるように、電光表示もあればサイコー、ってわけか」

フェルナンドは、暗いまなざしで男を見た。男の冗談《じょうだん》が少しもおもしろくない、というようすで、はきすてるように言った。「何か言いたいことがあるのか？　ないなら、うせろ」

男は聞こえないふりをした。ぼくたちを順ぐりに見まわして、ヤスに目をとめて言った。「そこにいるあんた、なんて名だったっけ？　ヤスだって？　男の子の名前か、それ？」

フェルナンドが、むっとした調子で言った。「関係ないだろ。自分の頭のハエでも追ってろよ」

「おれは見てたんだよ」と、男はかまわずヤスに向かって続けた。「フェルナンドのことなんて眼中にない、といわんばかりだ。「あんたが下水管からはい出してきて、のびをしていたのをね。あんた、男の子じゃないだろ？　ひょっとしたらゲイボーイかとも思ったが、あんた、ほんとは女の子なんじゃないのかい。おれのカンが正しけりゃ、たぶんあんたは、このあたりでたったひとりの女の子だね」

フェルナンドが男につめよって、どなりつけた。「うせろ！　それも、今すぐにだ！」

男はにやりと笑った。「もしイヤだと言ったら、どうするね？」

「そのアホなウサギづらを、ぼこぼこにしてやるぜ」

「へえ、腕《うで》におぼえがあるんだねえ」男は顔をそむけて、歯のすきまからぺっとツバをはいた。「だが、ちょっと落ち着けよ。女だ男だなんてこたあ、どうだっていいんだ。よく聞きなよ！　おれは、もっとおだやかに話をしようと思ってたんだ。つまり、ヌエボ・ラレド行きの列車の見わけ方を教えてやろうとね」

フェルナンドは、うさんくさそうに男を見つめて言った。「どうやって見わけるんだよ？　あんた、千里眼か？」

「いや、おれはただ、ちゃんと目をひらいて見てるだけだよ。まあ、それだけのことはあったよ。よおく見ているとな、北行きの貨車には、ときどき会社のロゴマークがついてる。たとえば、ティファナにしか貨物を送らない会社のロゴとかな。ノガレス方面行きのロゴもあるし、ヌエボ・ラレド行きもあるんだ。よく観察してれば、その列車がどっち方面に行くかは、あんたにもわかるんだ。どうだ、かんたんだろう？」

フェルナンドはだまってしまった。学校の生徒みたいにあしらわれて、頭にきているようだった。

「あんまりにらむよ」と、男は笑いながら言い、ぼくたちの方を向いた。「あんたらは、メキシコの北部は、はじめてなのかい？　なら、よく聞きな。できるだけ遠くまで連れてってくれる列車を、うまく捕《つか》まえることだ。南の方とはちがって、こっちでは線路がよく整備されているから、列車のスピードはずっと速い。かんたんにとび乗ったり、おりたりはできないよ。だが、国境まで行く列車に乗れたら、もうとびおりる必要はない」

男が話しているあいだ、フェルナンドはそっぽを向いて、少し離《はな》れていた。男の話にまるで興味がなさそうなそぶりを見せていたけれど、しっかり聞き耳をたてているのが、ぼくにはわかった。

とにかく、男の話は、理《り》にかなっているような気がした。ぼくはたずねてみた。「こっちでは、貨車はどうなってるの？　どういう貨車がいちばんいいの？」

「ああ、いい質問だな。貨車だって、南の地方とはまったくちがうんだ。いいか、貨車の屋根になんか、ぜったい乗るんじゃないぞ。線路の上に、高圧線のケーブルがはってある。たとえさわらなくても、その真下を通過しただけで、感電して死んじまう。おまけに、鉄道会社があちこちに監視員《かんしいん》を置いている。監視所《かんしじょ》に立って、列車を見はってるんだ。だから、貨車の中にもぐりこむのがいちばんだ。貨車の横に大きな引き戸がついてるから、入りこんだら、そいつをしめるんだ。そうすりゃ、国境までがたがた揺《ゆ》られていくだけでいい」

男は、ほかにもいくつか教えてくれたあと、少し離《はな》れたところにいる別のグループの人たちと話をしに行ってしまった。ぼくたちは、積みあげられた下水管の落とす影《かげ》の中にしゃがみこんで、貨物駅から列車が出るのを待っていた。動きだす列車があるたびに、あわてて立ちあがったけれど、どの列車も、貨車にあの男が言っていたようなロゴマークはついていなかった。男は、今ではほかのグループに入っていたが、列車が動くたびに、のびあがって品定めし、あれはダメだ、というように、こっちに合図してくれた。

そうしているうちに、昼になった。そして、ようやくその時が来た。工場のあいだから、列車ががたがた出てくると、待ちに待ったロゴマークが見えたのだ。あの男は指をつき出し、両腕《りょううで》で線路の方を指してみせた。

はじかれたように走りだしたのは、ぼくたちだけではなかった。空き地にたむろしていた人たちのほとんどが、走りだしていた。ヌエボ・ラレドを目指しているのは、ぼくたちだけじゃないんだ。

その列車は、おそろしくたくさんの貨車をひいていて、みんながもぐりこむのにじゅうぶんな場所がありそうだ。人々が貨車にとりついて、ドアをあけようとしているのが見えた。見たところ、たいしてむずかしくはないようだ。工場のあいだを走っているうちは、列車はまだゆっくりと動いていたから、列車にあわせて走るのはかんたんだった。ぼくたちも、列車にもぐりこむ人の列に加わった。

フェルナンドとアンジェロが、目ぼしい貨車にあたりをつけた。ヤスとぼくは、その後ろの貨車に向かった。ふた手にわかれて、よさそうな車両にはいあがることにしてあったのだ。ヤスがぼくのわきを走っているうちに、ぼくが先にタラップに足をかけ、引き戸についているレバー式のカギを下にひきおろした。

重たいドアがまるでスローモーションのように横にひらいていくと、貨車の中には木箱がぎっしり天井《てんじょう》まで積みあげられていて、一ミリのすきもなかった。がっかりしているところへ、前の車両からフェルナンドの声がした。こちらに合図している。アンジェロとフェルナンドは、うまくいい貨車にあたったようだった。

「あっちだ、前の貨車！」と、ヤスに声をかけたが、そのときには、ヤスはもうそっちへ駆《か》け出していた。ぼくもとびおりて、あとを追った。前の貨車に追いついたときには、フェルナンドとアンジェロがもう、ヤスを中にひっぱりあげていた。すぐにぼくも、ひきあげてもらった。

こちらの貨車には、セメント袋《ぶくろ》が積まれていた。きちんと積みあげられている場所もあったが、乱暴に投げこまれたままのところもある。荷役《にえき》の労働者が手をぬいたか、積みあげる時間がなかったのかもしれない。おかげで、ドアの内側に、全員がすわれるじゅうぶんな空間があった。

「おい、セメントの袋《ふくろ》をひとつ、こっちへ持ってきてくれ！」フェルナンドがぼくに言った。「そいつでドアを押《お》さえるんだ」

「ああ、ぼくもそうした方がいいと思ってたところさ」

「しゃべってないで、さっさとやれよ！」

中に走って、セメント袋《ぶくろ》をひとつ持ちあげようとしたが、おそろしく重かった。しかたなく、ずるずるとひきずっていく。フェルナンドはドアのところに立って、ドアが完全にしまってしまわないように押さえていた。袋《ふくろ》を受けとってドアにはさむと、ほっとひと息ついて床《ゆか》にしゃがみこんだ。

ぼくは、空き地であの男が言っていたことを思い出して、聞いてみた。「でも、あの人、言ってなかったっけ、ドアはしめとけって。でないと、線路の監視員《かんしいん》に見つかっちまうって」

フェルナンドはちょっととくいげに、にやりとした。「そんなのダメさ。そんなことしたら最悪だ。一度しっかりドアをしめちまったら、内側からはもう、あけられないんだ。外からしかあかないんだぜ」

「それじゃ、とじこめられちゃうの？」

「ああ、わなにかかった子羊ってところだ。検問にあって警察に捕《つか》まっちまう。その前に、中は砂漠《さばく》みたいに暑くなっちまってる。しめっきりで、風がぜんぜん入ってこなくなるんだからな。からからにひからびちまうぜ」

「でも、あの人、そうしろって言ってたよね？」

「だから、あんなやつ、浅知恵《あさぢえ》もいいとこだっていうんだ」フェルナンドは笑った。「貨車のロゴのことは知ってたから、ま、いいとしよう。どこかで聞きかじったんだろうな。でも、そのあとのことについちゃ、このとおり、なんにもわかっちゃいない」

列車はどんどんスピードをあげていた。しばらくはまだ工場地帯で、セメント袋《ぶくろ》をはさんだドアのわずかなすきまから、工場や倉庫が矢のように通りすぎていくのが見える。頭の上には確かに、クモの巣みたいな架線《かせん》ケーブルが走っている。やがて、町はずれにさしかかり、列車はさらにスピードをあげた。

あっというまに町が遠ざかる。もう、とび乗るなんて不可能な速さだ。

フェルナンドはドアのすきまのところに陣《じん》どって、ドアにはさんだセメント袋《ぶくろ》が外にずり落ちたり、はずれたりしないように見はっていた。ぼくもそのとなりにすわっていたので、外の景色がよく見えた。セメント袋《ぶくろ》がちょうどいい背もたれになるので、ぼくたちはそれに寄りかかっていた。もちろん、快適とはいえなかったけれど、とにかく、いつかのように大雨にうたれたり、屋根からふり落とされそうになったり、前方からとんでくる低い木の枝にたたかれたりせずにすむだけで、ずいぶんのんびりできた。

列車がカーブにさしかかった。フェルナンドは列車の外へ身を乗り出して、あたりのようすを確かめると、貨車の中に体をひっこめながら言った。「監視員《かんしいん》の姿なんか見えないぜ。どの貨車も、屋根の上に人はいないようだな。検問を受けずにすむチャンスがでかくなる。まずは、順調だ」

すると、ヤスが言った。「ところで、空き地で、貨車の屋根はダメだって教えてくれた人だけど……だれか見かけた？　あの人も、この列車に乗ったのかな？」

ぼくは肩《かた》をすくめた。貨車とドアのことしか頭になかったから、気にもしていなかったのだ。ほかの仲間も、あの男がどうしたかは知らなかった。

フェルナンドがそっけなく言った。「どうでもいいさ。それはそうと、ほかの連中は、あいつの忠告をまともに聞いたらしい。貨車のドアはどれもほとんどしまってるぜ。みんな、水をじゅうぶん持ってるといいがな。さもないと、悲惨《ひさん》なことになる。もしかしたら全滅《ぜんめつ》だな」

ヤスはぼくたちの荷物の袋《ふくろ》に目をやって、力なく笑った。食料はもう何も残っていなかったけれど、飲み水を入れた大きなペットボトルは二本入っていた。アンジェロがどこかで空のボトルをもらってきたおかげで、途中《とちゅう》で、井戸《いど》や水道の蛇口《じゃぐち》から何度も水を補給することができた。節約して使えば、一昼夜くらいはもつはずだ。

　列車は規則正しい音をたて、走りつづけている。麦畑や放牧地のある、うねうねと波うつような丘《おか》が、後ろにとんでいく。牧草地で馬に乗っている人たちが、古い西部劇に出てくるカウボーイのように見えた。ときどき、奇妙《きみょう》な形をしたサボテンとか、白かべの村も姿を見せた。どれくらいのスピードが出ているのか、国境までどのくらいこうして乗っていることになるのか、頭の中で計算してみようとしたが、正確なところはわかるはずもなかった。

　午後の時間が過ぎていった。二度ほど、フェルナンドが沿線の立ち木の上にとりつけられている監視《かんし》所《じょ》を見つけて、さっと立ちあがった。そのたびにフェルナンドは、ドアにはさんであったセメント袋《ぶくろ》を中にひっぱりこみ、ドアが完全にしまってしまわないように、自分の手をはさんで押さえていた。監視《かんし》所《じょ》が見えなくなってから、ようやくまたセメント袋《ぶくろ》をもとにもどすのだった。

　ようやく日が暮れはじめた。なんだか日が暮れるのが、南の地方よりもこっちの方がずっと遅いような気がした。列車は畑の中をひたすら走っていく。ひまをつぶし、空腹を忘れようと、ぼくたちはずっとおしゃべりを続けていた。エミリオのこと、あの農家の夫婦のこと、神父さんや国境のこと……。いっしょにこの旅で経験したことや、おたがいがまだ知りあう前のことも、思いつくことはなんでも口にした。ぼくは、ベラクルス行きの列車で会った男のことを話した。あの人は、また会える、と言っていた。借りは返すから、と……。

　ようやく夜になって、星が出てきたときには、もう、とびおりてしまいたいくらいだった。どこかでトウモロコシ畑を見つけ、おなかいっぱいたらふく食べて、風が心地よくトウモロコシの葉を揺《ゆ》すっているのを聞きながら、畑のうねに寝《ね》ころがって気持ちよくぐっすり眠《ねむ》るのだ。だけど列車は速すぎて、とびおりたり、とび乗ったりなんてできはしない。レチェリアで会った男が言っていたことを、忘れるわけにはいかなかった。北部では、一度列車をおりたら、かんたんにまたとび乗るなんてできないのだ。「セメント袋《ぶくろ》をクッションだと思えよ」と、フェルナンドが言った。「灰色なんかじゃなくて、カラフルな模様《もよう》がついてるってさ。中に入ってるのも、セメントなんかじゃなくて、やわらかい羽毛だ。そうすりゃ、ここだって、天国のベッドだと思えるぜ」

「そうね、じゃ、寝《ね》る前にまくら投げもできるわね」と、ヤスが冗談《じょうだん》を言った。「だれが生きのこれるか、見ものだわ」

ぼくたちは貨車の中で、なんとか寝《ね》じたくをととのえた。けれど、みんなして眠《ねむ》ってしまうのは危険だった。貨車は右へ左へとがたがた揺《ゆ》れるので、だれかが起きていて、ドアにはさんであるセメント袋《ぶくろ》がはずれないように、見はっていなくてはいけない。もしも袋《ふくろ》が列車の外に落ちたら、ぼくたちはとじこめられてしまうのだ。だから、何時間かごとに交代で見はりをすることにした。

見はりの順番はクジで決めた。ぼくが最初の当番になった。みんなが横になると、ドアのところで見はりにつき、用心のために、すきまに自分の足もはさんでおいた。

しばらくのあいだは、ドアがゆっくりともどってくるのを、足で思いっきり強く押《お》しもどして、時間をつぶしていた。けれど、ヤスは神経質だから、そんな物音でも眠《ねむ》れなくなるかもしれない、と気づいて、やめた。

外はまっ暗で、ほとんど何も見えない。顔に風が吹《ふ》きつけてくるだけ。ときおり、電信柱や変電所なんかが通りすぎるのがわかるだけだ。そのほかは、単調な車輪の響《ひび》きと、アンジェロのかすかなイビキが聞こえてくるだけだった。

ときおり、村か小さな町の明かりが、遠くをさっとかすめていく。そんなようすを、すべてしっかりと心にとめておこうと思い、光が見えなくなるまで、目が痛くなるほどじっと見つめていた。でもすぐに、目をあけていられないほど疲《つか》れてしまった……。

ぼくは窓辺《まどべ》にすわって、外をながめていた。風がまいあげるほこりで、道はよく見えない。ぼくが待っているものは、何ひとつ見えてこない。ママの姿も、まなざしも、ほほえみも。声さえも聞こえない。風だけが友だちのようだった。けど、風はママを連れて帰ってはくれない。やっぱり、風なんかたよりにならない。

ママが出ていってしまってから、毎日窓辺にすわって、ある日とつぜんママが帰ってくる日を、思いえがいていた。ママがこちらへ歩いてきて、ぼくを抱《だ》きしめ、こう言う。あんなこと、しなきゃよかった、ほんとに悪かったわ、と。

最後に思いうかべるのは、家を出ていくときのママの表情だった。ぼくと妹のファナに別れをつげたときは、目に涙《なみだ》を浮《う》かべていた。ママは、悲しいときはいつも、ぼくにこごとを言ったり、こまごましたことを言いつけたりした。でもぼくは、それに気づいていなかった。あの日もママは、それはもう山ほど、これから暮らしていくうえでの注意をした。ファナにもかならず守らせてよ、といって……。教会に行かなきゃだめよ、おじさんやおばさんをおこらせてはだめよ……。

しんぼうして待っててね、とママは言っていた。そうすれば、何もかもうまくいくわ。向こうに着いたらすぐに、おまえたちをむかえに来るから。ぜったい、いちばんにそうするわ。そう言って、ママは出ていった。その日から、ぼくは窓辺にすわって、ずっと外を見ているようになった。あの日からずっと、毎日。

何週間かあと、最初の手紙が来た。合衆国《がっしゅうこく》に着いたわ。何もかもうまくいってる。ママはお金持ちの家のベビーシッターの仕事を見つけたの。家の人たちはみんな親切よ。きっと、もうすぐ、あんたたちをむかえに行けるわ。ミゲル、もうすぐおまえの誕生日《たんじょうび》ね。おまえが九歳《さい》になったときには、またみんなで暮らせるようになってるわ。

そして、ぼくの誕生日には、小包みが送られてきた。高そうなジャンパーと、ぼくがずっとほしがっていたスポーツシューズが入っていた。友だちは、それを見てうらやましがったものだ。バースデイカードもそえられていた。だけど、どうしてプレゼントを送るだけで、むかえに来るという約束をやぶったかは、書かれていなかった。ぼくはすぐに、ジャンパーもシューズもほうり出してしまった。

そのあと、お金が送られてきた。お金があるのは、よかった。フアナといっしょにゴミの山をあさる必要は、もうなくなった。ぶすぶすと煙《けむり》をあげて燃える古タイヤでこごえた足をあたためることも、すきっ腹《ぱら》をかかえて過ごすことも。

でも、夜にお話をしてくれる人はいない。何か聞いても、答えてくれる人もいない。夜、暗くてこわくても、なぐさめてくれる人もいなかった。

しばらく前から、ぼくはママの顔を思い出せなくなっているのに気がついた。ぼんやりとしか思い出せない。ちゃんと思いうかべようとしてみても、水に映った景色が水滴《すいてき》が落ちると揺《ゆ》れるように、ぼやけている。とてもこわかった。

窓辺にすわって外をながめながら、ママはどうして出ていってしまったのか、考えつづけた。ママが言っていたことはどれも、言いわけにすぎなかったのだろうか。出ていったのは、ぼくのせいだったのか。でも、もしそうだとしても、どうしたらよかったのだろう。

　ママは、ぼくのことがきらいになったんだろうか？　何もかも、ぼくのせいなんだろうか？　そんなことばかりが、頭の中をぐるぐるまわっていた……。

19

夢だ。野獣《やじゅう》がドラムをたたいている。野獣《やじゅう》は燃えるような赤い目でぼくをにらみ、じりじりと近づいてくる。ひと足近づくごとに、ドラムにスティックをふりおろす。その単調なリズムが、たえがたい。だが、野獣《やじゅう》は決してやめようとはしない。ひと足ごとに、ますますはげしくうちならしている……。

すさまじい音にがまんできなくなったところで、目がさめた。ドラムをたたく野獣《やじゅう》は消えて、列車の車輪が、レールのつぎ目を越《こ》えるたびに轟音《ごうおん》をたてていた。体の真下で、車輪がガタゴトガタゴトはげしく鳴っている。次の瞬間《しゅんかん》、体じゅうにびくんと電気が走った。ぼくは体半分ほども貨車からとび出して、ずり落ちそうになっていたのだ。もう少しで外にほうり出されそうだ。あわててそばにある何かにつかまって、貨車の中に体をひきもどし、足をふんばると、出口からとびのいた。

助かった、とほっとひと息ついた瞬間《しゅんかん》だった。貨車の重い引き戸が、ガラガラと音をたててしまるのが聞こえた。

何が起こったのか、すぐにわかった。貨車のドアにはさんであったセメント袋《ぶくろ》は、外へ落ちてしまっていたのだ。ぼくが眠《ねむ》りこけたまま貨車からずり落ちそうになったのも、そのせいだった。

すぐにドアにとびついて、引き戸をあけようとしたが、手おくれだった。引き戸はもう、ガシャンと大きな音をたててしまってしまったあとだった。列車の車輪の音は、遠いこだまのように遠のいていた。

まずい、閉じこめられてしまった！

　腹だちまぎれに、平手でドアをバンバンたたきながら、自分のまぬけさを呪《のろ》った。なんてバカなんだ、見はり番のときに眠《ねむ》りこんじまうなんて！　みんなになんて言ったらいいんだ？

　でも、もうどうしようもない。フェルナンドのところへはっていって、肩《かた》を揺《ゆ》すって起こした。

　フェルナンドは、寝《ね》ぼけながらつぶやいた。「どうした？　おれが見はりを代わる番か？」

「そうじゃないんだ。もう見はりの必要がなくなっちまった」

「なんだって？」フェルナンドはぼくを押《お》しのけ、すぐにドアのところへとんでいって、ようすを確かめた。「クソ、なんでこんなことになった？」

「わからないよ。いつのまにか……」

「クソッタレ！」フェルナンドは、ぼくが今しがたしたのと同じように、ドアをバンバンとたたいた。

「ほかのやつが、しでかしたのならわかるけどよ。まさか、おまえが……」

　フェルナンドはそれ以上は言わなかった。それがかえって、胸にこたえた。いっそのこと、悪態をついてくれた方がよかった。フェルナンドはこれまでずっと、ぼくのことを信用してくれていたんだ。それを裏切ってしまった。なんてことをしたんだろう。フェルナンドには、だれよりも信頼《しんらい》してほしかったのに。まあ、ヤスは別として……。

　そのうち、ヤスたちも起きてきて、何が起こったかを知った。みんなでドアのすみずみまで調べて、なんとか内側からあけられないかとやってみたが、もちろんむだだった。ドアはまるで溶接《ようせつ》されたみたいに、一ミリも動かない。みんながっかりして、すみっこにへたりこんだとき、ヤスが言った。

「まあ、いつかは、外からあくでしょ。それまで待つしかないわね。でも、そのときは、どういうことになるのかしら?」

「そればっかりはわからないな」と、フェルナンドがかぶりをふった。「このまま国境まで運ばれちまうのか、それとも、その前に足止めを食うのか。国境で見つかったら、砂漠《さばく》にほうり出されて、ぞっとしないことになるし、その前だったら、捕《つか》まっちまうだろうな。お先まっ暗さ」

あとはただすわって、待つしかなかった。もう眠《ねむ》るなんて考えられない。貨車の中はまっ暗で、ぼくたちの心も同じだった。だれも口をきかない。あんまりみんながだまっているので、ぼくは気がめいってきた。みんなに無言で失敗をせめられているような気がしたのだ。

どれくらい、そんなふうにすわっていたかわからない。が、とつぜん、列車がスピードを落とした。はげしい振動《しんどう》が列車の先頭から次々につたわってきた。ドシンという音に、ぼくたちはとびあがった。積みあげられていたセメント袋《ぶくろ》がひとつ、床《ゆか》に落ちたのだ。またブレーキがかけられ、とうとう列車は停車した。

外から、何かあわただしいどなり声が聞こえる。言葉は聞きとれないが、だれかが何か命令しているようだ。貨車のドアがガラガラあけられる音。悲鳴も聞こえる。さらに、とつぜん銃声《じゅうせい》もした。

騒《さわ》ぎはこちらに近づいてきた。だれかがぼくらの貨車の外側にとび乗り、ドアをいっきにひきあけた。次の瞬間《しゅんかん》、まぶしいライトがさしこんで、貨車の内部をさぐるように動きまわり、すみっこにかたまっていたぼくたちを照らし出した。

外へ出ろ! と、どなり声がした。びっくりして、そう言われても一瞬《いっしゅん》なんのことだかわからなかった。ライトに目がくらみ、ドアのところで足がもつれ、地面に落ちてしまった。だれかがいまいましげにののしり、ぼくをひっぱり起こした。それから、何か冷たい金属が手首にかけられた。

列車は停車していて、かなり前方に、線路を横ぎる道路が見えていた。そこに大型のワゴン車が止まり、ヘッドライトをこちらに向けている。貨車のドアはすべてあけられ、中から追い出された人々が、よろよろとその車の方に向かって、まるで家畜《かちく》の群れのように追いたてられていく。

ぼくも背中をつきとばされて、歩きだした。仲間たちはもう、少し先を歩かされていた。列車の先頭のようすはよく見えなかった。だれかが地面にひざまずかされているのが、ぼんやり見えるだけだ。たぶん、機関士だろう。列車を停止させた一味のひとりが、銃《じゅう》でおどしつけている。そのあとどうなったかは、わからなかった。ワゴン車のところに着くと、いやおうなしに乗せられてしまったからだ。男が二人、あとから乗りこんできて、さっと手をふり、ぼくたちにすわるよう命じた。すぐに後ろのドアがバタンとしめられ、車は動きだした。

たくさんの人がぎゅうぎゅうにつめこまれていた。ぼくのすぐわきには、ヤスがいた。少し後ろに、アンジェロとフェルナンドもすわっている。車はがたがた揺《ゆ》れながらカーブをまがると、スピードをあげた。

はじめはこわくて顔をあげられなかったが、しばらくして、ぼくたちを拉致《らち》した男たちをちらりと見てみた。いかつい感じの男はいない。一見してわかる、ラ・ミグラと呼ばれる出入国管理局の連中でもない。黒っぽい戦闘服《せんとうふく》を着て、顔にも黒い迷彩《めいさい》をほどこした男たちだ。どういう態度をとったらいいのかわからない。とにかく、ものすごく危険なことになっているのは確かだった。

眼のはしで、荷台にうずくまっているほかの人たちのようすをうかがった。ほとんどの人が、顔をひざにうずめ、床《ゆか》を見ている。だれも動かないし、口もきかない。フェルナンドはすみっこにいた。顔は青ざめ、これまで見たこともないくらいこわばっている。

一時間ほどは、まっ暗闇《くらやみ》の中を運ばれていった。それから、急に車が止まり、おりろと言われた。そしてぼくたちは、野原にぽつんと立っている一軒家《いっけんや》に追いたてられていった。たぶん、農場の建物だろう。追いたてられながら、あたり一帯にまるで人けがないのを感じた。

ぼくたちが乗ってきたワゴン車のほかにも、車が何台かやってきて、こちらは、その家のすぐ前で止まった。ライトの光で、その車からおりてきた者の中に、レチェリアの野原で話しかけてきたあのウサギ顔の男がいるのに、ぼくは気がついた。迷彩服《めいさいふく》を着た一味のひとりが、その男に何枚か札をにぎらせているのも見えた。それを受けとると、ウサギ顔の男は闇《やみ》の中に姿を消してしまった。

家の戸口に着くと、つきとばされるようにして中に入れられた。戸口のすぐ内側に、下へおりる階段があり、地下室に続いていた。カビくさいにおい、それに、湿気《しっけ》と、汗《あせ》や、そのほかなんだかわからないにおいが、むっとした。階段を追いたてられておりると、鉄のドアの前に出た。

一味のひとりがそこをあけ、ぼくたちを押《お》しこんだ。中は、なんだか地下牢《ろう》のようだった。がらんとして何もない。天井からはだか電球《でんきゅう》がぶらさがり、かべに金属パイプが横にはわせてあるだけだった。

そのパイプに、すでに何人もの人がつながれていた。十人以上はいる。両方の手首をパイプにつながれ、両腕《りょううで》をあげたままのきゅうくつな姿勢ですわりこんでいる。それを見て、息がつまった。ほとんどの人がやせおとろえ、顔じゅうなぐられたりけられたりした傷あとだらけだった。中には、もう死んでいるんじゃないかという気がする人もいた。かべにはまだ空いた場所がある。ぼくたちは、あそこにつながれるにちがいない。

一味の男のひとりが、ぼくの片方の手首から手錠《てじょう》をはずし、パイプに鎖《くさり》をまわして、またもとどおり手首にかけた。

ヤスもアンジェロもフェルナンドも、同じようにされた。そのあとは、しんと静まり返り、ただ、手《て》錠《じょう》がパイプにこすれる音だけが聞こえた。

全員つなぎ終えると、男たちは出ていき、鉄のドアにカギをかけるのがわかった。しばらくのあいだ、ほかの場所で足音がして、別の地下室のドアをあけしめするような音が聞こえていたが、やがてそれも聞こえなくなった。

先にかべにつながれていた人たちの中には、ぼくたちが連れてこられたとき、顔をあげた人たちもいた。同じ列車で来た人らしいが、ぼくたちよりずっと年長の人たちだった。その人たちは、ぼくたちだとわかると、また頭をたれてしまっただけだった。中には、こちらには見むきもせず、放心したように空《くう》をにらんでいるだけの人もいた。

ぼくのすぐとなりにはフェルナンドがいたが、彼《かれ》も身じろぎひとつしない。しかたなく、しばらく聞き耳をたてて、外のようすをうかがった。どうやら、外の通路にはだれもいなくなったようだ。そこでフェルナンドに顔を向けて、小声で聞いた。

「フェルナンド！　これからどうなっちゃうんだろう？」

フェルナンドはゆっくりとぼくの方に顔を向け、小声で答えた。「どうやら、最悪の事態だな。やつらはギャングだよ。警察だって、山賊《さんぞく》だって、ラ・ミグラだって、あの連中よりはまだましさ」

「どうして？　どんなやつらなの？」

「見なかったのか？　あいつら、セタスだ（ロス・セタスはメキシコの麻薬カルテルで、高度な犯罪の手口と暴力性で知られている）。ちがいない」

「それって、ナルコスのこと？　つまり……」

ナルコスというのは、コロンビアの悪名高き麻《ま》薬《やく》犯罪グループのことだけど、ほかに言いようがなかったのだ。その名前を口にしただけでも、ぞっとした。はじめて耳にしたのは、まだメキシコなんてずっと遠くだと感じていたころだ。そういう組織のひとつとして、セタスの名も聞いたことがあった。数ある犯罪組織の中でも最悪の連中だ、おそれ知らずの悪党だと……。

「でも、やつらはぼくたちのこと、どうしようっていうの？　ぼくたちは、麻薬《まやく》なんて関係ないんだし……」

フェルナンドはうめいて、少し背すじをのばした。手錠《てじょう》の鎖《くさり》が、ぶらさげられている鉄パイプをこする音がした。フェルナンドは話しだした。

「一度、国境までたどり着けたことがあった。そのとき、うわさを聞いたんだ。セタスってのは、ただの麻薬《まやく》組織じゃない、なんでもありの連中だ、って。金になることならなんでもする。もちろん、列車だって襲《おそ》う。しくじったな、そんなのただのうわさだと思って、すっかり忘れていたんだ」

「だけど、ぼくたちみたいなやつから、どうやって金をせしめるの？　一文なしなのに」

「やつらはおまえが考えてるより、ずっとずるがしこいんだ。ほんの少しのこづかい銭《せん》なんか、まきあげたってしかたがない。やつらは身代金《みのしろきん》を要求するんだよ。まず、身内の電話番号を言わされる。親戚《しんせき》じゅう全員のな。それでやつらは、その番号に脅迫《きょうはく》電話をかけるんだ。何度かかけて相手が電話に出ないと、あっさり殺されちまうんだ」

「でも、そんなお金なんて、だれが出してくれるっていうの？」フェルナンドの向こう側にいるヤスが、小声で言った。手錠《てじょう》がゆるすかぎり身を乗り出している。

「そりゃ、おれたちには、そんな金を出せる身内なんていないさ。そうだろ？　とにかく、おれにはいない。おまえらだってきっとそうだろう」フェルナンドは、つながれている鉄パイプを、手錠《てじょう》でいまいましげにたたいた。「ばかばかしい。やつら、おれたちにこんなことしたって、一銭にもならないのに。これから何が起こるか、見当もつかないよな。おれたちのためにだれかが金をはらうかどうかなんて、どうでもいい。クソ食らえだ。たとえ身代金がはらわれたって、おれたちはこの穴ぐらから、もう出られやしないんだから。それとも、やつらのうちのだれかが、仲間を裏切って逃《に》がしてくれるとでも思うか?」

「だけど、それじゃ、もうおしまいだってこと? こうなっちゃったのはしかたないとしても……」と、ヤスが声をつまらせた。

フェルナンドはすぐには答えなかった。じっと前をにらみ、歯ぎしりしていたが、しばらくしてまた口をひらいた。

「おしまい、か……。だが、なんとかできるかもしれない。おれたち、手は使えないかもしれないが、頭を働かすことはできるんだぜ。たぶん、もうじきやつらが来て、いろいろ聞き出そうとするはずだ。そしたら、思いつくかぎりのことを話せ。おれたちからいくらかひき出せる、と信じさせなくちゃいけない。そうすれば、すぐには殺されずにすむ。で、何か手を考える時間がかせげるはずだ。うまい手を思いつけるかどうかは、わかりゃしないけど、考える時間だけはできる。今のところ、できそうなことといったら、それだけだ」

「あの人たちが興味を持ちそうな話なんて、思いつかない」と、ヤスがうなだれた。「こわい……」

「そりゃあそうだろう。この地下牢《ろう》でこわがっていないようなやつは、それこそスーパーマンか、とんでもないバカのどっちかだ。とにかく、何か考えてみな。なんとかなるさ。おれたちみんな、話をでっちあげなくちゃ」

フェルナンドは、ヤスの後ろにいるアンジェロの方をのぞいて、声をかけた。「おまえもだぞ。わかったのか」

アンジェロは背が低いので、鉄パイプにつるされて、しりがぎりぎり床《ゆか》につかず、中腰《ちゅうごし》になっている。アンジェロは、「手錠《てじょう》がこすれてかゆいよ」と言っただけだった。なんだかアンジェロだけは、まだ事態がよくのみこめていないような感じがする。

「アンジェロ！　おれが言ったこと、わかったのか？」フェルナンドがもう一度、念を押《お》した。

「うん、わかってるよ。ぼく、あいつらに、サンチャゴとその手下のことを話してやるんだ。そしたら、こわがるよ」

「なんだって！」と、フェルナンドは目をむいた。「そんな話はダメだ。最悪だ。おまえのヤクザな兄《あに》貴《き》の話なんかで、ビビるような連中じゃないんだぞ」

「でも、それじゃ、何を話したらいいの？」

「兄貴がロサンゼルスにいて、いい金かせいでる、とでも言っとけよ。おまえのこと愛していて、きっとなんでもしてくれる、ってな。いいか、わかったな？」

そのあとも、重苦しい気分で、ぼくたちは地下室にすわっていた。ぼくはまわりをじっくり観察し、この地下室からなんとかしてぬけ出せないか、と必死で考えていた。だが、ぼくたちがつながれている鉄パイプはとてもがんじょうそうなうえ、たとえ手錠《てじょう》をはずせたとしても、入口には鉄のドアがある。さらに、上の部屋には武器を持った連中がいる。まるで望みはない。

しばらくするとドアがあいて、セタスが二人、中に入ってきた。二人はちょっと中を見まわすと、すぐにぼくたちの方へやってきた。ひとりは立ったままで、もうひとりがぼくの方にかがんで、顔をのぞきこんできた。ぼくはあわてて目をふせた。さからわない方がいいぞ、といわんばかりの、ぞっとするような目つきだ。

しばらくじっとにらまれているうちに、心臓が狂《くる》ったようにどきどきしだした。部屋の中は、死んだように静まり返っている。相手のおそろしい目つきのせいで、どうにかなってしまいそうだった。どうして何も言わないのだろう？　こっちが何か言うのを待ってるのか？

「いつまで待たせるんだ？」と、男はとうとう口をひらいた。いらついた感じだ。「これ以上待てねえぞ」

「ぼ、ぼくのママは……」ぼくは、急いで切り出した。「ママの電話番号を教えられるよ。ロサンゼルスにいるんだ。ぼくのことを待ってる。も、もうずっと会っていないけど……」ちゃんと筋道《すじみち》を立てて話しているつもりだったけれど、つっかえながらしか話せなかった。少しだけ顔をあげると、男はばかにしたようにこっちの顔をのぞきこんでいた。

「じゃあ、オフクロは、さぞかしおまえに会いたがってるだろうな」

「ああ、きっとそうだよ。ぼくに会えるなら、ママはなんでもしてくれると思う。けど、ママはあんまりお金を持ってない。ベビーシッターをしてて……でも、きっと……」

さらに話しつづけようとしたとき、いきなり男になぐられた。ビンタなんかじゃない、ゲンコツで顔を思いきりなぐられたのだ。さけるひまもなく、頭の中で火花が散ったかと思うほど痛かった。くらくらとめまいがした。

「そんなことは、おまえのオフクロがおれたちに言えばいいことだぜ」その声が遠くから、まるで、カーテンの向こう側から聞こえてくるような気がした。「で、オフクロの番号は？」

「ぼく、あの、暗記してなくて……」

　また、なぐられた。今度は、なぐられた拍子《ひょうし》に後頭部がかべにたたきつけられ、一瞬《いっしゅん》、目の前がまっ暗になり、はきけをもよおすような耳鳴りがした。「あ、足の裏に……」と、なんとか声をしぼり出した。

　男はぼくの靴《くつ》をぬがせて、わきにほうり出した。ぼくの足の裏には、ママの電話番号がイレズミで彫《ほ》りつけてある。男はすぐにそれを見つけて、にやりとした。「今日はあいにく、書くものを持ってなくてな」そう言って、とつぜんナイフをとり出した。「だから、この番号を足の皮ごと、そっくりはぎとらせてもらうぜ」

　ぼくはぎょっとして、からだじゅうがふるえだした。だが、本当に皮をはがれる前に、それまで後ろに立っていたもうひとりの男が、ナイフの男をわきに押《お》しのけた。

「おまえは次のやつにかかれ」そう言って、ポケットからメモ帳をひっぱり出し、ママの電話番号を書きうつした。「名前は？」

「ミゲルです」

　男はメモ帳をしまうと、「おまえは、ふたつミスをしちまったな、アミーゴ――坊主《ぼうず》。三つ目をやるなよ」と、それだけ言うと、ぼくから離《はな》れ、フェルナンドの方に向かった。

　男たちがフェルナンドとどんなやりとりをしているのかは、わからなかった。自分のことだけでせいいっぱいだったのだ。頭がハンマーでたたかれたようにずきずき、がんがんした。かべに寄りかかっているど、ようやく少しよくなってきたが、鼻血が出ているのはどうしようもなかった。手錠《てじょう》でパイプにつながれた手は、顔にとどかなかったので、舌で口のまわりをなめることしかできない。血の味を感じたとき、この地下室に入ったときに感じたにおいがなんだったのか、はっきりとわかった。汗《あせ》と血のにおいだったのだ。

ほかの仲間たちも、なぐられずにはすまなかった。アンジェロでさえなぐられていた。ぼくたちが何を言おうが、どうでもいいらしく、とにかくなぐりつけてくるのだ。おどしつけて、逃《に》げようなんて考えないように、思い知らせるつもりらしい。

ようやく、二人の男は出ていった。どうやら、ぼくたちの話を信用したようすだったから、まずはほっとした。なんとか、猶予《ゆうよ》期間ができたようだ。だけど、どれくらいのあいだだろう？　そのあとはどうなるのか？　考えたくもなかった。いや、もう何ひとつ考えたくなかった。

ぼくたちは、できるだけ身を寄せあった。みんなの顔は、ひどいことになっていた。ヤスとアンジェロは、フェルナンドとぼくほどひどくはなぐられなかったようだけれど、それでも、二人にはとてもこたえたようだ。とくにヤスには……。ヤスの顔に血が流れているのを見ると、ぼくも、ひどく胸にこたえた。

そうして、四人で寄りそうようにしてうずくまっていたとき、ふいにエミリオのことが頭に浮《う》かんだ。少なくとも、エミリオがここにいっしょにいなくてよかった。あいつは、自分にふさわしい場所がどこなのかわかって、ひき返したんだから、安心だ。

ひょっとしたらぼくたちも、とっくにそうすべきだったのかもしれない。

20

「うまくいかないよ」と、アンジェロが泣き言を言った。「できないよ、フェルナンド。痛いだけだよ」

「おい、バカ言うな。もうほとんど、ぬけてるじゃないか。やってみな。さあ、がんばれ！」

アンジェロは歯を食いしばって、もう一度、手をひっぱった。うめきながら顔をしかめている。手首から血が出ていた。けれど、手錠《てじょう》はぬけなかった。あきらめたようにうなだれると、また泣き言を言った。「うまくいかないよ。ぜったい無理」

今は夜中近くだ。ぼくたちはゆうべから地下牢《ろう》につながれたままだった。ゆうべは、気落ちして一睡《いっすい》もできなかった。ぼくは、なぐられた顔が焼けたようにひりひりし、腹もすいてたまらなかった。何よりもこたえたのは、これからどうなるのか先が見えず、おそろしく不安だったことだ。

今朝、ゆうべぼくたちを尋問《じんもん》した二人のセタスの男が、また地下室にやってきた。彼《かれ》らはぼくたちの手錠《てじょう》の片方をはずし、パイプから放すと、全員を部屋のまん中に集めた。それからまた手錠《てじょう》をかけ、ひとりずつレコーダーの前に立たせた。ぼくたちは、人質になっている、すぐに身代金《みのしろきん》をはらってもらえなければ殺される、とマイクに向かって言わされた。

それが終わると、男たちはまたいなくなった。だが、ぼくたちの録音が気に入らなかったようで、二、三時間するとひき返してきた。今度はひとりひとり前に出され、ひどくなぐられた。それからまた、鉄パイプにつながれ、顔のすぐそばでどなられ、言うことを聞かないとなぐり殺すぞ、とおどされた。そして、ぼくらが恐怖《きょうふ》で声も出なくなったところで、また録音をさせられたのだった。

今度はやつらの気に入る、せっぱつまった感じになったようだった。二度目の録音がすむと、やっと、ほうっておいてもらえた。

だが午後になって、最悪のことが起きた。これまで見たことのなかったセタスが二人入ってきて、ほかの人質の中から、ひとりの鎖《くさり》をはずしにかかった。セタスたちは、その人の身代金《みのしろきん》がはらわれなかった、もう見こみはない、とわめいていた。その人が外へ連れ出されていくときに、残っているぼくたちに向かって最後に投げたまなざしは忘れられない。ドアの向こうから、その人が泣きわめいて命ごいする声が聞こえた。そして、銃声《じゅうせい》がして、何も聞こえなくなった。

そういうことが三度くり返された。そのあいまには、待ちながら望みをつなぎ、不安にかられ、最後には恐怖《きょうふ》だけが残った。

二度ほど食べ物と水が与《あた》えられたけれど、ほんのわずかで、飲み食いしたあとは、何も口にしなかったときよりも、さらに飢《う》えと渇《かわ》きがひどくなった。

そして、二、三時間前に、また夜になった。冷たいはだか電球《でんきゅう》の明かりの下で、ぼくたちは、今までになかったほどすっかり望みをなくし、うちひしがれて、鉄パイプにつながれていた。

それでもぼくは、アンジェロが手錠《てじょう》から手をぬこうとして必死にもがいているのを、ずっと見つめていた。はじめはたいして期待していなかったけれど、しだいに、アンジェロの小さな手なら、ひょっとしたらはずれるかもしれない、という気がしてきた。しまいには、仲間みんなが身を寄せあい、アンジェロがうめきながら、気がふれたみたいに手をひっぱるのを見まもっていた。ぼくたちには、それしかできないのだ。

「意味ないよ」と、アンジェロがまた泣き声になった。「これ以上やったら、腕《うで》がおれちゃうよ」

「なに、おれたって、またなおるだろうが」と、フェルナンドが低くおどすように言った。「手がこわれるだけなのと、冷たい灰になっちまうのと、どっちがいいんだ?」

「ねえ、やめて、フェルナンド。そんなこと言っても、なんにもならないよ」ヤスがたまりかねて口をはさんだ。「アンジェロ、できるのはあんただけなの。ね、もう一度やってみて? さもないと、みんな、この穴ぐらで死んじゃうんだから」

アンジェロは目をとじ、うなだれた。少しのあいだ、そのまま身動きもしなかったが、それから、深く息を吸いこみ、手錠《てじょう》の輪っかから小さな手をぬこうと、力いっぱいひっぱった。ぼくはもう見ていられなくて、顔をそむけた。うめいたり、悲鳴をあげたりしているそのあいだが、とても長く感じられた。と、とつぜん、ポキッと何かがおれるような音がした。同時に、アンジェロの手錠《てじょう》の鎖《くさり》が、鉄パイプにガシャリとぶつかる音も。見ると、アンジェロは床《ゆか》にころがっていた。痛みで全身をふるわせているが、手錠は、片方の腕《うで》にぶらさがっているだけだ。そう、なんとか片方の手をぬくことができたのだ。

手がどうなったのかは、よくわからない。アンジェロはこっちに背を向けて、うずくまっている。

「アンジェロ!」とヤスがさけんで、近くに行こうとしたが、自分の手錠《てじょう》がじゃまになり、動けない。

「だいじょうぶ?」

アンジェロはうめくのをやめ、よろよろと立ちあがって、こっちを向いた。右の手首にはまだ手錠がはまっているが、左手は自由になっていた。だがその左手は、ひどいことになっていた。血だらけなうえに、鳥の爪《つめ》みたいにまがったままだ。アンジェロはヤスのそばに来て、右手にぶらさがっている手錠を揺《ゆ》すってみせている。

「それで終わりじゃないぞ、アンジェロ」と、フェルナンドが声をかけた。「それだけじゃ、おれたちを自由にはできない。外へ逃《に》げて、助けを呼ばなきゃだめだ。それだけが、たったひとつ、みんなが助かるチャンスなんだ」

アンジェロは少し考えていたが、鉄のドアのところへ行って、あけようとした。もちろん、あくわけがない。

すると、いっしょに捕《つか》まっていた人のひとりが、とつぜん声をかけてきた。「そっちじゃない、坊《ぼう》や」その人は、ドアのすぐそばにずっとつながれていたから、ドアの向こうに出ようなんて無理だと、とっくにわかっているようだった。

「このドアはセメントみたいにかたい。おまけに向こうにゃ、死神《しにがみ》がうろついてるし」そう言ってから、天井《てんじょう》へと顔を向けた。「上の方をよく調べてみな」

フェルナンドとぼくの頭の上あたりに、小さな明かりとりの窓があって、格子がはまっていた。窓の上の方は地面と同じくらいの高さで、そこから、わずかな外の光が、一日じゅう地下室の中にさしこんでいた。そんな窓のことなんて、考えてもいなかった。そんなせまいところを、ふつうの人間が通りぬけられるわけがない。アンジェロみたいなチビだって、ぜったい無理だろう。

フェルナンドがぼくをつついて、上の方にあごをしゃくった。考えていることはすぐにわかった。鎖《くさり》がゆるすかぎり、二人とも背のびして立ちあがった。

「おれたちの上にのって、上まであがってみろよ」と、フェルナンドがアンジェロに声をかける。「窓のところまで行けないか、やってみな」

アンジェロは言われたとおりにした。ぼくたちのひざに足をかけ、次に肩《かた》によじのぼり、さらには、みんながつながれている鉄パイプの上へ。苦心しながら、さらに上に走っている、もう一本の鉄パイプにもよじのぼり、ついに窓のところに着いた。

だが、そのあとが大仕事だった。窓の格子までは、クモの巣だらけのはばのせまいシャフトになっていて、そこをさらにのぼっていかなければならないのだ。しかも、右腕《みぎうで》一本で体をささえながらだ。左手は手錠からひきぬいたときに、ひどいケガをしたようだから、そっちの手で何かつかむことはできそうもない。

アンジェロは何度か失敗したが、やがてとうとう成功した。窓からシャフトの中へはいあがり、クモの巣をはらい、少し外側にはまっている格子をぐいと押《お》すと、うまくはずれたようだ。そのまま、自分もぐいぐいとはいあがっていく。押《お》し殺《ころ》したような声で何か小さくさけんでいたが、聞きとれない。そして、アンジェロの姿は消えてしまった。

「やったな、チビ」と、フェルナンドが低い声で言い、しゃがみこんだ。

ぼくも彼《かれ》のとなりにすわりこみ、小声で聞いた。「最後になんてさけんでたのか、わかった？」

「いや」

「このあと、あいつ、どうすると思う？」

「おまえなら、どうする？　いちもくさんに、ここからずらかるだけさ。できるだけ遠くへな。そのあとは、見当もつかないな」

「でも、助けを呼んでこいって、あんた、言ってたじゃない」ヤスが口をはさんだ。

「ああ、確かにそう言ったさ。でも、本気じゃなかった。だって、どこへ行けると思う？　警察か？

そんなことしたらどうなるか、わかってるよな？　助けなんか来やしないよ」

アンジェロがぬけ出していったシャフトの方へ聞き耳をたててみたが、何も聞こえはしなかった。これは、いい知らせだった。セタスの連中は、アンジェロの脱走《だっそう》に気がついていない、ということだ。たぶん、もうこの家からかなり遠くまで逃《に》げただろう。腕をケガしたアンジェロが、もう片方の手首には手錠をぶらさげたまま、まっ暗な野原を駆《か》けていくようすを想像した。畑を越《こ》え、丘《おか》を越《こ》え……アンジェロの足に草の茎《くき》があたる。そうして、顔に風を感じながら走っていく。たぶん、ここにいるぼくたちはもう二度と感じることができない、すばらしい感じを味わいながら……。

アンジェロが姿を消してから数分後、ふいに入口の鉄のドアのカギがあく音がした。ぼくはぎょっとした。セタスがもうアンジェロを見つけて、捕《つか》まえ、死ぬほどなぐりつけてここへひきずってきたのではないか、と思ったからだ。

だが、ドアがあいてみると、こちらをのぞきこんでいたのは、当《とう》のアンジェロひとりだけだった。すぐにフェルナンドが立ちあがり、どなりつけた。「ぐずぐずしてないで、すぐに逃《に》げろと言っただろう！　こんなチャンスは二度とないんだ」それから、あっけにとられたように続けた。「おい、入口のカギをどこで手に入れた？」

アンジェロはドアのすきまから中に入ってきて、「ドアのわきにかかってたよ。それに、こいつもね」と、カギのたばを持ちあげてみせた。

「信じられない！　そいつは、おれたちの手錠《てじょう》のカギだ」と、フェルナンドがさけんだ。「早くこっちへよこせ！」

アンジェロはふるえる手で、カギをひとつずつためしはじめた。ヤスが、自分の手錠《てじょう》に番号がついているのに気がついてからは、早かった。じきに、四人とも、いまいましい手錠をはずすことができた。フェルナンドは、ドアのそばにいた、出口を教えてくれた男の手錠もはずしてやり、ほかの人たちのもはずしてやってくれ、と言って、カギのたばをその人にたくした。

こうしてぼくたちは、死の牢獄《ろうごく》からぬけ出した。

セタスの連中は、まさか人質が地下牢《ろう》から逃《に》げ出すとは思ってもいなかったようで、階段にも家の入口にも見はりはいなかった。家の二階で、何人かがガヤガヤいっている声は聞こえたが、ぼくたちの脱走《だっそう》には気がついていないようだ。ぼくたちはしのび足で外へ出ると、全力で走りだした。どの方角へ行くかは考えもしなかった。この呪《のろ》われた家から逃《に》げ出せただけで、地獄《じごく》から地上に走り出たような気分だった。

本当にむちゃくちゃ走った。空には星がいくつか光ってはいたが、その光だけでは、地面さえよく見えない。何度もつまずき、ふいにあらわれるくぼ地や柵《さく》につっこんでしまった。それでも、立ちどまるわけにはいかない。あのセタスの家が見えなくなるまで、走りに走った。

とうとうヤスが声をあげた。「フェルナンド！　ちょっと待って！　どこへ向かって走ってるの？」

「わかるもんか！」ぜいぜい息をつきながら、フェルナンドはやっと足を止めた。「どこにいるのかなんて、まるでわからない。だがとにかく、遠くへ行かなくちゃ。おれたちがずらかったことが知れたら、セタスが悪魔《あくま》のように追ってくるはずだからな。明るくなったら、かならず追ってくる。だから、できるだけ遠くまで行っとかないと」

「わかるけど、どっちへ行ったらいいの？」

「そんなこと、どうでもいい」フェルナンドはあたりを見まわすと、空で三角形を作っているように見える、目立つ星を指さした。「あれが目じるしだ。あの三角形の方向を目指すんだ。そうすれば、同じところをぐるぐるまわらずにすむはずだから」

ぼくたちはまた走り出した。フェルナンドが先頭に立ち、野原のウサギの巣や穴ぼこをさけては教えてくれた。そのあとをアンジェロが、ケガした手をぶらぶらさせて続く。ときどき、痛みのために小さな悲鳴をあげているが、それでもけなげに走っている。その次はヤスで、ぼくのすぐ前を走っている。その後ろ姿を見ていると、あの神父さんとの約束をいやでも思い出した。ヤスがひどい目にあわされなくて、本当によかった。もしもそんなことになったら、ぼくのせいなのだ。そうなっていたら、死んでも自分をゆるせなかっただろう。

少しスピードは落ちたものの、ぼくたちは星をみちびき手として、走りつづけた。ときどき、地形のせいでまわり道しなくてはならなかったけれど、かがやく三角形をすぐにもう一度見つけて、進んでいった。

どうやら、人里離《はな》れた何もない地域から出られたようだった。それから一時間も行かないうちに、小さな農場の前に出た。

フェルナンドが足を止めて言った。「あの家はさけた方がいいな。気づかれないように、大きく遠まわりしよう」

「けど、あたしたち、助けが必要じゃない？　アンジェロの手当てをしてもらわないと……」と、ヤスが言った。

フェルナンドは首を横にふった。「危険すぎる。どんなやつが住んでるか、わからないだろう？　そいつもセタスの仲間かもしれないし、あいつらとグルってこともある。そうでなくても、おれたちをまたあの農場へ連れもどして、セタスからいくらか、せしめようとするかもしれない」

ヤスがため息をついて、小声で言った。「でも、何か食べたり飲んだりしなくちゃ……。それに、線路がどっちなのか、だれかに教えてもらわないと……」

アンジェロも、もうくたびれはてているらしく、休みたがっているようだ。もう一度、目の前のくぼ地の農家に目をやった。小さな家は星明かりの下で、いかにものどかそうに見える。煙突《えんとつ》からかすかにけむりが立ちのぼっていた。

「フェルナンド、あの家へ行こう。ほんとに助けがいるんだ。夜どおしなんて歩けないよ」と、ぼくは言った。

フェルナンドは少しためらってから、しかたない、という調子でうなずいた。「ああ、いいだろう。だけど、気をつけるんだぞ。いつでも逃《に》げられるよう、身がまえとけ！」

ぼくたちは、くぼ地へとおりていき、農家に近づいていった。あたりはしんと静まり返っている。思いきってドアをたたいた。返事がないので、今度はもっと力をこめて、もう一度たたく。

すると、すぐに中で足音がし、不審《ふしん》そうな声がした。「だれかね？」

「あのう……助けてほしいんです」と、ヤスがためらいながら声をあげた。「ギャングに襲《おそ》われてしまって……」

一瞬《いっしゅん》、何か考えているような間《ま》があってから、ドアのかんぬきをひきぬく音がした。ドアがあくと、中からまずぬっとつき出てきたのは、銃口《じゅうこう》だった。その銃《じゅう》をかまえているのはヒゲづらの老人で、うさんくさげに目を細めて、こっちを見ている。

老人はうたがわしげに、長いことぼくたちをねめまわしていたが、「あっちへ行け」と言って、銃《じゅう》の先を少し持ちあげてみせた。「うせるんだ！　そのまま、こっちをふり返らずに、行け！」

ぼくたちはどうするか決めかねて、ぐずぐずしていた。その人はどなったり、銃《じゅう》をつきつけたりはしたが、こっちをおどしているというよりは、むしろ、ぼくたちをこわがっているように見えた。こちらに向いた銃《じゅう》の先が、少しふるえている。

「フェリペ！」とつぜん、農夫の後ろで声がして、もうひとり、おかみさんらしい女の人が出てきた。

「よそから来た人たちじゃないの」

「どこから来たのかは、わかってるよ」と、農夫はつぶやいた。「わかってるから、追いはらうしかないんだ。この連中にはうらみはないが……」

「でも、まだ子どもじゃない」と、おかみさん。

「そんなことは関係ない。子どもだろうとなんだろうと、かくまったと知れたら、やつらにみな殺しにされちまうぞ」そう言いながら、老人はカチャリと銃《じゅう》の撃鉄《げきてつ》を起こした。「だから、おれたちにかかわらんでくれ！」

フェルナンドは顔をくもらせて相手を見つめていたが、無言で後ろを向くと、アンジェロを前に押《お》し出した。

アンジェロをひと目見ると、おかみさんはおどろいて口に手をあて、「何か食べ物を持ってくるわ。それに、包帯も……」と言って、奥《おく》にひっこんだ。

農夫は、しかたない、というふうにうなだれて、銃《じゅう》をおろすと、戸口に立てかけた。ぼくたちとは目をあわせようとしない。顔をそむけ、遠くを見ながら、ぽつりと言った。「なんで、こんなとこにいる？　どうして自分の国にいないで、こっちへ来たんだ？　この国になんの用があるっていうんだ？」

「おれたち、何もたよるものがないんです」と、フェルナンドが言った。

農夫は不安げにまぶたをぴくりとさせ、また小声で言った。「この土地は呪《のろ》われている。昔はいいところだった。だが今は、呪われているんだ」

「ちょっぴり食べ物がほしいだけなんです」と、ヤスが言った。「それと、このアンジェロの手当てをしてほしいだけです。すぐに出ていきますから……」

農夫はもうぼくたちの方を見もせずに、銃《じゅう》をとりあげると、中にひっこんでしまった。すぐに入れちがいで、おかみさんがもどってくると、アンジェロのケガの手当てをしてくれた。

「骨がおれてるようね、坊《ぼう》や」と、おかみさんは言った。「できるだけ早く、お医者さんに診《み》てもらいなさい」

おかみさんはアンジェロの手首に包帯をまき、三角巾《さんかくきん》で腕《うで》をつるようにしてくれた。それがすむと、食べ物が入った袋《ふくろ》を、さあ持っていくのよ、とフェルナンドに押《お》しつけ、ひと息ついた。

「これでいいわ。これ以上は、何もしてあげられない。できるだけ速く歩いて、遠くまで行きなさい。このあたりにもどってきちゃだめよ」

おかみさんは、もう一度うなずいてみせると、家にひっこみ、中からカギをかける音がした。だが、そのあとも、農夫とおかみさんは窓のカーテン越《ご》しに、ぼくたちの方をうかがっているようだった。

「さあ、行こう。出発だ」と、フェルナンドが声をあげた。「あの人たち、ひどくおびえていたな」

「あの人たちの身になってみれば、そうじゃない？」と、ヤスが言った。「あのセタスの家の近くに住んでて、あんな年よりで、もうどこにも行けない、って想像してみて。朝から晩まで、不安でたまらないはずよ」

フェルナンドは肩《かた》をすくめた。「そうかもしれないな。このへんじゃ、どの家へ行っても似たようなものかもしれない。さあ、早くこんな土地からおさらばしようぜ！」

先を急ぎながら、ぼくたちは、おかみさんからもらった袋《ふくろ》の中をごそごそさぐった。トルティーアが入っていた。それに、マンゴスチンがいくつかとトウモロコシなど、急いでかき集めたらしい食べ物が。ぼくたちは片はしからのみこむようにしてたいらげ、袋《ふくろ》が空になると捨ててしまった。たとえわずかでも、腹の中に何か食べ物をおさめることができて、幸せだった。この食べ物がなかったら、みんなもう、そんなに長くはもたなかったはずだ。ぼくは、だまって心の中で、あの農場のおかみさんと神さまに感謝の祈《いの》りをささげた。

ぼくたちはまた、あの三角星の方角を目指して進んでいた。そのころには、もう東の空がうっすらと明けはじめていた。ゆっくりと夜が明けていくにつれ、しだいに、進んでいくまわりの景色がわかるようになってきた。明るくなってきたことで、なんだか元気も出てきた。しっかりとした力がもどってきたような気がする。だが、明るくなったということは、危険がましたということでもあった。セタスが蜂《はち》の群れのようにぼくたちを追いかけてきたら、夜とはちがって、すぐに見つかってしまうかもしれないのだ。

陽《ひ》がのぼったとき、目の前にまた農場があらわれた。ぼくたちは立ちどまり、どうしたらいいか話しあった。今度はすぐに、この家をたずねてみようと意見がまとまった。いつまでも、行き先もわからないままで歩いているわけにはいかない。今、どのあたりにいるのか知らなくては。そして、また線路を見つけなくてはならない。

今度の農場は、老夫婦のいたところよりもずっと大きく、手入れが行きとどいているのが、ひと目でわかった。家や周囲の建物はまだ新しく、そのまわりの牧草地では、牛の群れが草をはんでいる。

家と納屋のあいだの空き地で、フェルナンドと同じくらいの年格好の若者が、マキ割りをしていた。ぼくたちの姿を目にとめると、頭までふりあげていたオノを下におろし、どうしたものか一瞬《いっしゅん》迷っているようだった。だが、すぐに、オノを肩《かた》にかついで、ぼくたちの方へやってきた。数メートル離《はな》れたところで立ちどまり、こっちをしげしげと見てから、ようやくフェルナンドに向かって声をかけた。

「きみたち、あの家から来たんだろう……？」

おさえた口調《くちょう》だ。まるで、ぼくたちがセタスの仲間じゃないかと、おそれているみたいだ。

フェルナンドは相手の顔をじっと見つめてから、わきを向き、「そうだとしたら？」と、はきすてるように言って、にらみつけた。

若者はアンジェロの包帯に目をやった。それで、およその事情をのみこんだらしく、「やつらに追われているのかい？」と、聞いてきた。

「いや、まだだけど、もうすぐそうなるかもな」

「それじゃ、こんなところでうろうろしてちゃだめだ。家の中に入れよ」

若者のあとについて、家畜《かちく》小屋のわきを通り、母屋《おもや》に向かった。家の中に入っていくと、机の前にすわって、かがみこんで書類を読んでいた男が、顔をあげた。男は目を細めてぼくたちをじっと見てから、若者の方に目を向け、ぼくたちがやってきた方角をあごで指した。若者はうなずいただけで、だまっていた。

「あの悪党ども」と、ひとり言のようにつぶやくと、男は立ちあがって、こちらに近づき、「車の用意をしろ、ラモン」と、若者に向かって命じた。「だが、その前に、何か食いもんを持ってくるんだ。それから、このあたりの地図もいくつかな」

若者が行ってしまうと、男はぼくたちの方に向きなおって言った。「おまえたち、ここにはいられないんだよ。すでに連中が探してるだろうからな。見つかったら、わしらだって殺されちまう」そして、少しのあいだ考えてから続けた。「いちばんいいのは、おまえたちを、サン・ルイス・ポトシまで車で連れていってやることだな。カサ・デル・ミグランテ、つまり、移民の家へだ。あそこなら、面倒《めんどう》をみてくれる人がいる。難民センターなら安全だろう」

「そこから、線路に行けますか?」と、ぼくが聞くと、「ああ」と男が返事をし、フェルナンドも言った。

「行けるさ。おれは、その難民センターのことを聞いたことがあるぜ、ミゲル」

ヤスだけが不安そうに、口ごもりながら言った。「だけど、難民センターって……たくさんの難民が捕《つか》まってるところでしょ。こっちだって……」

男は力強く手をふって、ヤスをだまらせ、首を横にふると言った。「そんなこと言ったたって、わしらじゃ何もできん。セタスの連中にはかなわない。いいかね、すぐにでも出発しないと」

外に出ると、あの若者が古いピックアップトラックにもう荷物を積みこみ、すぐに出発できるようにしたくをすませていた。ぼくたちは、荷台に乗って、若者が荷物にかぶせておいたホロの下にかくれているように、と言われた。フェルナンドは荷台をうたがわしげに見ている。

「どうした? わしらがわなにかける気じゃないかと思ってるのかね?」と、男が声をかけてきた。

「わしが、おまえたちをあのブタ野郎《やろう》どものところへ連れていって、金でもせしめる気じゃないか、って?」

フェルナンドは答えなかった。男はフェルナンドに近づくと、肩《かた》に手を置いて言った。

「わしらを信用してくれないかね？　わしと、息子を？」

フェルナンドは長いこと男の目を見つめていた。それから、ぼそっと言った。「わからないけど……信じるよ」

男にうなずいてみせると、フェルナンドはトラックの荷台にあがっていった。ぼくたちもあとに続き、荷台のホロの下にもぐりこみ、できるだけ身をちぢめた。男が運転席に乗りこみ、エンジンをかけるのが聞こえ、すぐにトラックは走りだした。

でこぼこ道だった。野原の中のじゃり道を、がたがた揺《ゆ》られていく。この車には、揺《ゆ》れをやわらげるサスペンションなどついていないようで、ぼくたちの体はひっきりなしに、はげしくはねあげられた。あの地下牢《ろう》でセタスになぐられたところが、車が石や根っこに乗りあげてはねるたびに、ひどく痛んで、思わず悲鳴をあげそうになる。それでも、これからの見通しがつき、人目につきやすい野原を無防備なまま走らなくてよくなったのは、うれしかった。

トラックはえんえんと走りつづけた。太陽が真上まで来て、ホロの下の熱気がたえがたくなったころ、車はようやく止まった。男がおりてきて、ホロをとってくれた。

「もうじゅうぶん遠くまで来たよ。ここまで来れば、安心だ。きみたち、前の席に乗っていいぞ」

その言葉を聞くが早いか、ぼくたちは荷台からとびおりて、ピックアップトラックの後部座席に乗りこみ、ぎちぎちにつめあってすわった。男がふたたびエンジンをかけ、車が走りだすと、ぼくたちは農場主の息子が用意してくれた食べ物の袋《ふくろ》にとびついた。セタスから逃《に》げ出して死ぬほど飢《う》えていたゆうべほどではなかったけれど、何日かぶりに、おなかいっぱいつめこむことができてうれしかった。

食べ終わってから、ヤスがお礼を言った。「すっかりお世話になっちゃって……。感謝のしようもありません」

「そんなこと、なんでもないさ」と、男は言って、ヤスにウィンクしてみせた。「だが、大事なことがひとつだけある。こいつは、ぜったい約束してほしい。このあと、だれと話すとしても、わしらの農場のことは言わんでくれ。きみらはこの車には乗らなかったし、わたしにも、うちの息子にも会っていない。いいかね？　もしも、あの悪党どもの耳に、わたしたちがきみらを助けたなんてうわさが入ったら、ひどいことになるからな」

「だれにも話しません」と、フェルナンドがうけあった。「そのことだけは、信じてくれていいです」

「よし。それともうひとつ、言っとくことがある。難民センターでも、あのおそろしい家とセタスのことは、何も話しちゃいかん。難民センターには善良な人たちがいるということだから、話を聞いたら、かならず何か手をうとうとするだろう。そしたら、その人たちにも災《わざわ》いがふりかかることになる。その人たちがバカなことを考えないように、気をつけないとな。いいかね？」

「でも、どこでこんなひどいことになったかとか、説明しないといけないんじゃないでしょうか？」と、ヤスがたずねた、「アンジェロはどこで骨折したのか、とか……」

「何か考えるんだな。なんでこんなになっちまったか、話を作るんだ。どうにかなるさ」

しばらく行くと、ぼくたちはサン・ルイス・ポトシの町に入った。かなり大きな町で、工場や市場《いちば》、教会も見えた。町の郊外《こうがい》を通りぬけ、中心部に入る前に、車は止まった。

男が言った。「ここからは、自分たちでなんとかしてくれ。警察に駆《か》けこんだりしちゃいかんぞ。かえって面倒《めんどう》なことになる。きみらが列車でやってきたことなんか、警察は十キロ先からだってお見通しなんだからな」

　ぼくたちはトラックをおり、男に別れをつげた。難民センターまでの道を教えてやる、と言われたが、フェルナンドは、来たことがある、と言ってことわった。男はうなずくと、運転席にもどり、もう一度うなずいてみせてから、すぐに土ぼこりをまきあげて走りさっていった。

「あたしたちのことで、あの人に迷惑《めいわく》がかからないといいんだけど」去っていく車を見おくりながら、ヤスがつぶやいた。

「しゃべらないでいれば平気さ。あの人の言ってたこと、聞いただろう」フェルナンドが言った。

　通りの向こう側には、市場《いちば》があった。黄色や赤の屋根の小さな屋台やスタンドが、たくさん並んでいる。まるで色とりどりの花畑みたいだ。通りの向こうのその風景を目にしたとき、この二日間のできごとは本当にあったことなんだろうか、と不思議な気がした。まるで古いアルバムの中のことのように、遠く感じられる。あまりにひどすぎ、おそろしすぎる経験だったから、現実だったとは思えない。

　トラックの走りさった方角にもう一度目をやってみると、同じようなピックアップトラックが通りのかどをまがって、こちらへ向かってきた。それを見たとたん、思わずびくりとして、のどをしめつけられる気がした。運転している人の後ろに、黒い顔の男たちが乗っているのが見えたからだ。だが、そのトラックは、ぼくたちの前を通りすぎると、市場の方へまがっていった。農家の人たちだ。荷台には、メロンやトマトが山積みになっていた。顔が黒いのは、日焼けしていただけだった。

　背中がぞくぞくして、身ぶるいが止まらない。

「さあ、行こうよ」と、ぼくは仲間たちに声をかけた。「ここに長居は無用だ」

いとしいフアナへ！

ようやく、またおまえに手紙を書ける。これまでは、何日もまわり道してしまって、書けなかったんだ。やっとまた、鉄道の線路の近くにもどってこられた。さいわい、いい人たちに助けてもらったから、今はずっと元気になったよ。ぼくも、この前の手紙に書いた仲間たちもね。

もうずいぶん北に来た。高い山が、もうはるか後ろになったのがうれしい。だって、山はひどく寒かったから……。越《こ》えるときには、まったく苦労したよ。でも、なんとかここまで来た。国境まで、もうそんなに遠くないんだ。

今ぼくたちがいる町は、サン・ルイス・ポトシという。ぼくたちみたいな者を助けてくれる、難民センターがあるんだ。ここで、いく晩かゆっくり眠《ねむ》って、ちゃんとしたものを食べられることになった。あったかいココアだって、好きなだけ飲めるんだよ！

じつをいうと、ちゃんとしたベッドで眠《ねむ》ることや、あったかいものを食べることなんか、ほとんど忘れかけていたんだ。砂漠《さばく》を歩きつづけて、のどがからからで、もう死にそうなときに、ようやく、水や木《こ》かげのあるオアシスにたどり着いた……ぼくたちは今、そんな気分なんだよ。

難民センターの管理人のおばさん、つまり、所長さんは、これまで会った人の中でも、最高に親切な人だ。まるで自分の本当の子どもみたいに、ぼくたちの世話をしてくれる。その人には、これまでだれにも話さなかったことでも、話したくなる。そして、うちあけると、自分でもわかっていなかったことが、はっきりしてくるのさ。

所長さんが、紙と鉛筆《えんぴつ》をぼくにくれたんだ。そう、この手紙を書けるようにね。ぼくが前に持っていたノートは、山を越《こ》えるあいだに、どこかでなくしてしまったから。ぼくたちが出発したら、所長さんがこの手紙をポストに入れてくれることになっている。おかげで、おまえが今、これを読めるというわけさ。

ぼくがその人にどれだけ感謝しているか、きっと想像もつかないだろうね。あのフェルナンドでさえ、同じ気持ちなんだぜ！　これまで、だれも信用してないように見えたフェルナンドが、その所長さんに抱《だ》きしめてもらっていたんだからね。まあ、彼《かれ》は、だれにも見られてないと思っていただろうけど。

あと一日か二日、この難民センターにいて、また出発する。このセンターは、線路から二、三百メートルくらいしか離《はな》れていないんだ。ここからでも、列車の音や警笛が聞こえるよ。とくに夜にはね。うまくいけば、あと一回だけ列車にとび乗ればすむ。一度乗れば、もう、ヌエボ・ラレドに着くんだ。そこがメキシコの国境で、その向こうは合衆国だ。

もうまもなくだよ、いとしいファナ。もうじき、目的地に着く。そしたら、また手紙を書くよ。もしかしたら、ママといっしょにね。だから、タフムルコでおとなしく待っていておくれ。もうじき、また会えるからね。

ファナ、早くおまえを抱《だ》きしめたい。

ミゲル

21

「その泥《どろ》だらけの靴《くつ》、なんとかならない？」ヤスがぼくのわきをひじでつついた。

「泥《どろ》だらけだって？　泥《どろ》なんかついてないだろ。確かに、ちょっとはきつぶしちゃったけどさ」

「そうね。だけど、そういう意味じゃないの。そんな靴《くつ》をはいたまま、あたしのベッドにすわってほしくないってこと」

言われたとおりに靴《くつ》をぬいだ。別に泥《どろ》はついてなかったけど、こんなことで、もめたくなかった。

「さあ、ぬいだよ。これでいいかい？」

「そう、それでいいわ。気をつかってくれてよかったわ。でも、いつまでこの部屋にいる気？」

「たぶん明日の朝まで」

「朝まで？」ヤスは笑いだし、正気？　というように、自分の頭をとんとんたたいた。「ここ、女子の寝室《しんしつ》なのよ。忘れたの？」

「ああ、そうか、うっかり忘れてたよ！　今まで、ヤスが男の子のふりをしてきたから、今度はぼくが女の子のふりをしてみようかって思ったんだ。いい考えだろう？」

となりのベッドから、くすくす笑う声がした。アリシアだ。ここに来てから、ヤスと仲よくなった女の子だった。髪《かみ》を兵士みたいに短くカットしているが、とてもかわいい子だ。この青少年難民センターでは、女の子はアリシアとヤスの二人きりだ。一方、男子は二、三十人はいる。

「女の子のふりをするつもりなら、もっとちゃんとやんなきゃダメだよ」と、アリシアが口を出した。

「やるとも。だいたい、女子の部屋にもぐりこんでるところが、もう合格だろ?」

アリシアはまた笑って、言った。「あんたのボーイフレンド、ほんとにおもしろいね、ヤス」

「ちょっと、そんなにほめないで。じゃないと、この人はずかしがって、冗談《じょうだん》言うのをやめちゃうかもよ」ヤスはぼくを見て、ほほえんだ。「ねえ、聞こえた?」

ヤスの言うとおりだ。ぼくは、バカな冗談《じょうだん》ばかり言っていた。でも、今はそうしていたかった。

ぼくたちがこのサン・ルイス・ポトシのセンターに来て、まる二日がたっていた。ぼくたちは、助けてくれた農夫との約束を守って、あの地下牢《ろう》の家やセタスのことは、何ひとつ話さないでいた。でも、難民センターの所長、聖女《ラ・サンタ》さまと呼ばれている人の目は、ごまかしきれなかった。じっと目をのぞきこまれると、まるで何もかも読みとられてしまうような気がした。ラ・サンタは何ひとつたずねなかったが、すぐに、何があったか察したようだった。

二日のあいだに、なぐられた傷や、アンジェロの手首のけがも、だいぶよくなった。青あざやすり傷やかさぶたは、消えなかったけれど。アンジェロの手首は、外科医が診察《しんさつ》し、骨折がちゃんとなおるよう副木《そえぎ》をつけてくれた。いい食事を与えられ、ぼくたちはたちまち元気になった。

でも、それはやはり、うわべだけのことだった。心の中は、まったく別だった。とくに夜になると、たえがたかった。ぼくが、禁じられているけど、ヤスのいる女子の部屋にしのんできたのも、そのせいだった。

「ゆうべはよく眠《ねむ》れた?」そう言って、ぼくはヤスを見つめた。

「よく寝《ね》てはいないわ。ずっとアリシアと話してたんだもの。旅のあいだにあったことをね。あんたはどう？」

「ぜんぜん。だから、聞いたんだよ。ほんの少しうとうとしただけさ。とつぜん、びくんとして、汗《あせ》をびっしょりかいて、目がさめるんだ。まるで水に落ちたみたいに、体じゅう汗《あせ》まみれなんだ。それから急に、はっきり思い出す。あのとき、アンジェロが手錠《てじょう》をはずせなかったら、ぼくたちは今ごろ生きてなかったんだ、って。そのあと、もう終わったことだ、と思うんだけど、体がふるえはじめて、止まらなかった」

「それで、どうしたの？」

「起きあがって外に出て、中庭に行ってみた。そしたら、フェルナンドがいた。木の下にすわりこんで、どこで手に入れたのか、タバコをさかんに吹《ふ》かしてたよ」

「アンジェロは？」

「見かけなかったな。でも、ベッドにはいなかった」

「たぶん、ラ・サンタのとこに行ったのね」

「そう思う？」

「ええ。きのうの昼間も、アンジェロはラ・サンタの部屋に行ったんですって」

「そうなんだ。ま、どうでもいいけど。とにかく、ぼくはフェルナンドのとなりにすわって、いっしょにタバコを吹《ふ》かしたんだ」

「どんな話をしたの？」

「あれこれ、くだらないことさ」

「ちゃんと話してよ」

「ウソじゃないよ。なんか、とりとめのない夢みたいなことばかりさ」

「でも、どんな?」

「ただの空想さ。たわいないことだよ。フェルナンドが言いだしたんだ。もしも、ぼくたちがもっと大人数で、武器なんかも持っていたら、あのときどうしただろう、セタスの連中とどう渡《わた》りあっただろう、ってね」

ヤスはあきれたようにぼくを見つめた。「なんで、そんなこと考えるの?」

「あんなひどい連中には、仕返ししてやりたいって思わないか?」

「どうして、そういうふうに思うのかな? あたしは、あんな連中にもう二度と会わなくていい、と思うだけでうれしいけど」

「そうだな、そういう考え方もあるよね。ぼくたちだって、ただ空想してただけさ。真夜中にやつらのアジトを襲撃《しゅうげき》する、とか、地下牢《ろう》の人質を全員解放してやる、とか……。セタスをぼくらの前にひざまずかせて、命ごいをさせてやる。ぼくたちがされたのとおんなじことを、今度はあいつらにしてやる、何から何までそっくりそのままね。ゆっくりといたぶってから、くたばってもらうんだ」

ヤスは息をのんで、じっとぼくの眼を見つめた。これまで見せたことのない表情だ。「そんなこと、ほんとにできると思う?」

「ゆうべは、できる気がしたな」

「できっこないわ」と、ヤスはきっぱりとかぶりをふった。「あたし、ミゲルのこと、よくわかってるもの」

「そうか。そんなふうに思ってくれてるんだ。けど、とにかくゆうべは、そんなこと考えてたら、気分がよくなったんだ。ふるえが止まって、そのあと何時間か、ちゃんと眠《ねむ》れたしね」

ヤスはしばらくだまったままだった。それから、ぼくのすぐそばまで寄ってきて、小声で言った。

「あたし、とっても不安なんだ。わかる？」

「え、どういうこと？」

「ときどき、わからなくなっちゃうの。あたし、いったいどこへ行きたいのか、って。それに、なんのために、って。そんなこと、ほとんど忘れちゃってる。ただ、この旅をやりとげたいだけなの。でも、それはいったい、なんのためなの？」

「うん、ぼくも同じように感じる。ときどき、なんでこうしているのか、わからなくなることがある。で、あわてて、そんなこと二度と考えるな、って自分に言いきかせるんだ」

ヤスは眉《まゆ》を寄せてぼくを見つめた。「なぜ？　考えて、答えが見つかったら、うれしいんじゃない？」

「今じゃ、よくわからないんだよ。本当にママに会いたいのか、ってことさえね。昔のママの姿を追いかけてるだけじゃないか、って気もする。もうぜんぜんわからない。ママが、まだ以前のママのままでいるのかどうかさえ……」

「そうじゃなくなっちゃってる、と思う？」

「ああ、ぼくのことを知ってはいるけど、いっしょにいたいとは思ってない、別の人になってるような気がする。それでもぼくは、前と同じようにママが好きだ。自分の気持ちをごまかしているだけなのかもしれない。ひょっとしたら、ぼくたちはみんな、バカげた夢物語にこだわるのをやめた方がいいのかもしれない。頭の中でこしらえたお話にふりまわされないで、自分自身のことをよく考えなくちゃいけないのかもしれない」

「フェルナンドがそう言ったの？」

「ちがうよ。ぼくだって、たまには落ち着いて考えるときもあるよ」

ヤスはうつむいて、何か考えているように前を見つめ、それから、ぽつりと言った。「何かするときには、よく考えないとね」

「そうだね、そのとおりさ。これまでぼくたちが学んだことって、自分たちがどれだけうかつだったか、ってことだけみたいだものね」

「だけど、それって、学んでよかったことかもしれないわよ。大事な体験だったんじゃない？　まだわからないけどね。でも、最後まで生きのこることが、とにかくすべてだと思うわ」


翌日ぼくたちは、お別れを言うために、ラ・サンタの小さな事務室をたずねた。難民としてこのセンターに滞在《たいざい》がゆるされる三日間が終わり、もうほかの人たちが、ぼくたちのベッドが空くのを待っているのだ。

ラ・サンタの部屋は、まったくといっていいほど、かざりけがなかった。ほとんど何も置かれていなくて、こざっぱりと片づいている。かべには十字架《じゅうじか》と、その横に絵が二、三枚かかっているだけだった。それが、ここに来るまでの町や鉄道での混乱とまったくちがうせいで、静けさと安らぎがよりいっそう感じられた。

ぼくたちはひとつのソファーに四人で並び、くっつきあってすわっていた。目の前にはラ・サンタがすわっている。小柄《こがら》であまり見ばえのしない人だけれど、見かけとはちがい、すごい人だと、この数日でわかっていた。

ラ・サンタは、ここを出ていくぼくたちのために、少しばかり食料の包みを用意してくれていた。そして、この町からどうやって北へ向かえばいいか、教えてくれた。

ラ・サンタは言った。「この町の駅は、国じゅうでいちばん警備がきびしいところなの。だから、ここから北に行く人たちにはいつも、もっと北のボカスまで行った方がいい、と教えています。ボカスの、廃止《はいし》された小さな駅へね。ほとんどの列車は、今でもそこで停車するの。その先は線路が単線になるから、反対方向から来る列車とすれちがうためにね。その駅に監視員《かんしいん》はいない。歩いて一日かかるけど、わかるわよね、急ぐより安全が第一よ」

「いつもそんなふうに教えるんですか？」と、フェルナンドが聞いた。「どの人たちにも同じようにすすめるのか、ってことですけど」

ラ・サンタはほほえんだ。

「そうよ。でも、今日はさらに耳よりな話があるの。今日たまたま、ある男の人がいらしてね。その人は……」ラ・サンタは少しためらった。「どこのだれかは、重要じゃないわ。ただ、教会とこのセンターを大事にしてくれて、いつもかげで支援《しえん》してくださる人なの。いっしょにコーヒーを飲んでいて、わたしが少し席をはずしてとなりの部屋に行っていたときに、その人が、長いひとり言を言ったのよ。それが、ぐうぜん、わたしの耳に入ったわけなんだけれど……」

ラ・サンタは、ぼくたちにウィンクしてみせた。

「つまり、今日のお昼ごろ、ヌエボ・ラレド行きの大編成の貨物列車が、この町の駅から出る、とその人は言っていた。正確に知りたければ、八番線からね。そして、その列車には監視員《かんしいん》はついていないだろう、って」

　フェルナンドが何か言おうとしたのを、ラ・サンタは手ぶりで止めた。

「わたしが言えることは、これだけです。わたしは、これ以上まきこまれるわけにはいきません。でもあなたたちは、どうしたらいいか、もうわかったでしょう?」

　いかにもラ・サンタらしかった。ぼくたちがここへ来てからというもの、ラ・サンタはいつも、この土地のだれかから聞いた話だ、といって、あれこれ役にたつことを教えてくれた。直接ぼくたちに教えると、法にふれることばかりだったが、ラ・サンタは法のことなどかまわなかった。ラ・サンタはよく考えているのだ。この難民センターでは、かぎられたことしかできない。大事なのは、どんな法律に価値があると考え、守っていくべきか、ということだった。意味がないと思う法律には、無視を決めこむのだ。

　ラ・サンタがさらにいくつか助言してくれたので、ぼくたちはしばらく話しあった。そのあと立ちあがり、出発しようとすると、ラ・サンタがひきとめた。

「少しだけ待ってちょうだい。アンジェロは、あなた方といっしょには行かないと言ってます」

　それを聞いてはじめて、アンジェロがひとりだけ、ソファーから立ちあがっていないことに気がついた。ぼくたちはソファーにもどり、アンジェロのまわりにすわって顔をのぞきこんだ。アンジェロは顔をまっ赤にして身をよじり、ぼくたちを見ないようにしていた。でも、すぐに立ちあがると、ぼくたちとは反対側の、ラ・サンタにとなりにあるイスに行って腰かけた。

「ぼくは、行かない」アンジェロはぼくたちの方を見ないで、小声でつぶやいた。

　ぼくは自分の耳をうたがった。ヤスもフェルナンドも、あっけにとられている。でもアンジェロは、本心から言っているようだった。じっとすわったまま、床《ゆか》を見つめている。

しばらくして、ヤスが言った。「アンジェロったら！　それ、どういうことなの？」

またしばらく、だれも何も言わなかった。そのあと、今度はフェルナンドが、どうしてなんだ、とわけをたずねた。ぼくもヤスもたまらなくなり、口々にアンジェロに、考えなおしてくれ、とたのんだ。

それでも、アンジェロはただ目に涙《なみだ》をためて、答えなかった。

ラ・サンタがぼくたちを止めた。「さあ、もうおよしなさい。この子の決心は変わらないわ。アンジェロとわたしは、このことをずいぶん話しあったの。そして、アンジェロは故郷にもどるのがいちばんいい、ということになったのよ」

「でも、なぜ？」ヤスが声をあげた。「今になって…もう少しってところまで来てるのに！」

「ええ、それには、いくつかわけがあります」ラ・サンタは話しはじめた。「まず、あなた方がどんな目にあってきたかということ。アンジェロは話したがらなかった。あなた方をここへ連れてきてくれた人と、約束したから……。でも、かくしとおすのは無理だったわ。わたしはしだいに、あなた方がどんな目にあってきたか、知るようになったの」

フェルナンドが立ちあがり、ズボンのポケットに両手をつっこむと、部屋の中をいらいらしたようすで行ったり来たりしはじめた。それから、ラ・サンタの前に立つと、「まあ、いいさ。あなたは知ってしまったんだから」と言って、言葉を切った。「……それで？　もう終わったことなんだ。おれたちは、なんとか乗りきった。あのことは、先に進むのをあきらめる理由にはならないと思うけど」

「あなたたちにとっては、そうでしょうね。でも、あなたたちはアンジェロよりもいくらか年上で、この子よりいろんなことを経験してきてる。これからも、きっとなんとかやっていけるでしょう。困難をはね返して、先に進む力を持っているから……。でも、アンジェロはちがうのよ」

フェルナンドは、ラ・サンタからアンジェロへ目を移し、じっと見つめた。だがすぐに、かぶりをふってドアの方へ歩いていき、ぼくたちに背を向け、ドアにひたいをつけてうなだれた。

「でも、あたしたち、アンジェロの面倒《めんどう》をみるわ。なんでも助けてあげられる」と、ヤスが言った。

「ええ、そのとおりでしょうね。でも、もうひとつ理由があるのよ。そちらの方が、ずっと重要なことなの。あなた方はそれぞれ、親御《おやご》さんのところへ行こうとしているのよね。でもアンジェロには、合衆国に、たったひとりの兄さんしかいないの。そしてその兄さんは、向こうでギャングの仲間になっているる。それがどういうことか、わかるでしょう？　合衆国のギャングは、マラスやセタスや、この町にもいるその手の連中と、似たようなものなんだから。それはよくわかっているでしょう？」ラ・サンタは声を大きくした。「フェルナンド！　あなたは、ほかの子たちよりも、そのことがわかっているわよね」

フェルナンドは、少しだけラ・サンタをふり返ったけれど、すぐにまた背を向けてしまった。

「ああいう人たちには、情《じょう》ってものがありません。手本にはならないし、友だちにもなれない。ただ、残忍《ざんにん》なだけ。残酷《ざんこく》で、卑劣《ひれつ》なだけ。アンジェロもう、そのことはわかっているんでしょう？」

アンジェロは床《ゆか》を見つめたまま、だまってうなずいた。そのようすを見て、ぼくは胸がはりさけそうになった。アンジェロがひどく苦しんでいるのが、わかったからだ。すばらしい夢や希望を今、自分の手でつぶしてしまわなくてはいけない苦しみ。そうか、アンジェロは毎晩ラ・サンタのところへ行って、このことを話していたのだ。どうやら、とことん話しあったようだ。ラ・サンタは言葉を続けた。

「それで、もし兄さんのところへ行けたとしても、アンジェロはどうなるかしら？　どういうことになるかは、決まっているでしょう？　そうじゃないと言えるなら、この子を兄さんのところへおやりなさい」

　みんな、しばらく口がきけなかった。ぼくは、どう考えたらいいのかわからなくなった。アンジェロはじっとすわったままだ。アンジェロと別れて、ぼくたちだけで出発するなんて、考えただけでもいやだった。でも、同時に、ラ・サンタが言っていることが正しいのもわかっていた。ただ、それをみとめたくないだけだった。

　いつのまにか、フェルナンドがぼくとヤスのところへもどってきて、となりにすわっていた。

「それで、どうするつもりなの？」ヤスがアンジェロにたずねた。すると、アンジェロが何か言う前に、ラ・サンタが説明した。

「わたしは、サン・ルイス・ポトシの出入国管理局の局長を知っているわ。その人の部下が、アンジェロをグアテマラとの国境まで、連れていってくれることになったの。心配はいりません。この子の身は安全だから」

　それでもまだ、みんな、とまどった気持ちですわっていた。と、ようやくアンジェロが顔をあげ、口をひらいた。

「ぼく、おじいさんとおばあさんのとこへもどるよ。ぼくが帰ったら、きっと喜んでくれると思う。ぼくは別に、二人と仲が悪いわけじゃなかった。二人は、兄さんのサンチャゴとうまくいってなかっただけだから。で、あと何年かしたら、もう一度、合衆国へ行くさ。もっと大きくなってからね」それから、アンジェロはフェルナンドを見つめた。「あんたの言ってたとおりだよ、あんたも、エル・ネグロも、だれもかれもが、ぼくが旅に出るには小さすぎる、って言ってただろう？　みんなの言うとおりだった」

フェルナンドはやめろ、というような手ぶりをして、言い返した。「はじめはそう思ってたよ。けど、今ではおまえのこと、よくわかってる。おまえはみんなを助けてくれたじゃないか。おまえがいなかったら、今ごろはみんな、生きていなかった。おれたちが受けた借りを返すには、おまえを肩《かた》にかついで、国境まではだしで歩いて運んでやらなきゃならないくらいだ。そうしてくれって言うならな」

アンジェロが何か言おうとする前に、ラ・サンタが割って入った。「もう決心したのよ。それが正しい決断だと、わたしも思います。あなた方三人は、自分たちの道を進みなさい。きっとうまくいくでしょう。でも、アンジェロの旅は、ここで終わったのです」

ラ・サンタは立ちあがり、ぼくたちに別れをつげ、無事を祈《いの》ってくれた。ぼくたちは、アンジェロにサヨナラを言うほかはなかった。

フェルナンドがまっ先に、アンジェロの前に立った。少しだけ腰《こし》をかがめ、手はズボンのポケットにつっこんだまま……。フェルナンドの首の十字架《じゅうじか》が揺《ゆ》れているのが、横から見えた。何か言いたいらしいが、言葉が出ない。こんなフェルナンドははじめてだ。やっとひと言、サヨナラを言ってしまうと、フェルナンドはくるりと背を向けて、外に走り出ていってしまった。ヤスは、アンジェロをしっかりと抱《だ》きしめた。二度と離《はな》したくない、というみたいに。ヤスのほおに涙《なみだ》がいくすじもつたっていた。最後がぼくの番だった。ぼくも、胸がはりさけそうだった。

こんなふうに、ぼくたちは別れた。つらい思いをわけあって、ここまで来た。けれど、そのかけがえのない時間は終わってしまったのだ。もうこれきり、アンジェロの姿を見ることはない。

ぼくはアンジェロに背を向け、ヤスとフェルナンドのあとを追った。二人はもう、通りに出ていた。たぶん、これがこの旅でいちばんつらいできごとだ、という思いが、頭を駆《か》けめぐった。人はだれかと知りあう。友だちになって、心をかよわせあう。でも、そのあとで、その人が目の前からいなくなる。そうなれば、心のすみにしまいこむしかない。そして、二度と会うことはない、とさとるのだ。

たとえようもなくつらかった。でも同時に、ぼくは誓《ちか》っていた。ぼくはこのクソいまいましい旅をぜったいあきらめない、と。

22

まるでオーブンの中から冷蔵庫に入ったみたいな気がした。まだ陽《ひ》が出ていた何時間か前は、たえがたいほどの暑さで、日かげがあればとびこみたかったし、せめてわずかな風でも吹《ふ》いてくれ、と願っていた。ところが陽が落ちたとたん、今度はたえがたいほど寒くなった。ぼくたちはうすいTシャツの上に、難民センターでもらった毛布をまきつけ、身を寄せあってすわりこんでいた。あの太陽の熱が恋《こい》しかった。

ぼくたちは、さっきまでまる一日、ラ・サンタが教えてくれた列車に乗って北に向かっていた。進むにつれて、まわりの風景はどんどん乾燥《かんそう》地帯になっていった。まず、樹木の影《かげ》が消えた。やぶや背の低い木のしげみばかりになり、やがてそれもなくなった。草も茶色くひからび、川はひあがって、砂と石ころだらけだった。ときおり線路わきを、小さな教会のあるさびれた村が過ぎてゆくほかは、見るものもなかった。

いつのまにか、砂漠《さばく》のまん中を走っていた。地平線まで石ころと砂ばかり。ときおり、殺風景《さっぷうけい》な丘《おか》がいくつか、あらわれては消える。列車は砂漠《さばく》の中をまっすぐに走っていく。わずかにある植物といえばサボテンだけで、するどいトゲが空に向かってのびていた。たまに、見すてられたさびれた町のわきを通過する。そうした町は、まるで西部劇のセットみたいに見えた。

ぼくたちがもぐりこんだ貨車の中は、むし風呂《ぶろ》のようで、汗《あせ》が顔からしたたり、どうしようもなく暑かった。飲み水も底をつき、すぐに、からからにのどが渇《かわ》いてしまった。列車に乗りつづけているべきだとわかってはいたが、夜になると、渇《かわ》きはもうたえがたかった。だから、列車が待避線《たいひせん》のひとつに停車したとき、飲み水を探すためにとびおりてしまったのだ。

一時間ほどうろつきまわったあげく、しげった草の中に、家畜用《かちくよう》の水飲み場を見つけた。すぐそばの草地には、やせこけた牛がいた。水がめの水はかなり古くなっているようだったけれど、あまりにのどが渇《かわ》きすぎていて、そんなことは気にしていられなかった。駆《か》けよって、がぶがぶと飲んで渇《かわ》きをいやし、持っていた水筒《すいとう》も水がめにつっこんで、満タンにした。

線路にもどったときには、列車はもうとっくに走りさったあとだった。日がかたむくと気温がさがりだし、とっぷり暮れてしまうと、寒くなってきた。そして今、毛布にくるまってすわりこみ、今度はなんとかあたたまろうとしているのだ。

「列車はまた来るさ」と、フェルナンドがつぶやいた。

ぼくもヤスも、何も言わなかった。なぜって、一時間ほど前に、確かに列車が一本通過したのだ。ぼくたちは線路に駆《か》けよった。だが、とび乗るには列車のスピードが速すぎた。列車は待避線《たいひせん》で停車することなく、耳をつんざく轟音《ごうおん》をとどろかせて通過していってしまった。だから、次に列車が来ても、毛布の中のあたたかさを捨てて走りだす気にはなれない。

遠くからふたたび列車の響《ひび》きが聞こえてきたとき、ヤスが小声で言った。「乗ってた列車から、おりなきゃよかったわね」

「そんなこと、わかるもんか」と、フェルナンドが言い返した。「あの暑さの中を国境までノンストップで行ってたら、おれたち今ごろ、ドライフルーツみたいにからからにひからびてたかもしれないぜ」

ヤスは毛布を首のところまでひきあげた。「そうよね。でもあたしたち、こんなふうにサボテンみたいに、じっとしてるだけじゃない。これからどうやって先に行ったらいいか、わからないわ」

「今にきっと、列車が止まるさ。こんなところに待避線《たいひせん》があるのは、そのためなんだから。チャンスをのがさないようにしないとな」

やがて、まっ暗になってしまった。こうしてうずくまっていると、いやでも山岳《さんがく》地帯の夜のことを思い出してしまう。エミリオを見うしなって、探しつづけた夜。フェルナンドが教えてくれた「カメ」の姿勢で、夜を乗りきったときのことだ。何よりも、あのときはぼくたちはまだ四人だったのに、と思わずにはいられなかった。五人のときだってあったのに……。

「なあ、アンジェロのやつ、どうしてるかな?」と、思わずぼくは言ってしまった。「もう南の国境に着いたかな?」

「いや、まださ。国境まではずいぶん遠いからな。少なくとも、まる二日はかかる。三日かもしれない」

「フェルナンドが話してたバスに、乗せられてなきゃいいけど」と、ヤス。

「涙《なみだ》のバスか? それはないと思う。ラ・サンタが言ってただろ、役人がアンジェロについていくって」

「でもね、あの子のようす、見たでしょ? あたしたちとおんなじくらい悲しそうだったわ。それに今はひとりきりで、話し相手もいないわけだし……」

「そうだな。こういうものも持っちゃいないしな」フェルナンドが言って、接着剤《せっちゃくざい》のチューブをとり出した。それでしばらく、代わるがわる体をあたためた。まだ、これがあるだけましだった。チューブの先を口のそばに持っていき、思いきり深くにおいを吸いこんだ。ヤスにまわすと、同じように吸いこんでいる。

「本当は、あたしたちの役目だったかもしれないわ……」ヤスはふいに、そんなことを言いだした。声の調子がいつもとちがう。チューブのにおいを何度も深く吸いこんでいる。

「役目って、なんのことだよ？」と、フェルナンド。

「アンジェロに言ってあげるべきだったのよ。あの子が兄さんのこと話したときのこと、忘れたの？山をぬけてたときよ。アンジェロが自分をごまかしているのに、みんな気がついてた。でも、だれも口に出して言わなかった。ただ、だまってすわってた……」

フェルナンドが接着剤《せっちゃくざい》のチューブを受けとり、にぎりつぶした。投げすてる音がした。

ヤスは最後にこう言った。「もしも、あたしが自分をごまかして、バカなことを言ってると思ったら、あたしには正直に言ってちょうだいね！」


ぼくたちは、毛布にさらにしっかりくるまった。寒気《かんき》が入りこまないように、少しのすきまもなく三人で体をくっつけあった。そのうち、吸いこんだ接着剤《せっちゃくざい》がきいてきて、体の芯《しん》があたたまってきた。あたたかさが広がるにつれ、感覚がにぶくなってゆく。まわりの暗さも、おそろしさも、何もかも消えてしまった。心配ごとも、まるで熱い鉄板にのせたチョコレートみたいに溶《と》けて、ぼくはそのあまいどろどろの中にどっぷりつかっていた。

いつのまにか、うとうとしていた。何度か、びくんとして目をさましたが、本当に起きているのか夢を見ているのか、わからなかった。

はじめは、列車が通過したような気がした。でも、それは気のせいか、錯覚《さっかく》だったにちがいない。というのは、列車はとても静かに、レールの上をすべるように走っていたからだ。

二度目は、月がのぼっていた。そのあわい光で、ぼくたちから数メートル離《はな》れたところに、一匹《ぴき》の野犬がすわっているのが見えた。犬はだらりと舌をたらし、じっとこっちを見つめていた。

三度目に目をあけたときには、犬はいなくなっていた。だが、犬がいた場所に、男がひとり立っていた。それは、イステペックからベラクルスへの途中《とちゅう》で出会った男だった。

男はぼくに笑いかけた。「よう、坊《ぼう》や。おぼえてるかい？　また会おうって言ったよな」

その男がとつぜん姿を見せたので、ぼくはしんそこおどろいた。

「い、いったいどうやってここに来たんですか？」

「ふむ、それはむずかしい質問だな。どうやって来たかだなんて」

「だって、まさかあなたが生きてるなんて、思ってもみなかったから。警察の検問があったとき、列車からとびおりたでしょ？　夜だったし……」

男は笑いながら近づいてきて、ぼくのすぐそばにすわった。ヤスもフェルナンドもぐっすり眠《ねむ》っていて、男には気がついていない。

「そうだ、夜だった。わたしたちは、検問に止められたんだった。だが、おたがい、なんとかなったようだな」

「どうして、また会えるってわかってたんです？　それに、あなたはだれですか？」

「ああ、わたしは、きみといつもいっしょにいる連れだよ。何が起ころうとね」そう言って、男はもっと近くへ来い、というように、人さし指をまげてみせた。ぼくが少し身を乗り出すと、男はささやくような声で言った。

「いいかね。わたしはあのときとは、少し考えが変わったんだ。あのときはきみのことを、地に足のついていない夢想家だと思っていたよ。だが今は、なかなかしっかりした若者だとわかる。きみがやろうとしていることは、きっとうまくいくよ。とにかく、そう願っているよ」男はぼくの肩《かた》に手を置いた。

「あのとき、別れぎわにわたしが言ったことを、おぼえているかね？」

「はっきりとじゃないですけど。この借りはきっと返すから、とか、そんなことを言われた気がする」

「そのとおりさ。わたしは、それを忘れちゃいなかった。だから、借りを返しに来たのさ」そう言ってから、男は線路の方角を指さした。「あそこに列車が止まっている。きみたちは、あれをのがしちゃいけない。ここに止まる列車は、このあと、しばらくないんだ」

首をまわして、男の指さした方向をすかして見ると、確かに、待避線《たいひせん》に列車が止まっていた。ほとんど音もたてずに入線してきたのだろう。夜が明けはじめ、あたりが明るくなっていたので、列車の姿がはっきり見えた。

「もう目をさまさなきゃいかん」と、男の声が聞こえた。ふりむくと、男は立ちあがって、立ちさろうとしていた。そう、荒野《こうや》にもどっていくように。だが、もう一度だけ足を止め、最後にこう言った。

「もう二度と会うことはないが、がんばれよ、坊《ぼう》や！」

ぼくは何か返事をしたかった。が、その瞬間《しゅんかん》、列車の大きな警笛が聞こえ、びっくりして目をあけた。

すぐに気がついた。夢だったんだ。でも、待避線《たいひせん》には本当に列車が止まっている。そして、警笛は、反対方面から接近して、この列車とすれちがおうとしている列車が鳴らしたのだ。その列車が通過したら、止まっている列車もすぐに発車する。ぐずぐずしていたら、のがしてしまう。

大急ぎで、ヤスとフェルナンドを揺《ゆ》り起こした。フェルナンドは何が起こっているかすぐにわかったらしく、とびおきて荷物をかき集めた。ヤスの方は、まだぼんやりしていたので、さらに強く揺《ゆ》さぶった。すでに、接近してきた長い貨物列車が、待避線《たいひせん》のわきの本線を通過し終わっているのだ。

線路が空くのを待っていた列車に駆《か》けよって、貨車の扉《とびら》を次々にあけ、ぼくたちがもぐりこめるすきまのある車両を見つけ、はいあがる。三人が乗りこんだと同時に、列車はがたんと揺《ゆ》れて走りだした。ヤスとぼくは、積まれている木箱と袋《ふくろ》のあいだにどさりとすわりこみ、フェルナンドは入口に陣《じん》どって、扉《とびら》がしまらないように足をはさんだ。

列車が加速しはじめたとき、フェルナンドが声をかけてきた。「おい、ミゲル！　おまえが眠《ねむ》りこけてなくて、ほんとによかったぜ！　起こしてもらわなかったら、おれなんか、まだぐっすり寝《ね》こんでたとこさ」

そう言われて、あの奇妙《きみょう》なできごとを思い出した。「ああ、ほんとだ。運がよかったよ」

フェルナンドが足で押さえている扉《とびら》のすきまから、あたりがもうかなり明るくなっているのがわかった。

遠くの丘《おか》の上に野犬が一匹《ぴき》すわって、こちらを見ていた。あれは、闇《やみ》の中でぼくを見つめていた犬だ。どうしてこんなことが？　夜中のできごとは、本当にあったことだったんだろうか。それともやはり、夢だったのか？　今になって、背すじがぞくぞくしてきた。

「とにかく、あの砂漠《さばく》とおさらばできてうれしいよ」と、ぼくは言った。

「そうだ、まったくだ。あんまり長いこと砂漠《さばく》にいると頭がおかしくなるって、聞いたことがあるぜ」フェルナンドはそう言いながら、ぼくの方をじっと見て、頭の横で指をくるくるまわしてみせた。「どうやら、図星《ずぼし》だったみたいだな」

ぼくは貨車のかべに背《せ》をもたせ、犬の姿が見えなくなるのを待った。あの奇妙《きみょう》なできごとを、うちあけるべきだろうか……。でも、決心がつく前に、ヤスの大声でわれに返った。

「ねえ、見てよ！」

ふり返ってみると、ヤスは積荷を物色《ぶっしょく》していて、いくつかの箱を手ぎわよくこじあけたところだった。そして、中からモモの缶詰《かんづめ》をとり出し、勝ちほこったように高く持ちあげてみせた。

「たくさんあるわよ」

ぼくは思わずツバを飲みこんだ。フェルナンドも言葉にならないうめき声をあげ、ポケットをさぐり、ジャックナイフをとり出すと、ヤスの方に投げた。

「さあ、早くあけてくれよ！」

ナイフを受けとったヤスは、さっそく缶詰《かんづめ》のふたにつきたて、大きな穴をあけた。すぐに口をつけて、中の果汁《かじゅう》をごくごくと飲んでいる。ぼくたちの眼は、その口もとにクギづけになった。ひと息ついたヤスは、はればれとした顔で「うーん、サイコー」と言って、缶詰《かんづめ》をぼくにまわしてよこした。「こんなおいしいもの、ほんとに久しぶりだわ！」

ぼくも同じように、のどを鳴らしてごくごくと果汁《かじゅう》を飲み、指先でモモの果肉をほじくり出し、口にほうりこんだ。まるで天国にいるようだった。

フェルナンドは自分の番になると、貨車の扉《とびら》をぐっと大きくあけ、足と背中で押さえたまま、モモ缶《かん》を顔の上に持ってきて、大きな口をあけて果汁《かじゅう》を流しこんだ。果汁《かじゅう》は大きな弧《こ》をえがいて、フェルナンドの口にとびこんでいく。

「うーん」フェルナンドは満足そうにうなって、くちびるをなめた。「これで、なんとか国境までもつな。なあ、もうひと缶《かん》あけてくれよ、ヤス。いや、ふたつだ。ほかの種類もあるかい？」

「パインにマンゴー、それにナシもあるわ」と、ヤスが数えあげた。「全部あけてみようっと。めったにお目にかかれないもの」

ヤスは缶詰《かんづめ》をごっそりかかえこんで、扉《とびら》のそばにいるぼくたちの方に運んできた。そして床《ゆか》に並べると、またナイフを使って次々にあけていった。すぐにぼくたちは、戦利品をかこんで輪になり、外で陽《ひ》がゆっくりとのぼっていくあいだに、ひとつ、またひとつと空《から》にしていった。

「国境まで、あとどれくらいかしら？」と、パイナップルを口にほうりこみながら、ヤスがたずねた。

「そうだなあ、おれは機関士じゃないから、はっきりとは言えないけどね」フェルナンドは、空《あ》き缶《かん》を肩越《かたご》しに列車の外にほうり投げながら言った。「でも、この列車がノンストップで走ってくれれば、今日の夕方には着くかもしれない」

ヤスがぼくにうれしそうに笑いかけた。目をかがやかせ、口のまわりはまだ果汁《かじゅう》で光っていて、あごの方にもふたすじ流れている。

ぼくは、フェルナンドに聞いてみた。「これから行く町には、行ったことがあるんだよね？　どんなところなの？」

「ヌエボ・ラレドのことかい？」フェルナンドは少し笑ってから、やれやれというように首をふった。

「そうだな、あそこは、国境の町の中でも、どこよりも荒《あら》っぽいとこさ。それで知られているんだ。ヌエボ・ラレドってのは、本物の地獄《じごく》みたいなとこなんだ。麻薬《まやく》の売人たちがうようよしてる巣窟《そうくつ》だな。麻薬《まやく》を合衆国にこっそり運んで、それこそ、しこたまかせぐわけだ。あのセタスみたいな連中が町をしきってるしな」

ヤスが目をまるくした。「でも、あたしたち、あんな連中とはかかわらないんでしょ？」

「町に入ったら、いやおうなくかかわることになるよ。やつらはどこにでもいて、町じゅうを牛耳《ぎゅうじ》ってるからな。ここ何年かのあいだに、連中は町の警察を、鼻薬《びやく》をきかせて抱《だ》きこんじまったんだ。それからは、軍が町の治安をたもとうとしている。今も、マシンガンを持った兵士が、しょっちゅう装甲車《そうこうしゃ》で町の通りを走りまわっている。だけど、状況《じょうきょう》は少しも変わらない。軍も、もう半分近くが、連中に抱《だ》きこまれてしまった。だからあの町は、それこそ草も生えないほど荒《あ》れちまってるわけさ。やつらにさからうことは、死を意味するんだ」

ぼくは息をのんだ。「それじゃあ、町に入ったら、息を殺していなくちゃいけないの？」

「まったくそのとおりさ」と、フェルナンドはうなずいた。「最悪なのは、麻薬《まやく》シンジケートのやつらだ。ナイフをふりまわしてケンカするし、町の通りで撃《う》ちあいになるのもしょっちゅうだ。ふつうの人は、ほとんど外に出もしない。あの町は悪夢そのものだ。おれたち、できるだけ早く国境を越《こ》えなくちゃいけない」

「それを聞いてほっとしたわ。でも、よりによって、そんなところへ行くなんて……」ヤスがため息をついた。すると、フェルナンドが言った。

「ほかの国境の町の方がましだなんて、考えない方がいいぜ。むしろ、ヌエボ・ラレドみたいにめちゃくちゃなところの方が、おれたちみたいな人間には好都合なんだ。それだけチャンスが大きくなるからな」

サボテンと、ひあがった河床《かわどこ》だけが目につく荒《あ》れはてた土地を、列車は北へと進んでいった。しばらくして、ぼくは貨車の扉《とびら》の見はりをフェルナンドと交代し、走りさっていく景色を目で追っていた。まだずっと南にいたころ、線路の両側に緑のジャングルが続いていたときと、単調さではさほど変わりがなかったけれど、それは、もうはるか昔のことのような気がしてならなかった。

そうだ、もうずいぶん遠くまで来たんだ――そんな思いが頭をよぎった。山賊《さんぞく》の略奪《りゃくだつ》にあい、ひどい目にあい、飢《う》えに苦しみ、こごえそうにもなったけど、まだ旅を続けている。ここまで来て、旅の終わりに近づいている。

シウダー・イダルゴからタパチュラに移動したときの、最初の列車を思い出す。あのときは何もかもはじめてだったから、列車がガタゴトいうだけで、ひたいに冷《ひ》や汗《あせ》がにじんだ。少なくとも、ヤスとぼくはそうだった。ところが今は、年をへたウサギみたいに、少しのことではびくついたりしない。

それから、リオ・スチアテの川っぷちのことも頭に浮《う》かんだ。みんなしてやぶの中にしゃがみこみ、期待と不安でいっぱいになって、向こう岸をながめていたときのことだ。あのときフェルナンドが言った言葉が、まだ耳に残っている。この川を越《こ》える百人のうち、チアパスをぬけられるのは十人。北の国境までたどり着けるのは、そのうち三人。そして、国境を越《こ》えられるのはひとり……。

考えてみると、確かにそうだという気がしてきた。合衆国との国境にたどり着くのは三人……。そのとおり、ぼくたちは三人だ。フェルナンドとヤスとぼく。フェルナンドには、はじめからわかっていたのだろうか。
……そして、国境を越《こ》えられるのはひとりだけ。
あの言葉の最後のところだけは、あたってほしくない。

23

そのやぶは、生きていた。あらゆる方角を見つめ、耳をそばだてている。闇《やみ》の中で、たえまなくささやいている。やぶは、希望と不安にみちている。そしてやぶの中から、たえずいくつかの影《かげ》がはい出しては、川の方へおりていく。

川は、やぶから少しくだったところにあった。大きくて、ゆったりと流れる川――リオ・ブラボだ。ここまでたどり着いたすべての者の運命が、この川にかかっている。たいていは期待どおりにはいかない。だがときには、うまくいくこともある。ほんのわずかな運のいい者の話だけれど、だれもがその話にすがりたくなる。

ぼくたちは本当に、その日の夜にはヌエボ・ラレドに着いていた。駅に近づいたところで、夕闇《ゆうやみ》にまぎれて列車からとびおり、うす暗い路地をたどって、国境を越《こ》えようとする者たちが寝泊《ねと》まりする安宿へもぐりこんだ。そこであたたかい食事にありついたあと、すぐに川を見に来たのだ。危険をおかしてでも、目指す土地、アメリカ合衆国を遠目にでも見たかったのだ。

心おどるような景色ではなかった。目を見はるようなものといえば、対岸の国境警備の施設《しせつ》だけだ。サーチライトをそなえた監視塔《かんしとう》が、一定の間隔《かんかく》で並んでいる。そのまるいライトの光が、川の上や川辺を行ったり来たり、たえずなめまわしている。監視塔《かんしとう》の前にはパトロール用の道路があり、ジープに乗ったり犬を連れたりした監視兵《かんしへい》が行き来していた。さらに、数分ごとにヘリコプターが飛来《ひらい》し、水面近くまでおりてくるたび、ローターのはげしい風で水面が大きく波だつ。

それに、ラウドスピーカーからたえず警告が流れていて、その声は、こちら側のぼくたちのところまで響《ひび》きわたっていた。何もかもがおそろしく見え、無傷で向こう岸に渡《わた》ることなんて不可能のように思えた。

ぼくたちは、車の行き来のはげしい高速道路沿いの塀《へい》の上にすわっていた。足の下は深く切れこんだ谷で、そこを川が流れている。川岸には深いやぶや雑木林があり、そこには、今夜川を渡《わた》ろうとしている人々がひそんでいた。

フェルナンドが、下の川岸を指さして言った。「あそこがデッドライン、つまり、越えちゃいけないあぶない線だな」

見おろしてみたけれど、とくに何も見えなかった。ちょっと見には、何もかもが静かで暗かった。

「なんであぶないの？　それは向こう岸の方だろ。こっち側は、何も危険そうじゃないけど」

「見かけにだまされちゃだめだ。あのやぶには、悪党どもも出没《しゅつぼつ》するんだ。ラ・アロセラにいたような連中がな。今、あそこまでおりていってみな。たちまち身ぐるみはがされちまう」

「なんだって！　こんな川の岸でまで、ひどい目にあわされるの？」

「そうさ、まちがいない」

「じゃ、どうやってこの川を越《こ》えればいいんだ？」

「そうだな。このリオ・ブラボは、おれたちがイカダで渡《わた》ったあのリオ・スチアテとはちがう。広さや深さがちがうだけじゃない。いちばんちがうのは、一度はまりこんだらぬけ出せないあぶない渦《うず》があることだ。まるで緑色した小さなヘビみたいな渦《うず》だ。流れがにごるほど大きな渦《うず》じゃないけど、ペストみたいにひどく危険なんだ」フェルナンドはいまいましげに首をふり、下流を指さした。「ずっと川下で、よく水死体があがるって話だ。向こう岸にたどり着けなかった連中のね」

ヤスがため息をついて、つぶやいた。「やめてちょうだい、まるでチャンスがないみたいなこと言うの」

「お散歩に行くのとはちがうんだぜ」と、フェルナンドが言い返した。「だが、あきらめることはないんだ。おれたち、本物の『コヨーテ』を探さなきゃ」

「コヨーテだって?」最初は動物のことかと思った。でも、フェルナンドがそんなことを言うはずはない。「どういうことさ?」

「国境を越《こ》えるとき手びきをする連中を、そう呼ぶんだ。闇《やみ》の案内人がたくさんいるのさ。そういう連中はいくつかのグループにわかれてるが、ほとんどが麻薬《まやく》シンジケートのメンバーで、人を渡《わた》すほかに、ブツを向こうに持ちこんでるのさ」

「それじゃあ、自分たちだけで向こうに渡《わた》るなんてできない、ってこと?」とぼく。

フェルナンドは体をかがめ、谷底に向かっていきおいよくツバをはいた。「もちろん、自力で行こうとするやつだっているさ。とくに、コヨーテの連中にはらう金なんか持ってないやつはね。だが、それでうまくいったやつは見たことがないね。この谷のあたりで殺されちまうか、川でおぼれるか、たとえ向こう岸まで行けても、そこで捕《つか》まってしまうかだ。だから、肝《きも》に銘《めい》じておけよ! まずは、ぬけ道をよく知ってる連中を探し出さないといけない、ってことをな」

フェルナンドがそう言ったとき、またヘリが飛来した。川沿いに飛んでくると、サーチライトもそれを追って、流れの上をすべっていく。ヘリは、ホバリングしながら降下してきた。川の水がはげしく波だつ。川のまん中にいくつかある中洲《なかす》とこちらの岸のあいだの流れを、騒《さわ》がせながらおりてきたヘリは、しばらくするとまた高度をあげて、飛びさっていった。

ヘリの爆音《ばくおん》が聞こえなくなってから、ヤスがフェルナンドに聞いた。「前に、ここまで来たって言ってたわよね。向こうへ渡《わた》ろうとしてみたの？」

フェルナンドはむっつりして前方をにらんでいたが、しばらくして、無言で小さくうなずいてみせた。

「それでどうなったの？　案内人といっしょじゃなかったの？」

「そんなわけないさ。だけど、そいつにだまされたんだ」フェルナンドはふきげんそうに答えた。

それを聞いて、ぼくは思いあたった。「ここに、何か貸しがあるって言ってたよね。もしかして、そのこと？」

するとフェルナンドは、はげしく言い返した。「だれがウソをつきそうかなんて、いちいち考えてられないんだよ。その野郎《やろう》は、おれから金を受けとると、向こう岸に着いたところで姿をくらましやがった。おれはたちまち国境警備兵に捕《つか》まっちまって、あわれ、監獄《かんごく》入りってわけさ。川を渡《わた》るなんてたいしたことない、なんて大口をたたいてた連中といっしょに、ほうりこまれたんだ。運よく、そんなに長くは収監《しゅうかん》されず、すぐに追い出されたけどな」

「それで、今回は、そのずらかったやつに仕返ししてやりたいんじゃないか？」

「仕返しって、どういうことだよ。あんなブタ野郎《やろう》にかかずらわってるひまはないぜ。とり返したいものはあるから、あいつが見つかるといいけどな」

ヤスが塀《へい》の上で、落ち着かないようすですわりなおした。「なんだかいやな感じがするんだけど、フェルナンド」

「おまえが気にすることはないさ。心配するんじゃないよ」

「わかってるけど。軽はずみなこと、してほしくないの。以前のうらみをはらそうなんて……」

「おい、まったくわかっちゃいないんだな」フェルナンドは、いらいらしたように塀《へい》をたたいた。「おれだけのためじゃないんだ。おれたちみんなのためなんだぜ。この国境を越《こ》えるには、かなりの金が必要なんだ。そいつはあのとき、その金をおれから受けとったんだ。つまり、あいつにゃ貸しがあるんだ。わかるか？」

ぼくは口をはさんだ。「いったい、いくらぐらいなの——つまり、向こうへの渡《わた》し賃《ちん》は？」

「千二百ドル」

「千二百ドルだって？」それがぼくたちのお金でいくらなのか、すぐにはわからなかった。ただ、とほうもない大金だということだけはわかった。「そんなお金、どうやって手に入れたの？」

「かせいだんだよ」

「えっ、この町でかい？」

「そうさ、ほかにどこでかせげるっていうんだよ。砂漠《さばく》でか？」

「でも、どうやって？」

「なんでも、好きなことをやればいいんだ。町で金をかせぐ方法はたくさんあるからな。いい方法を思いつかなくたって、靴《くつ》みがきでも、キャンディ売りでも、車みがきでも、クソみたいな仕事はいくらでもある」

「いちばんかせげるのは、何？」ぼくは聞いてみた。

フェルナンドは笑って、ウィンクしてみせた。「今夜は、もうそんな話はやめとこう」

「どうやってかせいでもいいけど……」と、ヤスが言った。「でも、信じられない。あたしたちがこの旅を終わらせるためには、そんな大金がいるなんて。そんなの、どうやったらかせげるわけ？　きっと何年もかかるわ！」

フェルナンドはしばらくのあいだ、だまって川や対岸の監視塔《かんしとう》の方をじっとにらんでいた。それから、わざとらしく口笛を吹《ふ》きはじめた。そして、きっぱりと言った。「いや、できるさ。確かに、この町はゴミためみたいなとこだ。だが、ひとつ言えるのは、金は道に落ちてる、ってことだ。おれたちだって、バカじゃないんだ。そうだろう？」

「でも、無一文で、おなかをすかせてて、そのうえ、知りあいもひとりもいないわ」ヤスが言い返した。「かりに、自分たちの力でそんな大金をかき集められたとしても、あんたに起きたのと同じようなことが、また起こるかもしれないじゃない？」

フェルナンドが手をあげて、ヤスをだまらせ、にらみつけた。「おい、おまえ、そんなこと、もう二度と言うなよ！　そりゃあ、おれはいろんな失敗をしてきたさ。だが、ひとつだけかたく誓《ちか》ってることがある。同じあやまちはくり返さない、ってことだ。そんなの、マヌケのすることだからな。今回は、ぜったいに信用できるやつをコヨーテとしてたのむつもりだ。ペテン師にはひっかからない。それだけは確かだ」

フェルナンドに聞きたいことは、ほかにもまだたくさんあった。まずは、この町でこの先しばらくどこに泊《と》まったらいいのか。ずっとあの安宿なのか。それから、ここで金をかせぐまともな方法……。けれどフェルナンドは、もうあまり話そうとしなかった。しかたなく、ぼくたちは塀《へい》にすわったまま、川の対岸をながめていた。

やがて、ヤスがたまりかねたように言った。「ねえ、もうじゅうぶんよ。ずっとながめていると、気がめいってくる。それに、疲《つか》れたわ。宿にもどりましょ」

「そうだな、ひきあげどきだ。おれのせいで安眠《あんみん》できなかったなんて、言われたくないしな」

ぼくたちは向きを変え、塀《へい》からとびおり、通りを渡《わた》った。通りの向こうに着くと、フェルナンドはもう一度、川の方をふり返った。

「ま、いいさ。今夜はここまでだ。また明日な」


町に入ってから最初の三晩、ぼくたちは同じ安宿で夜を明かした。昼のあいだはずっと、町の通りをうろついて、なんでもいいから金をかせげそうなことを見つけようとした。

さいわい、警官にはさほどいやな目にあわされずにすんでいた。警官の姿が見えたとたんに、さっと姿をくらますことにしていたからだ。

すぐにわかったのは、この町には四種類の人間しかいない、ということだった。まず、麻薬《まやく》組織の売人たちだ。金のブレスレットをこれ見よがしに身につけて、成金趣味《なりきんしゅみ》のはでな車に乗って通りを走っている。ほとんどが、フェルナンドより少し年が上くらいの、若い連中だった。次が、兵隊たち。本来は犯罪者と戦うためにいるはずだけれど、なんだか犯罪者をさけたがってるみたいで、この町で命を落としたくない、という感じだった。三番目が、ぼくたちみたいな、国境を越《こ》えようとして列車でたどり着いた者たちだ。そして最後が、「グリンゴ」と呼ばれる合衆国の白人たち。彼《かれ》らはこの町の売春宿やバー、それに、ドラッグが売買されている酒場で楽しむためにやってくる。一般《いっぱん》市民はほとんど見かけない。たぶん、みんな、町から逃《に》げ出してしまったのだろう。

最初の日は三人で行動したけれど、次の日は、フェルナンドはぼくとヤスを置いて、ひとりで出ていった。ずっと待っていたが、夜になっても帰ってこない。朝になっても姿を見せなかった。朝食のあと、ぼくとヤスはしかたなく宿を出た。フェルナンドがいなくては、何をしていいのか、とほうにくれてしまった。でも、通りの方へ出ていくと、ビルのかげにご本人が立っていた。

ぼくたちの姿を見つけると、フェルナンドはすぐに、ついてこい、と合図をよこした。ぼくたちは、じゃまが入りそうにない公園に向かった。

何かあったのかと、じっと横から見てみたけれど、わかったのは、フェルナンドの目つきがぎらぎらしていて、どこか勝ちほこったような感じだ、ということだけだ。だが、何も話そうとはしない。なんだか、ぼくたちをじらしているようにも見える。

ようやく人目につかない公園まで来ると、フェルナンドは、ゆうべどこにいたか、たね明かしをしてみせた。

「たまには、いいことがある晩もあるってことだ」と、ポケットからドル札のたばをひっぱり出してみせ、すぐにまた、しまいこんだのだ。

ヤスとぼくは目をまるくして、半信半疑で顔を見あわせた。でもぼくは、何があったのか、すぐにぴんときた。

「あいつを見つけたのかい？」

「そうさ。そういう連中が、どこに集まってるか知ってたから、うまいぐあいに見つけられたんだ。だから、あいつに仕返ししてやったのさ」

「どんなふうに？」

フェルドは木に寄りかかると、遠い目をした。「おまえが知る必要はないよ」

しばらくは、だれも何も言わなかった。でも、ヤスが肩《かた》をいからせ、ポケットに手をつっこんで、

「あんた、まさか……」と言いかけると、フェルナンドはさえぎった。

「いや、それはないさ。ただ、やつが以前おれからまきあげたこの金を、またとり返しに来ようなんて思わないようにしてやった。二度と忘れられないように……一生忘れられないようにしてやったのさ。ささやかな記念を残してやったよ」

「もういいわ。血なまぐさい話は聞きたくない」ヤスは耳をふさいだ。

フェルナンドは、おどろいたように眉《まゆ》をあげてみせた。「それほどたいしたことじゃないよ。ま、効果はあるだろうけど」

「それで、お金は？　そいつが、あんたからかすめとった分には足りないんじゃないの？」

「そんなことはない。まず、そいつを自分の住みかまでひきずっていったんだ。まるでネズミの巣のようなとこだったぜ。そこに、ナイフをふりまわす連中が、どれだけわんさといたかは、言いたくないな。まあ、どうでもいいさ。とにかく金はとり返せたんだから」

「千二百ドル全部かい？」

「それに、少しばかり色もつけてもらったよ。そして、せいいっぱい親しみをこめて、そいつの健康を祈《いの》ってやったぜ。つまり、利子と迷惑料《めいわくりょう》ってやつだ。とうぜんだろ？」

「そいつの仲間が、あとで仕返しに来るんじゃないの？」ヤスがたずねた。

フェルナンドは肩《かた》をすくめてみせた。「おれがどこにいるか、わかりゃしないよ。宿なしってことが

さいわいしたね」そう言ってにやりと笑い、すぐにまた、まじめな顔にもどった。「そいつが、シンジケートに入ってるやつでなくて、よかったぜ。もしそうなら、おれの命なんて吹《ふ》きとんじまってた。ま、それならそれで、はじめっからこんなことはしなかったけどな」

ヤスはまだ心配そうだった。「でも、その人、おもしろくないんじゃないの?」

「そうだな。リスクはわかってる。きっと仲間を集めて、おれのことを探すだろうな。後ろに目がついてるみたいに気をつけとく。だが、やつが探してるのは、おれひとりだ。だから、おまえらはきっとだいじょうぶさ。まあ、先を急ぐ理由がひとつふえたってことだ」フェルナンドは、ズボンのポケットをたたいてみせた。「とにかく、これが第一歩だ。これから、残りの金もかき集めなくちゃな。そして、向こうに連れていってくれるやつを見つけなきゃ」

ぼくはフェルナンドに、思いきって言った。「あんたはもう、ひとりで行けるんだよ。自分の分のお金は、じゅうぶんあるんだから」

「ああ、そのとおりだ」と、フェルナンドはうなずいた。「そうしたいところだ。けど、まだくちばしの黄色いヒヨッコたちをこんなところにほったらかして、向こうに渡《わた》る気にはなれないよ。おまえらを置いていったら、保護者の義務を放棄《ほうき》することになるだろう?」

「ぼくはかまわない。あんたが、南のチアパスで言ってたとおり……」

「かまわない、だって? おれが、なんて言ったって?」

「最後は自分でしまつするんだ、って。だれかをたよるな、って。そう言ってた」

「ああ、そのことか! なんか誤解してるようだな」

「ちがうよ。よくわからないけど」

「やれやれ」フェルナンドは肩《かた》をすくめた。「おまえはまだいろいろわかってないから、そう思うのさ。つまり、あのときは、そういう気持ちでやらなきゃだめだ、って言っただけだ。それとこれとはちがう」

そのとき、ヤスがふいに口をはさんだ。「ねえ、そんなこと、どっちでもいいじゃないの！　みんなが思ってることを言っていいんなら、あたしが言いたいのは、今夜はいったいどこで眠《ねむ》ったらいいのか、ってことよ」

フェルナンドはため息をついた。「ほら見ろ、もう大騒《おおさわ》ぎだ。これじゃおまえたちのこと、ほっとけるわけないだろう？　だれかさんが何か言ってやらないと、毎日十回は、そんなふうに騒《さわ》いでる。夜になると、最低二十回は騒《さわ》いでるな」

「ごちゃごちゃ言わないで。たぶん、もう考えてあるのね？」

「ちがうな！　そんなこと考えたりするもんか。ねぐらなんて、決まりきってるからね。とにかく、さっさと行こう」

フェルナンドは、ぼくたちに目もくれずに歩きだした。けれど、一度だけこちらをふり返って声をかけてきた。

「おまえたちも、自分のケツは自分でふくんだぜ。少しはかせぐことをおぼえろよ、今日じゅうにもな。何もかも、おれひとりでやるのはごめんだぜ！」

24

少年たちの何人かは、ぼくより年が下らしく、ちょうどアンジェロくらいだ。でもほとんどは、ぼくと同じような年ごろだ。中には、通りの縁石《えんせき》のすぐそばの車道に立って、ズボンのポケットに親指だけひっかけ、さそうように両足を広げている子もいた。建物のかべを背にして、影《かげ》の中に立っている少年たちもいる。おびえたけものみたいに背をまるめ、腕《うで》をかかえこんで、顔をあげる勇気もなさそうだ。

だれもが、それぞれの役を演じているようだった。そして、たいてい、それが板についていた。

ときおり、通りに車が入ってくる。グリンゴの男がたくさん、メキシコの男の子を目あてにやってくる、とフェルナンドは言っていた。ここにいる子は、とりわけまずしかったり、不潔だったりする、と。

車が何台か通りすぎる。何も起こらない。と、一台の車が止まり、助手席のドアがあく。少年たちのひとりが乗りこんでいき、車はまた走りだす。

いかにもそれ目あての男たちが、歩いてやってくることもある。通りの反対側に立ちどまる。すぐに決める者もいれば、いつまでもねばっこい目つきで見まわしている者もいる。自分の気に入る少年が見つかるまで、品さだめしているのだ。その少年が動きだすと、通りの反対側にいた男もそれを追って歩きだす。そして、二人は暗がりに消えていく。

「おまえなら、連中はとびついてくるぜ」と、フェルナンドがその後ろ姿を見おくりながらささやいた。

「ああいう連中の趣味《しゅみ》は、よく知ってるのさ。おまえ、やつらの好みだよ。かわいいからな」

ぼくたちは、その通りから少し離《はな》れた建物の暗がりにすわりこんで、通りのようすをながめていた。もうたっぷり何時間もそうしていたので、だんだんとようすがわかってきた。

「あんたの悪い冗談《じょうだん》は、聞かなかったことにするよ」

何度考えても、ぞっとした。目の前で起きていることが、どうしたって不快でがまんできなかった。

「しょうがないさ、仕事なんだから。で、おまえはなんか見つけたのか？」

「どういうことさ？　見つけてなかったら、この場所でやってみろ、っていうのかい？　ぼくは、ヘンタイのオヤジに抱《だ》きつかれるなんて、ごめんだよ」

「まあ、いいさ。じゃあ、あとはしっかりやれよ。おれは自分の持ち場に行くからな。よさそうな客がいたら、がんばれよ」

「ああ、わかったよ。さあ、さっさと行ってくれ！」

フェルナンドは、はげますようにぼくの肩《かた》をぽんとたたくと、姿を消した。ひとりになると、さっきから感じていた胃のあたりの気持ち悪さが、もどってきた。こんなとこに来て、よかったのだろうか？　わからない。だけど、今ごろそんなこと考えても、もう遅い。自分で決めたことなんだから。

ヌエボ・ラレドの町に来て、もうかれこれ十日になる。フェルナンドは、町のはずれにある簡易宿《かんいしゅく》泊所《はくじょ》を見つけてくれた。そこには、国境を越《こ》えようとしている人々が百人以上寝《ね》泊《と》まりしていたが、およそ宿とはいえないような、ダンボールとトタンでこしらえたちっぽけな小屋の集まりだった。中には、ぼろぼろでしみだらけのマットレスがひとつだけ。そういう小屋が何百も、ひしめきあうように立っているのだ。つまりは、頭の上に屋根があるだけいい、ということだ。

ヤスとぼくは、フェルナンドに言われた「金をかせげ」という言葉を実行しようとした。宿を出ている昼間のあいだに、自分たちも何かしてかせごうと思ったのだ。

ぼくはまず、ほんの少しの賃金しかもらえない、商品倉庫での仕事にありついた。そして、もらったわずかな賃金で、車の窓を洗うブラシを買って、通りの交差点に立った。そこで、信号待ちしている車のフロントガラスをみがくのだ。こっちのかせぎは、少しはましだった。けど、あぶない目にあう可能性もあった。車にひかれないように気をつけなくてはならないし、たのみもしないのに車に洗浄液《せんじょうえき》をかけられておこった人が、警察に通報したら、一巻の終わりになるかもしれない。

ヤスも、通りでキャンディやガムを売りはじめた。品物は、宿泊所《しゅくはくじょ》にいるいかがわしげな若者から仕入れる。その男の商売は、ヤスみたいな子に品物を渡《わた》す代わりに、あがりの半分をまきあげる、という寸法だった。ときには、もうけなんかほんの少しだったりもする。そんな日は、食費や泊《と》まり賃《ちん》を出してしまったら、手もとには何も残らなかった。

フェルナンドは、めったに姿を見せなかった。たいていは夜に出かけ、昼間のうちにどこかで眠《ねむ》っているようだ。何をしているのかも、ほとんど話してくれない。ほんの少しほのめかしたことから考えられるのは、日が暮れてからまだ通りをぶらついているうかつなグリンゴから、まきあげているらしい、ということだ。いったいどうやるのか、知りたい気もしたけれど、わざわざ聞きたくはなかった。

ともかく、フェルナンドの方は、あがりがよさそうだった。きのう、三人でこれまでのかせぎを集めてみたところ、ぼくのかせいだ額なんか、フェルナンドにくらべたらほんのスズメの涙《なみだ》で、はずかしくなるくらいだった。ヤスもしょんぼりして、すみっこでひざをかかえていた。

そのとき、フェルナンドがぼくをじっと見つめて、明日はおれについてきな、と言った。いっしょにやってみよう、と。だから、今、ここにいるというわけだ。

ぼくはビルのかげを離《はな》れて、通りを横ぎった。歩道の縁石《えんせき》の下に立っていた少年が、不審《ふしん》そうな目でこっちを見た。ぼくは、だれもいない、空いている場所に立ちどまり、ビルのかべに寄りかかった。

「おい、なんだよ、おまえ?」と、とがめるような声がかかった。縁石《えんせき》のところで客待ちしていた少年だ。「そこは、マルコの場所だぜ」

「ここが?　だれもいやしないじゃないか」

「またもどってくるんだよ、マヌケ!」

「それまでには、どくよ」

すると、相手はおどすように何歩か近よってきた。「わかってないようだな。おまえがここでしくじらねえように、教えてやろうって言ってんだよ」

「まあ、落ち着けよ。ほら、後ろを見てみろ。あそこのデブのだんなが、どうやらあんたに興味を持ってるみたいだぜ」

向こう側の歩道で、アロハシャツを着たアメリカ人らしい男が、こっちをじろじろ見ていた。どうやら、ぼくに因縁《いんねん》をつけてきた少年に、興味をひかれているらしい。少年はもう一度こちらをにらみつけると、通りを渡《わた》っていってしまった。すぐにその少年は、その太った男とどこかへ消えていった。

しばらくすると、近くにいるほかの少年たちは、ぼくのことを気にしなくなった。とくに好意を見せるわけではないが、ほうっておくことにしたらしい。それでもぼくは、用心のために目立たない場所に移動した。そこから、少年たちをあさる客たちを観察することにした。

男たちの目つきには、はきけをおぼえた。じっと見ているうちに、どんどん気分が悪くなってきた。

なんとかがまんできたのは、自分がここにいるのは、やつらの気をひこうとしているわけじゃなくて、その反対だ、とわかっていたからだ。

最初にぼくに気をひかれた男は、スモークウィンドウの車に乗ってきたやつだった。通りをゆっくり流してきて、ぼくのすぐそばで停車し、サイドウィンドウをおろした。だけど、車でやってくるやつには用はない。ぼくはそっけなく首をふって、その気がないことを教えてやった。男はおこってにらみつけると、窓から侮辱《ぶじょく》のしるしに中指をつき出して、走りさった。

次の男は、通りを渡《わた》ってこちらに歩いてきた。やはりグリンゴだ。こちらをじっと見ている。ぼくも視線を返す。すると、相手はうなずき返してきた。ぼくは、そいつがどれくらい金を持っていそうか、値ぶみしようとした。フェルナンドは、相手の金のにおいをかぎわける名人で、まず、まちがうことはないらしい。でも、ぼくにはまるでわからない。こういう連中に金があるかないかなんて、どうやったら見わけられるんだろう？

とにかくぼくは、勇気をふるって動きだした。こんなところで時間をむだにしたくなかった。はた目には、ほかの少年たちと同じことをしているように見えただろう。

その男があとについてくるのを、目のはしに感じる。かなり間《ま》をおいて、男は道を渡《わた》ってきた。こちら側に着くと、ゆっくりとぼくを追ってくる。こちらはちょっと足をゆるめて、少しだけ相手が近づけるようにする。こちらに笑いかけてくる。しかたなしに笑い返してやる。

それから、ぼくはわき道のひとつにおれた。一時間ほど前に、フェルナンドが入っていった道だ。ここでまちがってないはずだ！　まちがっていたら、ついてくる男とまずいことになる。そしたら、ひとりでなんとかしなきゃならない。いや、そうなったら、ずらかるしかない。足はこっちの方が速いに決まってる。

わき道から、さらに路地のひとつにおれる。さらにいくつか角をまがると、ようやく、フェルナンドが待っているはずの場所に近づいた。かなりせまくて暗い、さびれた路地裏《ろじうら》だ。どんどん歩いていくうちに、もうあの男はついてきてないんじゃないか、と感じた。だがふり返ってみると、男はまだいて、人けのない暗い路地裏をすかし見ている。

「おい、どこまで行くんだ?」男が英語で聞いてきた。

「トゥ・マイ・ルーム(おれの部屋だよ)」と、この町へ来てからおぼえた、へたくそな英語で返事してやった。「マイ・ルーム・イズ・スモール・アンド・ダーティ(小さくて、きたない部屋だよ)」そう言って、自分の股間《こかん》をにぎってみせた。

男はバカみたいに、にやにや笑った。ひっかかったようだ。こちらがまた歩きだすと、男はもう、うたがうのはやめたらしく、のこのことあとについてきた。もう、すぐ後ろまで来ていて、男の体臭《たいしゅう》と、はく息のにおいがした。ぼくはしぜんと足早になり、路地の両側に目を走らせた。

やっと、目指す場所が見つかった! ゴミ回収用の大型ダストボックスだ。その背後にフェルナンドがしゃがみこんで、待っているはずだ。

ダストボックスのすぐ手前で立ちどまり、路地に面した家の二階の窓を指さした。とびきり古ぼけたあばら屋だ。「マイ・ルーム」と言ってやる。

男はその窓を見あげた。それから、暗い中でもはっきりとわかるほど顔を近づけてきた。どこといって変わったところのない、ふつうの男だった。少年好きのヘンタイ男だというようすは見られない。だが、そんなことを考えているまもなく、男の背後にもう、フェルナンドが立っていた。ダストボックスの後ろから出て、影《かげ》のように音もなく近づき、手にした何かをふりかぶった。護身用にいつも持ち歩いている棒きれだ。

今にもなぐりつけようとしたとき、男がふいにふり返った。たぶん、ぼくの視線を見て、後ろに何かあると勘《かん》づいたのだ。とっさに腕《うで》をあげてよけようとしたので、フェルナンドの棒は頭にではなく、男の肩《かた》にあたった。

男は一瞬《いっしゅん》ひるんだが、すぐに立ちなおり、信じられないようないきおいでフェルナンドの顔に一発食らわせた。フェルナンドは後ろへ吹《ふ》っとび、ダストボックスに背中からぶつかってしまった。男がさらにフェルナンドに向かっていこうとしたので、ぼくは後ろからとびかかって、全力で押《お》さえつけた。

さいわいフェルナンドはすぐに立ちあがり、男を燃えるような目つきでにらむと、相手のみぞおちのあたりを思いきり棒でついた。男は大きくうめき、前のめりになって、その場ではき、そのままよろめいている。どうやら、かなり酔《よ》っていたようだ。ぼくが手を放すと、ひざをついた。フェルナンドがさらになぐりつけると、どっとたおれこんで、そのままのびて動かなくなった。

フェルナンドは荒《あら》い息をついて棒きれを投げ出し、なぐられた顔をさすった。

「クソ！　おれの顔、ひどいか？　キズがあったら教えてくれ」

「だいじょうぶだよ。なんともないよ」と、ぼくは言ってやった。

「そりゃよかった。目はそう言ってないけどよ」

そのとき路地の奥《おく》で、押《お》し殺《ころ》したような人の声がし、少し離《はな》れた家の窓に明かりがついた。フェルナンドがダストボックスにぶつかった物音に、気づかれたのだ。

「おい、行こうぜ！　ずらからないと」と、フェルナンドはささやいた。そう言ってから、たおれている男の上にかがみこんで、ズボンからサイフをひっぱり出した。中をさぐって札をぬきとると、サイフは男の方に投げ返した。

「いくらあるの?」

「ちゃんと数えちゃいないが、百五十かそこらだな」フェルナンドは立ちあがって、ウィンクしてみせた。「一回のかせぎとしちゃ、悪くないぜ。おまえ、才能があるんじゃないか? このマヌケ野郎《やろう》、おまえにめろめろだったんじゃないのか?」

「そういう冗談《じょうだん》は聞きたくないって言っただろ。さあ、早く逃《に》げよう!」

ぼくらはもう、この路地からおさらばすることしか考えていなかった。人けのないわき道をたどって、ぼくらのねぐらに駆《か》けもどるだけだ。フェルナンドともう、このことは話さなかった。今夜の仕事は終わったのだ。それでじゅうぶんだと、わかっていた。

宿に着くと、ぼくのわきでフェルナンドが、あの男からまきあげた金を数えだした。

「こんなことするなんて、おかしいよ」と、言ってやった。

「おれの頭がおかしいってか?」フェルナンドは金勘定《かねかんじょう》を続けながら、聞き返した。「こんなみょうな紙くずのために、おれたち、何してるんだろうな?」フェルナンドは笑いだした。「世の中、どうにも狂《くる》ってるよなあ。おれたちだけが狂《くる》わないわけがないだろ?」

「この病気みたいな町のせいで、ぼくたちも狂《くる》ってるっていうの、フェルナンド?」

フェルナンドは札たばをポケットにしまいこんで、言った。「あいつに悪いことした、って思ってるのか?」

「わからないな。あんなことになって、かわいそうなやつだとは思うけど」

フェルナンドは幾度《いくど》か口をぱくぱくさせて、あごがだいじょうぶかどうか確かめているようだった。それから、やっと話しだした。「ひとつだけ、はっきりしてることがあるぜ。おれたちがあいつからまきあげた金は、おれたちの自由へのキップになるんだ。あいつにとっちゃ、なんてことはない。二日酔《ふつかよ》いからさめて、国境をすんなり越《こ》えてもどっていけば、すぐに銀行で、この三倍もの現金をおろせるんだからな。だから、あんなことで、いつまでも頭をなやますことはないんだ」

確かにそのとおりだ。でも、ぼくは何も言わなかった。ひとつだけ、はっきりしているのは、国境を越《こ》えるのにこれ以上時間をかけてはいけない、ということだ。この町はぼくたちに、とてつもなく悪いことばかりを見せつける。もうそんなものは見たくなかった。

本当に、もうあんなことをするのはいやだった。でも、まるで押《お》し流されていくように、いったん動きだしたら、止められない欲望のようなものが働いた。この町には、そんな欲望が渦《うず》まいていた。結局、次の夜も、ぼくはフェルナンドと町に出た。それからも毎晩。

はじめのうちは、うまくいっていた。夜の町に立つほかの少年たちは、たびたび顔をあわせるうちに、あからさまに敵意を見せるようになり、ぼくを追いはらおうとしたり、おどしたりするようになった。それでも、はじめは害はなかった。

けれどそのうち、連中は、ぼくがグリンゴ相手に何をしているのか勘《かん》づいて、自分たちの商売のじゃまになる、と気づいたようだった。そしてある夜、とつぜん大人の男が二人、姿を見せた。ぼくは、どういうことか気づく前に、とっつかまって暗がりにひっぱりこまれ、さんざんに痛めつけられた。去りぎわにも数発けとばされ、今度顔を見せたら生かしちゃおかないぞ、とおどされた。

しばらくは起きあがれず、うめきながらやっとのことで立ちあがると、フェルナンドがいつものように待っているあの路地裏のダストボックスまで、足をひきずっていった。ぼくのありさまを見て、すべてを察したらしく、フェルナンドは何も聞かなかった。話しあう必要もなかった。もうすんだことなのだ。

フェルナンドは場所を変える、と言い、ぼくは、はうようにねぐらにもどった。早くヤスに会いたかった。

ところが、宿泊所《しゅくはくじょ》にもどってみると、ヤスはいなかった。しばらく待ったが、もどってこない。どんどん夜がふけていく。胸騒《むなさわ》ぎがして、ヤスに何かあったんじゃないかと心配になった。しまいには外に出て、宿泊所の中はもちろん、町にまで探しに出た。通りをくまなく歩きまわり、前に二人で行ったところや、ヤスがいそうなところを探してまわった。

けれどヤスの姿は、地面にのみこまれたみたいに、どこにもなかった。探しまわるうちに心配で気が狂《くる》いそうになったが、どこにも心あたりがなくなると、宿にひき返すしかなかった。

宿にもどっても、ヤスはまだ帰っていなかった。考えられるかぎりの最悪なことを想像して、ぼくはひどく落ちこんでしまった。

だが、やがてヤスは、ふいにもどってきた。背をまるめて、うすっぺらな小屋のドアから入ってきたヤスは、ぼくの姿を見て、はっとしたようだった。

「ああよかった、ヤス！　いったい、どこに行ってたんだよ？」

「……そのへんよ。ミゲルの方こそ、なんでここにいるの？　フェルナンドといっしょに出かけてるとばかり思ってた」

「いや、もうあの仕事は終わりだ。じゃまするやつが出てきたから」

ヤスはぼくのそばに来てすわった。小屋に明かりはなかったけれど、窓からさしこむわずかな月の光で、男たちにさんざんに痛めつけられたぼくの顔がわかったようだ。

「ミゲルったら、だれにやられたの？」と言って、ヤスは顔の傷にそっとふれようとした。

「そんなこと、どうでもいいだろ」ぼくは、その手をはらいのけてしまった。「そのへんって、どこのことさ？　いったいどこへ行ってたんだよ」

「あたし……ええと、明日の売り物や何かをとりに……」

ヤスはウソがつけない。すぐに顔が赤くなって、しどろもどろになる。ヤスには、とてもたくさん好きなところがあるけど、これもそのひとつだった。かわいいと思っていた。でも、今はウソをつこうとしている。なぜだろう？　ぼくが眼をじっと見つめると、ヤスは横を向いてしまった。それで、彼女《かのじょ》がどこに行って、何をしてきたのか、すぐに察しがついた。

ぼくは、かっとなった。「ヤス、そんなのウソだって言ってくれよ！」

ヤスはぴくりとも動かなかった。

「言っても信じてくれないでしょ！」痛そうにうめきながら靴《くつ》をぬぐと、部屋のすみにほうり投げ、ヤスはきすてるように言った。「ミゲルだって、あんなことはじめたじゃない、フェルナンドと」

「ヤス！　ぼくたちはあんな連中と、へんなことはしてないよ。ただ金をまきあげてるだけだ」

「そう？　その方が、少しはましだっていうわけ？」

「そうさ、ましさ。連中にほかに用はないんだし。なんか売るなんてことは……」

ヤスはひざをかかえて、うずくまった。今にもこわれそうで、痛々しく、見ていてつらかった。

「でも、あたし、できなかった」ぽつんとヤスはつぶやいた。

「え、いったいなんのこと？　何があったんだい？」

「あたし、やろうと思ったの。でも、そのときになったら……。でも、どっちみち、できなかったと思う」

それで、少しはわけがのみこめたけど、今はヤスを、そっとわきからうかがうしかなかった。

「……なんでまた、そんなバカなこと考えたのさ」

「だって、あたりまえでしょ？　あたしだけ、なんにもしないで、あんたたちに向こうへ連れていってもらうなんて、いやだもん」

「でも、ヤス、きみにそこまでさせて、ぼくが国境を越《こ》えたいと思う？　それなら、むしろひき返した方がましさ。今、ここまで来てるけど、それでもぜったいにそう思うよ！」

「そんなのだめよ」

「かまわないさ。二度とそんなバカなことしでかさないと、今、ここで約束してくれないなら、ぼくはひき返す。ほんとだからな」

ヤスは一瞬《いっしゅん》目をそらし、またちょっとぼくを見つめてから、うつむいた。両手がふるえている。

「ねえ、どうなの？　約束してくれる？」

ヤスはとまどっていたけれど、やがて、ゆっくりとうなずいた。ひざをかかえたまま、じっと動かない。納得してはいないけれど、ほかにどうしたらいいかわからない、といった顔だ。なんとなく悲しげに、そして、おこっているようにも見えた。

「でも、どうしてそんなこと考えついたの？　だれかに何か言われたのかい？　つまり、きみが……」

ヤスはしばらく答えなかったが、急にぼくの顔を見て言った。「そんなの、どうでもいいでしょ」

「でも、そのせいでそんなことしたのなら、どうでもよくはないよ」そう言ってしまってから、ふいにはっとした。「まさか、フェルナンドはそんなこと言わないよな?」

ヤスは否定しなかった。「ねえ、もうやめて。ミゲルの言うとおり、約束するから。それでいいでしょ」

「よくなんかない!」とつぜん、かーっと頭が熱くなった。「そんなの信じられないよ」そう言って、ぼくはぱっと立ちあがった。

「ミゲル、行かないで!」ドアに向かうとき、後ろからヤスがさけんでいた。

でも、ぼくは耳を貸さなかった。外へとび出し、町の方角へ走りだした。フェルナンドへの怒《いか》りがおさえられない。なんで、ヤスにそんなことを言ったりした? これまでみんなで経験してきたことや、乗りこえてきたことが、何もかもすっかりむだになってしまった、という気がした。

フェルナンドの居場所は、見当がついていた。フェルナンド自身が、いくつか教えてくれていたのだ。それで、次々に探してまわった。そうしながら、ヤスがそういうふうに考えるようになったのは、ひょっとしてフェルナンドひとりのせいじゃなく、案内人のコヨーテをやとうために、よごれ仕事に手をそめて金をかせいでいる、ぼくたち二人とものせいなのかもしれない、と気がついて、暗い気持ちになった。でも、どんなふうにしたらそれができるか、ヤスに教えてやれたのは、フェルナンドだけだ。それだけでもゆるせない。

ようやく、フェルナンドの姿を見つけた。グリンゴたちでにぎわっているバーのある通りの、反対側に立っていた。ちょうど街灯の明かりがとどかない暗がりで、酔《よ》っぱらいがふらふらと通りへ出てきて自分の車に向かって歩きだすのを、待ちかまえているのだ。

ぼくは、フェルナンドのわきを通りすぎざまに肩《かた》をぶつけて、言った。「ちょっと顔貸してくれ！」

「おい、いったいなんのまねだよ？」フェルナンドは眉《まゆ》をあげた。「ずいぶんきげんが悪いな」

「とにかく、いっしょに来いよ！」

ぼくはどんどん歩きだした。フェルナンドはおかしそうに少し笑っていたが、言われたとおり、あとについてきた。しばらく二人とも無言で歩きつづけ、通りをいくつかおれて、ある建物の中庭に続くうす暗い通路に出た。

路上に落ちていたさびたブリキ缶《かん》を思いきりわきにけりとばしてから、ぼくは立ちどまり、フェルナンドをふり返った。

「あんた、ヤスに、どこでなら体を売れる、って教えなかったか？」

フェルナンドはじっとこちらを見つめていた。それから、ふっとため息をつき、そっぽを向き、ズボンのしりに両手をあてた。「まあな。だけど……」

次の瞬間《しゅんかん》、ぼくはとびかかって、なぐろうとした。でも、ぼくの柄《がら》じゃなかったから、できなくて、思いきりつきとばしただけだった。それでもフェルナンドは、足をもつらせ、背中からたおれてしまった。

こぶしをにぎりしめたまま、ぼくはフェルナンドをにらみつけていた。涙《なみだ》がぼろぼろとほおをつたい落ちていた。フェルナンドは、今にもはねおきてかかってきそうなようすだったが、ぼくのありさまを見ると、しりもちをついたままひじをつき、少し起きあがったまま、力ない声で言った。

「ヤスがおれのところに来たんだよ、ミゲル。ちょうど、今のおまえみたいないきおいでな」

「ウソだ。ぼくのときだって、あんたが話を持ち出したんだ」

「それはちがうだろ。カンちがいしてるな。おまえが、もっとたくさんかせげることはないか、とずっと言ってたんだ。それで、おれが、あのよごれ仕事のことを話したんじゃないか。選んだのはおまえだ」

「だから、なんだよ？」そう言い返しながら、フェルナンドの言うとおりだ、という気がした。なんだか頭が混乱してきた。「それと、ヤスのこととは関係ない」

「そうかもしれない。だが、ヤスの場合もおんなじなんだ。最初に思いついたのは、ヤスの方なんだよ。おれは、そんなことやめろって言ったんだ。でも、言うことを聞かなかった。そうしたいって一度思いこんだら、てんで強情《ごうじょう》なんだな。おまえもよく知ってるだろう？　しかたなく、何日か前に、そういう場所をいくつか教えてやったのさ。どこへ行ったらいいかをね。それだけだ」そう言って、フェルナンドはのろのろと立ちあがった。「それでも、おれがそそのかしたと思うんなら、ぶんなぐってくれ。かまわないよ」

もちろん、そんなことできなかった。体じゅうを駆《か》けめぐっていた怒《いか》りがいっぺんにしぼんで、なんだか気がぬけてしまっていた。

しばらくしてから、フェルナンドがつぶやいた。「ここでは、だれひとり無傷じゃいられないんだよ。聖人君子《せいじんくんし》のままじゃ、やっていけないんだ。それがいやなら、南のリオ・スチアテを渡《わた》ったりせず、家にいればよかったんだ」

フェルナンドはぼくの肩《かた》に手を置いた。「だけど、おまえは、この町にいるほかのだれよりも、ましな人間だよ。おれがうけあう。ヤスだってそうだ。あいつに今夜何があったって、そんなことはどうでもいいんだ」

ぼくはフェルナンドをちらりと見て、なんとか考えをまとめようとした。

「……今、わかったよ。ぼくたち、ここを出なくちゃだめだ。この町のせいでだめになる前に」

フェルナンドは一瞬《いっしゅん》考えて、すぐに言った。「ようし。金なら、もう足りてる。おまえはねぐらにもどって、ヤスがバカなことしでかさないように見ててくれよ。二人で落ち着いておれのことを待っててくれたら、それでいい」

「あんたはどうするの?」

「え、わからないのか?」フェルナンドはにやりと笑ってみせた。「いよいよ、コヨーテとほえるときが来たんだよ」

25

地図の上の道は、はてしなく続く細いすじにしか見えなかった。

白いミルクが流れる川みたいだ。南からいくすじも流れてきて、このヌエボ・ラレドへ流れこみ、ここが終点だ。ここから北にはもう続かない、ただの白い点。ちっぽけな白い点がそれぞれ町をあらわしているが、地図の上の白い点は、たがいにとてつもなく離《はな》れていた。

「このへんだったわ、エミリオが列車から落とされたのは」ヤスが地図の中の一点を指して言った。

ぼくたちは今、イグレシア・サン・ホセ——サン・ホセ教会の中にいた。ここは、ぼくたちみたいな国境を越《こ》えようとする者に、ときどき食べ物をほどこしてくれるのだ。

その大きな地図は、会堂の入口にかけてあった。これまでに何千という人々がおとずれて、自分たちが旅してきた道すじを指でなぞったので、地図は鉄道線路のところだけが、こすれて色がうすくなっていた。北の方にも、かすれたところがいくつかある。どれも合衆国の都市だ。人々が目指していた町なのだろう。たくさんの指がふれた箇所《かしょ》は、色がはげて白いしみのように見えた。

「ああ、ここがティエラ・ブランカ。あの神父さんがいたところだ。こっちは、サン・ルイス・ポトシ、ラ・サンタのいたとこ」

ぼくとヤスはしばらく地図の前に立って、これまでの旅を思い出していた。そのあいだにも、食事をもとめるたくさんの人たちが、ぞろぞろと会堂に入っていく。

「ずいぶん遠くまで来たわね、あたしたち」ヤスがしみじみと言った。それから、シカゴやロサンゼルスを探して、指を上にのばした。シカゴまでは、メキシコをぬけてきた以上の距離《きょり》がある。その道のりを指でなぞってみて、ヤスは、げんなりしたみたいにうなだれた。

「きっと行けるさ」ぼくはヤスの肩《かた》に手を置いて、少しひきよせた。「きっとまた合衆国で会えるよ。ぜったいさ」

「だといいけど。じゃ、中に入りましょ！　フェルナンドはもう、来てるはずよね」

二人で会堂に入っていった。あやうくフェルナンドとなぐりあいになりかけたあの最悪の晩からあと、ヤスとぼくは、宿泊所のあたりから出なかった。できることならもう、町には行きたくなかったからだ。すると今度は、あの安宿がどんなにみじめなところか、よくわかってきた。これまでは、ただ寝《ね》に帰る場所だったので、気づかなかったのだ。

そこは、もうどこにも行き場所がない、故郷もなくした人たちであふれ返った、不潔で悪臭《あくしゅう》ただよう小屋でしかなかった。ほとんどの者が、そこらじゅうで売られている麻薬《まやく》に手を出していた。そういう人たちは、もう気力もなく、川を渡《わた》ろうとも、故郷に帰ろうとさえも思わないようだった。ここに流れ着き、無気力に日を送るうち、しだいに幽霊《ゆうれい》じみた、生ける屍《しかばね》みたいになっていく。中には、もう長くなさそうなことがはっきりわかる者もいた。

そんな人たちのようすを見て、ぼくたちは、はっきり気づいたのだ。早くここを出ないといけない。いつ出られるかは、まだわからなかったけれど。フェルナンドは、ちゃんとやってくれるコヨーテを探すと言った。そして、今日の昼にこの教会で落ちあって、結果を聞くことになっていたのだ。

ぼくたちが入っていったときには、会堂はもう、人であふれていた。ほとんどのテーブルがふさがっていて、食器がガチャガチャ音をたて、話し声が蜂《はち》の巣の中みたいにワンワンと響《ひび》いている。フェルナンドはもう来ていて、すみっこのテーブルで食べていた。食事はスープだけだったけれど、パンはだれもが好きなだけとってよかった。

ぼくたちも自分の分を受けとり、人を押《お》しのけるようにして、フェルナンドのところへ近づいた。フェルナンドは、ぼくたちに気づくと少しだけ腰《こし》を浮《う》かせ、スプーンを持ちあげて合図した。それから、また食べはじめた。見たところ、ゆうべは寝《ね》ていないようだ。

「ああ、うまかった」と、皿が空になると前に押《お》しやって、フェルナンドは言った。それから、向かい側のかべに向かって頭をさげた。かべには、会堂にいる人々を祝福するように両腕《りょううで》を大きく広げている、イエス・キリストが描《えが》かれていた。「ありがとうございます!」フェルナンドは真顔《まがお》でつぶやいた。

ヤスが声をかけた。「疲《つか》れてるみたいね。ひと晩じゅう探しまわってたの?」

「そうさ」

「で、どうなったの?」

フェルナンドはまだ食べたりないようすで、ぼくのもらってきたパンに手をのばし、ヤスのスープにひたすと、口にほうりこんだ。「今や、おれさまは、世界一のコヨーテ通《つう》だね」パンをくちゃくちゃかみながら言う。

「どうなってるの?」ぼくがたずねると、フェルナンドはパンをのみこみ、背をまるめ、ひそひそ声で言った。

「ああ、この町には、ざっと十から十五ぐらいのコヨーテの組織があるようなんだ。それぞれに、二、三十人のコヨーテが属してる。やつらは警察とこっそり通じていて、いつどこで行動に出たらいいか、情報をもらってるんだ。ギャングたちにも上納金をおさめているから、川を越《こ》えるときに襲《おそ》われる心配もない。だから、組織に属しているコヨーテなら、合格ってことさ。たとえそいつが、もともと人殺しみたいな悪党であっても、組織のコヨーテなら、向こう側にちゃんと連れていってくれるし、ペテンにかけたりもしない。このまえ、おれをはめたやつみたいなまねは、しないってことだ」

「で、どうやって渡《わた》りをつければいいの?」

「もう、つけてきたよ。エル・アンフィビオ――『両生類』ってあだ名の男だ」

ヤスが口をはさんだ。「わあ! たのもしい名前じゃない。イモリってことかしら」

「まあな。だが、まずスープを片づけちまえよ。今言ったとおり、準備はととのってる。今夜、そいつに会うことになってるんだ、値段の交渉《こうしょう》をするために」

「交渉《こうしょう》って、どうするの?」と、ぼくは聞いた。

「たいしたことじゃないさ。もちろん相手は、最初はとびきり吹《ふ》っかけてくるだろう。こっちがはらいきれないくらいの額をな」

「つまり、あのリオ・スチアテのイカダの船頭《せんどう》のときみたいにやるの?」

「ああ、まあな。だけど、ここでの相手は、もっとずっと悪がしこい。できるだけ値切らなくちゃいけない。だが、相手をおこらせない程度にだ。だって、そいつだけがたよりなんだから」

「うまくいくと思う?」ぼくが聞くと、フェルナンドはにやっとした。

「うまいぐあいに、今じゃおれの名前は、町でちょっとは知られてるらしい。前におれをペテンにかけたコヨーテをしめあげてやったことが、評判になってさ。それが助けになるだろう」そう言うと、フェルナンドはイスの背にもたれ、頭の後ろで腕《うで》を組んで、気持ちよさそうにのびをした。そのあとすぐに、またテーブルに手をついて、ぼくたちの方に乗り出し、両手を広げて言った。

「おれたち、やったんだぜ」ぼくたちをはげますように見つめている。

ぼくはどぎまぎしながら、この数日のあいだに起こったことを思い出していた。けれど、フェルナンドの眼を見るといつもどおり、ちょっとからかうような、でも本気のまなざしだったので、もうすべて水に流すことにした。

「ぼくたち、やったんだね」と、おうむ返しに言って、フェルナンドに手をさし出した。

ヤスが笑いだした。「へんな人たちねえ」それから、ぼくたちの手の上に自分の手をかさねた。「でも、二人がそう言うのなら、本当なのね。あたしたち、やったのね！」

その晩、ヤスとぼくは、宿の小屋の中で寝《ね》ころがったまま、ずっと起きていた。フェルナンドは、そのなぞめいた「イモリ」という名の男に会いに出かけている。今ごろ、二人はどこかの暗いすみっこにすわりこんで駆《か》けひきをしているのだろう、と想像すると、どきどきしてとても眠《ねむ》れはしなかった。

「フェルナンドなら、うまくやるさ」ぼくは、ぼくの毛布にもぐりこんでいるヤスをひきよせた。

「たぶん、そうよね。そのうち、銀行員になれるかもね。無事にお父さんのところに行けたら、きっとそうなるわ。そして、すごーく出世したりして」

「フェルナンドのお父さんがどこにいるのか、知ってるの？　ぼくには、テキサス州のどこかだとしか言わなかったけど」

「ううん、あたしも知らない。彼《かれ》にご両親のことを聞いたのは、一度っきり」

「どんなこと?」

ヤスはちょっとため息をついた。「とてもつらい話よ。お母さんは、フェルナンドが生まれたとき亡くなったんだって」

「気の毒に」

「そう、だから彼《かれ》は、お父さんに男手ひとつで育てられたの。でもあるとき、お父さんは合衆国へ行ってしまった。なぜだかは知らないそうよ。何かから逃《に》げ出さなくちゃいけなかったらしいけど。で、フェルナンドは施設《しせつ》に入れられたんだって。でも、いつかはわからないけど、そこをとび出して、今みたいになったって」

ぼくは、これまでの旅のことを思い出してみた。何度となく、フェルナンドの話を聞いたものだ。ときには夜中近くまで、それこそ終わりがないくらいたくさんの話を。でも、今聞いたようなフェルナンドの身の上話なんて、ひと言も聞いたおぼえがない。

ヤスはひじをついて頭をささえ、ぼくを見つめた。「何か、へんじゃない? あたし、ときおり感じてた。フェルナンドは、お父さんのところへ行きたいと口じゃ言ってるけど、心の中では、そんなこと望んでないのかもしれない、って」

ぼくも体を起こした。「どうしてそう思うの? それじゃあ、なんであんなに何度も、合衆国へ行こうとしてるのかな?」

「さあね。ただ、そういう感じがするだけよ。ひょっとしたら、ただ旅をしていたいだけなんじゃないのかなあ、って……。わかる? だって、フェルナンドはいつも言ってるじゃない。今度のところは、とか、あそこよりはましだ、とか。ミゲルなら、もう着いてしまったら、前のことは忘れちゃうでしょ？　どこもおんなじで、ましなところなんてないんだから」

「ヤス、それは考えすぎだよ。どうしてそんなへんなこと考えるの？　もうすぐここから出ていけるのが、うれしくないの？」

「へんじゃないわよ。あと、このごろ、気になることがあるの。たとえば今日、食事してたとき、あたしが何考えてたかわかる？　フェルナンドとあなたのこと見ていて」

「いったい何？」

「ミゲルはどんどんフェルナンドに似てきたな、って。このごろ、あなた、フェルナンドみたいな口のきき方をするようになったわ。あんまりものに動《どう》じないっていうか、なんかクールな感じ。フェルナンドみたいな感じ」

「そんなの、大ハズレだね」

「ハズレじゃないわ。リオ・スチアテで知りあったばかりのころは、ミゲルはなんでも興味しんしんって眼で見ていたわ。それがとっても、よかったの。でも今では、なんでもうたがい深く眼を細めて見るようになってる。フェルナンドといっしょよ」

「やめてくれよ。そんなの考えすぎだよ！」

「ほらね。あなた、チアパスでは、そんなふうに言わなかったと思う」ヤスはちょっと悲しそうにぼくを見た。

「ねえ、ヤスったら！　こんな旅をしてたら、だれだって少しは変わるだろう？　ロボットじゃないんだから。変わらなきゃ、人間じゃないよ。そして、ここを出たら、ぼくたちはまた変わるだろう？　たぶん、もとどおりになるか、ひょっとしたら、まったく新しい考え方をするようになるかだ」

ヤスは少しためらってから、ぼくの方に体を寄せてたずねた。「そしたらミゲルは、また前みたいな眼をするようになる？」

「もちろんさ。ぼくだって、すごくそうなりたい。いや、そうなるはずだって、今からもうわかってるよ」

「うそじゃないわね？　あたし、本気なんだから」

「ぼくも本気さ。これからぼくたちがどうなるのか、まだわからないけど、ひとつだけ、はっきりしてることがあるよ。きみに会えただけでも、この旅に出たかいがあったってこと。これからどうなるとしても、どうでもいいいくらいさ」

ヤスはじっとぼくを見つめていた。それから、自分のマットレスにもどって、眼をつぶった。

「そう言ってくれて、うれしいわ。安心した」

ぼくも寝《ね》ころがり、天井《てんじょう》を見つめた。ヤスが言ったことはあたってるんだろうか？　自分が変わってしまったなんて、考えてもみなかった。ぼくは、前と変わってはいないはずだ。考え方も、感じ方も、まるっきり……。

だけど、それまで想像もしなかった、たくさんのできごとがあった。警官たちがぼくらの全財産を略奪《りゃくだつ》したときとか、列車に山賊《さんぞく》が乗りこんできたときとか、セタスのおそろしい地下牢《ろう》のこととか……。この国境の町に来てからのことも思い出してみた。たくさんのことを経験し、どれも身にしみてこたえていた。だから、ヤスが言ったことは正しいのかもしれない。少しばかりフェルナンドみたいになったって、あたりまえじゃないか。それに、フェルナンドっぽくなるのは、そう悪いことじゃないかもしれない。

フェルナンドはまだ帰ってこない。闇《やみ》の案内人を見つけるのに、そう長くはかからないはずなのに。フェルナンドは、ぼくたちの全財産を身につけていった。もし彼《かれ》に何かあったら、たとえば、警察に捕《つか》まったり、暗い路地裏《ろじうら》で襲《おそ》われたり、それでなくても、コヨーテというその案内人にだまされたりしたら、そのときは、ぼくもヤスも一巻の終わりだ。すべておしまいなのだ。

ヤスが少しうなされて、こっちに寝返《ねがえ》りをうった。ぼくの肩《かた》に頭をのせ、腕《うで》をまわしてきた。でも、規則正しい寝息《ねいき》が聞こえる。よく眠《ねむ》っているようだ。起こさないように、ぼくもただそっと腕《うで》をまわした。ヤスを近くに感じて、うれしかった。これまでいちばんのやすらぎだった。

本当に、ぼくはまだ国境を越《こ》えたいと思っているのだろうか？　向こう側に渡《わた》れば、ヤスとは別れなくてはならない。別々の町へ行くことになっているのだから。それも、たがいにとてつもなく離《はな》れた場所へ。また会えるかどうかさえ、わからない。そんなふうに考えるだけで、ひどく暗い気分になった。このままこちら側に――この町ではないメキシコのどこかの町に、とどまったらどうだろう？　二人でなんとか生きぬける。この旅で学んだことが、きっと役にたつはずだ。でも、もちろん、そんなのはバカな考えだった。そうはならないことは、よくわかっていた。

どこからか、くぐもった声が聞こえてきた。二度ほど聞こえ、さらにもう一度聞こえた。たぶん、となりの小屋に寝泊《ねと》まりしている若者だ。顔は知っているが、とくに親しいわけじゃない。もうずいぶん長くここにいるようだった。二、三度、クスリを手に入れようと、宿泊所《しゅくはくじょ》の中をよろよろ歩きまわっているのを見たことがある。小屋と薬物の売人のあいだを行ったり来たりするのが、その若者のただひとつの日課のようだった。

そういう連中の寝言《ねごと》を耳にするのが、もういやになってきた。ときたま、つぶやきにまじって、はっきり聞きとれる言葉もまじる。だけど、ぼくにはまったく意味がわからない。とりとめのないたわ言か、砂漠《さばく》の幻覚《げんかく》みたいだった。つぶやきはしだいに遠ざかっていく。中毒者だけの色とりどりの世界に消えていくのだ。

クスリが見せる幻覚《げんかく》は、最初は目をうばわれるほど色あざやかだ。はじめて見たときには、何かとくべつなもののような気がした。とても美しく、うっとりした。でも、しだいになじんでくると、それはとつぜん不気味なものに感じられてくる。魔法《まほう》が――つまり、クスリのききめがなくなると、本当のみにくい顔があらわれてくるのだ。

ぼくはそれに似た瞬間《しゅんかん》をよく知っていた。ママと離《はな》ればなれになったわけがわからない悲しみが、裏切られたとわかって怒《いか》りとにくしみに変わった瞬間《しゅんかん》が、そうだった。それ以来、ママが送ってくるプレゼントなんか、ちっともうれしくなってしまった。送られてきたのがお金だったりすると、まますますそうなった。ぼくにはそのお金が、ママのへたな言いわけのように思えた。ぼくとフアナを置いて出ていった本当の理由をぼくたちに考えさせないように、ママはお金を送ってきたんだ、と思った。

はじめは、そのお金でつまらないものを買いちらかした。ママへの仕返しのつもりだった。ママは「お金は、よく考えてから使うのよ」と、いつも言っていたから。でも、そんなこと言う権利なんてないんだ。こうなったからには、言いつけを守る義務なんてない。そう思った。

いっそのこと、お金なんか窓から外へ投げすててやろうか、とも思った。目の前からなくなれば、ママのことを思い出すこともない。キャンディやタバコや何かつまらないものを買っても、すぐには使いきれないとわかると、残りはみんな妹のファナにやってしまった。ファナがそれをどうしようとかまわない。

それから、何人かの不良と知りあいになった。そいつらとつきあうのがうれしかった。ママがいたら、ぼくがそんな連中とつきあうのをいやがるはずだから。ぼくたちは、一日じゅういっしょに通りをうろついた。朝から晩まで、ときには夜遅くまで、ほっつき歩いた。それにもあきると、ほかのやつらをまねして、バカなこともやった。とくに、お金が入ったときには……。

クスリを買いこんで吸った。ほかにすることがなかったからだ。ききはじめると、色があざやかに見えはじめ、体があたたかく感じられる。つまらない冗談《じょうだん》も、とびきりおもしろく感じられる。大人たちに悪ふざけをしかける。本気でおこりだすのが、ゆかいでたまらなかった。人はうさをはらすために、まったく思いがけないことをするものだ。

それから、またママから手紙がとどいた。前の手紙には、次の夏にはぼくたちをむかえに来る、今度はなんの問題もない、と書いてあった。ところが新しい手紙には、もう三回目になるけれど、どこかのだれかにお金をだましとられた、と書いてあった。おきまりの言いわけが続いていた。あんたたち、望みをなくしちゃだめよ、もう少しだけしんぼうしてね、そうすればママがむかえに行くから、と。そして最後には、こう書いてあった。「ママはかならずむかえに行くわ、ミゲル。いつかかならずね。だから、ママを信じて。いつか、かならずよ」と。

今となっては、どうでもいいことばかりだ。次の晩、ぼくは思いきりクスリを吸って、これまで見たこともないような色あざやかな幻覚《げんかく》を見た。朝になって気がつくと、ぼくはどこかの知らない通りで、自分がはいたゲロの上にころがっていた。少し離《はな》れたところでは、薬物中毒らしい男がひとり、犬みたいに地面をはいまわっていた。ほとんど目が見えないらしく、手足もしびれているようすだった。それを見て、自分のしていることが、いやでたまらなくなった。

そのとき、ようやくはっきりと目がさめた。眠《ねむ》りからさめたわけじゃない。それまでの何週間かのさまざまなできごとにまどわされず、自分をとりもどしたのだ。

そうなってみると、ママのことをきらうなんて、できっこない、とわかった。きらいになろうとしたけれど、ママをにくんだり、忘れたりなんて、できはしない。だから、ぼくはただ、正しいと思えることをしよう、と決めたのだ。

北へ、合衆国へ行くために、現実味のない計画を考えつづけていた。ママがむかえに来ないのなら、ぼくが向こうに行けばいい。それがぼくの使命なんだ。だれも、それをとりあげることはできない。ずいぶん長いあいだ、わかっていながら、やらないでいた。つまりは、実行する勇気がなかったんだ。

でも、もう言いわけはたくさんだ。明日の晩、ぼくは出発する……。

「おい、ミゲル！　ヤス！」

揺《ゆ》り起こされて、びっくりして目をあける。フェルナンドがかがみこんで、必死でぼくたちを起こそうとしていた。

「起きろよ、早く。おれは急いでるんだ」

ヤスがぼくの肩《かた》から頭を持ちあげたが、まだ半分寝《ね》ぼけているみたいに目をこすりながら、「どうしたの?」と、つぶやいている。

「いいか、決行は明日の晩だ。コヨーテと話がついた。三千ドルだ」

「そんなお金、あるの?」ヤスが、まだ眠《ねむ》そうな声でたずねた。

「ああ、あるとも。それをはらっても、少しだけ残るぜ。手持ちの金が必要だからな。とうとう、向こうへ行くんだから」

「どういう段どりになってるの? 話してくれよ」ぼくが言うと、フェルナンドはウィンクしてみせた。

「説明しているひまはないよ。おれ、すぐに行かなくちゃ。ちょっと手に入れておきたいものもあるし。とにかく、明日だってことだけ言いたかったんだ。まあ、したくをする時間はじゅうぶんあるな。またむかえに来るぜ」そう言って、すぐに出ていこうとした。戸口から背をかがめて出ようとしたとき、もう一度ふり返って、笑った。

「な、言ったろ? おれたちは、やれるって」それだけ言うと、行ってしまった。

ぼくたちは、あっけにとられてマットレスの上にすわりこんでいた。とつぜん、すべてがめまぐるしく動きだしたのだ。その知らせを喜んでいいやら、明日の晩に待ちかまえていることを不安に思うべきやら、わからなかった。

ヤスも同じようにとまどっているようだったので、ぎゅっと抱《だ》きしめた。

「あとまる一日だね、ヤス。そしたら、出発だ」

「ねえ、ミゲル」

「フェルナンドの言うとおりだ。明日の朝には、ちゃんとしたくができてるようにしとかなくちゃ。だから……」

「ミゲルったら！」

ヤスの声がようやく耳に入った。その声には、これまで聞いたことのない調子があった。

「なに？」

返事をする代わりに、ヤスは着ていたTシャツを頭からぬぎはじめた。ぬぎ終えると、二人の上に毛布をかぶせた。

「え、どうする気？」

「あたしたち、この先、また会えるまでにどれくらいかかるかわからないでしょ」ヤスはそうささやいて、ぼくに体を寄せてきた。「会えるかどうかだって、わからないわ……」

26

その男は、なんだか虫が好かなかった。顔を見たときから、なんとなくうす気味悪かった。背の低い、やせた男で、きたならしいぶしょうひげをはやし、ずるそうな目をたえずきょろきょろさせて、ちゃんと目をあわそうとしなかった。年齢《ねんれい》はよくわからない。三十そこそこか、ひょっとしたら四十過ぎかもしれない。魚みたいな生ぐさいにおいがして、ぬるぬるしたイモリが人間に化けたらこんな男になるだろう、という気がした。

これが、フェルナンドが言っていたエル・アンフィビオというあだ名のコヨーテだった。エル・アンフィビオ――両生類という名前がぴったりの男だった。

「あんたたち、またずいぶん若いね」

イモリ男は、ぼくとヤスと会うなり、聞きとりにくいかすれ声でそんなおせじみたいなことを言った。それでも、けんめいに声をはっているのだと、すぐにわかってきた。

「その若さで、こんなところまで来たわけだ。しこたま金もかかったろうな。そりゃもう、しこたまな！」と言って、ひとりでくすくす笑っている。

「若いのに、いろいろ経験してきたってこったな」そう言って、ヤスの方をいやらしい目つきで見たので、こいつに一発食らわしてやりたくなった。

「準備はできてるのか」フェルナンドが男のくだらないおしゃべりにうんざりして、じれたように言った。

「このイモリさまは、いつだって準備ができてるさ」男はにやりと笑ってみせた。「おれといっしょなら、あんたたちは、オフクロのひざにのってるようなもんさ。おれがついていれば、何ひとつこわいもんはねえよ」

「わかったわかった」と、フェルナンドがさえぎった。「じゃあ、出かけよう。くだらないおしゃべりで時間をむだにしたくない」

「あんたの言うとおりにするさ。だが、金のやりとりはここで片づけておかねえか？　このあとは、そんなことしてるひまなんかないぜ」

フェルナンドはちょっとためらい、男をにらみつけて言った。「こうしよう。金の半分は川のところで渡《わた》す。もう半分は、国境を越《こ》えてからだ。それでいいな？」

イモリは肩《かた》をすくめて、ため息をついた。「なんでもお好きなようにするさ。あんたがボスだからな。おれは、あわれなチビの案内人だ」

「ああ、そいつを忘れるなよ。おれたちをだまそうなんて考えるな。前のときそんなことをした野郎《やろう》がどうなったか、知ってるはずだぜ」

イモリは、むっとしたようにフェルナンドをにらんだ。「そんな態度なら、向こうに連れてかないぜ。おれのやり方が気に入らねえならな」

フェルナンドは、おこったうめき声をあげた。しかし、何か言いだす前にヤスが割って入った。

「あなたはちゃんと仕事をしてくれると思うわ。信用する」

ヤスのことはよく知っていたから、それが本心でないのは、ぼくにはわかった。だが、イモリはそれで落ち着いたらしく、「そんなふうに言ってくれれば、このイモリさまだって悪い気はしねえ。礼を言うよ、おじょうちゃん」と、ヤスに向かって笑いかけた。そして、もう一度フェルナンドをにらみつけると、ぼくらに背を向けて立ちさっていった。

その日はずっと、ヤスもぼくも大いそがしだった。宿の中を片づけ、ここで知りあった人たちにさよならを言ったけど、別につらくはなかった。午後になると、最後の見おさめに町を歩きまわった。すぐに夕方になり、フェルナンドがむかえに来た。

案内人のイモリとうちあわせてあった待ちあわせ場所——宿泊所《しゅくはくじょ》と川とのちょうどまん中あたりに向かった。イモリと落ちあい、そのあとについて歩きながら、はたしてこいつは信用できるのか、と考えていた。

町はずれに来ても、とくに変わったことはなかった。通り沿いにはいくつか、タコスやローストチキンのひまそうな屋台、場ちがいなフィットネス・センターまである。

一度だけ、わき道からパトカーが出てきた。フェルナンドとヤスとぼくの三人は、とっさにものかげに身をかくしたが、イモリ男のエル・アンフィビオだけは、へいぜんと歩いていく。それどころか、パトカーが通りすぎるとき、警官たちに手をふっていた。警官たちも、よしよし、というふうにうなずき返している。

パトカーが近くのかどにまがってから、イモリ男の方に走ってもどると、不思議そうな顔をされた。

「何をこそこそしてるんだ？　なんのために、おれに金をはらったんだよ」イモリはあきれたようにかぶりをふると、また歩きだした。

フェルナンドは、やれやれというように眉《まゆ》をあげてから、満足そうにうなずいた。ヤスが笑って、フェルナンドのわき腹をひじでつついた。二人が歩きだし、ぼくもそのあとに続いた。

数分後には、いくつか通りを渡《わた》り、見おぼえのある塀《へい》に着いた。この町に着いた最初の晩に、来たところだ。あの晩以来、川のそばには近づかないようにしていたが、とうとうもどってきたのだ。川が目の前にある。あのときフェルナンドが言っていたデッドライン——越《こ》えてはいけない線だ。

よくはれた夜で、空気は生あたたかかった。長いこと町やきたない宿泊所のにおいばかりかいでいたから、川岸にしげっている樹木ややぶの、かぐわしいにおいがなつかしかった。空には月がかかっている。何もかもがのどかで、おだやかに感じられた。

けれど、それは見せかけにすぎず、実際には、川には危険がひそんでいた。予想していたとおり、少し離《はな》れた暗がりから、あやしげな連中がふいにあらわれたのだ。立ちどまって、こちらのようすをうかがっている。だが、エル・アンフィビオが合図を送り、「おれだ」というしぐさをすると、そのうち数人はすぐにひっこんだ。どうしようかと決めかねているように、まだ動かない者も何人かいる。

エル・アンフィビオはにやりとして、うんと小さな声でささやいた。「あんたたちだけだったら、こうかんたんにはすまなかったぜ。とても向こう岸までたどり着けやしない」そしてフェルナンドの方を見て、つけ加えた。「わかってるだろ。あんたがいくら腕《うで》っぷしが強くたって、どうにもならないよ。かえって、ろくなことにならねえよ！」

フェルナンドはイモリの言いたいことがわかったらしく、約束した金の半分をポケットからひっぱり出し、こちらのようすをうかがっている連中にわからないように、こっそりとエル・アンフィビオに渡《わた》した。エル・アンフィビオも、受けとると、さっとかくしてしまった。

「ここがいちばんいい場所なんだ。わかるかい？」エル・アンフィビオはそう言って、川の方を指さした。

川の中ほどに黒々と、細長い小島が見えた。ときおりまわってくるサーチライトの光がその上に来ると、島のしげみが照らし出された。あの中洲《なかす》はなんなの、と聞こうとしたとき、急に爆音《ばくおん》が耳をうった。最初の晩に見たパトロールヘリが、川の上におりてきたのだ。ヘリはしばらく中洲《なかす》の上でホバリングして、また飛びさっていった。

爆音《ばくおん》が遠ざかるのを確かめて、エル・アンフィビオがぼくらに声をかけた。「あいつは十五分おきに飛んでくるんだ。さあ、行くぜ！」

ぼくたちは身をかがめて、彼《かれ》のあとから川へとおりはじめた。川岸に着くと、エル・アンフィビオは立ちどまり、何かを探していたが、あたりのやぶをかきわけ、無事見つけたようだった。やぶの中に、空気をぱんぱんに入れた車のタイヤチューブがかくしてあった。

「こいつを、ひとつずつとりな。水に入ったら、命がおしけりゃ、おれのそばを離《はな》れるなよ。このイモリさまだけが、川の渦《うず》のありかを知ってるんだからな！」

しのび笑いをもらすと、イモリはチューブを浮輪《うきわ》代わりにして、水に入っていった。ぼくたちもそれにならった。中洲《なかす》から少し上流にいるので、このまま進めば、ちょうど中洲《なかす》に着きそうだ。

川に入ってみると、水はかなり冷たかった。タイヤチューブの浮輪《うきわ》をたのみに、中洲《なかす》に向かって岸を離《はな》れた。

先を行くエル・アンフィビオが、さけんでよこした。「手で水をかくんだ！　岸に着くまでずっとだ。ばしゃばしゃ水をたたくようにしろ。そうすれば、ミズヘビも寄ってこない」

その声が聞こえたとたんに、突風《とっぷう》が吹《ふ》きつけてきて、頭から波をかぶってしまい、ぼくは一瞬《いっしゅん》、息ができなくなった。それでも気をとりなおし、両手両足を動かして水の中を進みはじめた。ぼくのすぐそば、左手の上流側にヤスがいる。その向こうにフェルナンド。右手の下流側では、流れが渦《うず》をまいているが、それほどおそろしくは見えない。

それでも、川の中をそんなふうに進むのは、たいへんだった。流されないように気をつけなくてはいけないし、いくつもある渦《うず》をさけねばならない。たよりのチューブの浮輪《うきわ》が、とつぜん空気がぬけたりせず、もちこたえてくれることを祈《いの》るほかなかった。

やっと中洲《なかす》の岸に近づいたときには、もうへとへとで、体が冷えきっていた。ところが、まだ岸の近くを浮輪《うきわ》を押《お》して進んでいるときに、またパトロールヘリのローター音が聞こえてきた。はじめは小さな音だったが、たちまちこちらにせまってくる。

「水にもぐれ！」イモリがかすれ声でどなった。「息が続くかぎり、もぐってろ」

とっさに、ヤスをひきよせた。そのときにはもう、ヘリが頭の上に来ていた。

ぼくたちは深く息を吸って、もぐった。そのすぐあと、サーチライトの光が真上を過ぎていった。ローターの風が水をはげしくたたいているようだったが、水の中ではただゴボゴボとしか聞こえない。片《かた》腕《うで》でヤスをしっかり抱《だ》きかかえ、空いている手で川底の草の根っこをつかんで、流れにさらわれないようにがんばった。

胸がはじけそうになるまで息を止め、もぐっていると、やっとサーチライトがよそへ移動していき、頭の上の波もおさまった。水面に顔を出し、思いきり息を吸いこんだ。ヤスもとなりで息をついている。ヘリは向きを変えて、川下の方へ飛びさっていく。

「急げ！　あれがもどってこないうちに、渡《わた》らないと」フェルナンドがあえぎながら、声をかけてきた。草がまばらに生えている砂地の上を、ゴムのチューブをひきずって走った。砂洲《さす》の向こう岸まで来ると、対岸はもう目と鼻の先だった。

ぼくは、エル・アンフィビオを少し見なおした。ちゃんと考えて、この場所を選んだことがわかったからだ。ここは、ふたつの大きな監視塔《かんしとう》のあいだのちょうど中間地点だった。上手《かみて》と下手《しもて》の監視塔《かんしとう》まで、それぞれ数百メートル離《はな》れている。監視塔《かんしとう》からのサーチライトは、川の上をたえまなくなめまわしているが、ぼくたちのいるところには、かなり弱い光しかとどかない。

エル・アンフィビオは向こう岸の少し下手の方を指さし、「あそこまで行かなくちゃな」と、小声で言った。イモリは、ぼくたちのように息が荒《あら》くなってはいない。本当に水にすむ生き物っぽい感じがした。

イモリの言う場所には、目立ったものは何ひとつない。少なくとも、ここから見るかぎりでは。

「なんで、あそこなんだ？」と、フェルナンドが聞いた。

「行ってみりゃわかる。さあ、また水浴びだ！　渦《うず》に気をつけろよ。こちら側の方が、渦《うず》が強いからな。チューブに乗って、波をかいていくんだ。さもないと、まきこまれるぞ」そう言うと、イモリは川にすべりこんで、タイヤチューブを波に乗せ、その上にはいあがった。

ヤスがそのあとに続いた。足をすべらせて、一瞬《いっしゅん》水にもぐってしまったが、すぐに顔を出して浮輪《うきわ》にしがみつき、その上にはいあがった。

フェルナンドが小声でぼくに言った。「そばについててやれよ！　あいつがくたびれちまっても、助けてやれるだろ」そう言って、ウィンクした。「だが、ヤスには、おれがそう言ったなんて言うなよ。

さもないと、またおこられちまうからな」

「わかった。そっちも気をつけて！」

ぼくたち二人も川に入り、タイヤチューブに体をあずけた。

小島を離《はな》れるとすぐに、エル・アンフィビオの言っていたとおりだとわかった。川の主流は明らかにこちら側だ。強い流れに捕《つか》まり、どんどん流されそうになる。必死で水をかき、まっすぐ進もうとする。二、三メートル先にいるヤスもおんなじだ。息を切らしているのがわかったが、流れにさからう力はまだじゅうぶん残っているようだ。

川に入ってからずっと、ぼくは、自分が泳げないことなんか考えまいとしていた。だけど今、こんなふうに川のまん中で水にとりかこまれてしまうと、そんなことを考える余裕《よゆう》すらなくなった。もしも浮《うき》輪《わ》からすべり落ちたらどうなるかなんて、考えているひまもない。だれも助けてくれない。自分のことでせいいっぱいだ。フェルナンドが何かこちらに向かってさけんでいるが、ぼくは、ただ必死に、規則正しく腕《うで》を動かしつづけるだけだった。

やっと向こう岸に着いたときには、頭がまっ白になっていた。水からなんとかはいあがって、岸に足をつけたときには、疲《つか》れきっていた。

少し向こうでは、ヤスがうずくまっている。よかった！　ヤスもなんとか乗りきったのだ。水を飲んだらしく、せきこんでいる。エル・アンフィビオとフェルナンドもいた。二人はタイヤチューブをひきずって、川岸の草むらにかくしていた。

その仕事を終えてから、エル・アンフィビオがささやいた。「ずいぶん川下まで流されたな。さあ、行くぜ。あのうるせえ蚊《か》トンボ野郎《やろう》がまた来ねえうちに。いいか、音をたてるなよ！」蚊《か》トンボというのは、パトロールヘリのことだろう。

フェルナンドがヤスに手を貸して、立ちあがらせた。ぼくも、なんとかまた立ちあがった。ふらつきながら、川岸に沿って上流に向かう。さいわい、サーチライトの死角に入っているようで、とても暗かった。ぼくらの上の川岸にある道をパトロールしているはずの警備兵にも、ぼくらの姿は見えないだろう。

それからじきに、エル・アンフィビオが立ちどまった。暗がりの中に、排水口《はいすいこう》らしきものの輪郭《りんかく》がぼんやり見える。くさい汚水《おすい》が、そこからちょろちょろと川に流れこんでいる。排水口《はいすいこう》には鉄格子がはまっていて、カギがかかっている。どうするのかと思っていると、エル・アンフィビオはカギをとり出し、鉄格子をあけにかかった。すぐに、鉄格子はこちらに向かってひらいた。

フェルナンドがあきれたように言った。「おい、おまえ。まさか、おれたちにこの中にもぐりこめって言うんじゃないだろうな？」

「しかたがねえんだよ。そうしねえと、蚊《か》トンボ野郎《やろう》に捕《つか》まっちまうよ。でなきゃ、警備兵にな。そしたら、あんたら、おしまいだぜ」と、イモリは答えた。なんだか、ゆかいでたまらないような言い方だった。

ぼくたちは顔を見あわせた。ここまで来て、ひき返すわけにはいかない。だからといって、このヘドの出そうな排水管《はいすいかん》の中に、入りたいわけがない。

フェルナンドはちょっと考えていたが、エル・アンフィビオのぐっしょりぬれたシャツの胸《むな》ぐらをつかんで、おどすように言った。「おまえもいっしょに来るんだろうな！」

エル・アンフィビオの方は、へいぜんとしている。「もちろん、いっしょに行くさね。このイモリさまは、どこへでもついていくよ。あんたらだけで行かせたりしねえよ」

みな、だまりこんだ。川の音しか聞こえない。が、すぐに遠くから、またこちらにやってくるヘリの音が聞こえだした。

ヤスがフェルナンドの腕《うで》を押さえた。「放してあげて。きっとだいじょうぶよ。あたしたち、どんなふうにしたらあっちへ行けるかなんて、よく考えてはいなかったじゃない？　これが、その答えよ。この人の言うとおりにすれば、きっと捕《つか》まらないわ」

フェルナンドはまだ決めかねているという顔で、排水口《はいすいこう》をにらみ、次にはヘリコプターが近づいてくる方に目をやった。ローターの音がどんどん大きくなってくる。やっと、イモリの胸《むな》ぐらをつかんでいた手を放すと、フェルナンドは言った。「よし、おまえが先に行け。だが、おれたちをからかうと、痛い目にあうぞ」

エル・アンフィビオは、わかった、というしるしに頭をさげると、排水管《はいすいかん》の中にもぐりこみ、そのまま奥《おく》にはっていった。フェルナンドがぼくたちに合図した。

「さあ、早く行こうぜ。あいつがずらかるといけない。ちゃんと仕事をしてもらわないとな」

パトロールヘリは、もうすぐぼくたちの頭の上というところまで来ている。ぼくは大きく息を吸いこんで、まっ先に排水管《はいすいかん》にもぐりこみ、手とひざを使ってはっていった。エル・アンフィビオは、少し先で待っていた。ぼくのあとにヤスとフェルナンドが続いているのが、音でわかる。

二人が中にもぐりこんだとき、ちょうどヘリが真上にさしかかったようだった。中洲《なかす》の上でホバリングしているらしく、耳をつんざくようなすさまじいローターの音が、せまい排水管《はいすいかん》の中にバリバリと響《ひび》いた。

ようやくヘリが飛びさったらしく、騒音《そうおん》がやみ、しんと静まり返った。どうやら気づかれずにすんだようだ。

「行こうぜ！」と、エル・アンフィビオが言った。なんだか、幽霊《ゆうれい》がささやくような声だった。

イモリ男のあとについて、ぼくたちも排水管《はいすいかん》の中を移動しはじめた。まっ暗で、とてもせまく、頭をさげてはっていくしかない。においときたら、たえがたかった。洗濯水《せんたくすい》やら、油やら、尿《にょう》やらがまじったにおいだ。手もひざも足も、えたいの知れない汚水《おすい》まみれだ。暗くて汚水《おすい》のようすが見えなくて、さいわいだった。排水管《はいすいかん》のかべにもぬるぬるする汚物《おぶつ》がはりついて、さわると、なんだかぬれたけものの皮みたいだった。はきけがしてきた。

エル・アンフィビオは、姿は見えないが、前を進んでいく気配がした。エル・アンフィビオは汚水《おすい》がたいして気にならないらしく、ぼくたちが格闘《かくとう》しているあいだ、のんきに口笛なんか吹《ふ》いていた。両生類というあだ名のとおり、こういう場所になじんでいるのかもしれない。彼《かれ》がこんな排水管《はいすいかん》をねぐらにしているとしても、なんの不思議もないような気がした。でなきゃ、こんなところで生まれたのかもしれない。

いったいどこまで続いているのだろう……そう思いはじめたとき、エル・アンフィビオが急に速度を落とし、やがて止まってしまった。

前方にかすかな明かりが見えた。少し先の天井《てんじょう》にある、大きな穴からさしこんでいる。その下まではっていくと、地上に向かって鉄のハシゴがのびていた。昇降《しょうこう》シャフト。出口にちがいない。光はそこからさしこんでいる！

悪臭《あくしゅう》もおそれも、吹《ふ》きとんでしまった。ぼくたちは顔を寄せあって、このハシゴから外に出られるのかどうか、確かめようとした。

「あんたらに言ってなかったけ?」と、エル・アンフィビオはささやいて、上を指さした。「ここが、そうだよ」

「え、そう、って?」と、ヤス。

「つまり、ここがもう、あんたらが来たがっていた国なんだよ」と、エル・アンフィビオはうなずいてみせた。

27

エル・アンフィビオがハシゴをのぼろうとすると、フェルナンドがひきとめ、押《お》しのけた。いまだに信用していないらしい。

「だめだ、あんたはここにいろ。おれが先だ」

エル・アンフィビオは顔をしかめた。「おれがきらいらしいな。勝手なことして、ひどい目にあっても知らないぜ」

フェルナンドは、ほっとけ、というふうに手をふった。ぼくたちに、待ってろ、と合図すると、昇《しょう》降《こう》シャフトをのぼっていった。ぼくとヤスは、フェルナンドが一段一段のぼっていくのを、息をつめて見まもるだけだ。

いちばん上までのぼると、用心深く頭を外に出すのが見えた。が、すぐに首をひっこめ、背中をまるめて、すごいいきおいでおりてきた。そして、エル・アンフィビオにとびかかると、排水管《はいすいかん》の方へひきずっていき、汚水《おすい》の中につきとばした。

「このイカサマ野郎《やろう》！ おれたちをはめやがったな」

相手はあぜんとして、何も抵抗《ていこう》できずにいる。「何言ってるんだ？ おれは案内人だ。そんなことしない」

「案内人だと？　聞いてあきれるぜ。いいか、外には警官がいるぞ。それも、すぐ近くに。まるで、おれたちを待ちかまえてるみたいにな」

フェルナンドがエル・アンフィビオの頭を押《お》さえて、今にも汚水《おすい》につっこみそうになったとき、エル・アンフィビオは金切り声をあげた。

「おれはそんなこと知らない。誓《ちか》うよ！　その証拠《しょうこ》に、これを返すよ！」

エル・アンフィビオは、メキシコ側の岸で受けとった札のたばをひっぱり出し、フェルナンドの方へさし出した。フェルナンドはちょっとためらってから、もう一度相手をしめあげようとした。

エル・アンフィビオがさけんだ。「きのうまで、ここは安全だったんだ。だれかがパクられて、しゃべっちまったんだ。放してくれ、ボス。おれが自分の目で確かめてくる」

フェルナンドは少し考えてから、エル・アンフィビオを放してやった。同時に、相手から金をひったくった。「いいだろう。上に行って、見てこいよ。金はとりあえず、おれがあずかっとく」

エル・アンフィビオはフェルナンドから離《はな》れ、ぼくたちの方にはってきた。そして、身ぶるいをすると、ハシゴをあがっていった。が、すぐにもどってくると、ひどくがっかりした顔をして、今にも泣きそうな声で言った。「神に誓《ちか》って、こいつはおれのせいじゃない」

「いったい何がどうなってるの。ちゃんと説明してよ」ヤスがたまりかねて口をはさんだ。

「このシャフトから、外には出られる。だが、少し先に、ポリ公が何人か立ってやがるんだ。パトカーのそばにな。ちょっと離《はな》れてるから、まだ気づかれちゃいないけど。でも、外に顔を出したとたん、捕《つか》まっちまうだろう」フェルナンドは顔をしかめてシャフトを見あげ、それから、エル・アンフィビオの方に向きなおった。「おまえ、あいつらに鼻薬《びやく》をきかすことができるか？」

「なんてこと言うんだよ、ボス。メキシコの警官とはちがうんだ。話が通じる相手じゃないよ。給料だってたんまりもらってるから、こづかいかせぎなんかしねえよ」

「じゃあ、ほかに出口はないのか？」

「ここよりほかに、いい場所なんかないよ。あったとしても……」エル・アンフィビオは、ぼくらが通ってきた方をふり返った。

「わかった。あのきたないトンネルにもどるなんて、ごめんだからな」と、フェルナンド。

シャフトの底にすわりこんで、ぼくたちは、どうしたらいいかしばらく頭をなやませていた。だが、だれも、何も思いつかなかった。一方には警官、また一方には渦《うず》をまく川とミズヘビ、それにパトロールヘリ。まさに出口なしだった。捕《つか》まったら、合衆国で牢屋《ろうや》にぶちこまれるか、そうでなくとも、送還《そうかん》されてしまうだろう。

ようやく、フェルナンドが口をひらいた。「じゃあ、こうしよう」ぼくたちにというより、自分に向かって言っているみたいだった。「……こうするしか、ないだろう」

ポケットに手をつっこんで、約束していた分の金をそっくりエル・アンフィビオにさし出すと、フェルナンドは、ぼくとヤスの方を指して言った。「受けとれ。その代わり、この二人をうまくむかえの車に乗せてやってくれ。おれがとび出して、警官たちをひきつけて時間をかせぐから……あとは万事、わかっているよな」

エル・アンフィビオは金を受けとった。「おれにまかせとけよ、ボス。手ぬかりはねえよ。あんたの友だちのことは、安心しててていい」

「ちょっと待ってよ！　それ、どういうこと？　なんで、二人なの？　フェルナンドはどうなるの？」

ヤスは、わけがわからないようすだ。

「おれは、警官どもの気をそらす。うまくすれば、そのすきにおまえらは逃《に》げられる」

ヤスは、そんなのダメよ、と今にも食ってかかりそうだったけれど、ぼくはそれを止めて、言った。

「ちょっとだまって、ぼくに話させてくれないか」そして、フェルナンドに向きなおった。「ぼくたちは仲間だろ。ずっといっしょだった。ヤスもぼくも、あんたがいなけりゃ、ここまで来られなかった。わかってるよね。あんたがいなけりゃ、チアパスにさえたどり着けなかっただろう」

「だろうな」と、フェルナンドはうなずいた。「だけど、おれがいなきゃ、もう一度同じことをしようったって、できないだろう？　そこをよく考えろよ。いいか？　おれは、捕《つか》まって故郷《くに》に送還《そうかん》されちまったとしても、せいぜい数週間もすれば、またまいもどってこられるはずだ。だが、おまえたちはそうはいかない。これが唯一《ゆいいつ》のチャンスなんだ。信じてくれ、こうするしかないんだよ。でなきゃ、どうにもならない」

「ほかに方法を見つけよう。今じゃなくたって、明日の晩でも、あさってでもいいだろ、フェルナンド！」肩《かた》をつかんで、ぼくは言った。「この向こうはテキサスだ。あんたの父さんがいる。そんなにかんたんにあきらめないでくれ！」

フェルナンドはじっとぼくを見つめた。そして、ぼくの手をふりはらって、昇降《しょうこう》シャフトの上を指さした。「いっしょに来な！」

さっさとハシゴをのぼっていく。ふりむくと、ヤスはあっけにとられたような顔をしている。しかたなく、ぼくはあとに続いた。

フェルナンドは途中《とちゅう》で止まって、ぼくを待っていた。とても二人は並べない細いハシゴに、かさなるように立った。フェルナンドはうつむいて、最初は何も言わなかった。何かが彼《かれ》の心の中でたたかっているのを感じた。それから、フェルナンドはゆっくりと顔をあげた。

「これまでおれが言ってたことは、ほんとじゃないんだ。おれの父親は、テキサスなんかにはいない」

「え？　じゃあ、いったいどこに……？」

「どこにもいないんだ。父親なんて、どこにもいやしない」

ぼくは思わずフェルナンドの目を見つめた。何が言いたいのかは、すぐにわかった。

「無理に話さなくてもいいよ」

フェルナンドはうなずいてみせた。

「確かにおれの父親は、テキサスに行こうとしてた。だけど、行き着けなかったんだ。永遠にな。列車に……」そう言って、メキシコの方角に目をやった。「な、わかるだろう」

列車にひかれて？　そう言おうとしたが、言葉にならなかった。「……いったい、いつ？　いつのことだったんだい？」

「いつだったかなんて、どうでもいいさ」

「けど……それじゃあ、なんでフェルナンドは、国境をぬけようとしてるの？　意味がわからないよ」

「意味だって？」フェルナンドは苦笑いした。「こんな場所に、どんな意味があるっていうんだ？」

フェルナンドの言うとおりだ。どっちの方角へ向かったって、たいして意味はない。国境になんて、何ひとつ意味はない。ヤスとぼくがしてることだって、そんな気がする。最近になって、ぼくもそんなふうに感じていた。ここで起こってることは何もかも、まったく狂《くる》ってるとしか思えない。

「だけどフェルナンドは、お父さんができなかったことを、自分でやりたかったんじゃないのかい？

何度も、くり返しもどってきて……」

「さあな、わからないよ。国境のこちら側にも、たいして期待はしてないし。ただ意味もなくやってるってことかな。でも、そのうち、いくつかの話が生まれるような気がするんだ。自分自身が演じる物語ってわけだ。そういう物語を自分が持つことが、いちばんすごいことなんじゃないか？」

「よくわからないな。そりゃ、別のときには、何か別のことが起こるだろうけど……」

フェルナンドは首をふった。「おれたちみたいなやつは、ほかにはいないさ」

フェルナンドは何かを思い出すような、遠い眼をした。うす暗い中だったけれど、その顔はなんだかはれやかな感じだった。

「なあ、チアパスの海の日暮れのこと、おぼえてるか？」

「もちろんさ」

「それから、あの教会でおれたちを守ろうと、立ちあがってくれた人たちのことは？」

「ぜったい忘れないよ」

「それから、リオ・スチアテ。あのデブの船頭《せんどう》にいっぱい食わせてやったことは？」

「一生忘れないと思うな」

「おれもだ」フェルナンドはうなずいて、笑った。うまく説明できないけど、そのとき、フェルナンドはとても幸せそうだった。

「これきり、もう会えないのかな？」ぼくは言った。

「そんなの、たいしたことじゃないさ。さあ、ヤスたちを呼んでくれ。あいつの面倒《めんどう》をみてやれよ。あいつは、ずいぶん助けになってくれた。おれにとってもな」

それだけ言うと、フェルナンドはハシゴをのぼっていってしまった。ほんとは行ってほしくなかった。全力でひきとめたかった。でも、フェルナンドみたいなやつを、どうやって止められる？

ぼくは昇降《しょうこう》シャフトの底へおりていった。ヤスは、どんな話をしたの、と聞いてきたが、あとで話すから、となだめた。今は話してるときじゃない。

「彼《かれ》、本気でやるつもりなの？」

「ああ、まかせたんだ。やることはわかってるらしいから」

「そう。でも、フェルナンド、だいじょうぶなの？」

「うまくやれるのは、あいつだけだよ」

でも、それはただ、そう言ってみただけだった。フェルナンド自身、うまくやろうとは思っていないのだ。

みんなでハシゴをのぼっていった。フェルナンドはまだ上にいた。エル・アンフィビオと、ふた言三言、言葉をかわしている。何か助言を受けているようだ。

話がすむと、フェルナンドはこちらを見おろした。「よく耳をすましておけよ。すぐに大騒《おおさわ》ぎになるからな」と言って、不敵《ふてき》な笑みを浮《う》かべた。そして、あっというまに、表にとび出していってしまった。

しばらくは何も起こらなかった。フェルナンドが走っていく足音だけが聞こえた。が、すぐに騒《さわ》がしくなった。さけび声。警官たちの靴音《くつおと》。

いちばん上のハシゴ段に足をかけ、頭だけ出して外をのぞいてみた。できるだけ遠くまで、ようすを見ようとした。

昇降《しょうこう》シャフトの出口は、スーパーの駐車場《ちゅうしゃじょう》みたいなところにあるらしい。今は夜間なので、駐車《ちゅうしゃ》している車はわずかだ。街灯がいくつかあるが、すぐそばにはなく、駐車場《ちゅうしゃじょう》の中央だけが明るかった。この出口になっているマンホールのすぐ近くに、鉄格子のふたが置いてある。ふだんはそれでマンホールがふさがれているらしい。

フェルナンドが、駐車場《ちゅうしゃじょう》をつっきって走っていた。できるだけ目立つようにしているのがわかった。制服の警官たちが、わきの方からフェルナンドを追って走っていくのが見えた。もうひとり、フェルナンドの先にまわりこもうとしている者もいる。街灯のところに、さらに二人立っている。ひとりが無線機のマイクに向かって何かどなり、もうひとりは銃《じゅう》をぬいて、上に向けてかまえている。威嚇射撃《いかくしゃげき》をする気らしい。

エル・アンフィビオがぼくたちの耳もとで、「さあ、今だ!」と言うと、いち早く外に出ていった。ヤスとぼくも、すぐあとに続き、そばの暗がりに駐車《ちゅうしゃ》してあった車の背後にとびこんだ。

うまくいった。警官たちは、とつぜんあらわれたフェルナンドにおどろいて、ほかに仲間がいるなんて思いつかないようだった。

ぼくたちは地面にふせて、車の下からようすをうかがった。駐車場《ちゅうしゃじょう》は三方をフェンスにかこまれていて、通りに出られるのは、ぼくらの向かい側だけだった。フェルナンドもそちらへ向かって、つっ走《ぱし》っている。でも、突破《とっぱ》できる見こみはない。四人の警官が、通りとフェルナンドのあいだに立ちはだかり、しだいにせまっていたからだ。と、銃《じゅう》を手にした五人目の警官が何かさけんで、空に向かって発砲《はっぽう》した。

それでも、フェルナンドはひるまずに走りつづけた。この国では撃《う》たれることはない、と確信しているようだった。まるでノウサギみたいにジグザグに、警官のわきをすりぬけて、通りまであと数メートルのところまでせまっている。けれど、そこで警官たちの網《あみ》がせばまり、もはや逃《に》げ道がなくなったようにも見えた。すんでのところで、とびかかろうとしたひとりからのがれ、続いてきたもうひとりの足もとをかがんですりぬけると、三人目の警官をつきとばした。と、ふいに通りへの道がひらけた。

しかし、その瞬間《しゅんかん》に、新手《あらて》のパトカーが道をふさいだ。タイヤがきしみ、停車すると、ドアがひらいた。フェルナンドはすばやく反応して、さらに逃《に》げ道を探し、今度はフェンスのひとつに向かって走りだした。七人にふえた警官たちが、それを追う。

「行くぞ！」エル・アンフィビオがぼくの腕《うで》をひっぱった。「今しかない」

三人で走りだす。通りに出るまで、照明に照らされ、身をかくすものもない駐車場《ちゅうしゃじょう》を、つっきらないといけない。さいわい、ぼくたちとまったく別の方向に逃《に》げていくフェルナンドが、警官たちの注意を完全にひきつけてくれていた。ぼくたちは、気づかれずに通りに出ることができた。

ぼくは、もう一度フェルナンドの方をふり返った。ちょうどフェンスによじのぼろうとしているところだ。フェンスはかなり高いけれど、フェルナンドはなんとかそのてっぺんにとびついて、手をかけてぶらさがっている。よじのぼろうとしたとき、警官のひとりがフェルナンドの足にとびつき、つかまれてしまった。フェルナンドは相手の顔をけりつけて、のがれようとしているが、すぐに別の警官が駆《か》けよって、ひきずりおろされた。たちまち、警棒で袋《ふくろ》だたきにされている。

とっさに、駆《か》けつけて助けなくては、と思った。が、エル・アンフィビオに止められた。

「どうにもならないよ」と、耳もとでささやく。「今、おれたちが逃《に》げなきゃ、あいつがしたことがむだになる」

どうしたらいいかわからなかった。エル・アンフィビオの言ってることは正しいのだろう。でも、フェルナンドを見すてては行けない。麻痺《まひ》したように動けない。となりにいるヤスも、同じだった。エル・アンフィビオがひきずるようにして連れていかなかったら、ぼくたちはそこに立ちつくしたまま、この旅の終わりをむかえていただろう。

通りに出てからは、何も危険はなかった。いくつかの路地をぬけ、垣根《かきね》を越《こ》えたり橋の下をくぐったりもしたが、何も目に入らなかった。何もかもぼんやりとして、ちゃんと目に映っていなかった。まるで幽霊《ゆうれい》みたいに、フェルナンドの姿が目の前にちらついていて、しまいにはまるで本物みたいに、最後に見た彼《かれ》の姿が浮《う》かんできた。

ようやく、橋の下にかくれて、ぼくたちはひと息ついた。捕《つか》まったフェルナンドはどうなるのか、エル・アンフィビオに聞かずにはいられなかった。

「リバティーの刑務所《けいむしょ》に入れられるだろうな。ひでえ監獄《かんごく》さ。ぞっとするところだぜ！　だが、あんたの友だちなら、きっとだいじょうぶだ。あいつみたいなやつが前にもいたけど、何週間かしたら、またおれの前にあらわれやがった。まあ、不思議とも思わなかったがね」そう言って、イモリはくっくっとふくみ笑いをした。「またあいつに会ったら、ちゃんと話してやるよ。赤ちゃん二人は、ちゃんと送りとどけてやったぜ、ってさ。さもないと、あんたらの友だちは怒《いか》りくるうだろうからな。ああ、そうとも、どえらくおこるだろうさ！　さ、そろそろ行こう。むかえの車が待ってる」

ぼくたちはまた歩きだした。ここは、町はずれの川のほとりらしい。なんという町かはわからない。それを教えてくれるフェルナンドもいない。だが、案内していくエル・アンフィビオは、このあたりをすみずみまで知っているみたいだった。

人の姿はまるで見かけない。ヤスの方を見ると、目に涙《なみだ》をためていた。だが、それがフェルナンドを失ったせいなのか、今、ぼくと同じように、これまで歩いてきた長い道のりのことを思い出しているせいなのかは、わからなかった。

とうとう、町の建物が見えなくなり、さびれた、荒《あ》れた土地に出た。古い採石場か何かのようだ。暗がりに車が二台止まっていた。ぼくらが近づくと、ドアがあいて、それぞれの車から男がひとりずつおりてきた。こちらからは、黒い影《かげ》しか見えない。

エル・アンフィビオが、足を止めて言った。「ここでお別れだ。あの車がそれぞれ、ロサンゼルスとシカゴへ運んでくれる」

「フェルナンドの車はないの？」と、ヤスが聞いた。

「ああ、はじめからたのまれてなかった。最初から言ってたんだ、おれにはそんなものいらない、ってさ。ちょっと待ってな」

エル・アンフィビオは男たちに近づき、何か話しはじめた。暗かったけれど、フェルナンドがやった金の一部を、男たちに渡《わた》しているのがわかった。

ヤスの方を見た。ヤスもためらいながら、そばに寄ってきた。ぼくが腕《うで》をまわすと、ヤスの方は、もう二度と離《はな》したくないというふうに、しっかりと抱《だ》きついてきた。

「もう何日も、この時が来てほしくないと思ってたのに……」

「ぼくもさ。でも、そうはいかないんだ、ヤス。ぼくたち、最後までやりとげなきゃ。さもないと、自分で自分がゆるせなくなるだろう」

「そうね、そのとおりだわ」と、ヤスは悲しそうな声になった。「ミゲルはいつのまにか、とっても大人っぽくなったわね」

「がまんしなくちゃ。これからじゃないか」

ヤスは顔をあげて、ぼくを見つめた。「そんなに長いこと、会わずにしんぼうできるかな?」

「わからないけど、そんなに長いことじゃないさ。きみが、この旅のことをそれほどひんぱんに思い出さなくなったころ、ある日、本当に気持ちが落ちこんでいるとしよう。寒くて、雨がふっていて、何もかもうまくいかない気がする。きみは通りを渡《わた》っていく。そのときふいに、だれかに見つめられている気がして、きみはふり返る。すると、そこにぼくがいるんだ。ぼくは、ただそこに立っている。雨の中、通りの向こう側にね。わかるかい?」

ヤスはほほえんだ。「それなら、雨がたくさんふることを祈《いの》るわ。毎日、いっぱいふったらなあ」

ヤスはまだ何か言いたそうだったが、エル・アンフィビオがもどってきて、言った。

「そろそろ出発だぜ。あまり長くは待てないとよ」

ぼくたちは、それぞれの車に向かった。エル・アンフィビオは、ヤスの方についていった。車に乗ってきた男が、トランクルームをあけている。ヤスはこちらに手をふると、その中にもぐりこんだ。最後に見たその姿が、目に焼きついた。すぐにトランクはしめられ、男が運転席にもどると、車は走りだした。

ため息をひとつついて、ぼくも、待っている車の方に歩いていった。エル・アンフィビオが、ひらいたトランクのそばに立って手まねきしていた。

「あの子は、うまくいった。もう何も心配することはないよ」と言うエル・アンフィビオに、ぼくは思わず礼を言いそうになった。

「それで、あんたは? これからどうするの?」

イモリ男は、にやっと笑った。「おれか？　おれは川にもどって、あの浮輪《うきわ》をもとどおり片づけるさ。それからゆっくり眠《ねむ》る。明日にはまた、次のドブネズミさんが、このイモリさまの助けを待ってるからね」

最後に見なれたしのび笑いをすると、エル・アンフィビオは闇《やみ》の中に消えていった。

ぼくも、車のトランクに入った。中はじゅうぶん広くて、毛布が敷《し》いてあった。わきに、ミネラルウォーターのボトルと、食べ物も少し置いてある。横になると、すぐにトランクがしめられた。男はひと言もしゃべらなかった。ぼくに目を向けようともしなかった気がする。ただ、運転席に歩いていって、ドアをしめる音が聞こえただけだった。

そして、すぐに車は走りだした。

はじめは、がたがたとひどく揺《ゆ》れた。トランクの中で、あっちこっちへころがされ、どこかにしっかりつかまって、頭をぶつけないようにしなくてはならなかった。でも、やがて、じゃり道から舗装《ほそう》された道に入った感じがし、揺《ゆ》れもほとんどなくなった。車は低い音をたててつっ走っている。いつかテレビで見たハイウェイを走っているのかもしれない。

しばらくのあいだは、今までに起こったたくさんのおそろしいできごとが何度もよみがえってきて、ぞくぞく身ぶるいがした。すべてが一度に押《お》しよせてきた。渦《うず》をまき、ミズヘビが泳ぎまわる川。おそろしいヘリの音に、水の中でもがきながらかくれたこと。はきけをもよおすような、悪臭《あくしゅう》ただよう排《はい》水管《すいかん》。フェルナンドを袋《ふくろ》だたきにしている国境警察のやつら……。

今になって、どんなに危険な道をかろうじてすりぬけてきたのか、実感がわいてきた。ほとんど死の一歩手前だった。

せまくて暗い車のトランクの中で、ぼくは落ち着かなくなった。これからだって、何か起きるかもしれないじゃないか。もちろん、警察の検問があるだろう。車を運転している男が、事故を起こすかもしれない。あるいは、とんでもないところに連れていかれてしまうかもしれない。これまで出くわした悪党どものような連中のところへ。どんなことでも起こりそうな気がした。だけど、そんなこと考えてどうなる？　悪党に捕《つか》まったのは、もう何週間も前のことだ。心配ばかりしてはいられない。これは、フェルナンドから学んだことだった。

エンジンの音も車の揺《ゆ》れも、しだいに静かになってきた。車の外から聞こえてくる音に耳をすまし、闇《やみ》を見つめているうちに、ようやくひとつ、わかったことがあった。ぼくはやりとげたってことだ。もしも故郷のタフムルコで、これまで体験したようなことをだれかから聞いていたら、ぼくは、旅に出ようとは思わなかっただろう。でもさいわい、だれもそんなことは教えてくれなかった。そして今、ぼくはやりとげた――おそらく、十中八九。

どれだけ時間が過ぎただろう。いつ夜が明け、昼になったかもわからなかったが、もうずいぶん遠くまで来たようだ。目的地に着けば、男は車を止めて、ぼくをおろし、さっさと行ってしまうだろう。ぼくは見知らぬ町にひとりきりだ。見知らぬ建物の前に立ち、ドアの前でベルのひとつを鳴らす。

階段をのぼっていくと、ママのそばに男の人がいる。そくざに、ママがもどってこなかった理由がわかってしまう。

ぼくたちは、たがいに見つめあって立つ。ママは、自分の気持ちをごまかさないだろう。その目に浮《う》かぶ表情を見れば、ぼくのこの旅がむくわれたことがわかるのだ。でなければ、すべてがむだだったということが……。

もう、この先のことを考えるのはよそう。ほかのことを考える方が、ずっといい。仲間たちは今、どうしているだろう、とか……。ずっと長いあいだ、あの四人といっしょにいろんなことを乗りこえてきた。だけど、今は全員、離《はな》ればなれになってしまった。

エミリオはどうしているだろう。だれもその行方《ゆくえ》を知らない。エミリオはいなくなってしまった。彼《かれ》らしく、何ひとつ語らないまま。

アンジェロは、たぶんもう家にもどっているはずだ。おじいさんとおばあさんのもとで、安心して暮らしているだろう。

フェルナンドは、刑務所《けいむしょ》に連れていかれる途中《とちゅう》かもしれない。なぐられた傷は痛まないだろうか。じきに、メキシコを通って故郷に送還《そうかん》されるはずだ。でも、すぐにまた、リオ・スチアテあたりで、ぼくたちみたいなくちばしの黄色い連中を集めて、例によって体験談を話して聞かせ、得意になることだろう。

そして、ぼくと同じようにトランクに入って運ばれていったヤス……。ぼくは西に向かい、彼女《かのじょ》は逆の東へ向かった。一分ごとに、二人の距離《きょり》はどんどん広がっていく。でも、すぐそばにいるように感じられた。これからも、ヤスはずっと、ぼくのそばにいる。

仲間たちと知りあったときのことも、思い出さずにはいられなかった。テクン・ウマンの青少年難民センターでの、朝食のときだ。ぼくはたまたま、空いているテーブルにすわった。すると、ほかの仲間たちが次々に同じテーブルにやってきたのだ。

まだ、はっきりと思い出せる。ぼくは食堂に入っていって、左の方の席を選んだ。ただなんとなく、何も考えずに……。もし右の方を選んでいたら、どうなっていただろう？　ほかの仲間たちと知りあっただろうか？　フェルナンドもいないし、ヤスもいない仲間と？　そうしたら、今、ぼくはここにいないのかもしれない。

ほんとに不思議だ。ぼくたちは、見えない運命の糸でつながっていたのかもしれない。人間には見えない、とても細い糸で。そんなものが本当にあるのかどうか、わからないけれど。

寝返《ねがえ》りをうって、毛布にくるまった。もう考えるのはやめよう。考えれば考えるほど、不安になるだけだから。

愛するファナへ！

このまえおまえに手紙を書いたときは、ぼくはまだメキシコにいた。ラ・サンタがやってる、難民センターに。そこを出たあと、ぼくたちが目にしたのは、合衆国との国境の荒《あ》れはてた土地ばかりだった。国境で最初に目にしたのは、くじけてしまいそうなことばかりだった。国境は兵士に見はられ、監視《かんし》塔《とう》があり、ヘリコプターが飛びまわっていた。国境を越《こ》える手だてを見つけるのに、ずいぶんてまどったよ。

そして残念ながら、無事に国境をぬけられたのは、ぼくとヤスだけだった。いったいどうしてか、って？　まあ、そのうち話してやるよ。

とにかく、ぼくは、ママがいる町に着いた。何日か前のことだ。朝早く、車のトランクにかくれて、たどり着いたんだ。ロサンゼルスは、とほうもなくでかい町だ。高いビルが立ちならぶようすは、おまえには想像もできないだろうな。

ママの家も、そんな高いビルの中だった。入口には、呼び出しボタンのついたネームプレートがたくさん並んでいた。プレートの名前を何度も指でなぞって探し、ついに、ママの名前を見つけた。

でも、ぼくは長いこと、そのままそこにつったっていた。なかなかボタンを押《お》せなかった。なんだかとつぜん、勇気がなくなってしまったんだ。ママはもう、ぼくの顔なんか忘れてしまってるかもしれない、と思うと、こわかった。でもそのうち、これまで乗りこえてきたことを思い出した。ヤスやフェルナンドのことや、だれよりもファナ、おまえのことを思い出した。そして、とうとうブザーを鳴らした。

ママの部屋は、七階だった。もちろんエレベーターもあったけど、ぼくは階段を選んだ。その方が、ゆっくり行ける。階段はへんなにおいがして、上に着くまでに、少し気分が悪くなった。共同住宅に住んだことなんかなかったから、とってもへんな感じだった。なれてなかったってことさ。だれにも会わなかったのは、さいわいだった。なにしろ、長い旅をしてきたせいで、ぼくはかなりひどい格好だったから。

階段をあがりきると、七階の部屋のドアの外に、ママが出てきているのが見えた。最初は、ぼくのことがわからないようすだった。ぼくを最後に見たのは、ぼくがまだ八歳《さい》のときだもの！　ママはぼくが泥棒《どろぼう》じゃないかと思って、あわてて部屋にひっこもうとしたくらいだ。でも、そこでちょっと立ちどまり、ゆっくりこちらに向きなおった。そして、手で口を押《お》さえた。ぼくはママの目をじっと見つめた。そしたら、すぐにママは、ぼくがだれだかわかったんだ。ぼくもほっとした。

それからの数日、ぼくたちは、いろんなことをすっかり話しあったよ。今じゃおかしく思えるけど、最初はおたがいに、ていねいな言葉で話さなくちゃいけないような気がした。でもすぐに、ずっといっしょに暮らしていたみたいな気がしてきた。けど、ときどき、ママが何を言ってるのかわからないこともあって、言いあいにもなったよ。

ぼくの方にも、この旅のあいだに、すっかりなれっこになっていたたくさんの習慣があって、ママはそんなこと気にしない、と思っていたら、ひどくしかられたりしたよ。それでわかったんだ。ママはぼくのことを、本気で心配してるんだって。

ひとつ言っておくけど、ママはぼくたちのこと、一度も忘れたことなんかなかったんだよ。とくに、フアナ、おまえのことはね。毎日ずっと、小さいおまえのことばかり考えていたんだ。それだけは確かだよ。

きのう、ぼくは仕事を見つけた。仕事を探すのは、そんなにかんたんじゃないんだ。ここで働くことはゆるされていないからね。まあ、住むこともだけど。だから、だれもやとってくれないのは覚悟《かくご》していた。だけど、うまくいったんだ。ぼくだって、旅のあいだじゅう、ただぼーっとしていたわけじゃない。見ならうべきいい先輩《せんぱい》がいたからね。

そういうわけで、スーパーの商品棚《しょうひんだな》に品物を並べる仕事にありついたんだ。たいした仕事じゃないけど、最初としては悪くない。

それでかせいだお金は、節約してためるんだ。そして、フアニータ、じゅうぶんに貯金ができたら、おまえをむかえに行くよ。だけど、ぼくが通ってきた道じゃなくて、ずっと安全な道を通れるようにする。

でも、その前に、ぼくにはやらなきゃならないことがある。とても大事なことなんだ。それが実現して、じゅうぶんなお金がたまったら、おまえをむかえに行く。そうすれば、家族みんながいっしょに暮らせるようになるんだ。

それには、とても長くかかるかもしれないけど、しんぼうしていてほしい。ぼくは、ぜったいやりとげるから。フアニータ、そのときまで、ぼくを信じていてくれるね。

いつか、かならず、おまえをむかえに行く。

ミゲル

作者あとがき

「ノ・バジャス・アジ（そっちへ行かないで）！」と、フェリペは、少し先にいる男たちのグループを指して、わたしに言った。「あいつらはヤバい。追いはぎたちだ」と。

わたしたちは、アリアガの駅に停車している貨物列車のそばにすわっていた。

数年前、スタンと名づけられたハリケーンがこの地方のほとんどの橋を破壊《はかい》して以来、ここから先の北に向かう列車は、このアリアガからしか出ない。何百人という不法移民が、この駅の周辺にかくれていた。フェリペもカタリーナも、ホセもレオンも、その中では最年少に属している。

わたしは彼《かれ》らに食事をおごってやり、その代わり、彼《かれ》らが旅の途中《とちゅう》で体験したあぶない話をしてもらうことになった。彼《かれ》らは、自分たちは「いい話」なんてできないよ、と言うのを忘れなかった。

〈訳者注　ハリケーン・スタンは、二〇〇五年に北大西洋で発生したハリケーンである。ハリケーンの規模をしめすカテゴリーは１（最大級）。スタンは二〇〇五年十月二日朝にユカタン半島に上陸した。スタンの影響《えいきょう》で起きた土砂くずれや洪水《こうずい》などのため、グアテマラやエル・サルバドル、コスタリカ、ホンジュラス、ニカラグア、メキシコ南部で犠牲者《ぎせいしゃ》、行方不明者が合わせて千人以上にのぼったとされる。〉

アリアガの駅——移民たちが貨車の下にすわりこみ、列車が北へ向けて出発するのを待っている

毎年、およそ三十万人の移民が、メキシコの南の国境を越《こ》え、この国を通って北のアメリカ合衆国を目指す。アムネスティ・インターナショナル（国際人道《じんどう》支援《しえん》機構）の発表した「世界でもっとも危険な旅」のひとつに、彼《かれ》らは直面することになる。ごくわずかな人たちしか、目的地にはたどり着けない。不法移民たちは、追いはらわれたり、暴力をふるわれたり、追いはぎにあったり、あるいは列車にひかれたり、という災難を覚悟《かくご》せねばならない。たくさんの人たちが命を落とす。

なのに、どうして彼《かれ》らは北を目指すのか？

彼《かれ》らはグアテマラ、ホンジュラス、エル・サルバドル、ニカラグアといった、世界でも最貧とされる国の出身だ。これらの国々では、ほんのひとにぎりの地主や起業家や政治家、そして軍人たちが、富を独占《どくせん》している。そのいっぽう、国民の大多数は貧困に苦しんでいる。例をあげれば、グアテマラでは総人口の六十パーセント以上が貧困層で、地方に行くとその割合は八十パーセントにものぼる。

じゅうぶんな収入を得られる職場など、ほとんどの国民にとって、夢のまた夢でしかない。そのために、子どもたちも家計をささえる手助けをせねばならず、多くの子どもたちが学校に行けないか、行ったとしても、早くにやめてしまう。そのため、読み書きのできない非識字者の割合が高くなっている。そして、教育水準の低さが、さらに、家族が家庭状況《じょうきょう》を改善する展望さえも、失わせてしまっている。

多くの人たちが故郷を出ていこうと考えるのは、なんの不思議もない。中米のメキシコさえ越《こ》えれば、それほど遠くないところに、アメリカ合衆国——世界でもっとも豊かな国があるのだ。

旅がはじまる——船頭《せんどう》が自作のイカダで、移民たちをリオ・スチアテの対岸へとひそかに運ぶ

人々は、合衆国に行けばじゅうぶんなお金がすぐにかせげ、また故郷にもどってきて苦労のない生活が送れるようになり、小さいけれど家を建てたり、子どもたちを学校にやったりできるようになる、という夢のような筋書きを、本気にしてしまう。

最初は、まず男たちが出ていく。家族のもとを離《はな》れ、合衆国で働き、定期的に家族にお金を送ろうと考える。しかし、父親の消息がたえてしまうと、ひとりで家をささえる母親の負担はきわめて重くなる。働ける場所はわずかしかなく、あったとしても、その賃金では家族を養うことはむずかしい。子どもたちが母親とともに働いても、家賃や食費などをじゅうぶんにまかなうにはほど遠い。

そこで、多くの母親たちは決断をせまられる。自国でずっとこのまま働くことはできるが、それでは、子どもたちの貧困は改善されない。子どもたちにもっとよい生活をさせ、学校を卒業させられるように、自分は別の場所でお金をかせぐべきではないのか？　そのためには、出かせぎしかない。

こうして、母親たちの多くもまた、出かせぎに行くことを選ぶのだ。アメリカ合衆国では、ラテンアメリカ系の女性は、家政婦やベビーシッターとして重宝《ちょうほう》されているからだ。彼女《かのじょ》たちは働き者で、従順で、多くが不法滞在者《たいざいしゃ》であることから、自分たちの権利を主張しない。女性たちのほとんどは、「一年か二年、『約束の土地』でたくさんお金をかせいで、子どもたちのもとに帰れる」と、かたく信じて出ていく——しかし、それはほぼ見こみちがいに終わる。現実には、何年もかかることになる。

子どもたちにとって、母親との別れはつらい。手紙やたまの電話だけが、母親とのつながりになる。子どもたちは、置いてきぼりにされた、裏切られた、この先どうしたらいいのだろう、と思いはじめる。そして、いくらか成長すると、母親を探して長い旅に出ようとする子どもたちが出てくる。なぜこんなにも長いこと自分たちは置きざりにされたままなのか、親に会って問いただすために。

毎年、約五万人ものこうした少年少女が、メキシコに流れこんでくる。国道には検問があるので、彼《かれ》らは、大人の不法移民と同じように、貨物列車に便乗してメキシコを通過しようとする。そこで、列車がしばしば彼《かれ》らの生活の場となるわけだ。本当に運のいい者は、一回で成功する。つまり、ほぼひと月で、合衆国への国境までたどり着ける。だが、ほとんどの者が失敗して、何度も国境越《こっきょうご》えをこころみることになる。わたしが出会った中には、もう一年以上も旅を続けていて、合衆国への国境越えを十二回、さらには十五回もこころみた、という者もいた。成功するか、あきらめるまで、旅が続くのだ。

彼《かれ》らを待ちかまえている危険は大きい。年齢《ねんれい》が低いほど、それだけ危険はます。線路沿いには、子どもたちが何年もかかって、この旅のためにたくわえたお金をねらう盗賊《とうぞく》たちが待ちかまえている。ラ・アロセラのような、とくに危険な場所では、流血ざたや、ときには殺人事件が発生する。

犯罪組織もまた、この不法移民たちを収入源としている。メキシコ南部では、マラスと呼ばれ

タパチュラの墓地――この墓に葬《ほうむ》られた移民の素性が、明らかになる日が来ることはないだろう

る、中米出身の若者たちからなる犯罪組織の力が強く、彼らがいわゆる「列車ビジネス」をしきっている。一部の地域では、移民旅行者の護衛料としてかなりの額をかせいでいるようだ。いっぽうメキシコ北部では、残忍《ざんにん》なことで知られる麻薬《まやく》組織のセタスが、勢力をふるっている。彼《かれ》らは、列車から移民旅行者を拉致《らち》し、その家族に身代金《みのしろきん》を要求する。そして家族が応じなければ、人質をあっさり殺してしまうのだ。

二〇一〇年の八月二十四日、タマウリパス州のアシエンダというところで、七十二人の移民旅行者がセタスによって殺害されている。

警察の助けは、ほとんど期待できない。逆に、多くの警官たちが、列車を警備する立場を利用して、荒《あら》かせぎをしている。移民たちを不法滞《たい》在者《ざいしゃ》として逮捕《たいほ》しない見返りとして、所持金をとりあげ、自分たちのわずかな給料の足しにしているのだ。口止めするために、金をうばったあと、移民たちをさんざんになぐりつけるという。アムネスティ・インターナショナルは、こうした警官たちについて多くの事例を記録している。しかし、関与《かんよ》した警官たちについての本格的な調査は、これまで報告されていない。

メキシコの出入国管理局、「ラ・ミグラ」と略称《りゃくしょう》で呼ばれる監督《かんとく》官庁は、国内の不法滞在者《たいざいしゃ》を常時、捜索《そうさく》、発見して、本国に送還《そうかん》している。しかし、ラ・ミグラが法的に処理できる能力には、かぎりがある。そのほかには、唯一《ゆいいつ》、「グルポス・ベータ」という団体が、不法移民への人道支《じんどうし》援《えん》を行っている。だが、この団体も、メキシコ全土でスタッフがわずか一四四人しかおらず、この支援《しえん》も、「焼け石に水」のようなものである。

〈訳者注　「グルポス・ベータ」は、メキシコ国立移民研究所による活動で、水、医療《いりょう》、情報などを危険にさらされている移民に提供している。主な目的は移民たちの人権保護であり、団体は「召命《しょうめい》、人道主義、忠誠心」をむねとする。地方、州、連邦《れんぽう》の法執行《しっこう》機関などから選ばれたメンバーが任にあたる。活動の中心は捜索《そうさく》と救助、応急処置、社会サービスの提供、移民を避難所《ひなんじょ》へ案内することで、メンバーはそれに特化した訓練を受けている。グルポス・ベータは、移民旅行者を故郷にもどすための交通手段は提供するが、合衆国に入るための交通手段は提供していない。グルポス・ベータの青い旗は、移民旅行者たちに、砂漠《さばく》のオアシスのありかと、その地域が彼《かれ》らによってパトロールされていることを知らせる。現在、メキシコ全土で二十一のグルポス・ベータが運営されている。〉

それ以外の支援《しえん》は、もっぱら教会によって運営されている難民センター、または宿泊施設《しゅくはくしせつ》（たとえば、タパチュラの「スカラブリニ移民の家」や、「ヘスス・クリスト青少年難民センター」くらいのものである。不法移民たちは、そこで、食べ物や寝《ね》る場所を与《あた》えられ、自分や子どもたちの体を洗って、ひと息つくことができ、考えなおす機会を持つことができる。少なくとも三日三晩の滞在《たいざい》がゆるされているが、その後、移民旅行者たちは宿泊所《しゅくはくじょ》を出なくてはならない。

こうした移民、あるいは難民の状況は、もちろんメキシコにかぎられているわけではなく、世界じゅうで見られるものだ。現在、何百万人もの人々が、貧困や暴力や戦火、あるいは迫害《はくがい》をのがれて、もっとよい生活条件の国々へ行こうとしている。そのほぼ半数は、子どもや青少年だ。アフリカやアジア出身のほとんどの難民にとっては、ヨーロッパが夢の土地であり、地中海に面したスペインやイタリア

移民たちにさしのべられる救いの手——タパチュラの難民センターをひきいるマリア・リゴニ神父

やギリシアの海岸で、この物語と同じようなドラマがくり広げられている。
けれども、中米ほど苛烈《かれつ》な状況《じょうきょう》は、ほかにない。極端な貧困と豊かさが、それこそとなりあっているからだ。中南米の小国は、世界でもっとも貧しい国々だ。そして、アメリカ合衆国はもっとも豊かな国である。そのあいだに、メキシコがある。典型的な発展途上《とじょう》の、いわば中進国で、さまざまな困難な問題に直面している国だ。まさにこの国の、鉄道の線路に沿って、それぞれの個人の運命の物語から、世界に広がる移民の現状と未来が見えてくる。

アメリカ合衆国も、こうした移民の問題について、責任をはたすべきであろう。近年、アメリカ合衆国は中南米の独裁政権を支援《しえん》し、地域の安定をはかってきた。

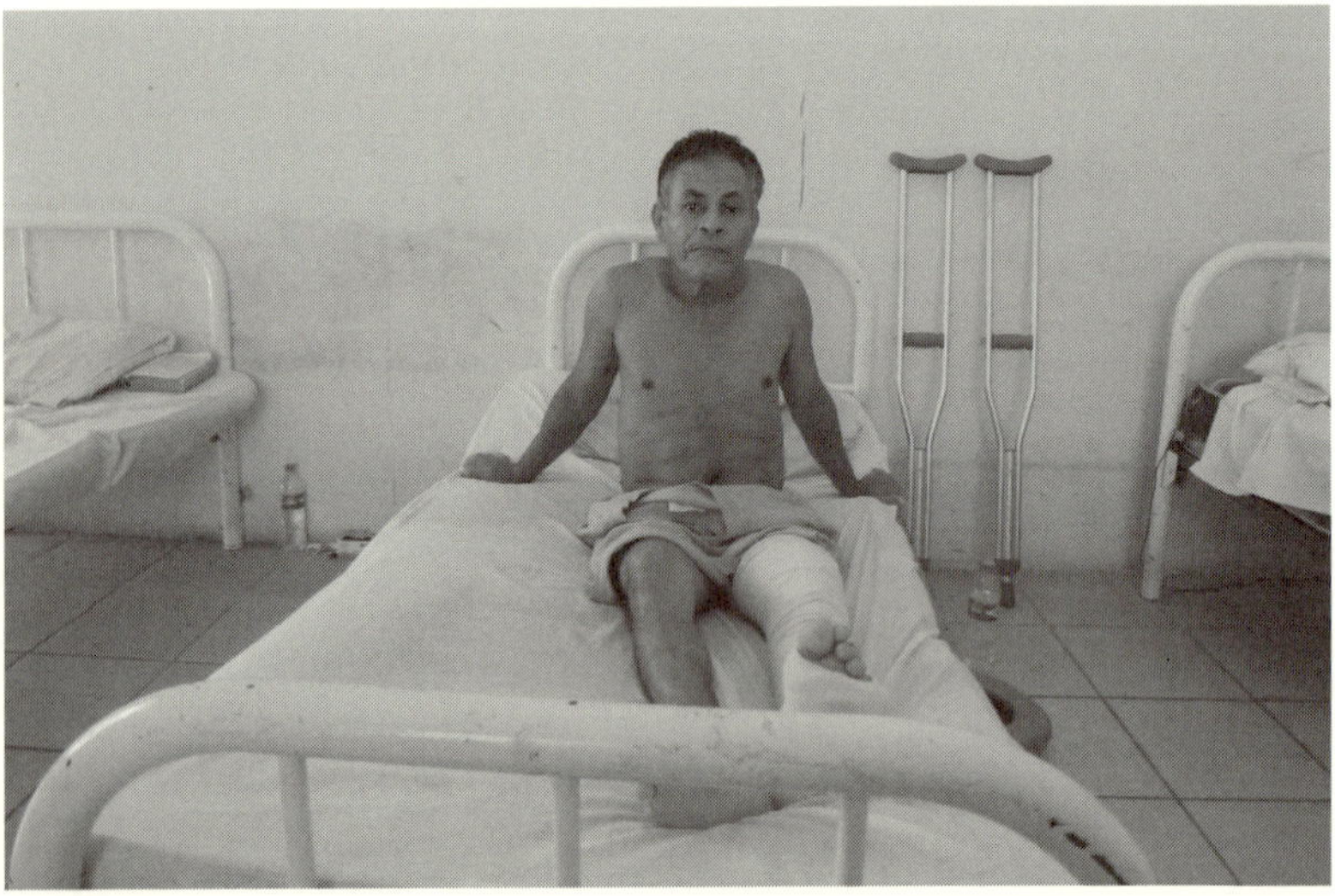

夢やぶれて――列車でけがをした年配の移民。タパチュラのヘスス・エル・ブエン・パストール難民センターにて

しかし、この手法では、これらの国々の政治的改革はさまたげられ、社会的不公正は持続されてしまう。その結果生じた貧困が、多くの人々をアメリカ合衆国へとさらに駆《か》りたてているのだ。

この問題に対して、国境をとざし、移民をまるで犯罪者のように追いはらうことは、解決策にならないだろう。むしろ、長い目で見れば、中南米諸国の経済を強化し、貧困に立ちむかうことこそ、ずっと意義があることだ。たとえば、この地域との輸出入不均衡《ふきんこう》を是正《ぜせい》したり、生活改善への援助《えんじょ》を拡大したり、とりわけ、教育への援助《えんじょ》をふやしたりすることが必要ではないだろうか。現在、不法移民を国外追放しようとする措置《そち》につかいやされている財源を、今述べた目的にあてることで、ある程度の成果があがるはずだ。

フェリペ、カタリーナ、ホセ、レオンたちは、もちろん、そういう問題は理解できないし、そのことをよく考えている時間もない。彼《かれ》らはただ、自分たちの状況《じょうきょう》を少しでもよくしようとしているだけなのだ。それは、彼《かれ》らが語ってくれたたくさんの話が、おのずと教えてくれたことだった。

アリアガで、その日、夜遅くに、長いこと待った列車がついにやってきた。四人はかくれ場所からとび出して、大声で別れの言葉をさけぶと、列車にとび乗っていった。後方の貨車には、フェリペがわたしに警告した「追いはぎたち」も、はいあがっているかもしれない。

その後、四人のうちのだれにも、わたしは会っていない。彼《かれ》らに何があったか、もう知ることはできない。

けれど、彼《かれ》らの話してくれたことや、わたしがほかの機会に出会った移民の人々の話は残された。

だから、そうしたたくさんの人々は、別の姿をとって、この本の中に生きているはずなのだ。

ディルク・ラインハルト

訳者あとがき

かつて、ブラジルのパウリスタ新聞の支局長だった方に、「ブラジルのドイツ人移民の村へ行ってみませんか」と、さそわれたことがある。なんでも、物騒《ぶっそう》な事件の多い南米の中で、ドイツ移民の多くいる町は治安がいいのだと言われた。ジョインヴィレと呼ばれるブラジル、サンタ・カタリーナ州最大の都市は、人口五十万人の大多数をドイツ系ブラジル人が占《し》めているそうだ。そのときは、さすがに南米まで手を広げることはできず、気にはなっていたが、もっぱらドイツ飛行船の研究や、のちには飛行船の実業の手伝いをするなど、ドイツ本国にばかり意識が向いていた。

ドイツ人作家ディルク・ラインハルトが書き下ろした本作『列車はこの闇《やみ》をぬけて（原題「Train Kids」二〇一五年刊）』を手にしたのも、徳間書店の担当編集者のすすめによるものだった。ドイツ人が南米大陸に強い関心を持っているのはわかっていたけれど、本書にえがかれたアメリカ合衆国への南米からの不法移民の実態や実情については、さほどくわしくもなかった。

二〇一六年にアメリカ合衆国大統領に選出されたトランプ氏が、いきなりメキシコ国境に不法移民を防ぐ、まるで万里《ばんり》の長城《ちょうじょう》みたいな「トランプの壁《かべ》」を作るとぶちあげたとき、心底おどろきあきれたが、いやいや、新大統領が騒《さわ》ぎたてるよりも前に、アメリカ合衆国はメキシコとの国境の西部に、すでに約一一〇〇キロにわたるフェンスを構築している。両国の国境線の三分の一にわたって、「壁《かべ》」はすでにできていたのだ（二〇〇六年に安全フェンス法が連邦《れんぽう》議会を通過し、ブッシュ大統領が署名していた。現在は、一時凍結《とうけつ》）。

年間の平均が三十万人といわれる不法移民のうち、メキシコより南のグアテマラ、ホンジュラス、エル・サルバドルなどから、アメリカ合衆国への国境を越《こ》えようとして拘束《こうそく》された未成年者の数は、二〇一三年十月からの半年間で、約五万二千人であった、という数字が報告されている。

ディルク・ラインハルトが現地取材して、書き下ろした本書は、「作者あとがき」にあるように、実際に現地で聞きとった実話がもとになっている。世界でいちばん貧しい国々といちばん豊かな国が、メキシコをはさんで、いわばとなりあっているという現実が、合法・非合法の人の流れを呼ぶ。そして、まず国境にたどり着くまでが、危険きわまる旅となる。

本書の五人の少年少女の過酷《かこく》な列車の旅は、実話にもとづいたフィクションではあるが、彼《かれ》らの中に実際の少年少女の姿が生きているはずだ、と作者は言う。作中でインディオ出身の少年エミリオが言っている。「北の合衆国へ行こうか、それとも、南の山岳《さんがく》地帯にひそむ反政府ゲリラに加わろうか迷った」と。貧富の差、腐敗《ふはい》している政府機関への反感、人間らしい生活を夢見る自然な感情。出かせぎに出ていったきりもどらない親たちへの思い……。そのすべてが、唯一《ゆいいつ》の移動手段である貨物列車の屋根に凝縮《ぎょうしゅく》され、すべてのできごとは一本の線路の周辺で起こっている。

本書を読み、訳しているあいだに、二〇一六年に出版された、工藤律子《くどうりつこ》著『マラス　暴力に支配される少年たち』（集英社刊）に出合った。現地ではMSと呼ばれている少年ギャンググループを現地取材したルポルタージュであるが、暴力と犯罪に走るしか「居場所」を見いだせない若者たちの実態には、言葉を失うばかりである。ギャングとしておそれられるマラスの若者たちの素顔が、ただの犯罪組織とはまたちがう、という実情も教えられた。『列車はこの闇《やみ》をぬけて』では、冷酷《れいこく》非情の少年エル・ネグロとしてえがかれているが、その存在感はしびれるように読者につたわってくる。それは、過酷《かこく》な世界に対峙《たいじ》するひとつの形なのだ。彼《かれ》らの犯罪や悪の根がどこから生まれたのかに思いをいたすべきなのだ。

さらに、残忍《ざんにん》な麻薬《まやく》犯罪組織のセタスも登場する。貧困と不公正な現実こそが、一方では反政府ゲリラへ、他方では犯罪組織へと少年たちを走らせてしまうこの現状を変えないかぎり、解決策はない、というのが、作者のスタンスである。いわゆる「壁《かべ》」で、人の流れはせきとめられるものではない。

また作者は、旅の途上《とじょう》、山岳《さんがく》地帯や砂漠の寒さをしのぐために、少年たちがシンナーをふくむ接着剤《せっちゃくざい》を吸引する姿も、かくさず描《えが》いている。これもまた実態であり、彼《かれ》らのやむをえぬ緊急《きんきゅう》避難《ひなん》のひとつであり、それをどう思っているかは、作中で主人公のミゲルが麻薬《まやく》中毒者たちを見つめるまなざしでわかる。すべての場面が、彼《かれ》らの生存を賭《か》けたたたかいの中で起きていることなのだ。

作者のディルク・ラインハルトがいかにもドイツ人作家らしい、と感じたのは、冷徹《れいてつ》に誇張《こちょう》なく現実を見すえて物語をえがいていると同時に、約束の地、アメリカ合衆国に手がとどきそうなところにたどり着いた主人公のミゲルが、自分の行動や体験の意味を深く問いなおしはじめるところである。目的が、国境を越《こ》えて母親に会うことだけではなくなった。この体験をどうとらえたらいいかと問いなおす。いや、この旅と、旅の仲間と過ごしたかけがえのない時間こそが、自分には大切なものだったように思えてくる。

これは、ドイツ文学伝統のロマン派の旅と変わらない。ノヴァーリスの「青い花」をもとめて旅に出る青年も、あるいは、ペーター・ハントケの『まわり道』で旅に出る作家志望の青年も、ドイツ名物の遍歴《へんれき》の旅の途上《とじょう》での出会いによって成長していくわけだが、まさにそんなスタイルが感じられてならない。ノヴァーリスの作品は未完に終わるが、完結する必要はない。その旅で何ごとかをつかんだのであれば、それでよいのである。いかにもドイツ文学者らしいもの言いだけれど、一人また一人と旅の仲間と別れていくミゲルが、「いや、彼《かれ》らはずっとぼくといっしょにいるんだ」と気づく場面は、この数週間の過酷《かこく》な旅の終わりに彼《かれ》が得た真実なのだろう。

ディルク・ラインハルトは、一九六三年、ドイツ、ノルトライン゠ヴェストファーレン州のベルクノイシュタットに生まれた。ミュンスター大学で歴史学の学位をとり、同大学で研究員を勤めたのち、フリージャーナリスト、コピーライターなどの仕事のかたわら、かねてからの念願であった作家の活動に入った。二〇〇九年以後、最初の児童文学として『アナスタシア・クルーズ――アステカの洞窟《どうくつ》』、『アナスタシア・クルーズ――死者の書』という、考古学と歴史をテーマにした作品を書き、二〇一二年には、ナチスのヒトラーユーゲントに対抗《たいこう》した自由主義的な野外活動の青少年組織を描《えが》いた『エーデルワイス海賊団《かいぞくだん》』を発表している。

本作『列車はこの闇《やみ》をぬけて』は、中南米に取材して現代の問題をアクチュアルにあつかった作品である。実際にメキシコ各所の難民センターや、アメリカ合衆国国境へ向かう鉄道線路沿いで、過酷《かこく》な旅を続けている若者たちに取材して書かれた。不法移民にふりかかる過酷《かこく》な現実や事件、数々のエピソードは、作者が聞きとった実話をもとにしてえがかれている。

ドイツの『GEOマガジン』誌のインタビューの中で、作者は言っている。「この物語の中には、わたしが出会った若者たちがみな姿を見せているはずだ」と。さらに、「列車の屋根にとび乗って旅を続けていく若者たちのバイタリティと、その背後にある中南米諸国の貧困や格差の現実を読者に伝えたかった」と。「同時に、そうした難民たちに献身的《けんしんてき》な援助《えんじょ》を続ける教会系の団体や、多数の善意の人々の存在も、忘れてはならない」とも。

本書は二〇一五年のドイツ児童図書協会選定の月刊図書に選定されているほか、ドイツ放送の青少年読者のためのベストセブンなどにも選ばれ、二〇一六年にはドイツ児童図書賞にもノミネートされた。また同年、ドイツ最古の児童文学賞であるフリードリヒ・ゲルシュテッカー賞も受賞している。これは、異文化への理解と寛容《かんよう》をうながす本に、二年に一度だけ与《あた》えられる賞だという。

さて、本書は主たる舞台《ぶたい》となっているメキシコでも出版されている。メキシコについての描《びょう》写《しゃ》が、現地でも妥当《だとう》なものとみなされた、ということであろう。

作者のディルク・ラインハルトは、二〇一六年の十一月に、メキシコシティで開催された児童書・YA文学の国際フェアにおもむき、本書の翻訳版である『Los niños del tren』(メキシコの出版社 Ediciones B刊)について、公式プレゼンテーション、出版社での記者会見などを行った。また、同国のドイツ人学校でも本作について語っている。

ちょうど、アメリカ大統領選挙でドナルド・トランプが勝利し、「トランプの壁」問題が大きくとりあげられた時期でもあったため、メキシコのメディアの反応《はんのう》は大きく、テレビ局をはじめ各種報道機関が、「ヨーロッパ人である作者は、この問題に対してどのような見解を持っているか」、また、「現実に存在する問題を、作者はどのように物語化したか」などの観点から報じたという。

アメリカ合衆国を目指す中南米の不法移民の人々の現状については、ルポルタージュ報道やネット情報も見られるが、実際に国境をぬける旅をしている少年少女から聞きとった体験談をもとにした本書は、読者に力強くうったえかける力と、若者たちの存在感が圧倒的《あっとうてき》であり、読後も登場人物五人が生きて語りかけてくるようだ。これは訳者としてのすなおな感想と言っていい。
また、作者ディルク・ラインハルト自身が、再度メキシコの現地へ飛んで報告している映像ルポルタージュがYouTubeに公開されているので、関心のある方はご覧いただきたい(二〇一七年十一月現在。ドイツ語のみ)。https://www.youtube.com/watch?v=JMQInha0VjE
『列車はこの闇《やみ》をぬけて』のストーリーはひとまず終わっているが、現実の合衆国を目指す人々の旅は、今も続いているのだ。

なお、スペイン語の発音表記については、スペイン文学翻訳家《ほんやくか》の宇野和美《うのかずみ》先生にお世話になったことを記して、感謝申し上げます。

二〇一七年十一月　　天沼春樹《あまぬまはるき》

【訳者】
天沼春樹（あまぬまはるき）
1953年埼玉県川越市生まれ。中央大学大学院博士課程修了。中央大学文学部兼任講師。著書に『水に棲む猫』（日本児童文芸家協会賞受賞）、『夢みる飛行船―イカロスからツェッペリンまで』（時事通信社）、『アントンベリーのながいたび』（鈴木出版）、『くらやみざか』（西村書店）など。訳書に『フェリックスとお金の秘密』（徳間書店）、『リックとリック』（ほるぷ出版）、『マッチ売りの少女／人魚姫』（新潮文庫）など多数。

【列車はこの闇をぬけて】
TRAIN KIDS
ディルク・ラインハルト作
天沼春樹訳 translation © 2017 Haruki Amanuma
416p 19cm NDC 943

列車はこの闇をぬけて
2017年12月31日　初版発行

訳者：天沼春樹
装丁：鳥井和昌
フォーマット：前田浩志・横濱順美

発行人：平野健一
発行所：株式会社 徳間書店
〒105-8055 東京都港区芝大門2-2-1
Tel.(048)451-5960（販売）（03)5403-4347（児童書編集）振替00140-0-44392番
印刷：日経印刷株式会社
製本：大口製本印刷株式会社
Published by TOKUMA SHOTEN PUBLISHING CO., LTD., Tokyo, Japan. Printed in Japan.
徳間書店の子どもの本のホームページ　http://www.tokuma.jp/kodomonohon/

ISBN978-4-19-864536-6

弟の戦争
原田 勝訳

人の気持ちを読みとる不思議な力を持ち、弱いものを見ると助けずにはいられない、そんな心の優しい弟が、突然、「自分はイラク軍の少年兵だ」と言い出した。湾岸戦争が始まった夏のことだった…。人と人の心の絆の不思議さが胸に迫る話題作。

かかし　カーネギー賞受賞
金原瑞人訳

継父の家で夏を過ごすことになった13歳のサイモンは、死んだパパを忘れられず、継父や母への憎悪をつのらせるうちに、かつて忌まわしい事件があった水車小屋に巣食う「邪悪なもの」を目覚めさせてしまい…?少年の孤独な心理と、心の危機を生き抜く姿を描く、迫力ある物語。

禁じられた約束
野沢佳織訳

初めての恋に夢中になり、いつも太陽が輝いている気がした日々。「わたしが迷子になったら、必ず見つけてね」と、彼女が頼んだとき、もちろんぼくは、そうする、と約束した…でもそれは、決して、してはならない約束だった…。せつなく、恐ろしく、忘れがたい初恋の物語。

青春のオフサイド
小野寺 健訳

ぼくは17歳の高校生、エマはぼくの先生だった。ぼくは勉強やラグビーに忙しく、ガールフレンドもでき、エマはエマで、ほかの先生と交際しているという噂だった。それなのに、ぼくたちは恋に落ちた。ほかに何も、目に入らなくなった…。深く心をゆさぶられる、青春小説の決定版。

クリスマスの幽霊
坂崎麻子・光野多恵子訳

父さんが働く工場には、事故が起きる前に幽霊が現れる、といううわさがあった。クリスマス・イヴに、父さんに弁当を届けに行ったぼくは、不思議なものを見たが…? クリスマスに起きた小さな「奇跡」の物語。作者ウェストールの、少年時代の回想記を併録。

WESTALL COLLECTION

ウェストールコレクション

ウェストール短編集

Robert Westall

短編の名手としても知られた、
イギリス児童文学の巨匠ウェストール。
80編を超える全短編から選び抜かれた、
18の物語が2冊の短編集に!

ウェストール短編集―真夜中の電話

原田 勝訳　宮崎 駿装画

年に一度、真夜中に電話をかけてくる女の正体は…?(「真夜中の電話」)
戦地にいるお父さんのことを心配していたマギーが、
ある日、耳にした音とは…?(「屋根裏の音」)
ほかにも、避暑地での不思議な出会いを描くホラー「浜辺にて」、
ウェストールが早世した息子をしのんで書いた「最後の遠乗り」など、
珠玉の9編を収録した短編集。

ウェストール短編集―遠い日の呼び声

野沢佳織訳　宮崎 駿装画

ひとりきりでいた夜に、パラシュートで降下してきた敵兵を
発見してしまった少年は…?(「空襲の夜に」)
大おばから受けついだ家にとりついている不気味な存在に、
サリーは気づかなかった。だが猫たちが気づき…?(「家に棲むもの」)
ほかにも、父と息子の葛藤を描く「赤い館の時計」、
ほろ苦い初恋の物語「遠い夏、テニスコートで」など、
珠玉の9編を収録した短編集。